Das Geheimnis der Schattenteiche

Kenneth Böhmchen

wurde 1996 in einer Kleinstadt zwischen Berlin und Dresden ge-
boren. Von klein auf begleitet ihn seine Leidenschaft für Theater-
und Veranstaltungstechnik sowie die Liebe zu Büchern.
Das Schreiben hat er erst während seines Studiums für sich entdeckt. Seither schwirren schon diverse Romanideen in seinem
Kopf umher.
Wenn Kenneth nicht schreibt, verbringt er seine Zeit mit lesen
und fotografieren oder bei seiner Arbeit am Theater.

Das Geheimnis der Schattenteiche

Kenneth Böhmchen

von
Kenneth Böhmchen

Bibliografische Information der Deutschen Nationalbibliothek: Die Deutsche Nationalbibliothek verzeichnet diese Publikation in der Deutschen Nationalbibliografie; detaillierte bibliografische Daten sind im Internet über dnb.dnb.de abrufbar.

1. Auflage 2019

© 2019 Kenneth Böhmchen

Umschlaggestaltung und Satz: Kenneth Böhmchen

Herstellung und Verlag: BoD – Books on Demand, Norderstedt

ISBN.: 9783748182290

Für Dich

Prolog

Noch bevor ich überhaupt realisiere, was vor sich geht, sind wir von einer Wand aus flammender Hitze umringt. Wie eine Schlinge zieht sich das Inferno enger um uns. Meine Augen tränen und in meinen Lungen brennt der Rauch. Laura neben mir ist zu einer Salzsäule erstarrt und blickt mit aufgerissenen Augen ins Feuer.

Die Möglichkeit durchs Feuer zu rennen verwerfe ich. Die Synthetikkleidung würde sofort schmelzen...

Doch dann fällt es mir wie Schuppen von den Augen. Ich greife nach dem Anhänger, den ich immer noch bei mir trage. Ich konzentriere mich und versuche im Feuer eine Schneise zu erzeugen, durch die wir gehen können. Aber so sehr ich mir das auch vorstelle, es klappt einfach nicht. Nach einer gefühlten Ewigkeit habe ich zumindest ein kleines Loch geschaffen, jedoch genügt das bei weitem nicht.

Immer näher rückt das heiße Ungetüm. Ich beschließe, das Element zu wechseln und es regnen zu lassen, doch das Nieseln ist nicht mehr als der sprichwörtliche Tropfen auf den heißen Stein – nutzlos.

Meine Gedanken rasen hin und her. Wenn wir hier nicht rauskommen, bin ich schuld, dass Laura ebenfalls verletzt wird. Der Spaziergang war meine Idee, und das haben wir jetzt davon.

Ich weiß nicht, was mit Laura passiert, aber auf einmal löst sie sich aus ihrer Starre und dreht sich zu mir. Sie packt mich an den Schultern und schaut mir fest in die Augen.

»Schau mich an. Du musst ruhig werden.«

Na toll, denke ich. In dem Moment fällt direkt hinter Laura ein lodernder Ast herunter, der unsere feuerfreie Fläche halbiert. Ich sehe, wie der Schweiß Laura in Strömen über das Gesicht läuft. Bei mir sieht es sicher nicht anders aus.

»Gwen. Du wirst das schaffen. Ich glaube ganz fest an dich. Hör mir zu.«

Ich bringe nicht mehr als ein Nicken zustande.

»Atme ruhig... so wie ich. Ein.... und aus... ein... und wieder aus.«

Tatsächlich beruhigt sich mein Puls etwas. Ich umfasse wieder meinen Anhänger, der den Rest erledigt.

»Was soll ich tun?«, frage ich, nicht gänzlich ohne Verzweiflung in meiner Stimme.

»Wie hast du das beim Erdbeben damals gemacht?«

Und dann fällt es mir ein. Wie konnte ich das nur vergessen? Ich gehe auf das Feuer zu. Die Hitze ist kaum zu ertragen.

»Was hast du vor?« Laura ist nun hinter mir.

Ehrlich gesagt weiß ich das selbst nicht, aber das verschweige ich ihr.

Ihre Entspannungsmethode scheint meinen Körper auf Autopilot gestellt zu haben.

Ich strecke meinen rechten Arm den Flammen entgegen und hoffe, dass meine Kräfte irgendwie dafür sorgen, dass mir die hohen Temperaturen nichts anhaben können, ansonsten war es das mit meiner Karriere. Aber das sollte jetzt keine Rolle spielen. Erst einmal müssen wir hier lebend herauskommen.

Tatsächlich spüre ich nicht mehr als ein leichtes Kribbeln, als die Flammen meine Finger berühren

Erstes Kapitel

einige Wochen zuvor

»Beinahe Unfall überschattet Staatsbesuch. Berlin. Auf der Fahrt vom Flughafen Schönefeld wurde die Fahrzeugkolonne von plötzlich einsetzendem Eisregen und Blitzeis überrascht. Glücklicherweise wurde niemand ernsthaft verletzt. Der Präsident und seine Begleiter sind nach Angaben von Regierungssprechern wohlauf. [...]«
(Berliner Tagespresse, 27.05.2015)

Gwen

Zitternd versuche ich den Briefkastenschlüssel ins Schloss zu stecken. Aber es will und will nicht gelingen. Ist dieses verfluchte Schlüsselloch über Nacht geschrumpft? Quatsch. *Bekomm einfach deine Hand in den Griff, dann wird das schon,* versuche ich mich selbst etwas zu beruhigen.
Seit drei Tagen wiederholt sich dieses Spiel jetzt. Immer wenn

das gelbe Postauto die Einfahrt zu unserem Haus rückwärts verlässt, kann ich kaum an mich halten. Treppe runter – Tür auf – zum Briefkasten rennen und dabei fast über meine eigenen Füße fallen – alles nahezu zeitgleich. Aber wenn es dann darum geht den Kasten zu öffnen, bin ich plötzlich die Unfähigkeit in Person.

Ich unternehme einen weiteren Versuch, und endlich klappt es. Der Schlüssel steckt. Jetzt müsste ich ihn nur noch um neunzig Grad drehen. Aber plötzlich überkommt mich Panik. Das ist der einzige Punkt, der den heutigen Tag von den anderen unterscheidet. Bis gestern konnte ich mich immer damit beruhigen, dass ja morgen auch noch ein Tag ist. Heute geht das nicht mehr. Heute ist der letztmögliche Tag, an dem die Zusage der *Accademia di musica e arte* eintreffen kann. Hier auf dem Land kann es auch mal etwas länger dauern, bis die Post geliefert wird, selbst das habe ich einberechnet. Heute MUSS der Brief einfach gekommen sein, sonst... keine Ahnung. Seit mir mein Musiklehrer Herr Grismann in der neunten Klasse von der *Accademia* berichtet hat, kann ich mir keinen anderen Studienplatz vorstellen. Ich muss einfach angenommen werden. Ich muss...

Zitternd atme ich noch einmal tief ein und wieder aus. Langsam öffne ich unseren Briefkasten. Am liebsten würde ich meine Augen schließen, aber so komme ich ja auch nicht voran. Drei Umschläge fallen mir in die Hände. Zwei normalgroße und – mir rutscht das Herz in die Hose – einer in DIN A4. Achtlos lasse ich die anderen auf den Schotterweg fallen, das sind sicher nur Rechnungen für Mama und Papa, die unsere Haushälterin überweisen muss. Der große ist tatsächlich für mich. *Scheiße!* Heißt es nicht, dass die Zusagen in kleinen Briefen verschickt werden und die Absagen, inklusive Bewerbungsmappe, in diesen A4-Umschlägen?

Als ich mir das durch den Kopf gehen lasse, fällt mein Herz, wenn überhaupt möglich, noch etwas tiefer. *Noch ist doch gar nichts sicher!*, versuche ich das Gedankenkarussell in meinem Kopf zum Stehen zu bringen. Erfolglos.

Ohne den Schlüssel mitzunehmen renne ich los, den Umschlag fest an mich gepresst. Ich laufe ohne nachzudenken. Meine Beine und mein Körper wissen auch so, wo es hingeht. Es gibt nur einen

Ort, an den ich jetzt kann.

Nicht lange und ich habe das Dorf, an dessen Rand unser Grundstück liegt, hinter mir gelassen. Blind folge ich dem Trampelpfad in den Wald und bin nach einigen Metern angekommen. Ich schiebe mich durch ein paar Zweige, und schon umfängt mich eine Ruhe, wie ich sie nicht einmal in meinem Zimmer zu Hause verspüre. Der kleine Tümpel hier im Wald, umgeben von Sträuchern und Büschen, an denen im Spätsommer die verschiedensten Beeren wachsen, schafft es immer wieder mich zu erden. Seit ich in der Grundschule das erste Mal wegen meiner roten Haare ausgelacht wurde, komme ich hierher. Wenn meine Eltern mal wieder an meinem Geburtstag nicht zu Hause waren, hat diese beruhigende Atmosphäre meinen Kummer vertrieben. Wenn die Bäume sprechen könnten, wären sie wohl in der Lage meine persönlichsten Geheimnisse auszuplaudern. Niemanden habe ich je hierhin mitgenommen. Einerseits käme es mir wie eine *Entweihung* vor. Andererseits: Wen sollte ich hierhin schon mitnehmen? Freunde gibt es keine, Chloé, Tarja oder wie auch immer mein aktuelles Kindermädchen gerade hieß, konnte ich hier auch nicht gebrauchen. Also blieben noch Mama oder Papa – nein. Meistens sind sie ja doch in der Weltgeschichte unterwegs. Und außerdem: Wer lässt seine Eltern schon in seine Tagebücher schauen? Ja, wenn ich so drüber nachdenke, ist das hier der einzige Ort, an dem ich mich öffne. Wenn man ständig Gefahr läuft von der eigenen Mama analysiert zu werden, lernt man schnell, sich eine Maske aufzusetzen und eine Mauer um seine Gedanken zu ziehen. Ich liebe sie wirklich, aber mit ihren psychologischen Fähigkeiten soll sie sich an der Uni austoben, an der sie als Professorin angestellt ist, aber nicht beim Frühstück am Küchentisch. Ich hasse das total. Immer die gleiche Prozedur: Sie strafft ihren Rücken, um gleich darauf wieder betont locker auf ihren Stuhl mir gegenüber zu sinken. Darauf schiebt sie ihre rahmenlose Brille ein Stück höher und schärft ihren Blick, so als wolle sie durch meine Augen direkt in meine Gedanken eintauchen. Als nächstes dreht sie einen ihrer verschiedenen Armreifen, die sie immer am linken Handgelenk trägt. Zu guter Letzt fehlt nur noch ein seufzendes »Schätzchen« und als krönenden Abschluss der Verwandlung in die angesehene *Frau Professor* schiebt sie noch ein »... du weißt, dass du mit mir über alles reden kannst, was dich bedrückt« hinterher. Macht sie das mit ihren Klienten auch so? Ich kann mir beim besten Willen nicht vorstellen, wie sich jemand, bei dem saugenden Blick, den ihre Augen annehmen, entspannen kann. Ich tue mich jedenfalls immer schwer dabei mein Inneres nach außen zu kehren. Vielmehr verspüre ich dann immer den Drang sofort loszulaufen – oft gebe ich ihm nach. Inzwischen habe ich mich auf einem Baumstumpf niedergelassen. Nachdenklich lausche ich dem Klang der Stille, während mich die beruhigende Atmosphäre und der Geruch des Gewässers einhüllen. Eine seichte Brise lässt einen dünnen Ast auf- und niederwiegen, sodass er mir sanft über meine linke Schulter streift. So als würde er mich aufmuntern wollen, als würde er mir sagen *los Gwen, jetzt öffne endlich den doofen Brief, dann hast du Gewissheit....*

Also gut. Mit immer noch leicht zittrigen Fingern öffne ich den braunen Umschlag an der Seite. Darin ein loses Blatt, eine Broschüre und eine schwarze Mappe. Zuallererst nehme ich mir das einzelne Blatt vor.

Sehr geehrte Frau Hesselbach,

ihre Bewerbungsunterlagen sowie ihre Demo-Aufnahme sind fristgemäß bei uns eingegangen und wurden eingehend geprüft.
Wie Sie wissen, sind die Studienplätze an der Accademia di musica e arte *sehr begrenzt. Daher wird äußerst genau abgewägt, wem ein Platz an der* Accademia *angeboten wird.*
Ich freue mich Ihnen mitteilen zu dürfen, dass die Aufnahmekommission einstimmig entschieden hat, Sie ab dem Wintersemester 2017/18 aufzunehmen. Herzlichen Glückwunsch!

Ungläubig starre ich das bedruckte Papier an. Immer wieder und wieder lese ich den entscheidenden Absatz:»Ich freue mich Ihnen mitteilen zu dürfen, ... Sie... aufzunehmen«. Seufzend stoße ich die Luft aus, die sich seit einer gefühlten Ewigkeit in meinen Lungen gestaut hat. Ich bin tatsächlich angenommen. Wahnsinn. Die abschließenden Sätze überfliege ich nur noch.

Anbei übersende ich Ihnen den Mietvertrag für Ihre Unterkunft, den Sie bitte umgehend unterschrieben an uns zurücksenden. Desweiteren liegt eine Broschüre bei, in der aufgeführt ist, was Sie für den Unterricht und den Aufenthalt an unserem Institut benötigen. Dort finden Sie auch alle Antworten auf Fragen, die Ihnen jetzt sicher im Kopf umherschwirren.
Ich freue mich, Sie ab September bei uns begrüßen zu dürfen.
Herzlichst,
Prof. Lena v. Siedenow-Raich
Dozentin für Klavier & Gesang
Akademieleiterin, Intendanz Bernstein-Theater

Jan

Viel zu früh klingelt der Wecker. Eigentlich müsste ich ja nicht so zeitig aufstehen, aber den ganzen Tag verschlafen ist auch nicht meins. Müde schlurfe ich nach unten. Jetzt, da meine Abiprüfungen hinter mir liegen, kann ich mich endlich komplett meiner Leidenschaft widmen. Mein Abschluss wird zwar keine Glanzleistung, aber zum guten Bestehen sollte es reichen. Mama mag diese Einstellung zwar nicht, aber einen Weg, mich dahingehend zu ändern, hat sie auch nicht gefunden.

Bevor ich mich in die Küche begebe, wo Mama schon mit dem Frühstück wartet, leere ich noch den Briefkasten.

Dieses Ritual ist noch aus der Zeit übriggeblieben, als wir vor zehn Jahren hierher gezogen sind und ich darauf gewartet habe, dass jemand aus meiner alten Heimat schreibt.

Ich öffne die Haustür und muss erstmal blinzeln. Die Sonne sollte morgens echt nicht so hell scheinen, denke ich, während ich dennoch die wärmenden Strahlen genieße, die meine Haut kitzeln. Ich beschließe, heute auf jeden Fall das schöne Wetter zu nutzen, um einen Abstecher zum Dornweiher, meinem kleinen Geheimversteck und Ruhepol auf dem Akademiegelände, zu unternehmen. In den vergangenen Tagen habe ich neben meinen Prüfungen oft im Theater ausgeholfen, sodass ich keine Zeit hatte, um Kräfte am See zu tanken.

Ein zwitschernder Vogel reißt mich aus meinen Gedanken. Schnell schnappe ich mir die Post und gehe in die Küche. Mama sitzt schon auf ihrem Platz.

»Guten Morgen.« Viel besser gelaunt als es um diese Uhrzeit erlaubt sein dürfte, strahlt sie mich an:»Schön, dass du an die Post gedacht hast.«

»Mach ich doch immer«, grummle ich mehr als dass ich sprechen würde. Ich lege die Briefe vor ihr auf den Tisch.

»Ist was Wichtiges dabei?«, fragt sie ohne von ihrer Partitur aufzuschauen. Für mich gehört es zum Alltag, dass Notenblätter den Esstisch bedecken, wie es anderenorts Zeitschriften tun. Andere Mütter lesen morgens die Tageszeitung, Mama hingegen bevorzugt, Opern, Operetten oder Musicals und summt dabei leise vor sich hin.

Nicht selten verwandeln sich dabei Küchenmesser oder Teelöffel in Taktstöcke, mit denen sie dann mal seicht, mal aufbrausend durch die Luft wedelt.

»Keine Ahnung«, gebe ich mein Brötchen kauend zurück.

»Dann schau doch mal nach.«

»Hmpf. Später.«

Ich bin einfach nicht dafür geschaffen morgens schon topfit zu sein. Dennoch genieße ich die gemeinsamen Minuten, denn am Rest des Tages bleibt nicht viel Zeit.

Ich greife nach dem Stapel und überfliege die Absender.»Werbung… Werbung… Rechnung… alles für dich – was für eine Überraschung.« Meine Stimme ist nicht gänzlich frei von Sarkasmus. Als ob jemals Post dabei wäre, die nicht für sie bestimmt ist.

»Hier…«, ich halte einen großen braunen Umschlag fest,»… für mich«, stelle ich nüchtern fest.

»Ach, echt…?« Sie versucht unwissend zu klingen. Dabei höre ich die Nachtigall schon trapsen.

»Ist das wirklich dein Ernst?« Innerlich verdrehe ich die Augen.

»Was denn?«

»Na der Brief...«

»Was ist mit dem?« Sie versucht immer noch, ihre Unschuldsmiene aufrecht zu halten, was ihr zusehends schlechter gelingt. Ich reiße den Brief auf und überfliege den Inhalt. Anders als bei den anderen Bewerbern hält sich meine Überraschung in Grenzen.

»Du hättest mir auch einfach sagen können, dass ich angenommen bin.«

»Auch beim Sohn der Akademieleiterin muss das Protokoll eingehalten werden. Das Gremium hat über deine Aufnahme genauso entschieden wie bei allen anderen auch – kein Mutti Bonus.«

»Den will ich auch gar nicht«

***

Wie immer setze ich Rick nach dem Training im Sportzentrum zu Hause ab. Seit *der Alte* mir den Wagen geschenkt hat, bin ich der Chauffeur vom Dienst. Als der nagelneue Golf an meinem achtzehnten Geburtstag vor unserem Haus auf dem Akademiegelände stand, hatte ich mir geschworen ihn nie zu benutzen. Eher hätte ich mir eine Hand abgehackt, als etwas von *ihm* zu nutzen. Das war schließlich auch nur einer seiner Versuche, mich zu sich und der *Organisation* zu locken – aber so billig bin ich nicht zu haben. Nicht für das, was er vorhat – das widert mich einfach nur an – und schon gar nicht nach dem, was er mir und Mama angetan hat.

Noch heute bin ich unendlich froh, dass Mama es vor zehn Jahren endlich geschafft hat, ihn zu verlassen und hier neu Fuß zu fassen. Jetzt bleibt uns nur noch der Name, der uns mit *ihm* verbindet. Als Künstlerin war es schlichtweg einfacher, den Namen zu behalten, mit dem sie Weltruhm erlangt hat.

Seit wir vom Gut Siedenow-Raich weg sind, leben wir hier auf dem Gelände der *Accademia di Musica e Arte*. Sie leitet die Akademie und unterrichtet Klavier und Gesang, und ich bin seit heute offiziell immatrikuliert.

Naja, nach einigen Monaten hat dann mein Pragmatismus bezüglich des Wagens gesiegt und meinen Stolz verdrängt. Klar, es fahren stündlich Busse von der Akademie in die Stadt und zurück, aber mit dem Auto ist man einfach schneller.

Vom ersten Tag an durfte ich mir die Witzeleien meines Freundes Rick anhören. Er macht immer seine Scherze darüber, dass ich als *von und zu* oder *hochwohlgeboren* nur einen Golf fahre und keinen Mercedes, Maserati oder Bentley.

Aber genau das hat ihn zu meinem besten Freund werden lassen. Noch nie hat er sich sonderlich dafür interessiert, dass meinen Namen ein *von* ziert oder ich auf einen Stammbaum bis ins 15. Jahrhundert blicken kann.

Nach dem ewigen Gerede meines Alten über Tradition und Familienehre war das genau das, was ich brauchte, als wir vor über zehn Jahren hier nach Brandenburg kamen.

Nach meinen bisherigen Erfahrungen habe ich mir natürlich vorgenommen keine engeren Freundschaften einzugehen. Dass man sowas nicht planen kann, hätte mir eigentlich klar sein sollen.

Nach zehn Minuten einsamer Autofahrt stehe ich vor dem Tor zum Akademiegelände, an dessen linker Seite das Pförtnerhäuschen steht. Harry, der gutmütige, alte Pförtner, schaut von seinem Buch auf und nickt mir freundlich zu, während ich meine Key-card scanne. Als ein Piepsen signalisiert, dass alles okay ist öffnet sich die Schranke, und ich fahre auf das Gelände.

Rechts geht es zur Siedlung der Angestellten, wo ich mit Mama das letzte Haus bewohne. Ich stelle mein Auto links davon ab und steige aus.

In meinem Zimmer tausche ich die Sporttasche gegen meinen Violinenkoffer und gehe wieder nach draußen. Wie üblich ist Mama wahrscheinlich noch in ihrem Büro im Verwaltungsgebäude beschäftigt, so bleibt mein kleiner Ausflug unbemerkt.

Ein schmaler Pfad führt hinter unserem Häuschen in Richtung Amphitheater, das im Sommer regelmäßig bespielt wird und an einer natürlichen Anhöhe liegt.

Heute ist spielfrei, so dass mir niemand begegnet, während ich die steinernen Stufen hinabsteige. Vorbei an den Garderoben und Maskencontainern gelange ich in den unteren Wald.

Sobald ich zwischen den Bäumen verschwunden bin, sind es nur noch wenige Meter bis zu einer Gruppe von Sträuchern und Bü-

16

schen. Dank jahrelanger Übung schaffe ich es mittlerweile im Schlaf, die grüne Mauer zu durchqueren, ohne mir meine Kleidung oder Haut an den Dornen aufzureißen.

Ich streife die Kette, die ich vor fremden Blicken verborgen unter meiner Kleidung trage, ab, als ich an den Rand des kleinen Tümpels komme.

Hockend lasse ich den schlichten, länglichen Kristallanhänger ins Wasser gleiten. Der blaugrüne Turmalin beginnt langsam bläulich zu schimmern, als er das nasse Element berührt. Das Leuchten umgibt den Anhänger und strahlt mich an. Augenblicklich umfängt mich eine tiefe Stille und innere Ruhe. Energiegeladene Wellen durchströmen meine Adern, bis die Haut unter meinem Lederarmband am linken Handgelenk leicht zu kribbeln beginnt.

Nachdem ich dieses unbeschreibliche Gefühl eine Zeitlang genossen habe und das Leuchten nachlässt, lasse ich den Anhänger wieder unter meinem schwarzen Shirt verschwinden, das gerade so locker sitzt, dass man ihn unter dem Stoff nicht erkennen kann.

Mit einem Klicken schnappen die Verschlüsse des Instrumentenkoffers auf. Vorsichtig nehme ich mein Lieblingsinstrument heraus. Nachdem ich den Bogen frisch mit Kolofonium bestrichen habe, entlocke ich der Violine die ersten Töne.

Niemand, nicht einmal Rick oder Mama, ahnt, dass ich nach der Grundschule nicht aufgehört habe zu spielen. Wüsste Mom, wie viel es mir bedeutet, würde sie mich womöglich noch dazu überreden, mich für einen Musikstudiengang einzuschreiben... oder besser gesagt, sie würde mich einschreiben. Aber das würde mir dann die Leichtigkeit und Freiheit nehmen, und das will ich nicht riskieren.

Kein Lehrer der Welt kann mir dieses Gefühl der Freiheit geben, wie ich es hier am Dornweiher verspüre.

Gwen

Wie jeden Abend liege ich in meinem Zimmer auf dem Bett. Ich liebe mein *Turmzimmer* – wie ich es nenne – wegen des turmförmigen Erkers in der Ecke, der ringsum verglast ist. In unserer Villa kann ich mir keinen schöneren Ort vorstellen, um Musik zu hören oder zu lesen. Ich liebe es, dort zu sitzen und zuzusehen, wie die Sonne über dem Dorf untergeht und den Dächern der Häuser einen kupferroten Anstrich verleiht – die Farbe meiner Haare.

Ich starre an die weiße Decke meines Zimmers und muss daran denken, dass ich bald woanders einschlafen und aufwachen werde. Ausnahmsweise läuft keine der CDs mit französischen Chansons oder traditioneller skandinavischer Musik, die mir meine Kindermädchen immer aus ihrer jeweiligen Heimat mitgebracht haben.

Ich habe den Brief und die Unterlagen immer und immer aufs Neue gelesen, sodass mir mittlerweile die Augen tränen. Um wieder einen klaren Blick zu bekommen, schaue ich an mir hinab und fokussiere meine Füße, die immer noch in den grünen Chucks stecken.

Als sich meine Augen etwas entspannt haben, nehme ich mir nochmal die Broschüre vor. Ich kann es einfach nicht glauben, aber hier steht es schwarz auf weiß:»Studentinnen und Studenten der *Accademia*, die auf dem Gelände wohnen, steht es frei, ihre eigenen Instrumente mitzubringen. ...« Die Instrumente würden, so entnehme ich es den Unterlagen, drei Tage vor Beginn der Ausbildung abgeholt. Nach dem Eintreffen in der Akademie würden sie vom hauseigenen Instrumentenbauer gestimmt und auf Wunsch bearbeitet.

Für mich steht außer Frage, dass ich mein Klavier mitnehme, auf dem ich meine ersten musikalischen Gehversuche gemacht habe. Auf anderen Instrumenten habe ich mich nie so wohl gefühlt wie auf meinem eigenen.

Als ich das Klappern von Absätzen im Flur höre, weiß ich sofort Bescheid. Kurz darauf klopft es an meine Tür und Mama schiebt ihren Kopf herein – natürlich ohne mein *herein* abzuwarten. Aber

Gründe sie davon abzuhalten gibt es ja sowieso keine. Weder nehme ich heimlich irgendwelche Drogen noch gäbe es einen Freund, der sich verstecken müsste oder ähnliches.

»Hey meine Süße«. Ich hasse es, wenn sie mich so nennt. Aber es ihr auszureden ist anscheinend unmöglich. Ein leises Stöhnen kann ich trotzdem nicht unterdrücken. »Mama!«

»Wenn du nicht mehr hier bei uns bist, wirst du das schon noch vermissen.«

Diesen Kommentar übergehe ich einfach.

»Ich hätte nie gedacht, dass ich es auf die *Accademia* schaffe. Ich bin doch viel zu schlecht. Ich bin nunmal keines dieser Wunderkinder, die sich mit drei Jahren ans Klavier setzen und *Eine kleine Nachtmusik* fehlerfrei spielen.« Von dem Moment an, als mir klar wurde, dass es nun Wirklichkeit ist – dass ich angenommen bin, plagt mit auch der Zweifel. »Bin ich wirklich gut genug?«

»Ach, Schätzchen...«, sagt sie mit ihrer *Beruhigen-Sie-sich-gemeinsam-schaffen-wir-das-Stimme*, mit der sie wahrscheinlich ihre Klienten immer gefügig macht. Ich gebe es nur ungern zu. Wirklich ungern. Aber in Momenten wie diesen brauche ich das irgendwie. »Erstens: du hast es doch gelesen. Eine Kommission entscheidet, wer angenommen wird und wer nicht. Wenn sie *dich* wollen, dann wird das schon seine Richtigkeit haben. Und zweitens: Schon vergessen, wer den Vater ist? Dein Talent hast du garantiert von ihm geerbt.«

Herrmann Hesselbach. Der berühmte Konzertpianist, der mindestens drei- bis viermal im Monat Konzerte gibt oder für Aufnahmen durch die Welt jettet.

»Papa brauchte aber nicht jahrelang Unterricht, um so gut zu werden!«, gebe ich zu bedenken, wobei ich die Verbitterung nicht komplett aus meiner Stimme verbannen kann.

»Diamanten müssen auch erst geschliffen werden, bis sie funkeln«, erwidert sie, während sie mich an sich zieht und fest drückt.

Ich lehne mich an sie, aber schlucke eine erneute Antwort herunter. Wie sehr mich Zweifel plagen, braucht sie nicht zu wissen. Da hat auch das hundertmalige Lesen des Briefes nichts geholfen. Wirklich glauben kann ich es nicht.

»Müssen wir einen Überseecontainer mieten, oder meinst du, deine tausenden CDs aus aller Welt können hierbleiben?«, reißt Mama mich aus meinen Gedanken.

»Naja, ein ganzer Container muss es nicht gerade sein, eine Festplatte sollte ausreichen.«

Mit einem Lächeln steht Mama auf und geht. »Na dann sollte das ja kein Problem sein. Ich lass dich dann mal weiter in Ruhe nachdenken. Gute Nacht, Süße.«

Bevor ich ihr noch so etwas wie ein Schnauben hinterherschicken kann, ist sie schon aus der Tür gehuscht.

Ich liege noch ewig wach und lausche den Klängen Chopins, die aus den Lautsprechern rieseln, nachdem ich das Licht meiner Nachttischlampe ausgeknipst und mir meine Chucks von den Beinen gestriffen habe. Mein Gedankenkarussell dreht sich auf Hochtouren und will einfach nicht stillstehen. Eigentlich beruhigen mich die *Nucturnes* von Chopin abends immer, aber heute will das nicht gelingen. Nach einer gefühlten Ewigkeit und endlosen Grübeleien, die sich teils aus Zweifeln, teils aus Vorfreude zusammensetzen, schlafe ich endlich ein.

***

Noch ein letztes Mal gehe ich hinaus zu meinem Teich im Wald. Wie immer lasse ich mich auf den Baumstumpf sinken und strecke meine Beine aus. Ich atme die warme, nach Wasser und Natur duftende Luft ein. Augenblicklich umfängt mich wieder diese ruhige und entspannende Atmosphäre, die meinen Puls und meine Atmung verlangsamen.

Sofort frage ich mich, wie ich in Fellbach zurechtkommen soll, wenn ich Probleme habe. Werde ich da auch ein Plätzchen finden, wo ich so runterkommen kann wie hier?

Wenn ich den Unterlagen Glauben schenken darf, befindet sich die Akademie inmitten eines ausgedehnten Waldes, in einem Gebiet, wo es viel Wasser gibt. Ich kann wirklich nur hoffen, dass ich einen Ort finde, der eine ähnliche Ruhe auf mich ausstrahlt. Wo soll ich denn sonst Trost finden, wenn mich mal wieder Zweifel plagen?

Schluss damit! Es ist hier nur ein einfacher Tümpel im Wald wie jeder andere auch. Vermutlich bilde ich mir diese besondere Wirkung sowieso nur ein. Aber ich war so oft hier in den letzten Tagen. Immer hat es mich beruhigt. Kann das wirklich Einbildung sein? Immer wenn ich hier zum Teich hinter den Büschen gekommen bin, konnte ich diese Stimme, die mir sagt, ich sei nicht gut genug, abschalten. Was mache ich nur, wenn es an der Akademie so weitergeht wie bisher? Ich allein. Ohne Freunde. Außenseiter. Vielleicht wäre das gar nicht so schlecht. Dann kann man wenigstens nicht auch noch von ihnen enttäuscht werden. Wenn ich dachte, es könnte sich eine Freundschaft entwickeln, haben die anderen festgestellt, dass man mit den *coolen* Kids mehr Spaß haben kann, als mit einer wie mir, die ihr Klavier über alles liebt. Einmal habe ich den Fehler begangen mich auf jemand anderen einzulassen – das passiert mir nicht nochmal.

Langsam wird es Zeit. Ich erhebe mich und gehe an den Rand des Teiches. Ich hocke mich hin und lasse meine Hände langsam durch das vom Sommer erwärmte Wasser gleiten. Als meine Finger eintauchen, erfüllt mich plötzlich eine Energie, wie ich sie noch nie gespürt habe. So, als wolle mir das Wasser die Angst nehmen, vor dem, was kommt. Mich mit der nötigen Kraft erfüllen, um den neuen Schritt zu wagen.

Oh Mann, langsam drehe ich echt durch. Haben die anderen Jugendlichen im Dorf am Ende doch Recht und ich bin nicht ganz richtig im Kopf? Es ist nur Wasser. Himmel! Jetzt komm mal wieder runter und freu dich auf das, was du ab Morgen erleben wirst! Seltsamerweise erfüllt mich auf einmal wirklich unbändige Freude. Die Zweifel scheinen verschwunden. Verdammt! Mama würde mich auf der Stelle zu sich auf die Couch legen, wenn sie wüsste, dass ich mir gerade darüber den Kopf zerbreche, was das Wasser des Sees mit mir macht. Dass es mir eben Energie geschenkt und Zweifel genommen hat.

Entschlossen, niemandem davon zu erzählen, stehe ich auf und mache mich auf den Weg nach Hause. Noch einmal drehe ich mich um und lasse den Blick über meinen kleinen, geheimen Ort schweifen.

***

Am nächsten Morgen ist es dann soweit. Mir ist etwas flau im Magen, meine Beine zittern, aber ich freue mich. Endlich hält das Taxi am späten Vormittag in unserer Einfahrt. Der junge, sportliche Fahrer beginnt sofort meine drei Koffer einzuladen. Mir ist es schon beinahe peinlich, dass ich so viel Zeug mitnehme, aber der eine Koffer geht auf Mamas Konto, die darauf bestanden hat, dass ich noch dieses oder jenes Kleidungsstück zusätzlich einpacke. Dabei sieht doch eh alles gleich aus. Neunzig Prozent meines Kleiderschanks bestehen aus schwarzen Stücken, der Rest ist grau, weniges weiß. Die einzigen Farbtupfer, die ich mir gestatte, sind meine Chucks, die ich in den verschiedensten Farben besitze. Die füllen den kleinsten Koffer komplett aus.

Aus meinem schwarzen Rucksack, in dem ich mein Laptop und die Festplatte mit der Musik transportiere, schaut der Kopf meiner braun-weißen Plüschkuh Frieda heraus.

Natürlich habe ich dafür einen dieser typischen Mama-Blicke kassiert, der fragt, ob das denn wirklich nötig sei. Woraufhin ich mit meinem Tochter-Blick geantwortet habe *Ja, ist es.*

In der vergangenen halben Stunde ist Mama immer nervöser geworden und pausenlos um mich herumgewirbelt. Papa hingegen, der sich heute extra freigenommen hat, wurde immer ruhiger. Ich wünschte, seine Ruhe würde auf Mama abfärben.

Als es an der Zeit ist aufzubrechen, schließen mich beide in ihre Arme. Ich meine sogar zu erkennen, dass Mamas Augen hinter ihrer Brille etwas feucht werden und sie gegen die Tränen kämpfen muss.

»Pass auf dich auf, Süße, und melde dich, wenn du angekommen bist.«

»Ja, Mama. Mach ich.«

»Mach dir keine Sorgen. Du schaffst das. Ich bin wirklich stolz auf dich.«

»Danke, Papa. Ich hoffe, ich werde dich nicht enttäuschen.«

»Sicher nicht. Da fällt mir ein...«, sagt er und stupst dabei Mama an.

»Ach... ja... ich habe noch etwas für dich«, sagt sie.

Aus einer Schmuckschachtel holt sie eine feine silberne Kette. Eine kleine Eule hängt daran.

»D-D-Danke, Mama«, bringe ich zitternd hervor. »Die ist wun-

derschön«
Das ist sie wirklich.
»Sie soll dich... beschützen.«, sagt Papa mit Anspannung in der Stimme, »...und dafür sorgen, dass du deine Entscheidungen weise triffst. Und jetzt auf, der Fahrer wartet.«
Noch einmal umarmen mich beide. Ich steige ins Taxi und verlasse mein Zuhause.

Zweites Kapitel

»*Frankfurt. Gegen 23 Uhr brach auf dem Gelände des größten deutschen Herstellers für Medikamente und Medizinbedarf ein Feuer aus. Große Teile der Produktionsabteilung und des Lagers sind vollständig niedergebrannt. Brandstiftung kann nicht ausgeschlossen werden. Die werkseigene Feuerwehr konnte laut Aussagen der Polizei nicht eingreifen, da Fahrzeuge nicht funktionsfähig waren, obwohl Prüfberichte einen einwandfreien Zustand zertifizieren. Die Polizei ermittelt.*«
(Frankfurter Kurier, 23.02.2015)

Jan

»Oh Mann, da haben wir es also tatsächlich geschafft.« Rick bricht das Schweigen, als ich am Kreisverkehr die dritte Ausfahrt in Richtung des Wohngebiets nehme. Wir sind wieder einmal auf dem Heimweg nach dem Training.
»Sieht ganz so aus.« Schon in der Grundschule waren wir in ei-

ner Klasse, am Gymnasium hatten wir alle Kurse zusammen, da musste das ja so kommen.

»Ob es jetzt anders wird, wenn wir nicht mehr nur Aushilfen, sondern Studenten sind?«, denkt er laut.

Schon seit einigen Jahren helfen Rick und ich in den Ferien bei Theater- oder Musicalproduktionen aus, um unser Taschengeld aufzubessern. Nicht dass ich das nötig hätte, aber ich verdiene lieber mein eigenes Geld, als alles in den Hintern geschoben zu bekommen.

Unsere Liebe zur Arbeit hinter den Kulissen hat auch dazu geführt, dass es ab diesem Semester den Studiengang *Veranstaltungstechnik für Musical und Theater* an der *Accademia* gibt, den wir beide belegen.

Frank, der leitende Tonmeister an der Akademie hat, als wir umgezogen sind, mein Interesse für Tontechnik geweckt. Es mag komisch klingen, aber neben Rick gehört er zu meinen engsten Vertrauten. Alle Fragen, die man seiner Mutter nur ungern stellt, hat er mir mit Engelsgeduld beantwortet. Stets hat er sich alle großen und kleinen Probleme mit einer Tasse Kaffee in der Hand angehört und seine Meinung geäußert – ohne dabei zu sehr wie ein Erwachsener zu klingen.

Wenn ich nicht gerade beim Training mit Rick bin oder die Ruhe am See genieße, halte ich mich bei Frank im Tonstudio oder Theater auf. Es gibt für mich nichts Schöneres, als den Sängern und Musikern dabei zu helfen, den großen Saal mit ihren Stimmen und den Klängen der Instrumente zu füllen, und zu sehen, wie das Publikum den Alltag für einige Stunden hinter sich lassen kann. Und nicht zu vergessen: Die Arbeit mit Rick macht einfach Spaß. Er hat für seinen Teil die Beleuchtungstechnik für sich entdeckt, als ich ihn mal mitgenommen habe. Seither verstehen wir uns bei der Arbeit meist ohne Worte, was echt angenehm ist.

Frank und Mama haben wir es zu verdanken, dass der Studiengang eingerichtet wurde.

Ricks Bedenken bringen mich zum Grübeln. *Wird es so entspannt bleiben, wie es bisher war?*

»Du kennst doch Frank und Sven. So cool wie die drauf sind, wird das schon.« Meine leisen Zweifel behalte ich für mich

»Na, was meinst du…«, fragt Rick mit einem schiefen Grinsen im

Gesicht, als ich vor seinem Haus anhalte,»...wie viele Studentinnen werden in diesem Jahrgang was von dir wollen?«

Nicht schon wieder... Ich verdrehe die Augen. »Zu viele...«, gebe ich murrend zurück.

Schon lange habe ich das Problem, dass Mädchen mir nachlaufen. Ich wünschte, ich wüsste woran das liegt, um es abzustellen. Bisher ist mir jedoch keine Antwort vergönnt. Alles wäre ja weniger problematisch, wenn es nicht zu gefährlich wäre – für sie... und damit für mich.

Rick kennt nicht den wahren Grund, wieso ich mich von Mädchen fernhalte und keine engen Bindungen zu anderen Menschen eingehe. Er ist sowieso schon zu sehr in Gefahr.

Nachdenklich betrachte ich das Band an meiner linken Hand. Hätte ich lieber bei *ihm* bleiben sollen, anstatt mit Mama hierher zu kommen? Wie immer, wenn ich an diese Person denke, von der die Hälfte meines Erbgutes stammt, zieht sich alles in mir zusammen. NEIN! Meine Entscheidung war richtig. Die Kräfte habe ich auch so unter Kontrolle. So wie es scheint, bin ich doch nicht so unfähig, wie *er* nie müde wurde es zu betonen.

»Ich würde mich freuen, wenn *mir* auch nur *eine* so nachlaufen würde, wie sie es bei dir massenweise tun.«

Ricks Worte, in denen er seine Verbitterung nur schwer verbergen kann, reißen mich aus meinen düsteren Gedanken.

Ich verstehe auch nicht, was sie an mir finden. Ich bin keiner dieser gutaussehenden Schmusebarden, wie sie momentan die Charts stürmen oder auf YouTube Karriere machen. Ich habe total nichtssagende graubraune Augen. Meine langen Haare, die ich zusammengebunden trage, sind auch nicht das, was im allgemeinen Mädchenherzen höherschlagen lässt. Und dass ich auch Musik mache, weiß kaum jemand. Einen Punkt gibt es aber dennoch, nur hat der nichts mit mir zu tun.

Der Sohn der Akademieleiterin und begehrtesten Klavierprofessorin zu sein, weckt offenbar das Interesse einiger Studentinnen.

Aus dem Augenwinkel sehe ich Ricks Vater in der Haustür, somit ist das Thema glücklicherweise beendet.

»Danke für den Taxiservice«, sagt Rick wie immer, wenn ich ihn absetze.

»Immer gern. Bis morgen.«

***

Jedes Jahr aufs Neue ist es toll zu sehen, wie sich die Augen der neuen Studenten weiten, wenn sie zum ersten Mal das Gelände der *Accademia* betreten. Die meisten bleiben zunächst einmal stehen und lassen ihren Blick schweifen. Da es ein schöner Spätsommertag ist, findet der Empfang vor dem Verwaltungsgebäude statt. Immer mehr junge Menschen werden von den Taxen ausgespuckt. Rick, der sich das Schauspiel nun auch schon zum dritten Mal an meiner Seite anschaut, kann sich ein Grinsen nicht verkneifen. Dabei würde er mit Sicherheit genauso vertrottelt dreinschauen, wie die meisten anderen Jugendlichen auch, wenn er das erste Mal hierherkommen würde.

»Wetten…«, sagt Rick grinsend und deutet unauffällig auf ein großes, schlankes Mädchen mit blonden Haaren, einem rosafarbenen Top und engen zartrosa Jeans. Ihre Füße stecken in ebenfalls rosa Ballerinas und auf dem Rücken trägt sie einen – Überraschung – rosa Gitarrenkoffer. Ungewöhnlicherweise sieht das gar nicht so schrecklich aus wie man meinen könnte.»…dass die auch eine von denen wird, die es früher oder später bei dir probieren?« Mittlerweile kann er sein Lachen kaum zurückhalten. Rick weiß genau, wie peinlich mir das ist, und er zieht mich nur zu gerne damit auf.

»Hmpf… Du weißt, wie ich zu dem Thema stehe. Ich bin allein glücklich. So war es immer und das wird sich auch nicht ändern. Aber wenn *du* Interesse hast…«

»Ach, komm… das ist nicht meine Liga…«

»Jetzt hör schon auf… du wirst die Richtige schon noch finden… oder die Richtige dich… und wenn du nicht ständig vom Gegenteil überzeugt wärst,…«

»Jaja… schon gut…« Damit scheint das Thema vorerst beendet, und Rick wendet sich wieder den ankommenden Neulingen zu.

Am Ende der Zufahrt zum Haupttor ist ebenfalls eine Schar Menschen zu sehen. In der Regel sind das diejenigen, bei denen die Taxifahrer zu faul waren auf das Gelände zu fahren. um auf dem Hof zu wenden. So schmeißen sie ihre Fahrgäste schon an Harrys

Häuschen aus dem Wagen.

Gerade will ich auf mein Handy schauen, um zu sehen wie viel Zeit uns noch bleibt, bis Mom ihre Ansprache hält, als Rick mir unsanft in die Rippen stößt.

»Da...« Mehr muss er gar nicht sagen.

Zwischen den Jungs taucht immer wieder ein Mädchen auf, das meinen Blick anzieht wie ein Magnet. Sie trägt ein schwarzes Longshirt mit einem Violinschlüssel auf der Vorderseite, dessen Ausschnitt ihre Oberweite... *Stopp! Das geht eindeutig in die falsche Richtung!*, versuche ich meine Gedanken wieder in die Spur zu bekommen.

Der Aufdruck und ihr Instrumentenkoffer lassen keinen Zweifel, dass sie zu den Musikern gehören wird.

Ihre Beine stecken in engen schwarzen Hosen, die ihre Figur... ähm... Ihre braunen Chucks passen jedenfalls perfekt zu den Haaren, die wie ein loderndes Flammenmeer im Nachmittagslicht leuchten. Erst als ich nochmal genauer hinsehe, erkenne ich, dass sie ihr bis über den Po reichen und beim Laufen hin und her wippen.

»Jan? Ja-aaan?!?« Rick schnippt mit seinen Fingern vor meinem Gesicht.

»Äh... Ja... was?«

»Ach nix... Ich frag mich nur, ob es möglich sein könnte, dass du deinen Vorsatz dieses Jahr über Bord wirfst?«

»Quatsch. Du weißt, wie ich dazu stehe.« Während ich das sage, kann ich meinen Blick kaum von ihr lösen.

»Jaja...«, erwidert Rick, immer noch lachend.

Gwen

Nachdem ich das Angebot des Fahrers abgelehnt habe, mich direkt zum Hof zu fahren, lässt er mich am Pförtnerhäuschen aussteigen. Ich will alles sehen, ohne das Fenster des Autos zwischen mir und der Umgebung. Ich folge einer Gruppe anderer, die das gleiche Ziel zu haben scheinen. Der Weg vom Haupttor zum zentralen Platz ist ziemlich lang und zum ersten Mal bekomme ich wirklich einen Eindruck, wie weitläufig das Gelände der *Accademia di musica e arte* ist. Von einem Platz, der von Bänken umsäumt ist, führen Wege zu den Wohnsiedlungen. Dort werde ich auch in einem Haus wohnen, zusammen mit zwei anderen Mädchen. Wieder überkommen mich leise Zweifel. Kann das gut gehen? Auf so engem Raum? Naja, ich werde mich mit meinem Klavier in meinem Zimmer verbarrikadieren, und dann wird das schon. Dann bekomme ich wenigstens nicht mit, wenn sich die Leute wie am Gymnasium hinter mir ihre Mäuler zerreißen oder sonstige Gemeinheiten aushecken. Und wenn ich das nicht mitbekomme, kann es mir doch egal sein, oder?

Ich taste nach der Eule, die an meiner Kette baumelt. Glücklicherweise ist sie – trotz meines zugegebenermaßen recht tiefen Ausschnitts – nicht zu sehen. Ich weiß nicht wieso, aber ich habe das Bedürfnis, sie vor fremden Blicken zu schützen. Als ich sie ertastet habe, bin ich sofort entspannter. Ich habe bisher nie wirklich Schmuck getragen. Einerseits hat sich mir der Sinn nie erschlossen, andererseits finde ich Ketten, Ringe – egal ob am Finger, Ohr oder Nase (letzteres hab' ich nie probiert) oder Armbänder – einfach lästig. Aber bei der Eule, die an einer filigranen Silberkette hängt, ist das anders. So, als wäre sie ein Teil von mir.

Nach einigen Metern, in denen mein Blick über das Gelände schweift, stoße ich auf wartende Studenten, die sich ebenfalls umsehen. Einige stehen in kleinen Grüppchen zusammen und unterhalten sich oder singen gemeinsam. Ich bleibe etwas entfernt stehen und schaue auf mein Handy.

Es ist kurz vor sechzehn Uhr. In wenigen Minuten dürfte es losgehen. Anspannung überkommt mich, aber diesmal aus purer Vorfreude. Ich bin hier. Hier an der Akademie, so wie ich es mir immer gewünscht habe. Was die Anderen über mich denken, kann mir egal sein, oder? Ich mache einfach meinen Abschluss, und dann sehe ich weiter.

Meine Gedanken werden von einer Frauenstimme unterbrochen, die über den Platz schallt.

»Liebe Studentinnen und Studenten. Herzlich Willkommen an der *Accademia di musica e arte*. Ich freue mich, Sie nun endlich persönlich kennenzulernen. Ich bin Professor Lena von Siedenow-Raich...«

Einige Meter vor mir steht eine große, schlanke Frau, die noch keine fünfzig Jahre alt zu sein scheint. Klar habe ich sie schon auf Konzert-DVDs gesehen, aber abseits der Konzertbühne sieht sie um einiges jünger aus – und ziemlich hübsch. Auf einem Laufsteg könnte sie auf jeden Fall mithalten. Ihre Stimme klingt sympathisch, und ihre Augen strahlen echte Freude aus. Kein aufgesetztes Fotolächeln.

Ich bin normalerweise niemand, der schnell Herzrasen oder Kreischanfälle bekommt, wenn mir ein Star gegenübersteht (wenn der eigene Vater eine Berühmtheit ist, gewöhnt man sich an sowas), aber bei ihr geht selbst mein Puls in die Höhe. Immerhin hat sie alle möglichen Preise gewonnen...

»... Ich bin die Leiterin der Akademie und werde einige von Ihnen in Gesang und Klavier unterrichten. Aber ich will gar nicht lange reden. Sie sind sicherlich gespannt auf Ihre Unterkünfte und mit wem Sie dort zusammenleben werden. Bevor wir uns heute Abend zum Lagerfeuer am Amphitheater treffen, können Sie sich kennenlernen und einrichten.«

Oh, ja... das wird sicher ein Riesenspaß. Ich kann es kaum erwarten.

»Sie fragen sich sicher, wie Sie an Ihr Gepäck kommen. Keine Sorge, das haben die Heinzelmännchen der Akademie schon in Ihre Häuser gebracht; die Instrumente folgen dann am Montag. Stellen Sie sich jetzt bitte des Studiengangs entsprechend bei meinen Kollegen an. Dort bekommen Sie Ihre Key-Card. Damit kommen Sie nicht nur in Ihre Wohnungen, sondern auch in die Seminar- und Probenräume. Ach, eins noch: Wenn Sie Sorgen, Probleme, Fragen oder sonstige Anliegen haben, ich und meine Kollegen haben immer ein offenes Ohr. Und nun los... wir sehen uns heute Abend.«

Na dann mal los. Ich stelle mich an meine Schlange an und warte, bis ich an der Reihe bin.

»Und du bist?«, fragt mich der Mann auf der anderen Seite des Tisches freundlich.

»Gwendolyn Hesselbach«

»Hesselbach... Etwa wie Herrmann?«

Na toll. Innerlich verdrehe ich die Augen. »Ja... genau.«

»Wahnsinn wie die Zeit vergeht. Als ich dich das letzte Mal gesehen habe, hast du friedlich im Kinderwagen geschlafen.« Anscheinend bemerkt der Mann meinen fragenden Blick, denn die Erklärung folgt.

»Entschuldige. Ich bin Frank. Ich war damals Toningenieur in dem Studio, in dem dein Vater einige CDs eingespielt hat. Auch das Chopin-Album, mit dem er dann sogar den ECHO Klassik gewonnen hat.« *Das Album, das ich höre, wenn ich abends nicht einschlafen kann.* »Du hast immer in der Tonregie gelegen, und wenn dein Vater gespielt hat, bist du ganz ruhig geworden und eingeschlafen.« Ich könnte wetten, dass mein Gesicht die Farbe meiner Haare annimmt, was er glücklicherweise nicht sieht, da er einen Stapel Plastikkarten durchsucht.

Inzwischen hat er meine Key-Card gefunden.

»Na dann viel Spaß. Ich bin schon gespannt, dich mal am Klavier zu erleben. Herzlich Willkommen auf der *Accademia*.«

»Danke.«

Ich gehe zur Seite und betrachte die Plastikkarte. Auf der Vorderseite stehen mein Name und mein Studiengang. Daneben ist das Foto, das meiner Bewerbungsmappe beigelegt war. Ein Foto aus dem vergangenen Sommer, das Papa im Urlaub gemacht hat. Die Sonne scheint mir schräg ins Gesicht und meine langen kupferroten Haare werden vom Wind durch die Luft gewirbelt.

Ebenfalls steht auf der Karte der Name meines Hauses. *Vivaldi* und eine sechsstellige Nummer.

Also los. Jetzt müsste ich nur noch wissen, wo genau sich das besagte Haus befindet. Ich laufe in die Richtung, aus der ich gekommen bin.

Im Gehen schreibe ich Mama schnell eine Nachricht, dass ich vollständig und lebendig angekommen bin. Zumindest habe ich das vor, denn mit gesenktem Kopf renne ich gegen ein Mädchen.

»Sorry, sorry, sorry... Tut mir wirklich leid. Ich hoffe, du hast dir nicht weh getan. Ich wollte nur eben...«, sprudelt es aus ihr hervor.

Sie ist etwas größer als ich. Hat dunkelblonde Haare und ist von Kopf bis Fuß in pink und rosa gehüllt. So viel Selbstbewusstsein muss man erstmal haben, um rumzulaufen wie ein Bonbon. Aber irgendwie steht ihr das.

»Schon gut. Wie du siehst lebe ich noch. Und ich war ja auch nicht gerade aufmerksam.«

»Trotzdem. Tut mir leid. Ich wollte eben meiner Mama Bescheid sagen, dass ich gut angekommen bin und war wohl abgelenkt.«

»Tja, da haben wir was gemeinsam. Das wollte ich auch eben machen.«

»Dann sollten wir das besser schnell erledigen, bevor wir noch andere über den Haufen rennen«, sagt sie mit einer glockenhellen Stimme und mal wieder in einem Tempo, das ich Mühe habe, mit dem Denken hinterher zu kommen.

»Wäre wohl besser.«

Ich schreibe Mama kurz, dass ich angekommen bin und es mir gut geht.

»Also dann...«, murmle ich und will meinen Weg fortsetzen.

»Warte, wohin musst du? Vielleicht können wir ein Stück gemeinsam gehen.«

Na super. So viel zum Thema *Ruhe.*

»Auf meiner Karte steht *Vivaldi* ...« Weiter komme ich nicht.

»So wie es aussieht haben wir noch etwas gemeinsam.« Das Mädchen hüpft wie ein Gummiball auf und ab, wobei der Kies unter ihren Ballerinas knirscht. »Wir wohnen zusammen im selben Haus. Du musst mir unbedingt alles über dich erzählen. Ich bin schon die ganze Zeit so aufgeregt, mit wem ich wohl zusammenleben werde.« *Klasse. Wie soll ich DIE denn bitte länger als fünf Minuten ertragen?*

»Wie wäre es, ...«, versuche ich sie zu unterbrechen, damit sie mal Luft holen kann, »... wenn du mir erstmal sagst, wie du heißt. Ich bin übrigens Gwendolyn. Gwen reicht aber.«

»Oh Mist, na klar, verzeih mir bitte, ich bin Melissa – du kannst aber ruhig Lissi sagen.«

Nachdem das nun klar ist, versuchen Melissa und ich den Weg zu unserem Haus zu finden. Da wir aber nur die grobe Richtung kennen, beschließt sie, uns Hilfe zu suchen. Am Rand des Platzes sitzen zwei Jungs auf einer Bank, die unbeteiligt schauen. Ohne zu zögern geht meine neue Mitbewohnerin auf die beiden zu.

Jan

Nun wird es also wirklich ernst. Heute Abend ist das traditionelle Lagerfeuer, das immer zum Semesteranfang am Amphitheater stattfindet. Den Sonntag über haben wir frei. Das heißt: wir hätten frei, wenn Rick und ich nicht bei der Nachmittagsvorstellung im Theater arbeiten müssten. Montag geht dann der reguläre Unterricht los. Wobei *Unterricht* klingt viel schlimmer, als es hier an der Akademie der Fall ist. In der Regel läuft alles sehr praxisnah ab. Es gibt kaum reine Theorieseminare. In den meisten Fällen erarbeiten die Musical- und Musikstudenten Konzerte, während die Studenten der bildenden Künste Werke für Ausstellungen herstellen oder an Bühnenbildern arbeiten. Da Ricks und mein Studiengang in diesem Semester erstmalig angeboten wird, kann ich nicht sagen, ob er auch so sein wird. Ich kann es nur hoffen, denn ich habe schon immer besser durch ausprobieren gelernt als durch Lesen von Büchern.

Während Rick und ich hier auf der Bank sitzen, holen die meisten Neulinge ihre Key-Cards. Mein Kumpel hängt vermutlich seinen eigenen Gedanken nach. Bei ihm erkennt man das immer daran, dass er etwas weltentrückt durch seine Brille schaut.

Ich lasse meinen Blick wieder über die Menschenmenge schweifen. Irgendwie ist es schon lustig zu sehen, wie sie alle etwas planlos umherirren. Ich habe Mama schon so oft vorgeschlagen, ihnen einen Plan vom Gelände in die Hand zu drücken. Denn wenn man hier neu ist, kann es wirklich unüberschaubar sein. Aber sie ist der Meinung, dass die Studenten aufeinander zugehen sollen und somit die Kommunikation untereinander gestärkt wird. *Na, wenn sie meint...*

»Hey...«, reißt mich plötzlich ein glockenhelles Stimmchen aus meinen Gedanken. Es ist das Rosa-Bonbon-Mädchen, das Ricks Aufmerksamkeit vorhin schon auf sich gezogen hat. »...Wir sind neu hier. Könnt ihr uns möglicherweise sagen, wie wir zum unserem Haus kommen?«

Als ich sehe, wen sie mit *wir* meint, bleibt mir die Luft weg und nimmt sowohl Sprache als auch klares Denken mit sich – wohin auch immer. Hinter ihr ist die schwarzgekleidete Neue mit den unfassbar langen kupferroten Haaren. Wie lang das wohl gedauert hat, bis sie so lang geworden sind? Ich versuche meinen Blick von ihrem Gesicht zu lösen. Aber es geht nicht. Ihre braunen Augen, die kleine Nase und die Lippen, die weder zu schmal noch zu breit sind, ziehen mich einfach an. Äußerlichkeiten sind mir wirklich ziemlich egal. Wenn es mir nur darum ginge, hätte ich schon genügend Freundinnen haben können. Aber keine hat mich auf den ersten Blick so gefangen genommen wie sie. *Oh shit.* Ich hoffe, ich schaue gerade nicht so vertrottelt, wie es Rick manchmal tut. Das wäre verdammt peinlich. A propros Rick. Der hat glücklicherweise reagiert und das Reden für mich übernommen.

»Klar. Kein Problem. Wo soll's denn hingehen?«, fragt er und hat sich bereits erhoben. Mechanisch tue ich es ihm gleich.

»Vivaldi«, sagt das blonde Mädchen.

»Na dann mal los. Ich bin übrigens Riccardo. Aber so nennen mich nur meine Eltern. Alle anderen bleiben bei *Rick*. Und das ist Jan.« Er deutet auf mich und setzt sich in Bewegung.

»Gwendolyn«, wispert die kleinere mit den leuchtenden Haaren. »Melissa. Aber *Lissi* ist auch in Ordnung.«

Auf dem Weg zu den Häusern sprudelt es die ganze Zeit nur so aus ihr heraus. Sie redet so verdammt viel und schnell, dass ich mir zwischenzeitlich Sorgen mache, sie kippt aus Sauerstoffmangel um. Glücklicherweise fällt durch ihren Wortschwall nicht auf, dass außer *Schön, euch kennenzulernen* nichts Vernünftiges zwischen meinen Lippen hervorkommt. Da ich es aufgeben habe, auch nur irgendetwas zum Gespräch, naja *Monolog* trifft es wohl eher, beizutragen, beobachte ich Gwendolyn. Sie läuft leicht vor mir und hält ihren Blick fast die gesamte Zeit auf ihre Chucks gerichtet. Ihren Kopf hat sie eingezogen. Ich war vorhin so von ihrem Aussehen überwältigt, dass mir das gar nicht aufgefallen ist. Aber es scheint, als würde sie sich unwohl fühlen. Obwohl ich sie nicht kenne, versetzt mir das einen Stich. Der Gedanke, sie könnte unglücklich oder verängstigt sein, lässt mir keine Ruhe. Wie gerne würde ich nachfragen. Aber wie groß wäre schon die Wahrscheinlichkeit, dass sie drei Menschen, die sie gar nicht kennt, erzählt, was sie bedrückt?

Ich kann nur hoffen, dass es die anfängliche Unsicherheit ist, die

hier jeden innerhalb der ersten Tage erwischt. Vielleicht können ihre neuen Mitbewohnerinnen etwas aus ihr herausbekommen, wenn sie sich etwas besser kennenlernen. Möglicherweise steckt Melissas hibbelige Art ja an. Schon die ganze Zeit scheint sie Mühe zu haben, in ruhigem Tempo neben Rick herzugehen. Wahrscheinlich würde sie am liebsten losrennen und sofort alles in Augenschein nehmen. Sie scheint bis in die letzte Haarspitze mit Energie und Tatendrang gefüllt sein. Wenn sie auch nur einen Bruchteil davon an Gwendolyn abgeben könnte, würde das vielleicht die Last, die sie zu erdrücken scheint, mindern.
Mittlerweile sind wir an der Hauptgabelung angekommen.
»So, hier befinden wir uns auf dem *Kleinen Hof*. Von hier kommt ihr zum Haupttor, ...«, Rick deutet geradeaus, »... der erste Abzweig links von uns führt uns zu den Häusern der angehenden bildenden Künstler. Dahinter geht es zur Siedlung der Angestellten. Und wir gehen jetzt nach rechts. Dort geht es zu den Wohnhäusern der Musik- oder Musicalstudenten.«
Es fehlt nur noch das Holzschild mit einer Nummer drauf, und er würde den perfekten Reiseführer abgeben, denke ich. Aber ich bin froh, dass Rick sich um die Führung kümmert. Ich bin mit meinen Gedanken immer noch bei Gwendolyn.
Wir gehen ein Stück und dann sind wir auch schon vor ihrem Haus.
»So, da wären wir. Viel Spaß im neuen Heim«, beendet unser *Tourguide* die Führung.
»Vielen Dank fürs Herbringen«, bedankt sich Melissa freudestrahlend.
»Ja, danke sehr«, murmelt Gwendolyn
»Ihr solltet euch das Lagerfeuer auf keinen Fall entgehen lassen. Das Essen ist immer der Hammer«, fügt Rick hinzu.
»Das wird bestimmt richtig toll. Ich kann es kaum erwarten, die anderen Studenten kennenzulernen, und auch die Professoren interessieren mich total.«
»Ich weiß nicht. Ich glaub, ich bleibe hier«, flüstert Gwendolyn.
Endlich habe ich meine Sprache wiedergefunden. »Das wäre aber schade. Willst du später wirklich sagen müssen, du hättest den ersten Abend in der *Accademia* in deinem Zimmer verbracht? Komm doch wenigstens kurz vorbei. Und wenn es dir nicht ge-

fällt, kannst du ja immer noch gehen.«

»Klar kommst du mit«, beschließt Melissa immer noch voller Energie.

Hoffentlich kann sie Gwendolyn überzeugen.

Gwen

Ich habe nicht lange Zeit mich darüber zu ärgern, dass Melissa über meinen Kopf hinweg entschieden hat. Lissi will gerade ihre Key-Card an den Scanner halten, als sich die Tür von innen öffnet. Vor uns steht ein Mädchen, etwa so groß wie ich. Ihre pechschwarzen Locken umspielen ihr Gesicht, das uns neugierig entgegenblickt. Sie trägt einen bequemen bordeauxroten Kapuzenpulli, der mir für die Jahreszeit zu warm erscheint. Das, was für Lissi pink ist, scheint für das Mädchen bordeaux zu sein. An ihren Füßen trägt sie Nike Theas in eben dieser Farbe.

»Hey«, begrüßt sie uns, »kommt rein. Ich bin übrigens Sina. Euer restliches Gepäck ist auch schon hier.«

Sie tritt beiseite und lässt uns herein. Es ist nicht schwer zu erraten, wem die pinken Koffer gehören, die den meisten Raum im Flur einnehmen. Daneben sehen meine drei schwarzen verdammt klein aus. Außerdem füllen noch ebenfalls schwarze Koffer mit einem roten Band den Flur aus. Die müssen Sina gehören.

Melissa ist schon wieder in ihrem Element, plappert drauf los und stellt uns vor. Während ich stumm daneben stehe.

»Wie um Himmels Willen hast du es geschafft schon hier zu sein?«, fragt Lissi abschließend.

»Naja, Annika, meine Schwester, hat vor einem Jahr hier ihren Abschluss gemacht. Ich habe sie einige Male besucht. Daher kenne ich mich auf dem Gelände aus, und ich war als erstes in der Reihe.«

»Cool. Du musst uns unbedingt alles zeigen. Wo die Proben- und Seminarräume sind und die ruhigen Plätze, wo man ungestört quatschen kann – die Geheimverstecke und so. Du weißt schon.

Und erzähl uns alles über die Professoren. Wie sind die so drauf, vor wem muss man sich in Acht nehmen…«

»Wow«, unterbricht Sina den Wasserfall von Worten, der sich aus dem Mund unserer Mitbewohnerin ergießt. »Das geht schon die ganze Zeit so. Keine Ahnung, wie sie das mit dem Luftholen hinbekommt«, merke ich an, wobei sich ein sarkastischer Unterton in meinen Satz einschleicht. Andererseits bin ich ganz froh, dass ich meist nur zuhören muss. Smalltalk hat mir noch nie gelegen. Entweder ich habe was zu sagen oder ich halte meine Klappe. Das wird schon manchmal unangenehm, wenn man sich gegenseitig anschweigt. Ein weiterer Grund wieso ich gemeinhin lieber alleine meine Freizeit verbringe. Am liebsten würde ich auch jetzt sofort in mein Zimmer verschwinden.

»Oh. Tut mir wirklich leid«, sagt Lissi mit betrübten Blick. »Ich höre immer wieder, dass ich zu viel rede. Aber ich kann dagegen nichts machen. Vor allem, wenn ich aufgeregt bin. Dann geht mir so viel durch den Kopf, und das muss irgendwie raus. Und ich quatsche in einer Tour. Oh man, jetzt rede ich schon wieder Unsinn. Hört am besten gar nicht zu. Tut mir echt leid…«

Jetzt kann ich ein Grinsen auch nicht mehr verbergen, während Sina aus tiefstem Herzen lacht.

»Wie wäre es, wenn wir uns erstmal in die Küche setzen, uns überlegen, wie wir die Zimmer verteilen, und uns etwas besser kennenlernen«, schlägt Sina vor.

Da keiner etwas einzuwenden hat, gehen wir in die Küche und nehmen am Tresen in der Mitte des Raumes Platz.

»Also vielleicht redet ihr jetzt mal, erzählt wer ihr seid und was ihr hier macht«, überträgt Lissi uns das Wort. Mit einem Nicken zu Sina bedeute ich ihr, dass sie ruhig anfangen kann.

»Also wie gesagt. Ich bin Sina Tietze und mein Instrument ist die Querflöte. Seit ich denken kann, mache ich Musik. Meine Mama hat mir und meiner Schwester das Flöte spielen beigebracht. Und ihr so?«

»Also, ich versuche es wirklich kurz zu machen. Ich heiße Melissa Stark. Und studiere Musical. Und du Gwen?«

Jetzt bin ich also dran. »Gwendolyn Hesselbach, …« Weiter komme ich nicht. Die Beiden schauen mich mit großen Augen an.

»Bist du die Tochter von…«, sagen sie wie aus einem Munde

»…Herrmann Hesselbach. Genau.« Jetzt kommt der Moment wo ich am liebsten sofort in mein Zimmer flüchten würde, dumm nur, dass ich nicht weiß, welches es ist.

»Oh mein Gott…«

»Wahnsinn…«

»Wie genial…«

Wer genau was sagt, weiß ich nicht. Ich hasse das! Spätestens wenn sie mich das erste Mal spielen hören, werden sie merken, dass der große Pianist, der Klassik-Echo-Gewinner, nichts von seinem Talent auf mich übertragen hat. Sie werden mich auslachen, und dann ist es hier wie an allen Schulen vorher.

»Ich… Ich… bin bei weitem nicht so gut wie er«, bringe ich gerade so kopfschüttelnd hervor. Ich habe große Mühe, mich zu beherrschen. Es ist als würde mich die Last dieses Namens erdrücken – zerquetschen wie eine Ameise unter einem Schuh.

»Das glaub ich nicht. Und außerdem bist du ja hier, um was zu lernen«, sagt Lissi mit ihrer Glockenstimme.

»Genau. Sonst hätten die Professoren ja nichts mehr zu tun. A propros: Wir müssen uns nachher noch unbedingt unsere Seminarpläne runterladen und schauen, wer unsere Lehrer sind.«

Zum Glück lenkt Sina das Gespräch in eine andere Richtung. Hat sie bemerkt, wie unangenehm mir das Thema ist? Klar, ich liebe meinen Vater. Aber ich hasse es, ständig mit ihm verglichen zu werden.

»Welches Zimmer hast du dir ausgesucht?«, fragt Melissa an Sina gewandt.

»Noch gar keins. Ich wollte euch zuerst fragen.«

»Das ist wirklich lieb von dir, Sina«

Die Schlafzimmer befinden sich in der oberen Etage. Wir gehen nach oben, um zu schauen, welche Aufteilung am sinnvollsten ist. Sina schlägt vor, dass sie das Zimmer über der Küche nimmt, da es am weitesten vom Wohnzimmer entfernt ist.

»So belästige ich euch nicht, wenn ich übe, während ihr unten fernsehen wollt«, bekräftigt sie ihren Vorschlag.«

»Dann nehme ich den Raum über dem Badezimmer. Dann störe ich niemanden, wenn ich Tanzschritte und so trainiere. Wäre das okay für dich, Gwen?« Ich nicke. Mir ist das eigentlich herzlich egal.

»Ich habe eine Idee...«, beginnt Lissi freudestrahlend, »... wie wäre es, wenn wir dein Klavier – du hast es doch sicher hier? – ins Wohnzimmer stellen? Dann müssen es die Spediteure nicht die Treppe hoch schleppen, und was viel wichtiger ist, wir hätten genug Platz, wenn wir zu dritt üben wollen.«

»Hmpf. Ich weiß nicht.« Bisher habe ich immer nur allein geübt. Ich spiele allgemein ungern vor anderen. Aber üben... auf keinen Fall. Mich würde doch jeder sofort auslachen. *Das kotzt mich alles an!* Können die mich nicht einfach in Ruhe lassen? Aber natürlich spreche ich diese Gedanken wie immer nicht aus. Ich schaue auf meine Schuhspitzen und drucke herum: »Naja, ich... ich...«

»Hey, Gwen.« Sina kommt auf mich zu und berührt mich sanft an der Schulter. Ich zucke etwas zurück, da ich sowas nicht gewöhnt bin von nahezu Fremden. Sie schaut mich mit ihren dunklen Augen und ihrem zarten Lächeln an. »Du brauchst dir wirklich keine Sorgen zu machen. Wir müssen alle üben. Und du wärst nicht hier, wenn du nicht gut wärst. Keiner wird dich auslachen oder sowas.«

»Okay. Hmm.« Wie ist es möglich, dass Sina mich so durschaut? Das ist irgendwie beängstigend.

Als wir wieder nach unten gehen, erzählt uns Sina, dass sie schon mal eine Einkaufsliste geschrieben hat. Sie schlägt vor, dass sie noch schnell in den kleinen Laden auf dem Gelände der *Accademia* gehen könnte, um das Nötigste für den Sonntag zu besorgen. Da weder Lissi noch ich Einwände haben, läuft sie los.

Wir tragen in der Zwischenzeit unsere Koffer nach oben. Sinas stellen wir auch in ihr Zimmer. So muss sie das nicht auch noch erledigen, wo sie doch schon für uns einkauft.

Danach kann ich endlich in meinem neuen Zimmer verschwinden und die Ruhe genießen.

Ich beginne meine Koffer auszuräumen und meine Kleidung in die Schränke zu verteilen. Meine Chucks stelle ich an die Wand, wo sie vermutlich nicht lange stehen werden, bevor sie verstreut im Raum rumliegen.

Da das alles nicht lang dauert, lege ich mich noch kurz auf das bequeme Bett, wo Frieda auch schon ihren Platz auf meinem

Kopfkissen bekommen hat.

Ich nehme mir meinen iPod und wähle planlos eine Playlist aus. *Daft Punk* dringt aus meinen In-Ear-Hörern.

Ich ziehe den Eulenanhänger unter meinem schwarzen Shirt hervor und schaue ihn mir nochmal an. Die Augen sind aus blaugrünen Edelsteinen, deren Farbe mich schmerzlich an meinen Lieblingsort erinnert. Je nach Sonnenlicht hat das Wasser manchmal diesen undefinierbaren Farbton angenommen. Meine Finger schließen sich um den Anhänger und auf unerklärliche Weise verschwindet meine Sehnsucht, so als hätte ich einen Teil meines kleinen Versteckes im Wald mit hierher genommen.

Sobald ich Zeit habe, werde ich das Gelände erkunden. Vielleicht finde ich ja ein Plätzchen, dass ich für mich allein habe. Einen Ort, wo ich hingehen kann, wenn mir hier mal alles zu viel wird und ich Ruhe brauche.

Drittes Kapitel

»*Rekordtemperaturen sorgen für Chaos im Regierungsviertel Berlin. Der Sommer macht auch vor den Straßen der Bundeshauptstadt keinen Halt. Immer wieder sorgt die Hitze dafür, dass der Asphalt aufreißt. Im Regierungsviertel sind einige Straßen unbefahrbar, darunter auch [...].*«
(Berliner Abendschau, 07.11.2015)

Gwen

Ich liege immer noch auf meinem Bett und lasse mich von den pulsierenden Klängen der Musik durchfluten, als sich die Tür öffnet. *Kann man denn nicht einfach seine Ruhe haben?*
Lissi steckt ihren dunkelblonden Schopf durch die Tür. An ihrem komplett rosa Outfit hat sich nichts geändert. Nur ihre Füße stecken jetzt nicht mehr in Ballerinas. – Überflüssig wäre es, zu erwähnen, dass ihre *Vans Old Skool* ebenfalls rosa sind.
»Sorry... ich habe mehrmals geklopft, aber du hast nicht...«

Ich deute entschuldigend auf meinen iPod.»Oh... Kommst du, Gwen?« Ich wappne mich für ein weiteres verbales Schnellfeuer.»Sina ist auch schon soweit. Es wird langsam Zeit. Wir wollen ja nicht, dass die anderen alles alleine essen. Oh Mann, ich bin so gespannt auf die restlichen Studenten.«

»Hmpf. Ich weiß nicht.« Ich mag es einfach nicht, wenn so viele Leute auf einem Fleck sind, vor allem, wenn ich sie nicht kenne.

»Ach, komm... Du wirst hier nicht alleine versauern.« Trotz ihres freundlich strahlenden Gesichts, scheint sie keinen Widerspruch zu akzeptieren.

»Aber...« *Ich will nicht....*

»Keine Widerrede!« Entschlossen stapft sie auf mich zu und greift nach meinen Händen. Himmel. Dieses Mädchen hat mehr Kraft als man ihr zutrauen würde. Widerwillig erhebe ich mich und folge ihr nach unten.

Dort wartet schon Sina mit einer dicken Jacke unter dem Arm.

»Toll, dass du mitkommst«, sagt sie und in ihren Augen strahlt mindestens genauso viel Freude wie in Lissis.

»Hmpf. Ich hatte ja nicht wirklich eine Wahl.«

»Tja, wenn ich etwas will, bekomme ich es auch. Das solltet ihr nie unterschätzen.« Stolz schwingt in Melissas Stimme mit.

»Auf geht's.« Mit diesen Worten verlässt Sina das Haus und marschiert voraus. Wahrscheinlich kennt sie auch diesen Weg schon.

Als wir uns dem Gelände am Amphitheater nähern, sehe ich schon, dass dort eine Menschentraube wartet. Zwar sind hier weit weniger Studenten als es Schüler an meinem Gymnasium gab. Aber zum Lästern und Tratschen reichen wenige. Augenblicklich verkrampfen sich meine Beine, und ich habe Mühe eines vor das andere zu setzen. Sina dreht sich um, und als sie mich ansieht, ist sofort Sorge in ihrem Blick.

»Alles okay bei dir?«

»Gwen. Du bist ja total blass. Geht's dir gut? Wann hast du zuletzt was gegessen oder getrunken?«, sprudelt es aus Lissi hervor.

»Ne. Passt schon.... Alles okay«, presse ich hervor.

»Erzähl das wem du willst, aber nicht mir.« Sina kommt einen Schritt näher und blickt mich offenherzig an. »Ich weiß, wir kennen uns erst ein paar Stunden, aber du kannst mir vertrauen.« Es stimmt. Ich kenne sie kaum, doch Sina sieht so aufrichtig aus mit ihren dunklen Augen, dass ich ihr gerne glauben würde. Ein Teil von mir tut es auch und übertönt meine Zweifel, als ich nach der Eule taste.

»Ich will nur nicht, dass es endet wie damals...«, beginne ich, während ich mich auf einer nahestehenden Bank niederlasse. »Es gab da diesen Musikwettbewerb an meiner Schule. Dort wollte ich zum ersten Mal auftreten.« Beim Reden schweifen meine Gedanken ab in die Vergangenheit.

Ich kann es kaum glauben. Ich habe es tatsächlich geschafft. Nicht nur, dass ich mich überwunden habe, öffentlich aufzutreten, nein, ich habe sogar die Jury überzeugt und gewonnen. Doch meine Freude hält keine Stunde an. Als ich das Schulgebäude, in dem der Wettbewerb stattfand, verlassen will, werde ich aufgehalten. Jemand packt mich am Arm. Tillmann. Er ist der beliebteste Schüler der Schule. Alle Mädchen wollen in sein Bett, alle Jungs in seine Clique oder so sein wie er. In der Fußballmannschaft ist er der Kapitän und Schulsprecher natürlich auch. Ich jedoch könnte auf seine Anwesenheit liebend gern verzichten.

»Ey, du tust mir weh!«, protestiere ich.

»Klappe. Du wirst noch bitter bereuen, dass du angetreten bist, und MIR den Sieg genommen hast. Dir ist hoffentlich klar, dass ich das nicht auf mir sitzen lasse.«

Geschockt von dem Hass in seiner Stimme fällt mir keine Erwiderung ein.

»Jedoch...«, fährt er fort, während seine Stimme einen anzüglichen Unterton erhält, der dafür sorgt, dass sich Gänsehaut auf meine Arme legt, »könntest du auch behaupten wir wären ein Paar und ich hätte für dich verloren.« Er beginnt eine Strähne meiner roten Haare um seine Finger zu zwirbeln.

»Du spinnst doch!«, ist das Einzige, das mir darauf einfällt.

Melissas empörtes Schnauben reißt mich aus meinen Erinnerungen. »Der hat doch wohl den Arsch offen! Wie dumm sind denn bitte die Anderen, dass die auf so einen Vollhonk stehen!«

»Aber das war nur der Anfang«, murmele ich, während ich auf die Spuren schaue, die meine Chucks im Kies des Weges hinterlassen haben. »Am nächsten Tag hatte ich dann das erste Mal den Inhalt eines Kaffeebechers im Nacken. Darauf folgten

Kaugummis im Haar, tote Fische im Ranzen und so weiter. Das schlimmste war, als einer aus Tillmanns Gefolgschaft *versehentlich* Buttersäure über meinen Rucksack schüttete. Und dann immer diese angewiderten Blicke, die sie mir zuwarfen. Als wäre ich ein lästiger Pickel. Oder die Lästergesichter – wie sich die Gesichtszüge so komisch verzogen, bevor sie ihre Sprüche von sich gaben. Wisst ihr, was ich meine?«

»Gwen.« Sina schaut mich fest an, als ich meine Erzählung beendet habe.»Ich war schon einige Male zu Besuch hier. Die Menschen hier sind alle total nett und freundlich. Außerdem sind das hier keine Kleinkinder, sondern erwachsene Leute, die sich auch so verhalten. Wir sind doch alle hier, weil wir Musik lieben – oder eben das Malen, je nach Studiengang.«

»Und sollte auch nur einer es wagen, dich blöd anzumachen, dann bekommt er es mit mir zu tun. Das verspreche ich dir. Mobbing geht gar nicht. Dann werden die das *kleine, süße Mädchen* mit den rosa Klamotten aber mal richtig kennenlernen. Wenn dich auch nur einer schief anschaut, reiße ich dem die Eier eigenhändig raus.« Melissa ist gar nicht mehr zu bremsen. Auch Sinas Sorge rührt mich.

»So, jetzt los. Du schaffst das. Wir sind bei dir.« Sina greift nach meiner Hand und drückt sie. Lissi greift sich meine andere. Zuerst will ich meine Hände wegziehen, aber es ist auch irgendwie angenehm. Langsam erhebe ich mich, und wir setzen uns wieder in Bewegung. Je näher wir der Gruppe fremder Studenten kommen, desto mehr wollen meine Beine ihren Dienst versagen. Doch Sina und Lissi lassen mir keine Wahl.

Was würde ich jetzt darum geben, zu Hause zu sein und zum See laufen zu können. Dort wäre ich alleine und könnte die Ruhe genießen.

Ich weiß nicht, ob es an den Händen meiner Mitbewohnerinnen liegt oder daran, dass ich die Kette plötzlich warm unter meinem Shirt spüre. Aber ich werde ruhiger, und das Laufen fällt mir leichter.

Am Rand des Platzes bleiben wir zunächst stehen und schauen dem Treiben zu. Von hier hat man einen wunderschönen Ausblick über das Theater und einen Wald, der sich hinter der Bühne erstreckt. Die untergehende Septembersonne taucht alles in goldenes Licht. Etwas abseits erkenne ich zwei Mädchen, die auf einem Stein sitzen, Zeichenblöcke auf dem Schoß, und den Ausblick festhalten.

In der Mitte des Vorplatzes brennt bereits ein Lagerfeuer, dessen ständiger Hunger nach trockenem Holz von zwei Jungs gestillt wird. Offenbar gehören sie zu den bildenden Künstlern, denn ihre weißen Leinenhosen sind über und über mit Farbe besprenkelt. Als stumme Beobachterin fühle ich mich einigermaßen wohl, doch meinen Begleiterinnen reicht das natürlich nicht. Lissi zieht mich mit sich. Mitten ins Geschehen.

»Na ihr.« Die beiden Jungs, die uns vorhin den Weg zu unserem Haus gezeigt haben, sind hinter uns aufgetaucht. »Habt ihr euch schon etwas eingerichtet?« Anscheinend ist bei dem Zweiergespann der kleinere mit Wuschelhaaren und Brille fürs Reden zuständig, während der Große eher stumm bleibt.

Ich lasse meinen Blick über das Gelände schweifen. Dabei spüre ich die Blicke des Großen, Langhaarigen förmlich auf meiner Haut. Verdammt, starrt der etwa mich an? Sein Blick sieht grüblerisch aus – oder ist das seine Form des Lästergesichts? Meine Muskeln beginnen, sich zu verkrampfen.

»Ja, alles prima…«, plätschert es aus Lissi heraus, »…wie könnte es mit den beiden Hübschen hier an meiner Seite auch anders sein.« Dann beginnt sie Sina den Jungs vorzustellen und umgekehrt.

Rick schafft es dann in verblüffender Geschwindigkeit, sie zu stoppen. »Ich zeige euch am besten erstmal, wo es hier die Getränke und das Essen gibt. Lasst und schnell was holen, bevor das Beste schon verdaut ist. Jan, such doch mit Gwen schon Plätze, wir kommen dann zu euch.«

»Ich warte auch hier bei Gwen«, gibt Sina Bescheid. Sie schaut mich aufmunternd an.

»Hilf den beiden lieber. Zu dritt ist es einfacher. Du brauchst dir keine Sorgen zu machen, ich tue ihr schon nichts« Oh. Verblüfft stelle ich fest, dass Jan doch zusammenhängende Sätze von sich geben kann.

»Hmpf. Na gut… Gwen, wir sind gleich wieder da. Mach dir keine Sorgen.« Den letzten Teil flüstert sie, sodass nur ich sie verstehen kann. *Ich versuch's.*

»Los, wir suchen uns einen ruhigen Tisch«, sagt Jan und macht sich auf den Weg. *Lächelt er mich etwa an?* Elegant schlängelt er sich mit seinen langen Beinen zwischen den anderen hindurch, wobei ihm nicht wenige weibliche Augenpaare folgen. Er steuert auf eine Sitzgruppe am Rande des Vorplatzes zu. Unsicher folge ich dem Jungen, der die übrigen Studenten um fast einen Kopf überragt. Einige Tische weiter sitzen ein paar Jungs mit Gitarren, einer hat eine Bratsche, wieder ein anderer singt. Sie spielen diesen Ed-Sheeran-Song, bei dem ich jedes Mal am liebsten kotzen würde. *Happier.*

»Was meinst du? Hier wäre es doch gut.«

»Okay.« Ich setze mich ihm gegenüber, froh mich nicht weiter durch die Massen bewegen zu müssen und meinen verkrampften Beinen eine Pause zu gönnen. Braungrüne Augen, die den Farbton des Waldbodens haben, schauen mich an. Seine weichen Gesichtszüge sind entspannt und lächeln mir entgegen. Vermutlich wäre jetzt der Augenblick gekommen, ein Gespräch zu beginnen. *Smalltalk – Na klasse.* Das kann ich ja wirklich super.

Hoffentlich kommen Sina und Lissi bald wieder. Dieses Schweigen ist echt unangenehm. Fieberhaft überlege ich, was ich sagen könnte, aber natürlich fällt mir nichts ein. Aufstehen, nach Hause laufen und mich auf mein Bett werfen scheint mir gerade eine herrliche Alternative.

Bisher lief hier zwar alles gut, aber meine Erfahrung zeigt mir, dass das nicht so bleiben wird. Früher oder später wird jemand einen blöden Spruch bringen und damit eine Lawine auslösen. Eine Lawine, an deren Ende ich verschüttet werde. Ich kann das nicht noch einmal. Und dieser Jan hier sieht so aus, als würde er schon überlegen, wohin er mit seinem Stein am besten zielen soll.

»Gwen, ist alles in Ordnung mit dir?« Völlig überrascht von seiner Stimme schaue ich auf. Er mustert mich immer noch.

»Ja… Klar…« *Abgesehen von der Panik, die langsam von mir Besitz zu ergreifen droht.*

»Bist du sicher?«

»Ja!« Das kam viel härter als beabsichtigt. Aber warum meinen immer alle zu wissen, dass es mir schlecht geht und glauben, sie müssten mir helfen?

Ich will mich eben bei ihm entschuldigen, da höre ich Melissas Glockenstimmchen und bin sofort erleichtert.

»Die Krabbensandwiches mit Spreewaldgurken sind die besten«, proklamiert Rick, woraufhin er einen vollbeladenen Teller mit Broten vor uns abstellt. Die drei setzen sich zu uns. Lissi zwischen mir und Sina, Rick ihr gegenüber. Während wir essen – die Sandwiches sind wirklich unglaublich –, plappert Lissi beinahe ununterbrochen. Im Hintergrund sind immer noch die Jungs mit ihren Gitarren zu hören. Anscheinend haben sie beschlossen, einen Ed-Sheeran-Coverabend zu veranstalten. Momentan erklingt »Shape of You«. Ich verdrehe die Augen und konzentriere mich wieder auf Melissas Ausführungen. »Irgendwann will ich einmal eine Hauptrolle in einem der großen Musicals spielen. *Tanz der Vampire, Les Miserables, Cats...* ihr wist schon. Richtig toll wäre es in Hamburg. Oh man, ich liebe diese Stadt. Alles ist irgendwie von Wasser umgeben. Und es gibt so viele Bühnen. Ich mein, klar wird es schwer ein Engagement zu bekommen... aber hallo? Wir bekommen hier die bestmögliche Ausbildung. Und dann könnte ich jeden Abend dafür sorgen, dass unzählige Menschen eine tolle Zeit haben und den Alltag mal vergessen können.«

Ich bin immer wieder erstaunt, in welcher Geschwindigkeit sie uns die Worte entgegenwirft. Dabei gestikuliert sie wie wild. Ihre Augen strahlen.

Als wir anderen mal zu Wort kommen, erzählen wir, was wir nach dem Studium machen wollen. Es tut so gut, mit Menschen zusammen zu sitzen, denen Musik genau so viel bedeutet wie mir. Das hatte ich sonst nur an den wenigen Tagen, an denen Vater zu Hause gewesen ist. Aber das hier ist was Anderes. Es ist so erfrischend mit Leuten in meinem Alter zu plaudern. Plötzlich merke ich, dass von meiner Anspannung nichts mehr da ist.

Unglaublich, wie die Zeit vergeht, mittlerweile ist es fast vollständig dunkel. Nur noch das Feuer und einzelne Laternen tauchen alles in warmes Licht.

Unsere Unterhaltung wird immer lockerer, nur Jan sitzt meist schweigend da, während er im Takt der Musik auf den Tisch klopft. Die Gitarrenjungs spielen immer noch. Natürlich Ed

Sheeran. Diesmal Galway Girl. Erst beim letzten Refrain fällt mir auf, dass der Sänger *Galway Boy* singt und seinen Bratsche spielenden Kommilitonen ansieht.

Lissi reißt mich aus meinen Gedanken. »Sag mal, Rick...«, unterbricht sie ihn und Sina. Beide hatten uns vermutlich schon fast vergessen, so wie sie sich auf den jeweils anderen konzentriert haben. »... ist dein Kumpel eigentlich immer so schweigsam?«

Rick lacht. »Ach, *eigentlich* sind unsere Rollen genau anders herum. Er ist normalerweise der Mann fürs Gespräch. Aber irgendwas, beziehungsweise *irgendwer,* hat ihm heute die Sprache verschlagen.«

Ricks Blick deutet unmissverständlich zwischen Jan und mir hin und her.

»Oh, und dieser *irgendwer* hat nicht zufälligerweise kupferrote Haare?« Lissi stimmt in Ricks vergnügtes Lachen mit ein.

Jan verschluckt sich an seiner Fanta und hustet.

Sofort höre ich sämtliche Alarmglocke läuten. Und endlose Fragen strömen auf mich ein. *Warum sollte er? Was plant er? Was will er?* Ich spüre, wie sich meine Muskeln wieder verkrampfen. Intuitiv greife ich nach meinem Eulenanhänger, den ich plötzlich warm auf meiner Haut spüre. Als sich meine Finger darum schließen, lässt die Anspannung allmählich nach und meine panischen Gedanken kommen zur Ruhe. Neue schleichen sich ein. Könnte es vielleicht sein, dass er doch einfach nur nett ist, so wie die anderen hier am Tisch?

Jan

Wortlos, mit Blick auf meine Schuhspitzen, lege ich ihm den Zettel auf dem Tisch. Da Mama zurzeit auf Konzerttournee ist, habe ich keine andere Wahl als zu ihm zu gehen. Schon seit Tagen versuche ich das zu vermeiden. Aber länger kann ich es nicht hinauszögern. Anderenfalls würde es einen Eintrag im Hausaufgabenheft geben, und das würde alles nur noch schlimmer machen.

Ich habe schon überlegt, Mamas Unterschrift nachzumachen,

probiert ebenfalls, aber es klappt einfach nicht. Nichts sieht so aus wie die schwungvollen, zarten Buchstaben, die wie gemalt scheinen.

Er schaut nicht mal auf. Das kenne ich schon. Das macht er mit allen, die in sein Büro kommen, so. Erst nach einer ewigen Warterei schaut er auf. In der Regel böse und wütend oder genervt und gestresst. Oder alles zusammen.

Ich warte immer noch mit gesenktem Blick. Und überlege, was wohl diesmal passiert. Dann höre ich, dass es plötzlich still wird. Kein Rascheln von Papier ist mehr zu hören. Auch keine tippenden Finger auf der Tastatur des PCs. Nur noch sein Atmen. Das Geräusch, wenn er langsam und tief Luft durch die Nase zieht, sorgt dafür, dass sich Gänsehaut auf meinem Rücken ausbreitet. Meine Muskeln verkrampfen.

»Sieh! Mich! An!« Seine Stimme ist fest und schneidend.

Langsam hebe ich meinen Kopf und schaue den Mann an, der hinter dem massiven Schreibtisch sitzt.

»Und steh aufrecht!!!« Seine Stimme wird leiser und fester.

Ich versuche meine Haltung zu verbessern.

»Ein von Siedenow-Raich geht immer aufrecht durchs Leben. Wie. Oft. Muss. Ich. Das. Noch. Sagen.« Er wird immer leiser, die Stimme schneidender, kälter. Jetzt erhebt er sich und schaut auf mich herab.

»Diese Versagerhaltung hat auf meinem Grund und Boden nichts zu suchen! Eines Tages werden wir herrschen. Erst ich. Dann du.«

Er betont deutlich jedes einzelne Wort, sodass es klar zu verstehen ist. Auch wenn er nur wenig lauter als ein Flüstern spricht, spuckt mir jedes Wort vor die Füße. »Und Herrscher gehen niemals gebückt. Ich will, dass das nicht mehr vorkommt! Und das ...«, jetzt nimmt er das Blatt vom Tisch, »kommt auch nicht mehr vor!« Die leise Kälte in seiner Stimme ist verschwunden. Pures Feuer schlägt mir entgegen. Er brüllt: »Von meinem Nachfolger erwarte ich mehr als das! Für manche mag eine Zwei gut sein. Aber nicht für dich! Ich dachte, ich hätte mich beim letzten Mal deutlich ausgedrückt. Aber auch ich bin nicht unfehlbar.«

Während er das sagt, geht er zur Tür und dreht den Schlüssel herum.

»Komm her!«, befiehlt er.

Meine Beine wollen sich kaum bewegen – mich nicht zu ihm tragen. Widerwillig gehe ich auf den Mann zu. Aber natürlich passiert das nicht schnell genug.

»Beeil dich gefälligst! *Ich gebe mir Mühe mit dir, werde dir eine goldene Zukunft in den Schoß legen, und was ist der Dank? Du verschwendest meine Zeit!*«

Er greift nach meinem Kragen und zieht mich zu der Couch, die an der anderen Wand seines Büros steht. Er reißt mir mein Shirt vom Leib und wirft mich bäuchlings auf das grüne Ledersofa. Ich höre das Klimpern des Metalls seiner Gürtelschnalle.

»*Da ich mich beim letzten Mal anscheinend missverständlich ausgedrückt habe, werde ich wohl die Dosis erhöhen müssen. Dreißigmal. Zähl mit!*«

ZACK.

»*Eins.*«, *flüstere ich.*

»*Lauter.*«

ZACK.

»*Zwei.*«

»*Lauter!!!*«

ZACK.

»*Drei.*«

ZACK.

»*Vie.r*«

ZACK.

»*Fünf.*« *Bis hierhin ist alles gut. Das ist Gewohnheit.*

ZACK.

»*Sechs.*« *Er sagt, er wolle mich stärker, härter machen. Bis hierher klappt es.*

ZACK.

»*Sieben.*« *Er sagt, Mächtige müssten Schmerz ertragen.*

ZACK.

»*Acht.*« *Dabei will ich gar keine Macht.*

ZACK.

»*Neun.*« *Immer redet er davon.*

ZACK.

»*Zehn.*« *Macht.*

ZACK.

»*Elf.*« *Die Macht worüber?*

ZACK.
»Zwölf.« *Ich will doch nur einmal Spaß haben....*
ZACK.
»Dreizehn.« *...Freude....*
ZACK.
»Vierzehn.« *Aber keine Macht*
ZACK.
»Fünfzehn.« *Soweit waren wir zuletzt.*
ZACK.
»Sechzehn.« *Jetzt trifft die Schnalle meine Haut*
ZACK.
»Siebzehn.« *Jeder einzelne Hieb schmerzt*
ZACK.
»Achtzehn.« *Meine Gedanken kreisen und beginnen sich aufzu-
lösen*
ZACK.
»N... Neunzehn.« *...Keine Macht...*
ZACK.
»Zw... Zwanzig.« *... Keine Stärke...*
ZACK.
»Ein... und... zwanzig.« *... Ich... bin... unnütz...*
ZACK.
»Zwei... uundzwanzig.« *... ich... bin... unfähig...*
ZACK.
»Drei.... und Zwanzig.« *... Macht....*
ZACK.
»V... V... Vierundzwanzig.« *... Stärke....*
ZACK.
»Fünf... undzwanzig.« *...muss Stärke zeigen...*
ZACK.
»Sech... und ...zwanzig.« *... Macht....*
ZACK.
»S... sie... ben... und... zwanzig.« *...Macht...*
ZACK.
»Acht... und... zwanzig« *... Macht...*
ZACK.
»N... Neun... und.... zwanzig.« *... das.... will.... ich... nicht...*
ZACK.

»Dr...«... *nicht...*
ZACK.
»Drei....«... *bin...*
ZACK.
»DREISSIG.«... *ich*... *nicht...* *nicht...* *nicht...*
ZACK.
»Für das Geflenne sollte ich die Dosis eigentlich nochmal erhöhen. Aber ich bin ja kein Unmensch«

Schweißgebadet wache ich auf. Immer und immer wieder verfolgen mich diese Träume. Manchmal scheint es, als könnte ich die Schläge nach dem Erwachen noch auf meiner Haut spüren. Um die Bilder, die sich unaufhörlich in meine Netzhaut zu brennen drohen, zu verbannen, versuche ich meine Gedanken auf was Anderes zu lenken. Es dauert nicht lange und schon landen sie bei Gwendolyn. Bei ihr und dem, was sie zu bedrücken scheint. Wie schaffe ich es nur, ihre harte Schale zu knacken? Ihre Reaktion gestern war zu erwarten. Dass sie so heftig ausgefallen ist, hat mir dennoch einen Stich versetzt. Mir war klar, dass sie mir nichts erzählen würde. Aber wie sie mir ihr *ja* vor die Füße gespuckt hat... Es hilft alles nichts, schlafen kann ich jetzt sowieso nicht mehr. Ich stehe auf und versuche den Kopf frei zu bekommen. Ich glaube, heute ist einer der wenigen Tage, an dem ich es bereue, Rick nicht bei seiner allmorgendlichen Runde zu begleiten. Normalerweise würde es mir niemals in den Sinn kommen, noch vor dem Frühstück fünf Kilometer zu laufen. Aber heute wäre es super, um den Kopf klar zu bekommen. Wie gerne würde ich mir einreden, dass es mir egal ist. Wenn sie sich nicht helfen lassen will, dann ist es eben so. Aber Gwen ist mir nicht egal. Zu sehen, wie sie offenkundig irgendetwas beunruhigt, kann ich kaum ertragen. Es ist seltsam, ich kann mir nicht erklären wieso, aber dieses Mädchen lässt mir einfach keine Ruhe.
Ich gehe, immer noch verschlafen und grübelnd, in die Küche. Da heute Sonntag ist, spare ich mir den Weg zum Briefkasten. Mama sitzt schon mit prächtiger Laune am Küchentisch.
»Guten Morgen!«, flötet sie mir mit unbändiger Freude entgegen. »Na, hattet ihr gestern Spaß?«

»Hmpf. War ok.«

»Die Studentinnen, die ich mit euch zusammen gesehen habe, scheinen nett zu sein...«, sagt sie mit dem Unterton, den ich nur zu gut kenne. Sofort sind meine Gedanken wieder bei Gwen... und ihrer Verbitterung, mit der sie mich gestern Abend abgewimmelt hat.

»Rick scheint sich auch schon verguckt zu haben«, grummele ich, in der Hoffnung, das Thema schnell zu beenden.

»Und wie sieht es da bei dir aus?« Ihr Grinsen wird immer breiter. »Ich hoffe schließlich nicht, dass wir damals dein Doppelbett umsonst besorgt und aufgebaut haben.«

Ich übergehe ihren Kommentar einfach. Sie weiß genau, wie ich dazu denke. Naja gut, sie weiß nicht warum.

Als wir noch bei *ihm* wohnten, gab es einmal ein Mädchen. Bianca. In der Schule haben wir wirklich alles zusammen gemacht. Im Unterricht saßen wir nebeneinander, in den Pausen auch. Sie hat mir in Mathe und Deutsch geholfen, ich ihr in Musik und Kunst. Bianca war keines dieser typischen Mädchen, die rosa Kleidchen tragen und mit Puppen spielen.

Ich hingegen war wohl auch nie ein typischer Junge. Kunst mochte ich schon immer mehr als Sport – das hat uns wohl verbunden. Ich glaube, keiner von uns war verliebt in den anderen. Wir waren doch auch viel zu jung dafür. Wir beide haben uns einfach perfekt ergänzt. Ich konnte mit Bianca über alles reden. Und das meine ich auch so. Sie war die Einzige, die außer Mama wusste, was zu Hause los war. Sie hat es sich nie verziehen, was passierte. Bianca hat immer geglaubt sie sei schuld daran, schließlich hat sie mir gesagt, Noten wären nicht alles, was wichtig sei im Leben – weise Worte für eine Neunjährige – aber verdammt wahr. Ich habe mir das zu Herzen genommen. Mein Rücken hat dafür bezahlt. Aber Schuld hat nur derjenige, der den Gürtel in der Hand gehalten hat. Und das war nicht *sie*.

Eines Tages habe ich den schlimmsten Fehler meines Lebens begangen. Ich musste meinem Vater wiedermal einen Test vorlegen. Natürlich zog er seine übliche Show aus ignorieren, leisem Zischen, lautem Brüllen und dem Gürtel ab. Ich sagte dann, dass Noten nicht alles im Leben sind. Das hatte nicht nur ein noch lauteres Brüllen, sondern auch eine Erhöhung der Schläge zur

Folge.

Er fragte, ob ich das von *diesem Mädchen* hätte. Ich habe selten mehr Verachtung in zwei Worten erlebt als an diesem Nachtmittag. Natürlich habe ich das instinktiv verneint.

Er zog mich hoch und starrte mir mit einem kalten Blick in die Augen. In die Augen und noch viel weiter, bis ins Tiefste meiner Gedanken. So hat es sich damals angefühlt, als mein Schädel zu schmerzen begann. Heute weiß ich, dass ich nichts dafür konnte, dass *er* einfach so in meine Gedanken und Erinnerungen eingedrungen ist und in ihnen gewühlt hat. Trotzdem fühle ich mich schuldig. Dafür, dass ich meine Klappe nicht halten konnte und dass deshalb einer der liebenswürdigsten Menschen sein Leben nicht leben konnte. Meine beste Freundin musste dafür bezahlen, dass sie es gut gemeint hat und mir helfen wollte.

Am nächsten Tag saß ich allein in der Schule, genau wie am übernächsten und allen darauffolgenden Tagen.

»Was liegt heute so bei dir an?« Mamas Worte treffen mich vollkommen unerwartet, und ich muss darum kämpfen, dass meine Stimme fest klingt.

»Nichts Besonderes... Muss mal aufs Klo.«

Ich muss einfach mal raus und renne ins Bad. Als ich mich gerade hinsetze, werden meine Augen feucht, und die erste Träne bahnt sich ihren Weg. Der Traum aus der vergangenen Nacht vermischt sich mit den Erinnerungen an Bianca und sorgt dafür, dass es sich anfühlt, als wäre alles erst letzte Woche passiert. Ein leichter Schweißfilm bildet sich auf meiner Stirn, während immer neue Bilder auf mich einströmen.

Nachdem Bianca verschwunden war, habe ich einmal ein Telefonat von *ihm* mit angehört. Er sagte, er sei mit dem Ergebnis sehr zufrieden. Es sei an der Zeit gewesen, dass diese Göre vom Erdboden verschwinde. Jetzt hätte sein Sohn endlich wieder den Kopf frei. Als ich die Bedeutung dieser Worte begriff, brach für mich eine Welt zusammen.

Damals habe ich eine Entscheidung getroffen.

Ein Opfer ist genug. Ich habe mir geschworen, nie wieder jemanden so nah an mich heranzulassen. Nie wieder jemanden in die Schusslinie zu zerren, so wie es damals mit dem zierlichen blonden Mädchen passierte, deren warme braungrüne Augen mich sooft angeschaut haben. Auch wenn das bedeutet, dass ich auf ewig alleine lebe, so ist es mir immer noch lieber, als einen weiteren Menschen in Gefahr zu bringen. Noch heute sehe ich Bianca oft vor mir und höre das Lachen, das mich, egal, wie scheiße es mir ging, aufmuntern konnte.

Allein schon bei dem kurzen Gedanken, Gwen könnte etwas Ähnliches widerfahren, wird mir schwindelig und mein Entschluss wächst, dass sie mir nicht näher kommen darf.

Als wir hier nach Fellbach gekommen sind, hat es Rick irgendwie geschafft, sich durch meinen Panzer zu schmuggeln – aber da ist er auch der Einzige. Ich bin ihm unendlich dankbar dafür. Aber habe auch Angst, dass es ihm irgendwann mal so gehen wird wie Bianca, wenn *er* mal wieder ein Druckmittel braucht. Ich weiß, es ist naiv zu glauben, dass es hilft, aber insgeheim habe ich die Hoffnung, dass das Nahkampftraining Rick im Notfall schützt. Im Gegensatz zu mir hat er keine andere Waffe, um sich zu verteidigen.

Ich muss nicht auch noch ein Mädchen zusätzlich mit in Gefahr bringen. Es gibt schon genug Menschen in meinem Umkreis, die ohne es zu ahnen in ständiger Bedrohung leben. Ich darf niemanden mehr an mich heranlassen – auch nicht Gwen.

Den Zweifel, der sich ganz hinten in meinem Kopf einzunisten beginnt und flüstert, dass ich es nicht schaffen werde, sie von mir fernzuhalten, versuche ich zum Schweigen zu bringen. Immerhin habe ich es zehn Jahre lang geschafft, alle Avancen weiblicherseits abzuwehren, dann darf das jetzt kein Problem darstellen. Mit dem festen Vorsatz, an meinen Prinzipien festzuhalten, gehe ich zurück in die Küche.

Gwen

Leises Rumpeln dringt von unten in mein Zimmer. Verschlafen blinzle ich, bevor ich auf das Display meines Weckers auf dem Nachttisch schaue. Neun Uhr dreißig zeigen die Leuchtziffern. Gähnend erhebe ich mich und setze mich auf die Bettkante. Ich bin zwar kein notorischer Frühaufsteher, aber ich mag es auch nicht, den ganzen Tag zu verschlafen.

Während ich nach meiner Bürste greife, um meine Haare wenigstens etwas zu entwirren, überlege ich, wie ich den Tag verbringen könnte. Mein Blick bleibt an der Gitarre hängen, die immer noch im Koffer auf mich wartet. Ich denke, nachher werde ich ein wenig darauf üben.

Nach einigen Minuten sind meine Haare wenigstens ein wenig gebändigt.

Barfuß schlüpfe ich in meine Chucks ohne sie zuzubinden und verlasse mein Zimmer, um mir schnell was Essbares aus der Küche zu holen.

Im Flur treffe ich auf Lissi, die mit nahezu geschlossenen Augen irgendetwas grummelt, das »guten Morgen« heißen könnte. Das ist wohl der kürzeste Satz, den ich von ihr gehört habe, seit ich sie kenne.

Als wir in unseren Pyjamas – meiner schwarz, Lissis pink – in die Küche treten, finden wir dort eine putzmuntere Sina vor, die bereits den Tisch gedeckt hat. Wobei... *beladen* wäre wohl die bessere Bezeichnung. Brötchen, Wurst, Käse, Eier und Orangensaft bedecken jeden Quadratzentimeter, den der kleine Tisch zu bieten hat.

Anders als wir ist Sina schon komplett angezogen. Abgesehen von ihrer schwarzen Jeans sind alle ihre Kleidungsstücke bordeauxrot. Sowohl ihre Nike-Sneakers als auch Fleecejacke und Shirt.

»Oh. Da seid ihr ja!« Sina verteilt für jeden einen Teller auf dem Tisch und strahlt uns dabei entgegen. Lissi gähnt lautstark und steckt mich dabei unwillkürlich an.

»Ich habe Frühstück gemacht. Setzt euch doch.«

»Das wäre aber echt nicht nötig gewesen«, erwidere ich, als ich mich auf einem der Stühle niederlasse. Morgens esse ich eigentlich selten was, aber beim Duft, den die frischen Brötchen verströmen, kann ich nicht widerstehen.

»Zu Hause frühstücken wir immer gemeinsam«, erklärt Sina, während sie Saft in ihr Glas gießt. »Meine Schwester hat ihre Mitbewohnerinnen auch schon damit genervt.« Dabei wird sie ein wenig rot.

Nachdem Melissa den ersten Kaffee getrunken hat, scheint sie munterer zu werden und belegt ihr Brötchen mit einigen Scheiben Salami. Dass ihre Lebensgeister erwachen, erkennt man recht gut daran, dass ihre Sätze wieder die gewohnte Länge erreichen.
»Sina, du kennst dich doch hier aus. Du kannst uns doch heute zeigen, was wir wo finden. Probenstudios, Cafeteria, wo es versteckte Stellen zum Knutschen gibt. Du weißt schon, sowas, was man nur von Insidern erfährt. Tut mir übrigens echt leid, dass ich vorhin so grummelig war. Danke für das tolle Frühstück. Ich bin morgens einfach ohne Kaffee nicht zu gebrauchen, und dass ich erst um zwei Uhr ins Bett kam, ist auch nicht hilfreich. Tut mir wirklich leid...«
»Ich glaube, das haben wir verstanden.« Sina lacht, wobei ihre schwarzen Locken hin und her wippen. Sie steht auf und beginnt, Wasser ins Spülbecken laufen zu lassen.
Mit einem Tuch bewaffnet trockne ich das Geschirr ab. »War übrigens ganz schön gestern. Danke«, flüstere ich, selbst etwas verwundert über meine Worte. Bisher habe ich dem Gespräch eher zugehört, als selbst etwas dazu beizutragen.
»Seh' ich genauso«, stimmt Melissa mir zu. »Apropros schön: Rick hat dich gestern ja ganz *schön* in seinen Bann gezogen, was?« Sie knufft Sina in die Seite und schenkt sich noch einen Kaffee ein, bevor sie beginnt, das saubere Geschirr in den Schrank zu räumen.
Sinas Gesicht hat unterdessen die Farbe ihrer Jacke angenommen. »Ich ... ähm... Soll ich euch nun das Gelände zeigen?«

***

Ich schlüpfe in meine blauen *Converse* und schnappe mir meine Jacke, bevor ich das Zimmer verlasse. Meine Haare, die noch feucht vom Duschen sind, habe ich zu einem riesigen Knoten zusammengebunden.
Sina und Lissi sind auch schon bereit, und so geht es los.
Wir folgen Sina über die Kieswege. Lissi ist total hibbelig und würde wohl am liebsten über das Gelände rennen. Immer wieder müssen Sina und ich zu ihr aufschließen.
»Vielleicht sollte sie mal über ihren Kaffeekonsum nachdenken«,

murmelt Sina mehr zu sich selbst.

Wir sind am Kleinen Platz angekommen. Rick hatte uns schon erklärt, wohin die einzelnen Abzweige führen. Dass es hier einen Kiosk gibt, ist neu für uns.

»Falls ihr irgendetwas braucht, Studios reservieren wollt, oder Probleme mit euer Schlüsselkarte habt, findet ihr im Verwaltungsgebäude bei Micha Hilfe«, erklärt Sina, wobei sie auf das schlichte, graue Gebäude deutet.

»Den Weg sollte ich mir merken. Ich verliere andauernd solche Dinger.« Lissi wedelt mit ihrer Key-Card in der Luft herum. »Wohin geht's als nächstes?«, will sie nun wissen.

Als wir weitergehen, erzählt sie noch von Mario, dem Instrumentenbauer, der seine Werkstatt ebenfalls im Verwaltungsgebäude hat. Inzwischen sind wir am Großen Platz angekommen.

»Dort links ist das Theater, der Bernstein-Bau, benannt nach Leonard Bernstein... wem auch sonst. Hier werden wohl die meisten unserer Seminare stattfinden. Das Probenzentrum ist im hinteren Bereich des Theaters, dort sind auch die Maskenräume und Garderoben untergebracht.

Sinas weitere Ausführungen bekomme ich nicht mit. Ich war gestern schon beeindruckt von dem Bauwerk. Es ist nicht einfach nur ein grauer Kasten, wie es heute gerne gebaut wird. Fließende Formen bilden die Fassade. Es sieht so aus, als würde eine Schaar Tänzerinnen in wogenden Stoffen in purer Harmonie miteinander im Tanz verschmelzen.

»Das Gebäude gegenüber ist der Mondrian-Bau.« Langsam kann ich Sinas Erläuterungen wieder folgen. »Dort arbeiten die Studenten für Bildende Kunst. Die Theater-Werkstätten und der Malsaal sind ebenfalls da. Dahinter geht es zum Amphitheater in den Wald. Aber das kennt ihr ja von gestern schon.«

»Das ist echt praktisch, dass du dich hier so super auskennst«, freut Melissa sich. Ich kann ihr nur zustimmen. Erfahrungsgemäß bestehen Theater hinter den Kulissen aus einer Vielzahl verwinkelter Gänge. Da ist jemand, der sich auskennt, Gold wert.

»Ich weiß nicht, wie es euch geht, aber ich könnte ein Mittagessen vertragen. Oh man... Ihr müsst echt denken, ich wäre total verfressen, aber ich brauche eben viel Energie fürs Tanzen. Also?

Es gibt hier doch eine Cafeteria, die voll cool sein soll, oder?«
»Jaja, schon gut. Kommt.«
Also folgen wir Sina. »Ich bin gespannt, was ihr dazu sagen werdet.«
Als wir die Halle betreten, bleibt mir der Mund offen stehen. Es sieht aus wie in einem tropischen Gewächshaus. Überall wachsen Bäume und Sträucher. Es ist warm und die Luftfeuchtigkeit extrem hoch. Es ist der Wahnsinn. In der Mitte schlängelt sich ein kleiner Bach, der in einen Teich mündet. Die Tische sind zwischen den Bäumen verteilt. »Wartet, bis ihr das mal im Dunkeln seht«, sagt Sina, während sie sich ein Tablett schnappt.
Ich hatte zwar davon gehört, dass es eine besondere Cafeteria geben soll, aber mit einem Urwald hatte ich nicht gerechnet.

An den Theken gibt es alles, was man sich nur wünschen kann. Wir beladen unsere Teller und suchen uns ein Plätzchen.
Recht schnell finden wir eine Sitzgruppe, die etwas abgelegen an einem kleinen Teich liegt und von einem mächtigen Baum überspannt wird.
»Nachdem wir uns nun die Akademie angesehen haben... was haltet ihr davon, wenn wir uns am Nachmittag Fellbach ansehen? Die Altstadt soll total schön sein. Kommt ihr mit?«
Ich bin schon fast dabei zuzustimmen, doch ich möchte nochmal alleine über das Gelände wandern und schauen, ob ich irgendwo einen Rückzugsort finde. Klar fühle ich mich mit den beiden ziemlich wohl - besser als gedacht.
Doch ich kenne mich und bin mir sicher, dass früher oder später Momente kommen, in denen ich einfach nur alleine sein möchte. Bei diesen Gedanken spüre ich einen leichten Anflug von Heimweh nach meinem Lieblingsort zu Hause.
»Ich glaube, ich bleibe heute hier. Ihr erzählt mir dann alles, ja?«

Nachdem sich meine Mitbewohnerinnen auf den Weg nach Fellbach gemacht haben, gehe ich in mein Zimmer, um meine Gitarre zu holen. Mit dem Koffer in der Hand verlasse ich das Haus.
Am Großen Hof ist heute ziemlich viel los. Frauen in Abendkleidern und Männer in Anzügen strömen in kleinen Grüppchen auf

das Gelände. Anscheinend gibt es im Theater heute eine Nachmittagsvorstellung.

Den Platz hinter mir lassend, laufe ich in Richtung des Amphitheaters. Am oberen Rande der Tribünen lasse ich meinen Blick über den unterhalb liegenden Wald schweifen und beschließe, dort nach einem ruhigen Ort für mich und mein Instrument zu suchen.

Beim Weitergehen fallen mir zwei Mädchen auf. Ich erkenne sie als die beiden, die gestern schon hier gesessen haben.

»Hey du...«, sagt die eine, »... warte mal.« Ich bleibe stehen und während das Mädchen etwas in ihrer Mappe zu suchen scheint, schaue ich etwas unbehaglich zwischen den beiden hin und her.

»Ich bin Friederike«, stellt sich die eine vor, wobei sie kurz von ihrem Zeichenblock aufschaut. Sie hat dunkle Haare und ein freundliches Gesicht. Neben ihr steht eine alte, abgewetzte Ledertasche, die beinahe zu platzen scheint. »Ich... bin... Amanda«, murmelt die andere, die anscheinend noch nicht gefunden hat, wonach sie sucht. »Ah... hier.«

Sie hält mir ein Blatt entgegen, wobei mir strahlend blaue Augen entgegenblicken.

»Wow...«, hauche ich, denn was ich sehe, verschlägt mir den Atem. Die Aquarellzeichnung zeigt mich, wie ich hinab ins Tal blicke, wobei meine Haare im Wind wehen.

»Das stammt von gestern Abend«, erklärt Amanda, »deine Haare haben im Sonnenuntergang so cool ausgesehen, das musste ich einfach festhalten. Wenn es dir gefällt, kannst du es gern behalten.«

»Ich finde es wunderschön.«

Etwas unbehaglich stehe ich da und überlege, wo ich das Blatt verstauen kann, ohne es zu beschädigen.

Anscheinend bemerkt Friederike mein Zögern und kramt in ihrer Tasche, wobei allerhand Pinsel und Farben herausfallen.

»Hier, darin kannst du es aufbewahren. Der Block ist leer.«

Nachdem ich mich nochmals bedankt habe und wir uns noch etwas unterhalten haben, setze ich meinen Weg fort.

Hinter den Maskencontainern führt ein Trampelpfad in den Wald. Wahrscheinlich ist es nur Einbildung, aber irgendetwas gibt mir das Gefühl, dass ich auf diesem Weg finde, was ich suche.

Kurz nachdem ich in den Wald eingetaucht bin, stoße ich auf einen Baum, der sich nah am Boden spaltet. Ich lehne mich dagegen und lasse die Atmosphäre auf mich einwirken. Seichter Wind erzeugt ein leises Rauschein in den Baumkronen über mir, und irgendwo ist ein Specht zu hören, der an einen Baum klopft. Überall sind Tierchen unterwegs, die Ihren Aufgaben nachgehen. Ein Eichhörnchen rennt einige Meter entfernt an mir vorüber. Mein Blick gleitet umher und bleibt schließlich an meinen Chucks hängen, denen man ihr Alter mittlerweile deutlich ansieht. Seufzend atme ich aus. Natürlich ist es hier ruhig, und wahrscheinlich kommen hier auch nur wenige Menschen vorbei, aber es fühlt sich nicht so vertraut an. Ich kann nur hoffen, dass sich dieses Gefühl mit der Zeit einstellt.

Ich will gerade meine Gitarre auspacken, da vernehme ich ein Geräusch. Erst kann ich es nicht zuordnen, doch dann meine ich, das Quaken von Fröschen zu hören. Zunächst denke ich nicht genauer drüber nach, doch dann fällt es mir wie Schuppen von den Augen.

Wo Frösche sind, kann Wasser nicht weit sein.

Ich schließe den Koffer wieder und gehe dem Geräusch entgegen. Wie von selbst finden meine Füße den Weg, und es dauert nicht lange, da stehe ich vor einem großen Busch.

Ohne lange nachzudenken, bahne ich mir vorsichtig einen Weg hindurch, froh darüber, ein langes Shirt anzuhaben, das meine Arme vor Kratzern schützt.

Nachdem ich mich durchgekämpft habe, kann ich meinen Augen kaum trauen. Schon wieder bin ich überwältigt. Mich umfängt eine Ruhe, wie ich sie bisher nur vom dem kleinen Teich bei mir zu Hause kenne. Der Anblick ist mir so vertraut und gleichzeitig fremd. Ich kann das nicht wirklich beschreiben. Ich setze mich auf einen Stein am Rande des kleinen Tümpels und lasse mich von dem Gefühl der Ruhe und Geborgenheit einhüllen. Es ist auf einmal so ruhig und still, dass man denken könnte, das Leben sei zum Erliegen gekommen. Ich setze mich und schließe die Augen.

Das Gefühl hier richtig zu sein erfüllt mich. Ich habe keine Zweifel mehr, dass ich hier hingehöre oder es hier Menschen geben könnte, die mich behandeln, wie es an meiner alten Schule der Fall war. Nach einer Weile, in der ich einfach nur dagesessen habe, öffne ich den Koffer und hole meine Gitarre hervor.

* * *

Ich habe vollkommen die Zeit vergessen. Erst als die Sonne schon fast untergegangen und es schon merklich kühler geworden ist, mache ich mich vollkommen glücklich auf den Weg zurück. Plötzlich spüre ich das Gewicht der Eule um meinen Hals. Als ich sie hervorhole, fühlt sie sich ganz warm an. Die blaugrünen Augen scheinen beinahe zu leuchten. *Alles Einbildung.* Kopfschüttelnd lasse ich den Anhänger wieder im Ausschnitt meines Shirts verschwinden.

Kurz nachdem ich in unserem Haus angekommen bin, höre ich, wie sich die Haustür öffnet.
»Gwen, du hast soeben das leckerste Eis der Welt verpasst. Beim nächsten Mal musst du unbedingt mitkommen. Und da erlaube ich keinen Widerspruch. Es kann nicht sein, dass du dieses Geschmackserlebnis verpasst.«
»Dem ist nichts mehr hinzuzufügen.« Sina lächelt wie üblich.

Nach dem Abendessen sitzen wir gemeinsam im Wohnzimmer.
»Habt ihr eigentlich schon eure Seminarpläne runtergeladen?«, fragt Sina in die Runde.
Als weder ich noch Lissi reagieren, schüttelt sie nur den Kopf, wobei ihre Locken nur so wackeln. »Was würdet ihr nur ohne mich machen? Gebt mir mal eure Key-Cards.«
Zuerst nimmt sie Lissis und scannt sie mit ihrem Smartphone.
»Habt ihr euch wenigstens schon die Accademia-App besorgt?«
Wieder blicken wir nur stumm drein. »Schaut her. Mit eurer ID könnt ihr euch registrieren, und dann seht ihr euren Terminplan, eure Noten, sowie Texte, Partituren und alles, was ihr so braucht. Wenn ihr auf *bestellen* tippt, landen eure Dokumente spätestens am nächsten Morgen im Briefkasten.«
Als sie meine Karte scannt, ist Sina fast nicht mehr zu bremsen. Mit einem Enthusiasmus wie ich ihn sonst nur Lissi zutrauen würde, zeigt sie mir meinen Plan.
»Du hast deine Klavierstunden mit Professor Siedenow-Raich.

Ich fass es nicht. Sie unterrichtet nur wenige Schüler. Das ist eine verdammte Ehre, Gwen. Jetzt musst du uns aber morgen mal was vorspielen. So schlecht kannst du gar nicht sein, wenn sie dich unterrichtet.«
Sofort sind der Mut und die Ruhe, die ich bis eben noch hatte, verflogen, und meine Zweifel haben das Ruder übernommen.

Jan

Nach der Arbeit war ich nochmal am See. Die Geschichte mit Bianca hat mich heute den ganzen Tag verfolgt, sodass mir die Ruhe und Geborgenheit des Teiches gut getan hat. Da die Nacht warm ist, beschließe ich nicht den direkten Weg nach Hause zu nehmen, sondern einen Spaziergang über das Gelände der Accademia zu machen. Es ist weit nach dreiundzwanzig Uhr, und in der Regel ist um diese Uhrzeit niemand mehr unterwegs. Ich mag es nicht nur, wenn ich den Campus für mich allein habe, es bietet mir auch die Gelegenheit, etwas an meinen Fähigkeiten zu arbeiten. Mittlerweile bin ich am Ende des großen Hofes angelangt, während ich überlege, was ich mit der Parkbank, die am Rande des Platzes steht, anstellen könnte. Gerade als ich nach der Energie der Elemente greifen will, höre ich entfernt Schritte auf mich zukommen. Also gebe ich die Kräfte wieder frei und gehe auf die Bank zu, um mich zu setzen, in der Hoffnung unbemerkt zu bleiben. Die Bank liegt im Schatten, sodass ich selbst bei Mondlicht unsichtbar sein sollte. Ich habe nichts gegen Unterhaltungen mit anderen. Im Gegenteil. Aber heute ist mir wirklich nicht danach.
Ich habe gerade Platz genommen, als ein Mädchen den Platz aus Richtung der Wohnsiedlung betritt. Als ich die langen roten Haare erkenne, ändert sich meine Meinung, mit niemandem reden zu wollen, schlagartig. Sie ist schon wieder mit hängendem Kopf unterwegs. Ist das bei ihr normal, wenn sie alleine ist? Wenn ich doch nur wüsste, was sie bedrückt oder verängstigt.
»Gwen?« Okay. Ich gebe zu, ich hatte wahrscheinlich schon bessere Einfälle.
Mit einem unterdrückten Schrei dreht sie sich in meine Richtung.

Ich hatte *definitiv* schon bessere Einfälle. Super, Jan, das hilft garantiert, ihre Unsicherheit abzubauen.

»Tut... tut mir leid. Ich wollte dich nicht erschrecken. Wirklich nicht.«

Sie bleibt stehen. Na zumindest rennt sie nicht davon. Darf ich das schon als Erfolg verbuchen?

»Was machst du so spät noch hier, du hast dich doch nicht verlaufen oder?« Oh man. *Was Dümmeres fällt dir nun wirklich nicht ein, oder?*

»Nein... ich... wollte einfach nur mal an die frische Luft«, murmelt sie.

»Oh, da sind wir ja schon zwei.« Wie bringe ich sie nun dazu, dass sie bleibt und sich setzt. Schon wieder schaltet mein Hirn ab. »Ähm, hier ist 'ne Bank...« Als ob sie das nicht selbst sieht. »Da kann man sitzen... also ich meine... willst du dich vielleicht setzen?« Jetzt hält sie mich wohl für vollkommen übergeschnappt.

Ich habe wirklich nicht mehr damit gerechnet, aber sie kommt tatsächlich auf mich zu und setzt sich, wobei sie erst nervös ihre Finger knetet und dann ihre Hände unter ihre Beine schiebt.

»Du kennst dich doch hier aus, hm? Kennst du Professor Siedenow-Raich?« Überraschter könnte ich kaum sein, als sie nicht nur das Gespräch eröffnet, sondern mich auch noch über meine Mama ausfragt. Ein leichter Stich der Enttäuschung macht sich bemerkbar. Gehört sie wirklich zu der Sorte Mädchen, die sich nur wegen ihr mit mir abgibt?

»Könnte man so sagen. Was willst du denn wissen?«, beginne ich vorsichtig. Immerhin bin ich nicht sicher, ob sie wirklich mitbekommen hat, wer ich bin, und falls nicht, möchte ich es ihr nicht auf die Nase binden. Nach unzähligen Enttäuschungen habe ich es mir abgewöhnt zu erwähnen, dass ich der Sohn der Akademieleiterin bin.

»Wie ist sie so, ich meine, ist sie streng im Unterricht oder sowas?«, hakt sie nach, wobei sie mich nur aus dem Augenwinkel anschaut. Ein Teil ihrer unglaublichen Haare verdeckt beinahe ihr gesamtes Gedicht.

»Lass mich raten, du hast dir deinen Plan runtergeladen und hast gesehen, dass du mit ihr Unterricht hast? Ich habe keinen Unterricht bei ihr, aber nach dem, was ich so mitbekommen habe, ist sie fordernd und streng.« Als ich sehe, was meine Worte bei Gwen auslösen, rutscht mir fast das Herz in die Hose. Sie ist noch mehr in sich zusammengesunken. Mit dem Ellbogen stupse ich sie sanft an. »Hey. Ich war noch nicht fertig. Klar, sie ist streng, aber sie tut alles für ihre Studenten. Fördert sie in allem und ist eine der fairsten, wenn es um die Notenvergabe geht.«

»Ich glaube einfach nicht, dass ich gut genug bin«, flüstert sie mehr zu sich.

»Gwendolyn, hör mir zu. Ich arbeite seit einigen Jahren hier und habe es noch nie erlebt, dass hier Studenten waren, die zu schlecht sind. Du hast doch das Auswahlverfahren selbst durchlaufen. Und wenn Professor Siedenow-Raich dich unterrichten möchte, dann wird das seinen Grund haben.« Nur dank der Energien, die ich vorhin tanken konnte, schaffe ich es, diesen Satz flüssig über die Lippen zu bekommen.

»Meinst du wirklich?«

»Ja. Und jetzt komm. Du solltest ins Bett. Wenn sie eines hasst, dann zu spät kommen.«

Damit stehe ich auf und strecke ihr meine rechte Hand entgegen, in der Hoffnung, sie würde sie ergreifen. Überraschenderweise tut sie das. Ich drücke sie kurz und ziehe sie dann hoch. Wir machen uns schweigend auf den Weg. Nach ein paar Schritten schaue ich nach rechts. Haben meine Worte wirklich etwas bewirkt? Gwen sieht jedenfalls nicht mehr ganz so eingeschüchtert aus.

Viel zu schnell sind wir an ihrem Haus angekommen. Ich könnte stundenlang neben ihr hergehen.

»So, da wären wir. Kann ich noch was für dich tun?«

»Nein. Du hast mir schon genug geholfen, echt.«

»Okay, dann… viel Erfolg!« Ich würde sie gern umarmen, aber sie wirkt nicht so, als würde sie das wollen. Und Gwen macht auch nicht den ersten Schritt dazu. Also drücke ich nur kurz ihre Schulter. »Erzähl mir dann, wie es war«

»Mach ich.« Und dann begehe ich wieder den Fehler, in ihre Augen zu schauen. Selbst im kalten Mondlicht leuchten ihre Augen in dem warmen Braunton, der mich so gefangen nimmt. Bevor ich wieder ins grenzdebile Starren gerate, presse ich »Schlaf gut.« hervor.

»Du auch, Jan.« Sie geht auf das Haus zu und zieht schon ihre Key-Card aus ihrer Gesäßtasche. Oh man. Sie sieht echt verdammt gut aus, wie ihre unfassbar langen Haare dabei hin und her wackeln. Ihr Körper ist einfach wundervoll.

»Jan?« Ihr Flüstern holt mich in die reale Welt zurück. »Sorry wegen gestern. War nicht böse gemeint«

Viertes Kapitel

»... wird mit sofortiger Wirkung die Überwachung des Objektes > F e u e r v o g e l < durch Gedankenleser XXXXXXXX (Deckname: > S p e c h t <) beschlossen.
Alle Informationen und Gesprächsprotokolle sind UNVER-ZÜGLICH und VOLLSTÄNDIG an > W e i ß e r   L ö w e < zu übersenden und ...«
(Auszug eines Briefwechsels, 04.09.2018)

Gwen

»Du schuldest uns eine Erklärung, findest du nicht?«
Es ist Montagmorgen. Ich sitze mit Lissi und Sina in unserer Küche. Obwohl ich mich gerade eher wie in einem Polizeiverhör fühle. Lissi scheint auch schon ihre Mindestdosis Kaffee bekommen zu haben, so fit wie sie heute wirkt.
»Wir wollen es wissen. Jedes Detail«, beharrt Lissi weiter auf einer Erklärung. Auch Sina schaut mich neugierig mit ihren großen Augen an.

Ich kann mir schon denken, worauf die Beiden hinauswollen. Aus Melissas Zimmer kann man direkt auf den Weg vor unserem Haus blicken. Vermutlich hat sie gesehen, wie Jan mich heute Nacht hierher begleitet hat. Und ja, ich kann mir auch vorstellen, was sie jetzt denkt. Aber das ist totaler Quatsch.

»Es gibt nichts, was nennenswert wäre«, versuche ich, an meinem Saft nippend, dem Ganzen ein schnelles Ende zu bereiten. Natürlich klappt das nicht.

»Gwen, du wirst nach Mitternacht von dem wohl heißesten Typen, den die Akademie zu bieten hat – naja, zumindest glaube ich, dass er das ist, hab ja noch nicht alle gesehen...« Ich fass es nicht, wie sie es schafft ohne Punkt und Komma zu reden. »Egal, jedenfalls begleitet er dich nach Hause und würde am liebsten auf der Stelle Heuhaufen mit dir begutachten, so wie er dich angestarrt hat«

»Jetzt beruhige dich mal wieder. Wir haben nur geredet. Mehr nicht.« Und das stimmt ja auch. Ich kann nicht bestreiten, dass ich meine Meinung über ihn wohl ändern sollte. Er war wirklich nett. Aber deshalb müssen wir nicht gleich heiraten und Kinder kriegen.

Sina rettet mich mal wieder, indem sie das Gespräch endlich auf andere Themen bringt.

Unser erster richtiger Tag hier an der *Accademia* steht bevor. Da wir alle nicht genau wissen, wo sich unsere Probenstudios befinden, machen wir uns nach dem Frühstück rechtzeitig auf den Weg zum Bernstein-Bau.

Lissi ist die Erste, scannt ihre Key-Card am Hintereingang und öffnet damit die Tür. Wir befinden uns in einem schmalen, weißbeleuchteten Gang, mit einer hohen Decke. Rechts und links geht es zu den Tanzstudios, wie uns die Aufschriften verraten.

»Die Studios hier dienen gleichzeitig als Probebühnen«, erzählt Sina.

Das erklärt auch, wieso die Decken und Türen hier so hoch sind. So können Bühnenbilder bewegt werden.

»Oh, seht mal. Ich muss hier rein.« Lissi deutet auf eine Tür an der in schwarzen Lettern *Probe III / Tanzstudio – betreten mit Straßenschuhen verboten* steht. Unterdessen holt sie ihre – Überraschung – rosafarbenen Nikes aus ihrem Beutel und stopft ihre Old Skool hinein.

Sina und ich wünschen Lissi derweil viel Spaß und Erfolg und begeben uns weiter auf die Suche nach unseren Räumen. Nachdem wir einmal abgebogen sind, erreichen wir das Treppenhaus. Ich muss in den dritten Stock, Sina in den zweiten. Somit verabschieden wir uns auf dem Treppenabsatz. Nun bin ich auf mich allein gestellt.

Fast sofort ergreifen mich wieder Zweifel. Langsam schleiche ich die letzten Stufen hinauf. Meine Beine zittern vor Anspannung. Welches ist die richtige Tür? Hier gibt es mehr davon als auf den unteren Etagen. Auf den Schildchen neben ihnen stehen die Namen der Professoren und die Instrumente, die sie unterrichten. Im hinteren Teil des Flures lese ich dann *Lena v. Siedenow-Raich – Klavier und Stimme*. Ich klopfe vorsichtig, und als ich herein gebeten werde, öffne ich zaghaft die Tür.

»Komm herein«, fordert sie mich freundlich auf. Unsicher setze ich einen Fuß vor den anderen.

»Ich beiße nur Männer und auch das nur, wenn es keine Alternativen gibt«, scherzt sie.

Das Zimmer nimmt die Ecke des Gebäudes ein und hat somit Fenster an zwei Seiten, durch welche man einen herrlichen Blick hinaus auf die Wälder hat. Ich fühle mich ein wenig wie in meinem Turmzimmer zu Hause. Zwei Klaviere stehen in dem Raum, dazu ein gemütlich wirkendes Sofa mit vielen Kissen und ein Schrank. Auf dem Boden liegt weinroter Teppich, von dem sich meine weinroten Chucks kaum unterscheiden.

»Guten Morgen, Gwendolyn«, begrüßt mich die Professorin, auf einem Klavierhocker sitzend, fröhlich.

»Guten Morgen, Frau von Siedenow-Raich.«

Sie lacht. »Also das *von* können wir weglassen. Genauso wie *Siedenow-Raich*. Ich bin Lena. So nennen mich alle meine Schüler. Setz dich. Deine Jacke kannst du auf das Sofa schmeißen.« Lena deutet mit einer einladenden Geste auf den Hocker ihr gegenüber. Also entledige ich mich meinem schwarzen, langen Cardigan und nehme Platz. Der Hocker gibt ein leichtes Knarzen von sich

»Also folgendes...«, beginnt sie, »ich lerne meine Studenten am liebsten am Instrument kennen. Spiel bitte einfach etwas, das du magst, oder was dir gerade in den Sinn kommt«.

Na super. Ich bin noch keine fünf Minuten hier, und gleich wird sie merken, dass sie einen riesigen Fehler begangen hat. Sie hätten mich niemals hier aufnehmen dürfen.

Ich beschließe, es schnell hinter mich zu bringen und beginne einfach mit Beethovens *Rondo alla turca*. Wieso ich gerade das gewählt habe, weiß ich nicht. Ich mag die Geschwindigkeit und Energie, die dieses Werk verströmt. Außerdem habe ich es so oft gespielt, dass die Wahrscheinlichkeit mich zu blamieren nicht ganz so hoch ist.

Meine Hände zittern leicht, als ich sie zur Klaviatur bewege. Noch einmal atme ich tief durch, bevor ich loslege.

Meine Finger fliegen über die Tasten, und es fühlt sich von Takt zu Takt immer besser an.

Dass ich nicht alleine bin, kann ich aber trotz der Musik nicht vergessen. Ich habe das Spielen vor anderen schon immer gehasst, und das wird sich wahrscheinlich nicht ändern. Ganz besonders schlimm ist es, wenn mir jemand auf die Hände schaut und ich aus den Augenwinkeln jede Regung mitbekomme. Nachdem ich auch den Schlussakkord heil überstanden habe, bleibe ich mit meinen Augen bei der Klaviatur hängen.

»Klasse! Wirklich sehr gut.« Das kann sie doch nicht ernst meinen! »Möchtest du mir noch etwas Zeitgenössisches vorspielen? Irgendetwas, das zur Zeit im Radio läuft?«

Das ist nun wirklich ungewöhnlich. Klar, wird hier auch Wert auf moderne Musik gelegt, aber dass es so beginnt, hätte ich nicht gedacht.

Ich entscheide mich diesmal für *The sound of silence* von *Disturbed*. Der Titel ist etwas ironisch für jemanden, der mit Musik einmal sein Geld verdienen möchte. Es gibt aber so viele Situationen, in denen ich Stille einfach brauche und sehr schätze. Besonders, wenn ich zu Hause an dem kleinen Teich im Wald bin.

Nachdem ich fertig bin, bittet Lena mich eine ihrer Kompositionen zu spielen. Sie gibt mir die Partitur. Das Werk scheint noch unvollendet. Es ist handgeschrieben und trägt noch keinen Titel. Ich schaue noch einmal über die Blätter, um mir einen Überblick zu verschaffen. Dann beginne ich.

»Danke, Gwendolyn. Das genügt erstmal.« Und da ist er, der Moment, in dem sie mich exmatrikulieren wird. Anscheinend war es so schrecklich, dass sie mich noch nicht einmal zum Ende kommen lässt. »Keine Sorge...«, sagt sie lächelnd, anscheinend hat sie meinen betrübten Blick bemerkt, «... das Ende ist noch nicht fertig. Wenn du das hören würdest, würdest du mich entweder auslachen oder meine Fähigkeiten anzweifeln. Und beides möchte ich ungern riskieren.« Jetzt kann ich mir ein erleichtertes Lächeln nicht verkneifen. Hat sie etwa Bedenken, es könne nicht gut sein? Wenn man ihre kurze, aber wahrlich meisterhafte, Vita liest, kann einem hören und sehen vergehen. Alles, was sie je geschrieben oder gespielt hat, wurde von den Kritikern ausnahmslos in den Himmel gelobt. Und diese Frau hat ernsthaft Bedenken, jemand wie *ich* könnte mich über *sie* lustig machen?

»Sind es nicht eher Sie, die mich auslachen würden?«, bringe ich flüsternd hervor.

»Bitte was? Komm, ...« Sie steht auf und geht auf das Sofa zu. »Wir setzen uns mal hier. Das ist bequemer.«

Und sie hat recht. Das Sofa ist wirklich bequem. Es passt sich perfekt meinen Körperformen an, während ich in dem weichen Stoff versinke.

»Lass mich raten. Du befürchtest, wir könnten uns bei dir geirrt haben. Du glaubst, du seist zu schlecht für die *Accademia di musica e arte*.«

»Haben Sina und Lissi...«

»Nein, Gwendolyn. Das habe ich an deinem Spiel erkannt. Du spielst die Werke fehlerfrei. Sogar als du meine Komposition vom Blatt gespielt hast, war kein einziger Schnitzer dabei.« Sie schaut mich eindringlich, aber dennoch nicht unfreundlich, mit ihren grünen Augen an. »Aber du weißt sicher, dass das nicht das Einzige ist, was die Musik ausmacht. Viel wichtiger ist, dass du deine Gefühle in die Musik fließen lässt. Erst dadurch wird sie lebendig. Ich bin mir sicher, dass du das weißt. Ich habe den Eindruck, du hast Angst, dass man dir deine Gefühle ansieht, stimmt's?«

»Hmpf. Naja, ich...« Ich weiß nicht, was ich sagen soll. Sie hat Recht. Ich war noch nie gut darin, Persönliches offen zu legen.

»... und ist das ... also... wollen Sie mich jetzt nicht mehr unterrichten?«

»Nein. Klar, es ist einfacher einem Anfänger das Klavierspielen beizubringen, als jemandem dabei zu helfen, sich zu öffnen. Aber ich laufe nicht weg, nur weil etwas schwierig zu werden droht. Wir schaffen das, oder, Gwendolyn?«

»Wenn Sie das sagen. Gwen reicht übrigens.«

»Na dann gehen wir es an. Für heute machen wir Schluss. Ich überlege mir etwas und morgen geht's dann los. Ich freu mich.«

Ich bin aufgestanden und auf dem Weg zur Tür, da fällt der Professorin anscheinend noch etwas ein. »Mario, unser Instrumentenbauer, bittet dich, mal bei ihm vorbeizuschauen.«

Jan

Der erste offizielle Unterrichtstag beginnt für Rick und mich heute erst gegen Mittag. Dafür geht er dann aber in unsere übliche Schicht über, sodass wir wohl bis dreiundzwanzig Uhr beschäftigt sein werden.

Mama ist gerade aus dem Haus. Eben beim Frühstück hat sie erzählt, dass sie heute eine Erstsemesterstudentin hat. Ich schätze mal, das muss Gwen sein. Bevor meine Gedanken, die schon die ganze Nacht immer wieder bei ihr gelandet sind, wieder in ihre Richtung driften, wende ich mich einem Brief zu. Ich bin wieder einmal sehr froh, dass ich morgens immer die Post aus dem Briefkasten hole, denn ich möchte mir gar nicht vorstellen, was passiert wäre, wenn Mama das Wappen unserer – oder vielmehr *seiner* – Familie auf dem Umschlag gesehen hätte. Zum Glück habe ich es rechtzeitig bemerkt und konnte den Brief verstecken. Auch wenn ich eigentlich nicht wissen will, was darinsteht, öffne ich den Umschlag.

Jan-Friedrich,
lange habe ich deinen Eigensinn ertragen. Zu lange. Eines Tages wirst du der Erbe der von Siedenow-Raich sein. Der Familienerbe und Nachfolger meiner Ämter, die

*dann noch viel mehr Macht und Einfluss besitzen werden,
als du dir jetzt vorstellen kannst.*

*Mit diesem Brief ermögliche ich dir, dich freiwillig in unseren Dienst zu stellen und der Ausbildung zu unterziehen,
die einem talentierten Kämpfer wie dir gebührt.*

*Fordere mich nicht heraus, dir zu demonstrieren, was
nach Ablauf deiner Entscheidungsfrist zum nächsten
Jahreswechsel passiert, wenn du nicht aus freien Stükken den Weg dorthin zurückfindest, wo du herstammst
und wo du hingehörst.*

*Unser Einfluss wächst und wächst wie die Zahl unserer
Mitstreiter. Also triff deine Entscheidung, bevor andere
es tun.*

Ich muss den Brief dreimal lesen, bevor ich meinen Augen traue.
Dabei hätte ich damit rechnen müssen, dass mich der große Herr
von und zu nicht einfach aufgibt, nachdem wir vor Jahren abgehauen sind. *Er* bekommt schließlich immer, was er will. Menschenleben sind ihm dabei scheißegal.

Wieder taucht Biancas Gesicht vor meinem inneren Auge auf.
Nur diesmal bleibt es nicht bei ihr. Es verändert sich und Gwen
erscheint. Schlagartig wird mir eins klar. Wenn sich das, was damals passiert ist, nicht wiederholen soll, darf ich sie, darf ich
niemanden mehr, nah an mich heranlassen. Jeder, der mir nahesteht, ist eine Schwachstelle. Eine Schwachstelle, die *er* nutzen
wird. Koste es, was es wolle.

Mein Entschluss steht fest. Ich muss alle, die nicht schon zu tief
mit drinhängen wie Mama oder Rick, aus meinem Leben halten.
Zu ihrem eigenen Schutz. Ich habe damals einen Fehler begangen, das werde ich nicht wiederholen.

Aber noch ein Entschluss steht fest. Ich werde nicht der *Thronfolger* sein, den *er* sich wünscht. Eher verschwinde ich, wenn es sein
muss auch aus Deutschland oder Europa, und täusche meinen
Tod vor. Ich habe so ein Szenario schon des Öfteren in Gedanken
durchgespielt. Da war es immer eine recht absurde Vorstellung.
Jetzt scheint sie ernsthaft in Betracht zu kommen. Ich weiß, dass
ich damit vor allem Mama sehr weh tun würde. Aber ich könnte es mir nicht verzeihen, wenn irgendjemandem etwas passiert.

Jetzt muss ich erstmal raus hier. Diesmal laufe ich nicht über den Campus der *Accademia*, sondern nehme den direkten Weg durch den Wald hinter unserem Wohnhaus am Ende der Mitarbeitersiedlung.

Als ich durch die Büsche trete, atme ich das erste Mal seit einer gefühlten Ewigkeit erleichtert aus. Sofort umfängt mich die Ruhe meines Ortes. Wie gewöhnlich lasse ich zunächst meine Kette durchs Wasser gleiten. Ich genieße den Energieschub, der mich wie immer umfängt. Den Brief stopfe ich in das Astloch eines abgestorbenen Baumes, das auch im schlimmsten Starkregen trockenliegt.

Bevor es zum Nahkampftraining mit Rick geht, beschließe ich, noch etwas für mich selbst zu trainieren.

***

»Was war denn heute mit dir los? Du hast ja trainiert, als würdest du dich morgen bei der Bundeswehr melden wollen.«

Wir sind auf dem Weg zur *Accademia*, wo unser erstes offizielles Seminar am Nachmittag beginnt. Ich wie üblich am Steuer des Wagens und Rick auf dem Beifahrersitz.

Aber er hat Recht. Ich habe heute wirklich härter trainiert als sonst. Ich habe unseren Trainer so oft wie sonst nie gebeten, Schrittfolgen und Techniken zu wiederholen. Wenn ich wirklich verschwinden will, muss ich mich mit meinen eigenen Kräften verteidigen können. Wenn ich nicht mehr zum Dornweiher kann, bleibt mir dessen Energie verwehrt.

Natürlich habe ich in den letzten Jahren auch hart an meiner Fitness gefeilt, aber ich habe mich, wie mir heute bewusst geworden ist, zu sehr auf fremde Kräfte verlassen. Das muss sich ändern. Schnell.

»Ach, keine Ahnung«, gebe ich vage zurück.

»Gibt es etwas, dass ich wissen sollte? Mädchen, die du beeindrucken willst; oder doch ein Erpresserbrief?«

»Ach quatsch.« *Viel schlimmer* wäre stattdessen die wahrheitsgemäße Antwort gewesen. Aber meine Abmachung mit mir selbst steht. Ich werde ihn nicht noch tiefer mit reinziehen.

Glücklicherweise kommen wir gerade am Pförtnerhäuschen vorbei, in dem Harry wie immer in irgendeinen Krimi versunken ist, und fahren auf das Gelände.

Zeit, um mich zu duschen und mich umzuziehen, habe ich nun nicht mehr. Wir fahren direkt zum Bernstein-Bau und parken am Hintereingang, wo auch die externen Schauspieler und Musiker ihre Autos abstellen.

Genau in diesem Moment kommt auch Frank um die Ecke. Gemeinsam gehen wir hinein und machen den obligatorischen Zwischenstopp an der Teeküche, direkt neben dem Eingang. Frank befüllt sich seine Tasse halb mit Kaffee, halb mit Milch. Egal wie spät es ist. Ohne Kaffee geht bei ihm nichts. Und natürlich wird er seine Tasse innerhalb der nächsten dreißig Minuten irgendwo im Flur stehen lassen. Bisher hat sich also im Vergleich zu unserer üblichen Arbeit hier nichts geändert.

»So, Jungs, dann wollen wir mal.«

Gwen

»Du bist sicher Gwendolyn«, begrüßt mich der grauhaarige Mann auf der anderen Seite des Tresens. Mario. »Ich hatte Lena gebeten, dich zu mir zu schicken.«

Sofort nach dem Ende der Unterrichtsstunde bin ich in das Verwaltungsgebäude gelaufen, um zu sehen, was mit meinem Instrument los ist.

Ich hoffe, meinem Klavier ist auf der Fahrt hierher nichts passiert. Dass ich in den letzten Tagen nicht darauf spielen konnte, steigert meine Anspannung umso mehr.

»Ist etwas mit meinem Klavier nicht in Ordnung? Ist es sehr schlimm?«, frage ich ungeduldig.

»Ich schaue mir alle gelieferten Instrumente noch einmal an, um sicher zu gehen, dass auf dem Weg hierher nichts kaputtgegangen ist«, beginnt er bedächtig seine Ausführungen, wobei er sich durch seinen grauen Bart streicht.

Wenn er doch nur endlich zum Punkt kommen würde. Ich spüre, wie langsam Panik in mir aufsteigt. Vorsichtig taste ich nach der Eule, die sich unter meinem Shirt befindet. Als ich sie berühre, senkt sich mein Puls langsam.

»Kein Grund blass zu werden, junge Dame«, sagt er mit einem Großvaterlächeln auf den Lippen. »Bisher habe ich noch jedes Problem in den Griff bekommen. Also folgendes: Als ich mir dein Klavier angesehen habe, ist mir aufgefallen, dass der Filz auf den Hämmern deines Klaviers ein wenig überarbeitet werden könnte. Zuvor wollte ich aber fragen, ob du damit einverstanden bist.«

Jetzt sinkt meine Anspannung wirklich. »Äh... Ja, klar. Natürlich.«

»Na dann. Sonst ist alles in Ordnung. Das Klavier ist in einem wirklich guten Zustand.«

»Oh, das ist klasse«. Ich bin total erleichtert, dass es nichts Gravierendes ist und ich bald wieder das warme, angenehme Gefühl der Holztasten unter meinen Fingern spüren kann, das ich schon so lange liebe.

»Wie war deine erste Stunde mit Lena?«, fragt Mario, als ich eigentlich schon gehen will.

»Ganz okay.« *Sie hat mich weggeschickt, weil sie nicht weiter weiß* hätte es wohl eher getroffen. Jetzt will ich wirklich nur noch raus hier.

»Nun erzähl schon. Ich sehe doch, dass dich etwas beschäftigt.«

Ich weiß nicht wieso, aber ich beginne zu erzählen, die Worte sprudeln einfach aus mir heraus und lassen sich nicht aufhalten. Ich erzähle ihm alles, was sie gesagt hat, aber es fühlt sich merkwürdig an. Nicht so, als würde ich mit Lissi oder Sina reden. Eher so wie bei Mama, die ihre Psychotherapeutin raushängen lässt. Es fühlt sich nicht schlecht an. Es befreit, darüber zu reden.

Nachdem Mario noch einige Fragen gestellt hat, verabschiede ich mich und gehe hinaus. Was war das? Ja, es hat sich gut angefühlt, aber war es auch richtig?

***

»Beeilt euch mal, ich habe keine Lust zu spät zu kommen«.

Ich beende die letzten Takte am Klavier, das wir tatsächlich, nachdem es heute geliefert wurde, im Wohnzimmer aufgestellt haben. Schon den ganzen Nachmittag war Lissi kaum zu bremsen. Sie hat Sina und mich dazu überredet, gemeinsam die

Abendvorstellung zu besuchen.

Da ich gespannt bin, wie der Theater- und Konzertsaal der *Accademia* aussieht, war ich sofort einverstanden. Auch Sina musste nicht lange überredet werden und so machen wir uns nun auf den Weg zum Bernstein-Bau.

»Ich kann es wirklich kaum erwarten die Aufführung zu sehen. *Arsen und Spitzenhäubchen* ist eines meiner Lieblingstheaterstücke. Ich bin so auf das Bühnenbild gespannt. Ich habe mal eine Inszenierung gesehen, da wurden die alten Damen von zwei Männern gespielt. Ich glaube, das war in Cottbus...«

Lissi wäre wirklich nicht sie selbst, wenn sie uns nicht auf dem gesamten Weg zugetextet hätte.

Als wir vor dem Publikumseingang des Betongebäudes ankommen, kennen wir nahezu alle Namen der Schauspieler, die *Mortimer Brewster* je verkörpert haben, sowie die Regisseure der verschiedensten Inszenierungen.

Am Eingang werden unsere Key-Cards gescannt, wodurch wir wie alle Studenten, freien Eintritt zu den Vorstellungen erhalten.

Das Foyer ist innen genauso beeindruckend, wie es das Gebäude von außen ist. Es erstreckt sich über drei Etagen. Hunderte von leuchtenden Kristallsternen hängen in verschiedenen Höhen von der Decke. Sie hüllen den offenen Raum in ein warmes Licht, das sich mit den Strahlen der untergehenden Sonne, die durch die große Glasfront scheint, verbindet.

Nachdem wir in den ersten Minuten unsere Blicke durch den Raum haben schweifen lassen, gehen wir zu den Wänden, an denen Szenenfotos verschiedener Produktionen hängen.

»Ob wir irgendwann auch mal hier hängen werden?«, gibt Sina flüsternd zu bedenken.

»Na klar, spätestens, wenn wir das Semesterabschlussmusical aufführen, sind hier Fotos zu sehen«, antwortet Lissi voller Überzeugung. »Ich organisiere uns mal Getränke. Bis gleich« . Mit den Worten verschwindet sie zwischen den anderen Besuchern.

»Glücklicherweise bin ich ja dann im Orchestergraben, da sieht mich keiner«, wispert Sina, während sie mit ihrem Fuß, der mal wieder in ihrem bordeauxroten Nike-Sneaker steckt, über den Boden kratzt.

»Kann ich verstehen. Ich mag es auch nicht, wenn mir Leute beim

Klavierspielen zusehen«, erwidere ich. Sina hat mich schon so oft aufgemuntert. Vielleicht schaffe ich das ja auch mal bei ihr.
»Ach, darum geht es mir doch gar nicht. Ich freue mich immer, wenn ich für andere musizieren kann. Ach,... keine Ahnung. Ich bin immer total nervös vor Auftritten. Ganz schlimm ist es bei Konzerten, wenn man auf einer Bühne sitzt und von allen gesehen wird.«
»Bei mir reicht schon eine Person, die zuhört. Ich fühl mich einfach immer unwohl, wenn andere dabei sind. Die Unterrichtsstunde heute war schrecklich...« Und dann erzähle ich Sina, was Lena heute Morgen zu mir gesagt.

Mit dem zweiten Klingeln betreten wir den Theatersaal. Wir haben Plätze auf dem Parkett bekommen. Der Saal wirkt schlicht, aber durch braune Holzelemente an den grauen Wänden edel. Wie im Foyer erhellen hier hunderte Kristallsterne den Raum. Die anthrazitfarbenen Samtsitze sind super bequem.

Nach dem Schlussapplaus verlassen wir den Saal. Lissi ist schon wieder oder immer noch – so genau lässt sich das heute nicht sagen – komplett aus dem Häuschen.
»Schaut mal, da ist Rick. Lasst uns doch mal bei ihm vorbeischauen. Vielleicht kommst du dann auch an die Telefonnummer von dem Mortimer-Darsteller, von dem du schon die ganze Zeit schwärmst, Lissi«, schlägt Sina vor und unterbricht damit Lissis Wortschwall, der schon wieder über uns zu brechen droht.
Lissi stimmt, leicht errötend, dem Vorschlag zu. Ich überlege, ob ich die Chance nutzen sollte, in der ich das Haus für mich alleine hätte. Den Gedanken verwerfe ich aber recht schnell, da ich eh nur wieder über mein Versagen heute Morgen nachdenken würde. Also folge ich meinen Mitbewohnerinnen.
Im Foyer führt uns eine große Treppe an der Fensterfront, die alle Etagen miteinander verbindet, in die dritte Etage. Überall liegen hier Sitzsäcke um leuchtende Würfel verteilt. An einer Wand ist eine Bar, über der in leuchtenden Lettern *Bernstein-Lounge* steht.
Ein junger Mann – nicht älter als dreißig – ist damit beschäftigt, Gläser zu spülen und zu polieren.

»Sorry Mädels, für heute ist hier geschlossen.«

»Deshalb sind wir nicht hier. Kannst du uns sagen, wo wir Rick finden?«, fragt Lissi den Barkeeper.

»Dass ich nach Schauspielern gefragt werde, ist nix Neues, aber dass jetzt die angehenden Beleuchter hier schon ihren Fanclub haben, ist mir auch noch nie passiert. Ihr studiert hier, oder?«

»Sieht man uns das an?«, erkundigt sich Lissi.

Wieder einmal bin ich froh, dass sie das Reden übernimmt.

»In gewisser Weise schon«, antwortet er. Unterdessen stellt er ein Gestell voller Weingläser auf den Boden. »Hier rennen nicht oft Studentinnen in komplett rosa übers Gelände. Ich bin übrigens Maik.« Nach der obligatorischen Vorstellungsrunde zeigt er uns die versteckte Tür, die sich in der Wand neben der Theke befindet. Wir verabschieden uns und setzen unseren Weg fort.

»Hier muss es sein.« Sinas Stimme hat deutlich an Entschlossenheit verloren.

»Ach Sina. Erst uns hier hochschleppen und dann den Mut unten vergessen«, neckt Lissi. Im selben Moment geht sie auf die Tür zu und klopft. Danach greift sie nach Sinas Arm und postiert sie direkt davor.

Augenblicklich erscheint Rick mit seinem Wuschelschopf im Rahmen.

»Hey ihr«, begrüßt er uns freundlich, »kommt doch rein.«

Jan

Nach dem Schlussapplaus hält mich nichts mehr hinter dem Mischpult. Ohne das System herunterzufahren, verlasse ich die Tonregie.

Schon in der Pause sind sie mir aufgefallen. Melissa, wie immer in strahlendem Rosa, Sina mit weinroter Bluse und dazwischen wie ein Leuchtfeuer in der Dunkelheit: Gwen, die ihre Haare zu einem lockeren Knoten hochgerafft hat, aus dem einzelne Strähnen heraushängen.

Nach unserem Gespräch von letzter Nacht bin ich natürlich gespannt, wie Gwens erste Stunde bei Mama war.

Mit meinem iPad unter dem Arm begebe ich mich ins Erdgeschoss zum Ausgang, aus dem die drei eigentlich kommen sollten. Um schneller unten zu sein, habe ich das hintere Treppenhaus genommen und nicht den Weg durch die öffentlichen Bereiche, wo es jetzt von Zuschauern wimmelt.

»Scheiße!«, rutscht leise über meine Lippen, als ich realisiere, dass ich sie verpasst haben muss. Im Saal sind sie nicht mehr zu sehen. Und im Foyer kann ich die drei auch nirgends ausmachen. Aber vermutlich ist es eh besser so. Ich konnte zwar nicht viel von Gwens Outfit erkennen, aber allein das, was ich von meinem Platz aus erahnen konnte, reicht, um zu wissen, dass es mich um den Verstand bringen würde, sie aus der Nähe zu sehen. Und das würde früher oder später fatal enden.

Ohne mich nochmal umzusehen gehe ich in die dritte Etage. Vielleicht können Rick und ich Maik noch einen Cocktail aus den Rippen leiern. Meist lässt er sich etwas bitten, aber letzten Endes sitzen wir zu dritt am Fenster und lassen den Abend so ausklingen. Ab und an stößt auch Frank dazu. Heute hat er sich vor der Show mal wieder mit den Worten verabschiedet, dass ich ja schon ein Profi bin und er sich deshalb auch frei nehmen könnte.

Automatisch greife ich mir meine Key-Card und scanne sie, um zum Stellwerk zu kommen. Als sich das Schloss mit einem leisen Piepsen öffnet, trifft mich fast der Schlag.

»Da ihr nun beide bestens versorgt seid, werde ich mich mal nach Hause begeben und die Gummibärchen aus meinem Vorrat vernaschen… solange *ihr* selbiges mit den Kerlen macht. Wir sehen uns morgen früh.« Lachend schiebt sich Melissa an mir vorbei.

Mein Blick bleibt sofort an Gwen hängen. In ihrer schwarzen Bluse mit langen Ärmeln, die wie Flügel an ihrem Körper wirken, sieht sie heute absolut umwerfend aus. *Hör verdammt nochmal auf, sowas zu denken!* versuche ich mich unter Kontrolle zu bekommen, aber meine Selbstbeherrschung löst sich nach und nach in Wohlgefallen auf.

»Hey, allerseits«, bringe ich mühsam hervor, da meine Gehirnhälften gerade eine erbitterte Debatte miteinander ausfechten, sodass keine Kapazitäten für das Sprechen frei sind. Links kämpft gegen rechts – Rationalität gegen Intuition – der Wunsch,

Gwen näher kennenzulernen gegenüber der Angst vor der Gefahr, in die ich sie dadurch bringe. »Also, ich weiß nicht, was ihr macht, aber Sina und ich machen uns jetzt mal auf den Weg.« Während Rick fortfährt, säubert er seine Brille, die es offensichtlich schon wieder dringend nötig hat. »Jan, vom Inspizient kam eben die Meldung, dass die technische Einrichtung auf morgen früh gelegt wurde, wenn ihr also noch länger braucht, musst du die Alarm-Anlage scharf schalten. Big Ben und seine Bühnentechniker dürften sich auch schon auf den Heimweg gemacht haben.«. Mit diesen Worten verabschiedet sich Rick. Zusammen mit Sina verlässt er den winzigen Raum.

»Bis Morgen. Vergiss deinen Pulli nicht«, rufe ich ihm noch hinterher, da er die blöde Angewohnheit hat, das Ding überall liegen zu lassen.

Jetzt wo die beiden weg sind, breitet sich eine Stille zwischen Gwen und mir aus, die langsam unangenehm zu werden droht. Sie starrt auf die Spitzen ihrer Converse, während ich meinen Blick auf meine Vans richte, wobei ich versuche sie nicht allzu auffällig aus dem Augenwinkel zu mustern. Wie ich es schon befürchtet hatte, aus der Nähe sieht sie noch umwerfender aus, als es von meinem Arbeitsplatz aus zu erahnen war.

Irgendwann gebe ich mir einen Ruck: »Wie war die erste Stunde bei M... Lena?«

»Frag nicht...«, wispert sie und senkt dabei den Kopf noch weiter, obwohl das eigentlich gar nicht mehr geht.

»Gwen... So schlimm kann es doch gar nicht gewesen sein. Und selbst wenn, kannst du mir glauben, dass ich damit nicht hausieren gehe.« Wie gerne würde ich jetzt meine Fähigkeiten einsetzen, um ihr das Gefühl von Sicherheit zu geben. Aber da ich nunmal kein Gedankenleser bin, würde das nur unnötige Schmerzen versuchen. Wie oft habe ich mir gewünscht, diese Fähigkeit hätte sich bei mir stärker durchgesetzt.

»Naja...« Sie hebt ihren Blick und reißt mich mit ihren großen, braunen Augen aus meinen Gedanken. Schüchtern sieht sie mich an und beginnt zu erzählen. Von dem Lob meiner Mama und davon, dass sie ohne Gefühl spielt.

»Ich habe eine Idee. Komm mal mit«, fordere ich Gwen auf,

nachdem sie geendet hat. Ohne nachzudenken greife ich nach ihrer Hand und bereue es sofort. Sie zuckt zurück. Auch wenn sie es versucht zu überspielen, ist mir ihre Reaktion nicht entgangen. Ich versuche ebenfalls, mir nichts anmerken zu lassen. Wenn ich könnte, würde ich mich jetzt selbst ohrfeigen und das nicht nur einmal.

Gestern ist mir schon aufgefallen, dass sie mit körperlicher Nähe Probleme zu haben scheint, und nach dem, was sie mir eben erzählt hat, hätte ich besser aufpassen müssen.

Gwen folgt mir aus dem Stellwerk. Wir gehen gemeinsam durch die Gänge, die für die Öffentlichkeit verborgen sind, nach unten. Durch verwinkelte Korridore führe ich sie hinter die Bühne.

Jedes Mal wenn ich die Bühne betrete, bin ich aufs Neue froh, dass ich bei der Arbeit auf der anderen Seite des Saals sitze und mich die siebenhundert Zuschauer nicht beachten. Auch wenn ich das mittlerweile seit einigen Jahren mache, ist es jedes Mal wieder ein tolles Gefühl über die leere Bühne zu laufen und zu hören, wie die eigenen Schritte im Bühnenturm widerhallen

»Was hast du vor?«, fragt Gwen und verkrampft spürbar.

»Warte kurz. Und geh noch einen Schritt zur Seite«, erwidere ich, während ich die Fernbedienung für die Bühnenmaschinerie entsichere. Dort, wo ihre Schuhe eben noch den Boden berührten, öffnet sich durch meinen Knopfdruck die Versenkung. Wenige Augenblicke später kommt ein Konzertflügel aus dem Loch im Boden.

»Wahnsinn. Ein echter *Steinway D-274*«, haucht sie voll Begeisterung.

Zu sehen, wie ihre Augen beginnen zu leuchten, wie sie komplett anfängt zu strahlen, erfreut mich zutiefst. Ich glaube, ich habe sie bisher nie wirklich fröhlich erlebt. Ich hoffe, das wird sich heute ändern. Es hat jedes Mal geschmerzt, dieses Mädchen so verschlossen und verunsichert zu erleben.

»Richtig erkannt. Und sogar einer der ersten, die je gebaut wurden. Bevor er hier in die *Accademia* kam, gehörte er der *Metropolitan Opera*. Die ganz Großen haben schon auf diesem Instrument gespielt. Nur zu. Ich seh' doch, dass es bei dir in den Fingern juckt«, ermutige ich sie, sich dem Instrument zu nähern.

Während sie noch zögernd auf den Klavierhocker zugeht, lasse ich Mikrofone, die noch vom letzten Konzert im Schnürboden hängen, hinab. Zum Üben kann ich immer Mitschnitte gebrauchen. Da ich mein iPad noch immer bei mir habe, kann ich auch von hier Aufnahmen starten.

Inzwischen hat Gwen Platz genommen. Vorsichtig, als könnte der Flügel wie ein bissiger Hund zuschnappen, streckt sie ihre Hände den Tasten entgegen. Zögernd legt sie schließlich ihre Hände auf die Klaviatur.

»Und das ist wirklich okay, wenn *ich* hier spiele?«

»Schon vergessen, dass das hier eine Musikakademie ist und du hier Studentin bist? Was glaubst du hätte der Flügel für einen Zweck, wenn die Studenten ihn nicht nutzen dürften? Nun los.«

Da ich sie nicht nochmal bedrängen will, gehe ich auf die Seitenbühne zum Inspizientenpult. Hier kann sie mich nicht sehen und kann sich so hoffentlich vollkommen befreit der Musik hingeben.

Gwen

Schon nach den ersten Tönen bin ich total vom Klang fasziniert. Der Flügel ist einfach unglaublich. Genau wie die Akkustik im Saal. Man könnte fast glauben, man säße im Instrument. Ich verliere mich komplett im Spiel und genieße es vollkommen, an nichts denken zu müssen.

Nachdem ich einige schnelle Stücke gespielt habe, ist es nun Zeit für eine Ballade. Nach den ersten Takten der *Ballade Pour Adeline* ertönt auf einmal der Klang einer Violine hinter mir. Verwundert und erschrocken drehe ich mich um. Jan steht da und spielt.

»Mach weiter«, fordert er mich mit sanfter Stimme auf.

Komplett perplex übernehmen meine Hände die Kontrolle und setzen das Spiel fort. Und zum ersten Mal fühle ich mich nicht ganz so unwohl, wenn ich nicht alleine bin. Vielleicht liegt es daran, dass die Töne unserer Instrumente miteinander verschmelzen, während wir gemeinsam musizieren.

»Das… Das war wunderschön«, stammle ich, nachdem auch der Nachhall der letzten Noten verklungen ist.

»Ja. Bitte spiel noch etwas.«

Ich weiß nicht, ob es an seiner warmen, weichen Stimme oder an der Tatsache liegt, dass es mich zum ersten Mal nicht nervös macht, wenn ein anderer mir zuhört, aber ich bekomme Gänsehaut.

Ohne weiter darüber nachzudenken, spiele ich einen Titel nach dem anderen. Mal spielt Jan mit, manchmal hört er nur zu. Ich fühle mich so frei wie schon lange nicht mehr. Als ich auf die Uhr sehe, stelle ich fest, dass es schon weit nach Null Uhr ist.

»Schon so spät?«, wundere ich mich.

»Ja. Aber jede Sekunde hat sich gelohnt. Wenn du noch kurz wartest, bis ich hier fertig bin, kann ich dich nach Hause fahren.«

»Okay.«

Nachdem der Flügel wieder unter der Bühne verschwunden ist, gehen wir gemeinsam durch die Korridore. Ob ich mich hier auch irgendwann alleine zurechtfinden werde?

Jan geht etwas vor mir, und ich ertappe mich dabei, wie ich ihn zum ersten Mal eingehend betrachte. Er ist mindestens einen Kopf größer als ich. Nicht wirklich dünn, aber auch nicht mit Muskeln bepackt. Dank seines recht eng sitzenden schwarzen Shirts mit dem Logo der *Accademia* auf dem Rücken, lässt sich das gut erkennen. Seine Haare sind zu einem Pferdeschwanz gebunden, der ihm auf dem Rücken liegt. *Er sieht schon ziemlich gut aus.* Ich bin zwar alles andere als eine Expertin auf dem Gebiet, aber sein Körper ist schon irgendwie… anziehend.

Aus der Tonregie holen wir seinen Rucksack und machen uns dann auch den Weg zum Hinterausgang, wo sich auch die Probenstudios befinden. Jan schaltet überall die Beleuchtung aus und sichert das Gebäude.

Kurz bin ich erstaunt, dass er als Student im ersten Semester schon solche Aufgaben übernehmen darf, lasse den Gedanken dann aber fallen, als mir bewusst wird, dass ich gleich mit ihm allein im Auto sitzen werde.

Auf dem Parkplatz steht nur noch ein Fahrzeug. Er verstaut seine Violine im Kofferraum.

Wir schweigen während der kurzen Strecke bis zu unserem Haus. Es ist keine unangenehme Stille – im Gegenteil. Jeder hängt anscheinend seinen eigenen Gedanken nach. Ich frage mich, ob wir sowas wie heute Abend vielleicht wiederholen können und ob diese Vorstellung total abwegig ist?

Als er vor meiner Haustür hält, habe ich mich dazu durchgerungen ihn zu fragen. Sollte er mich für diese naive Idee auslachen, kann ich wenigstens schnell verschwinden. Ich atme ein und beginne:

»Meinst du...«, sagen wir zeitgleich. Jan lacht. »Du zuerst, Gwen.«

Mir wäre es lieber, er würde anfangen. »Naja.... glaubst du... wir... könnten das wiederholen? Also natürlich nur, wenn du willst?« Ich traue mich kaum, ihm in die Augen zu sehen. Ich will mir den Anblick ersparen, falls er gleich so ein hämisches Grinsen auflegt, wie es die Kerle an meiner alten Schule immer getan haben.

»Oh man...« Jan lacht wieder. Scheiße. Warum hätte ich nicht einfach meine Klappe halten können! Ich greife nach dem Türöffner und will nur noch weg, doch dann spricht er weiter: »Ich wollte dich das gleiche fragen.« Seine Stimme klingt ein wenig komisch. Ist er... verlegen? Quatsch.

Nach einer kleinen Pause spricht er weiter. Leiser diesmal. »Du glaubst gar nicht, wie fantastisch es ist, zuzusehen, wie du in der Musik aufgehst.«

Mein Gesicht wird total heiß, und ich befürchte, dass ich knallrot werde. Glücklicherweise ist es dunkel, und er kann es nicht sehen.

»Danke«, bringe ich mühsam hervor, denn sein intensiver Blick, mit dem er mich betrachtet, raubt mir beinahe den Atem.

»Ich hab zu danken, dass du mich hast zusehen lassen. Du, Gwen, kann ich dich um etwas bitten?«

»Äh.. klar.«

»Es weiß niemand davon, dass ich Violine spiele, und ich fände es besser, wenn es so bleiben würde.«

»Du hast keinem...«

»Ja. Du bist die Erste.«

Ich fasse es nicht. Schon wieder bekomme ich Gänsehaut. Es berührt mich total, dass er mir so sehr vertraut. Wenngleich es die Frage aufwirft wieso?

»Versprochen.«

Plötzlich überkommt mich die Müdigkeit, und ein Gähnen dringt aus meiner Kehle.

»Na, da sollte aber jemand schnell schlafen gehen.«

»Sollte ich wohl.«

Jan löst seinen Gurt und beugt sich zu mir herüber. Diesmal werde ich nicht nervös, als er sich zu mir beugt und mich in die Arme nimmt. Ich lege ihm meinen rechten Arm ebenfalls um seinen Hals. Ich spüre, wie die Wärme seiner Hände auf meinem Rücken durch den dünnen Stoff meiner Bluse dringt. Augenblicklich stellen sich sämtliche Härchen bei mir auf, und ein Kribbeln durchzuckt meinen Körper.

»Gute Nacht, Gwen, schlaf gut«, haucht er mir ins Ohr.

»Du auch, Jan.«

***

In der Halle des Bergkönigs ertönt aus meinem Handywecker. Nachdem ich in der Nacht in mein Zimmer gekommen bin, habe ich mich sofort auf mein Bett gelegt und bin eingeschlafen, ohne auch nur meine Chucks auszuziehen.

Ich beschließe, erst einmal ins Bad zu gehen, bevor ich mich nach unten zum Frühstück begebe.

Frisch geduscht fühle ich mich schon viel besser, als ich in die Küche komme.

Lissi sitzt bereits am Tresen, ihren Kopf auf dem Ellenbogen gestützt – überflüssig zu erwähnen, dass sie von ihrem Zopfgummi bis zu ihren Adidas-Sneakern in rosa und weiß gehüllt ist.

»Morgen«, bringt sie mühsam hervor. Oder etwas, dass so ähnlich klingt.

»Hey. Ist Sina noch gar nicht aufgestanden?«

»Sieh nicht danach aus…«

Das wundert mich. Ich kenne sie zwar noch nicht lange, aber sie hat bisher nicht den Eindruck erweckt, dass es ihr egal wäre zu spät zu kommen.

Als der Kaffee durchgelaufen ist, befülle ich Melissas Tasse zuerst. Sie scheint das Koffein nötiger zu haben als ich.

Nachdem sie auch die erste Brötchenhälfte verspeist hat, wird sie gesprächiger. »Ich habe es zwar diesmal nicht gesehen, aber ich würde meinen Lieblingspulli daraufsetzen, dass *er* dich wieder nach Hause gebracht hat. Das ist die zweite Nacht in Folge. Also ich warte: Was ist passiert? Und komm bloß nicht auf die Idee, die schmutzigen Details zu verschweigen.« Sie grinst breit – naja, so breit es ihr eben möglich ist nach nur einem Kaffee.

Da es vermutlich eh sinnfrei wäre, sich davor zu drücken, erzähle ich vom gestrigen Abend.

Natürlich lasse ich dabei die Einzelheiten aus, die die Stunden mit Jan wirklich zu etwas Besonderem gemacht haben.

»Willst du mir ernsthaft erzählen, dass da nicht mehr gelaufen ist?!«, fragt sie, wobei sie die Augenbrauen nach oben zieht.

»J... Ja-a-a-a.«

»Gwen!"

»Naja... Er hat mich wieder umarmt«, flüstere ich.

»Umarmt?!? Gwen, du musst echt noch viel lernen. Weißt du was. Sieh mich einfach als deine Lehrmeisterin an ...« Lissi ist gar nicht mehr zu bremsen.

»Komm ...«, unterbreche ich sie, denn mittlerweile ist es spät geworden.

Unser Weg führt uns wieder zum Bernstein-Bau. Als ich sehe, dass Jan auf dem Mitarbeiterparkplatz steht, kribbelt irgendetwas in mir, das ich nicht recht zuordnen kann.

Sofort muss ich wieder an das unbeschreiblich tolle Gefühl denken, das mich durflutet hat, als wir gestern Abend mit unseren Instrumenten den Großen Saal mit Musik erfüllt haben.

»Hallo ihr Beiden«, begrüßt er uns. Seine warme, weiche Stimme verstärkt die Erinnerung an die wundervollen Momente beim Musizieren.

»Wo hast du denn deinen Schatten gelassen?«, fragt Lissi.

»Der ist wahrscheinlich noch mit seinem Morgentraining beschäftigt«, vermutet Jan, als er auf seine Uhr schaut.

Lissi lacht. »Ahh, und das ,Trainingsgebiet' ist einsfünfunfünfzig, trägt weinrote Nikes und spielt Querflöte.«

Als ich meinen Blick in die Richtung wende, in die Lissi starrt, sehe ich, worauf sie hinauswill. Ein Kichern kann auch ich mir nicht verkneifen; Jan ebenso wenig.

Rick und Sina kommen den Weg entlang. Er hat seinen Arm locker um ihre Schulter gelegt, sie schaut in lächelnd an.

Wieder einmal findet Lissi zuerst die … passenden … Worte. »Schönen Hoodie hast du da, Sina.« Diesmal versucht sie, ihr Grinsen zu verstecken.

»Oh. Ähm. Danke«, stottert sie verlegen, wobei sie versucht, etwas Abstand zwischen sich und Rick zu bringen.

»Ich fand ihn übrigens gestern auch schon cool, als Rick ihn trug.« Augenblicklich wird Sina so rot wie die Schuhe an ihren Füßen.

»Ich glaube, wir sollten uns so langsam in die Räume begeben«, versuche ich Sina aus der peinlichen Situation zu befreien.

Sina und Rick umarmen sich zaghaft und unsicher und Lissi wäre vermutlich nicht sie selbst, wenn nicht noch ein Kommentar ihrerseits fallen würde. »Nun steckt euch schon die Zungen in eure Hälse. Wir schauen auch weg.« Glucksend greift sie nach meinem und Jans Arm und zieht uns zur Eingangstür.

* * *

Ich wusste es. Ich gehöre hier nicht hin. Da kann Lena noch so oft das Gegenteil behaupten. Ich weiß es einfach. Ich bin zu schlecht. Meine Klavierstunde für heute ist vorbei. Eigentlich wollte ich mich mit Sina hier treffen, aber das schaff ich jetzt nicht. Ich will einfach nur alleine sein und nachdenken. Vielleicht flüstert mir ja der See zu, was in meinem kranken Kopf schiefläuft. Warum verdammt nochmal bin ich so schrecklich unfähig?

Ich laufe und werde immer schneller, die Blicke anderer Studenten ignorierend, während ich am Amphitheater vorbei in den Wald renne.

Als ich durch das Gebüsch trete, bleibe ich überrascht stehen. Eigentlich wollte ich niemanden sehen, und es sollte mich enttäuschen, dass ich nicht alleine bin. Aber ich glaube, *er* ist der Einzige, bei dem es mich nicht stört.

Fünftes Kapitel

»Hagelschauer verursacht Millionenschaden
[...] Ernteausfälle von mindestens achtzig Prozent. Der daraus
resultierende finanzielle Verlust könnte kleine bis mittelgroße
Unternehmen in den Ruin treiben, da viele Versicherungen Ha-
gelschäden nicht abdecken. [...]«
(Hamburger Presse, 14.09.2013)

Jan

In der Nacht habe ich kaum geschlafen. So ist es wenig verwun-
derlich, dass ich im Unterricht nur halbherzig bei der Sache bin.
Natürlich bleibt das nicht unbemerkt, sodass Frank mich irgend-
wann in die Pause schickt.
Die ganze Zeit schon wirbeln die gleichen Gedanken in meinem
Kopf umher. Okay, eigentlich ist es nur einer: Gwen.
Doch so gerne ich an sie denke, jedes Mal verweben sich dunkle
Überlegungen damit. Wenn wir uns näherkommen, wäre sie das

perfekte Druckmittel für den Alten. Ich habe es einmal erlebt, dass ein Mädchen meinetwegen ihr Leben verloren hat. Sowas darf sich nicht wiederholen. Niemals.

Es besteht kein Zweifel daran, dass ich Gwen gerne näher kennenlernen würde. Allein wenn ich an den Blick ihrer wundervollen Augen denke, könnte ich alles um mich herum vergessen. Und wie sie strahlt, wenn sie sich voll und ganz der Musik hin^^^gibt...

»Nana, junger Mann.« Ich bemerke Mario, den Instrumentenbauer kaum, in den ich offensichtlich reingelaufen bin.

»Sorry«, murre ich, ohne jedoch stehen zu bleiben.

Immerhin bewirkt der Zusammenstoß, dass ich wieder halbwegs auf den Boden der Tatsachen gelange.

Diese Schwärmerei muss ein Ende finden. Da bin ich mir ganz sicher. Alles andere wäre egoistisch und unverzeihlich. Dem Alten sind Menschenleben egal – mir nicht.

Wie auf Autopilot geschaltet, haben mich meine Beine zum Dornweiher im Wald hinter dem Amphitheater getragen.

Hoffentlich schafft es der versteckte Teich, meine Gedanken zur Ruhe zu bringen. Ich muss endlich einen klaren Kopf bekommen, sonst weiß ich bald nicht mehr weiter.

Sofort umfängt mich eine Leichtigkeit, als ich durch die Büsche trete.

Aus purer Gewohnheit nehme ich meine Kette ab und lasse sie in das Wasser tauchen. Auch wenn ich nicht viel von der Energie verwendet habe, kann es nicht schaden, sie wieder aufzutanken.

Sobald der Anhänger das Wasser berührt, beginnt der Edelstein grünblau zu glühen, unter meinem Armband pulsiert es und meine aufgewühlten Gedanken kommen für einen Moment tatsächlich zur Ruhe.

Ich lasse meinen Blick über die kleine Lichtung um den Weiher schweifen, bis er an dem Astloch hängen bleibt, in dem der Brief liegt.

Der Brief, der meinen Entschluss nur verstärkt, dass ich mich von Gwen fernhalten muss. Mir wird schlecht. Alles in mir verkrampft sich, wenn ich daran denke, dass ich sie gerade jetzt, wo sie beginnt mir zu vertrauen, verletzen werde.

Aber sie muss aus der Gefahrenzone, die sich immer stärker um mich bildet, was die Worte des Alten auf dem Stück Papier verdeutlichen.

Gwen und ich brauchen Abstand – sie braucht ihn, sonst.... Darüber will ich gar nicht nachdenken.

Auf dem Boden sitzend grüble ich über die Folgen meines Entschlusses nach, als es schräg hinter mir im Gebüsch knackt.

Über das Geräusch mache ich mir keine Gedanken, schließlich schwirrt mir Wichtigeres im Kopf umher.

Doch plötzlich gerät alles, was ich mir soeben überlegt habe, ins Wanken, denn *sie* steht vor mir und blickt mich genauso entgeistert an wie ich mich fühle.

Sofort male ich mir die unterschiedlichsten Szenarien aus, was das zu bedeuten haben könnte.

Um Himmels willen. Sie ist eine Auserwählte – so viel ist klar. Leider enden damit auch schon die offensichtlichen Tatsachen. Weiß sie von ihren Kräften? Kann man das überhaupt *nicht* wissen? Ist sie womöglich ein Spitzel der Organisation? Nein. Das kann nicht sein. Ich kann mich nicht so sehr in einem Menschen getäuscht haben. Oder doch?

Die Fragen, die auf mich einströmen, nehmen einfach kein Ende. Wenn ich ganz naiv an die Sache herangehe und sie nichts von ihren Fähigkeiten weiß, dann ist sie in größerer Gefahr als ich bisher dachte, denn ich gehe davon aus, dass der Alte den Dornweiher irgendwie überwachen lässt.

»Du musst hier weg!« Ihre schönen Augen werden, falls überhaupt möglich, noch größer.

»Aber... ich...«, stammelt sie zaghaft.

»Verschwinde hier!«

Zum ersten Mal ist meine Stimme fest, wenn ich ihr gegenüberstehe. Meine Entschlossenheit und mein Wille sie zu beschützen stärken mich. Sie wirken wie Morphium, das die Schmerzen unterdrückt, die das in mir auslöst.

Es gelingt mir kaum, ihrem erschütterten Blick standzuhalten. Ihre großen braunen Augen, die mich immer wieder aufs Neue gefangen nehmen, schauen mich entsetzt an. Sie beginnen verdächtig zu schimmern, doch ich darf keine Einsicht zeigen. Sie muss hier weg. Schnell. Bevor die Unregelmäßigkeiten auffallen und *sie* feststellen, dass ich hier nicht der Einzige bin, der auserwählt ist.

Gwen will noch etwas erwidern, doch ich fahre sie direkt an:»Du darfst dich hier nie wieder blicken lassen! Hörst du: Nie wieder!« Meine Stimme ist so hart und laut wie ich sie selten erlebt habe. Mit einem Blick, der mir das Herz zerreißt, der *mich* zerreißt, dreht sie sich um und rennt davon. Wie eine leuchtende Fakkel sieht sie aus, mit den offenen kupferroten Haaren, die hinter ihr herwehen und im Sonnenlicht zu glühen scheinen. Als sie verschwunden ist, fällt meine äußerliche Beherrschung wie eine Maske von mir ab.

In Dauerschleife höre ich die Worte in meinen Ohren widerhallen. *Verschwinde hier! Verschwinde hier! Verschwinde hier!* Sie zweifelt so sehr an sich selbst. Genau diese Zweifel wollte ich ihr doch eigentlich austreiben. Jetzt habe ich wohl das genaue Gegenteil erreicht. *Aber es ist zu ihrem Besten,* ermahne ich mich selbst, doch das Ziehen in meiner Brust wird dadurch keineswegs gelindert. Ich zittere am ganzen Körper.

Ein Schrei voller Wut, Hass und Verzweiflung dringt aus meiner Kehle. Wut und Hass auf *die,* die dafür sorgen, dass ich in ständiger Angst leben muss um diejenigen, die mir nahestehen.

Die Anspannung in meinen Muskeln wird immer stärker. In mir brodelt ein Vulkan, von Zorn und Abscheu genährt. Immer gewaltsamer und mächtiger, bis mir irgendwann die Kontrolle entgleitet und die Kraft nach außen bricht.

Das Gras und die Erde erheben sich und wirbeln um mich herum. Wie gelähmt stehe ich im Auge eines Orkans und spüre, wie der Sturm an meinen Kleidern zerrt. Alles, was nicht tief genug verwurzelt ist, wird in die Höhe gerissen. Schilf, das am Rande des Teiches gewachsen ist, wird ebenso aus dem Boden gezerrt wie kleine und mittelschwere Steine. Auch das Wasser des Teiches wird erst unruhig, bäumt sich dann auf, bevor es sich in einen todbringenden, rotierend tosenden Strudel verwandelt. Das sonst so klare Nass ist inzwischen eine braune Brühe, deren Strömung sich alles einverleibt, was vom Element der Luft ausgespuckt wurde. Haare, die sich aus meinem Pferdeschwanz gelöst haben, peitschen mir ins Gesicht. Der Lärm übersteigt alles, was ich je gehört habe. Dröhnen und knarzen, hämmern und ächzen, alles vermischt sich zu einer ohrenbetäubenden Kakophonie.

Prasselnd und knisternd rotieren armdicke Äste nur Zentimeter von meinem Kopf entfernt durch die Luft. Zu viele innere und äußere Eindrücke prasseln auf mich ein, die ich nur schwerlich verarbeiten kann. Bebender Boden, wild kreiselnde Sturmböen. Brandgeruch steigt in meine Nase, und ich bemerke, wie Feuer sich um mich herum ausbreitet und alles verbrennt, das nicht schon vom Wirbelsturm zerstört wurde. Angefacht vom Tornado schraubt es sich in die Höhe und kesselt mich ein. Der geballten Macht der vier Elemente haben selbst hochgewachsene Bäume nichts entgegenzusetzen. In rasender Geschwindigkeit stürzen sie ihrem Verderben entgegen. Vom Sog des strudelnden Wassers mitgerissen.

Als sich mehrere Stämme verkeilen und mit einem Krachen zersplittern, erwache ich aus meiner Starre. Schon lange bin ich nicht mehr Herr der Lage.

Ich reiße mir die Kette vom Hals und lasse sie fallen, ohne darauf zu achten, wo der Anhänger landet.

Es wird still, als die Verbindung unterbrochen wird.

Der Sturm legt sich, das Wasser beruhigt sich und die Flammen verkümmern. Um mich herum sieht es aus wie auf einem Schlachtfeld.

Immer noch fallen Blätter zu Boden, die vom Orkan von den Bäumen gerissen wurden. Der Teich ist inzwischen ein morastiger Tümpel. Das Getöse ist beendet. Die Ruhe danach ist beängstigend. Wo sonst Vögel zwitschern, ist jetzt absolut nichts zu hören.

Ich sinke auf dem Boden zusammen. Mein Blick verschwimmt, und ich spüre wie Tränen aus meinen Augen quellen. Mit zu Fäusten geballten Händen trommle ich auf den Boden vor mir. Solange bis die Anspannung etwas weicht und ich wieder in der Lage bin, mich halbwegs aufzurichten.

Ich bin vollkommen erschöpft. Heute werde ich die Schäden nicht mehr beseitigen können.

Während ich meine Kette suche, keimt in mir eine wahnwitzige Idee auf. Der Alte will, dass ich zu ihm komme. Den Wunsch werde ich ihm erfüllen, aber nicht so, wie er sich das vorstellt. Ich lasse nicht mehr zu, dass er die Macht hat, über andere Leben zu bestimmen. Ich weiß noch nicht, wie ich es anstellen soll, aber das muss ein Ende haben. Es ist nicht Sinn und Zweck unserer Fähigkeiten sie so auszunutzen und gegen andere einzusetzen. Wir sollen Gutes tun, Notleidenden helfen und nicht andere erpressen, um selbst reich zu werden.

Länger kann ich den Gedanken jedoch nicht verfolgen, denn schon taucht Gwen mit ihren kupferroten Haaren vor meinem inneren Auge auf. Schon wieder beginnen sich meine Gedanken zu drehen. Aber ich bleibe dabei. Das war richtig so. Anders kann ich sie nicht vor dem Alten und seiner Gier beschützen. Einmal habe ich das alles mit Bianca erlebt. Nochmal passiert mir das nicht. Koste es, was es wolle.

Vermutlich wird Gwen nie wieder ein Wort mit mir reden. Die Erkenntnis tut verdammt weh. Aber dafür wird sie leben und nicht ins Visier von denen geraten, die *ihm* gehorchen.

Verbittert lasse ich meinen Kopf auf meine Knie sinken.

Es tut mir leid, Gwen.

Gwen

Als ich meine Zimmertür hinter mir zuschlage, verwandeln sich die einzelnen Tränen in reißende Sturzbäche.

Was ist verdammt noch mal so falsch an mir? Wie konnte ich nur so naiv sein und glauben, hier könnte alles besser werden?

Ich rolle mich auf meinem Bett zusammen und schluchze weiter vor mich hin. Wie konnte ich das Riesenarschloch in Jan übersehen, das jetzt zum Vorschein gekommen ist?

Nach einer Weile, in der ich keine neuen Antworten finde, außer dass ich unglaublich dämlich bin, greife ich nach meiner Gitarre.

Ich setze mich auf und stimme das Instrument mehr schlecht als recht nach Gehör Aber zu mehr bin ich gerade nicht im Stande. Die ersten Akkorde erklingen: A-Moll, C-Dur, D-Dur. Langsam entwickelt sich das Wirrwarr aus Tönen zu einer Melodie.

Hurt.

Ich schaffe es kaum, genug Kraft aufzubringen, um mit den Fingern die Saiten abzudrücken, aber das ist mir gleichgültig. Meine

Stimme klingt rau und belegt, während ich leise mitsinge. *Full of broken thoughts I cannot repair…* Ab da gibt es kein Halten mehr.

»Gwen?« Sina steckt ihren Lockenschopf durch die Tür. »Um Himmels Willen. Was ist denn los?« Sofort ist sie bei mir und setzt sich aufs Bett. Ich schaffe es nur, den Kopf zu schütteln. Vernünftige Worte bekomme ich nicht über die Lippen. Sina nimmt mir die Gitarre aus den Hände und zieht mich an sich. Lange sitze ich einfach nur da, meinen Kopf in ihrem Pulli vergraben und lasse meinen Tränen freien Lauf. Um mich zu beruhigen, fährt sie mir mit der Hand über den Rücken.

Ich habe keine Ahnung, wie lange wir so dasitzen. Irgendwann beruhige ich mich.

»Gwen …«, beginnt Sina sanft, »willst du nicht erzählen was los ist?«

Mit brüchiger Stimme fange ich an zu erzählen. Berichte vom Unterricht bei Lena, wie sie mich wieder dafür kritisiert hat, dass ich ohne Seele spiele.

»Aber das, was ich vorhin von dir gehört habe, klang echt gut, bis auf … du weißt schon.«

»Da war ich auch alleine – naja zumindest dachte ich das. Hab dir doch erzählt wie es ist, wenn jemand zuhört.«

»Tut mir leid, dass ich einfach reingekommen bin. Wirklich.«

»Schon okay. Es ist… naja… es fühlt sich gut an, mit jemandem reden zu können.«

Sina zieht mich nochmal in eine feste Umarmung, die mich etwas überfordert. Irgendwie weiß ich nie, wo ich dabei meine Hände lassen soll.

»Gwen, wenn dich jemand umarmt, darfst du das auch erwidern und nicht verkrampft versuchen bloß niemanden zu berühren.«

»O-Okay.«

»Du, Gwen. Das ist aber noch nicht alles, oder? Dich bedrückt doch noch was.«

Das hätte sie besser nicht sagen sollen. Wie auf Knopfdruck öffnen sich wieder alle Schleusen. Wieso musste ich ihn denn nur so an mich ranlassen? Bisher war doch alles gut. Auch ohne andere Menschen in meinem Leben.

»Ich habe `ne Idee. Wir gehen jetzt nach unten, plündern Lissis

Gummibärchenvorrat und dabei erzählst du mir alles, okay?«

»Hmpf.«

Sina steht auf und zieht mich auf die Beine wie eine Mutter ihr Kind.

Unten angekommen schnappen wir uns eine Tüte, die Melissa im Schrank versteckt hat, und schaufeln den Inhalt in uns rein.

Ich erzähle, was danach passiert ist. Wie ich auf Jan gestoßen bin und wie er mich angeschrien hat. Auch was in der Nacht passiert ist, verschweige ich nicht.

»Oh, Gwen. Scheiße.«

»Das trifft es ziemlich genau.« Meine Stimme bebt immer noch.

»Auch wenn ich gerade echt nicht weiß, was ich sagen soll. Wahrscheinlich hilft es eh nicht. Aber ich bin wirklich froh, dass du hier bist.« Sinas aufrichtiger Blick sorgt dafür, dass ich mich etwas besser fühle.

Früher hat es mich doch auch nicht so fertiggemacht, wenn ich auf Idioten gestoßen bin. Wieso nimmt es mich denn jetzt um Himmels Willen so sehr mit?

Ich hätte einfach auf die Erfahrungen aus meiner Vergangenheit vertrauen sollen, weiterhin für mich allein bleiben und niemanden an mich heranlassen. Dann müsste sich Sina nicht mein Geheule anhören, und allen würde es besser gehen.

»Danke, Sina«, antworte ich, als ich mir ihres prüfenden Blickes bewusst werde, mit dem sie mich vorsichtig mustert.

»Kein Problem. Dafür sind *Freunde* doch da.«

In den nächsten Minuten hängt jeder seinen eigenen Gedanken nach.

»Du, ich gehe mal zum Kiosk, um neue Gummibärchen für Lissi zu holen«, sage ich, um das Schweigen zu brechen, während ich mich erhebe.

Sina nickt. »Gute Idee!«

Ich bin ihr dankbar, dass sie nicht vorschlägt, mich zu begleiten. Ich brauche einfach nochmal ein paar Minuten für mich alleine.

Nachdem ich meine Haare, die bei meinem Heulkrampf gelitten haben, in eine halbwegs ansehnliche Form gebracht habe, will ich das Haus verlassen, als Lissi mit ihrem rosa Gitarrenkoffer auf dem Rücken zur Tür hereinkommt.

»Ohoh. Gwen? Was ist los?« Anscheinend sind meine Augen

doch geröteter als ich dachte. Kurz überlege ich, ob es klug wäre, so vor die Tür zu gehen. Beschließe dann aber, dass es mir jetzt wieder egal ist, was andere denken. Zumindest rede ich mir das ein.

»Nix. Alles gut«, presse ich hervor, bevor sich doch wieder Tränen nach draußen schleichen.

Ich will jetzt nicht mehr an *ihn* denken.

An der warmen Sommerluft fühle ich mich sofort etwas freier. Auf einmal spüre ich das Gewicht der Eule auf meiner Brust liegen, greife danach und umschließe den kleinen Anhänger.

Meine Gedanken an Jan verschwinden zwar nicht vollständig, aber es schmerzt auch nicht mehr so sehr, wenn sie mal wieder zu ihm driften. Meine verdammten Gefühle scheinen echt masochistisch veranlagt zu sein.

Außer mir sind noch viele andere Studenten unterwegs. Entweder zum Unterricht, zu Übungsstunden, Proben oder Aufführungen im Theater.

Am Kleinen Platz treffe ich Amanda, die eine große Zeichenmappe unter dem Arm trägt. Sie winkt mir kurz zu, was ich erwidere. Schuldbewusst fällt mir ein, dass ich ihre Zeichnung immer noch nirgends aufgehängt habe. Das muss ich dringend nachholen. So kaufe ich im Kiosk nicht nur extra viele Gummibärchen, sondern auch noch einen schlichten weißen Bilderrahmen. Ich stopfe alles in einen Stoffbeutel mit dem Logo der *Accademia* drauf, den ich geistesgegenwärtig eingepackt habe.

Als ich mich umdrehen will, stoße ich mit einem Mann zusammen.

»Vorsicht, schöne Frau.« Es ist Maik, der Barkeeper. Sofort zieht sich mein Herz zusammen, als ich an den gestrigen Abend denke.

»Sorry«, murmle ich.

»Keine Ursache. Wohin des Weges?«

»Nach Hause«, murmle ich, wobei ich mich an ihm vorbeischiebe und aus dem kleinen Lädchen ins Freie trete.

»Warte mal.« Er folgt mir nach draußen. »Hast du in… einer Stunde schon was vor?«

Fragend schaue ich ihn an. Was will der von mir?

»Ich hätte Lust, dich kennenzulernen. Ich muss nur noch die Getränke ausladen und dann könnten wir einen Kaffee trinken gehen...« Dabei berührt er mich sanft am Arm. Unwillkürlich zucke ich zurück. Sofort strömen zu viele Gedanken auf mich ein. Klar. Er wirkt nett. Aber das war bei Jan genauso, und wohin das geführt hat... In mir krampft sich alles zusammen. Ich schüttle den Kopf.»Nein. Sorry. Hab... zu tun.«

Jan

Als nach einer Stunde meine Pause vorbei, ist schlurfe ich zutiefst erschöpft zurück zum Bernstein-Bau. Heute Abend steht *My Fair Lady* auf dem Spielplan.

Musicals bedeuten auch für die Tonabteilung viel Arbeit. Der komplette Orchestergraben muss mit Mikrofonen bestückt werden, von denen einige auch noch an Winden im Schnürboden hängen. Außerdem müssen für alle Darsteller Funkmikrofone vorbereitet werden, für die Hauptrollen sogar jeweils zwei.

Frank erzählt von verschiedenen Abstrahlwinkeln, von verschiedenen Frequenzen an verschiedenen Instrumenten – alles verschieden.

Ich habe keine Ahnung, was er mir genau vermittelt, mit meinen Gedanken bin ich ganz woanders. Gwen. Ihre traurigen, enttäuschten Augen wollen einfach nicht aus meiner Erinnerung verschwinden.

»Herr von Siedenow-Raich, kommen Sie doch mal her und begutachten ihre Arbeit.« Wenn Frank so anfängt, kann das nur bedeuten, ich habe irgendetwas vermasselt.

»Welches Instrument sitzt hier?«

»Kontrabass.«

»In welches Frequenzbereich befinden wir uns also?«

»Grundtöne: vierzig bis vierhundert Hertz.«

»Wie viel Sinn ergibt es also, bei dem Schallwandler hier einen Hochpassfilter bei einhundert Hertz zu setzen?«

Mist. Solche dummen Fehler passieren mir sonst nie. Ich korrigiere meinen Fauxpas und widme mich den Kabeln. Aber auch die wollen mir heute irgendwie nicht gehorchen und verheddern sich ständig.

»Jan? Du sieht echt scheiße aus. Geh nach Hause. Du hast die beiden letzten Abende für mich übernommen. Ruh dich aus, bevor du richtig krank wirst.«

***

Zu Hause angekommen werfe ich mich aufs Sofa und schließe die Augen. Ich überlege krampfhaft nach Lösungen für mein Problem. Wieder ergreift mich dieser Hass auf *ihn*. Nicht nur dass er meine Kindheit ruiniert und Mama die schlimmsten Jahre ihres Lebens bereitet hat, jetzt vernichtet er auch noch Freundschaften, bevor sie überhaupt richtig entstehen können.

Ich taste nach meinem Anhänger – umsonst. Nach meinem kleinen Gefühlsausbruch, der das Gelände am Dornweiher verwüstet hat, habe ich es für besser gehalten, ihn nicht nochmal ins Wasser zu tauchen. Sicher ist sicher.

Es klingelt an der Tür. Ich habe keine Lust aufzustehen.

Nach dem dritten Klingeln erhebe ich mich widerwillig. Immer noch hat derjenige nicht aufgegeben. Ich öffne.

Sofort krampft sich mein Magen zusammen, als ich Melissa und Sina vor der Tür erblicke.

Ich bin nicht so naiv zu glauben, dass sie zufällig hier sind. Noch ehe ich den Gedanken zu Ende denken kann, landet Melissas flache Hand auf meine Schläfe. Himmel! Dieses zierliche Mädchen hat Kraft…

»Ja! Da staunst du. Ich heiß nicht nur *Stark* ich bin es auch!«, faucht sie.

Ich bin Schläge gewöhnt. Aber das hier ist was Anderes. Nicht weil sie von einem Mädchen kommen, sondern weil es die ersten sind, die ich wirklich verdient habe. Am liebsten würde ich ihr auch noch meine linke Gesichtshälfte hinhalten.

»Ich weiß nicht, ob du einfach nur ein gefühlloses Arschloch bist oder blöd wie fünf Kilo Mehl. Aber ist dir eigentlich klar, was du angestellt hast?«

Jedes Wort ist wie ein stumpfes Messer, das Melissa mir ins Herz rammt. Wenn sie wüsste, wie viele Gefühle im Spiel sind.

Aber ich muss die Arschloch-Rolle weiterspielen. Einen anderen Ausweg sehe ich einfach nicht.

»Du hast doch gesehen, wie verängstigt Gwen ist, wenn es um fremde Menschen geht. Und du weißt, wie sehr sie an sich zweifelt und daran, dass sie hier richtig ist. Erst bringst du sie dazu, dir zu vertrauen und dann schlägst du ihr dermaßen vor den Kopf. Du bist ein richtiges Ekel. Weißt du, ich kann damit leben, wenn man mich verarscht. Ich komm damit klar. Und ja, du hast auch uns – mich und Sina verarscht. Wir dachten nämlich ebenfalls, du wärst in Ordnung und tätest ihr gut. Und ja, das kotzt mich an, dass wir nicht erkannt haben, was du bist und sie nicht vor dir bewahren konnten. Gwen wurde in ihrem Leben für meinen Geschmack oft genug gemobbt und fertig gemacht. Da musst du gewiss nicht weitermachen.«

Melissa ist nicht laut. Sie ist beherrscht und bringt jedes einzelne Wort scharf über ihre Lippen. Das ist, wie damals beim *ihm*, schlimmer als würde sie schreien.

»Ich...«, will ich anfangen.

»Vergiss es! Wir wollen es gar nicht wissen. Behalt dein gelogenes Geschwafel einfach für dich, okay! Ich hoffe, dein Tag wird noch richtig scheiße.« *Das ist er schon, glaubt mir, das ist er.* Damit drehen sie um und gehen davon. Sie sind etwa zwanzig Meter weit gekommen, da dreht sich Sina nochmals um und kommt zurück.

»Als ich meine Schwester früher hier besucht habe, habe ich dich immer für nett gehalten. Aber ich glaube, da habe ich mich wirklich getäuscht. Schade, dass du deine Maske nicht eher fallen lassen hast. Ich hätte Gwen das wirklich gern erspart. Nur weil du der Sohn der Rektorin bist, gehört der Grund und Boden noch lange nicht dir, Herr *von Siedenow-Raich*.«

Gwen

Das Haus ist leer, als ich zurückkomme. *Seltsam*, denke ich, doch ich bin auch froh, noch etwas Zeit für mich zu haben.

Was wollte Maik da eben von mir? Ist das so ein Gruppen-Ding von Jan und ihm? Erst nett, dann Arschloch? *Ich weiß es nicht!* Ich versuche die Gedanken beiseite zu schieben und widme mich dem soeben gekauften Bilderrahmen.

Gerade als die Klammern auf der Rückseite klickend zuschnappen, höre ich wie die Haustür aufgeht und die Mädchen wiederkommen.

Offensichtlich sind Sina und Lissi in eine wilde Diskussion vertieft, die sie justament beenden, als sie mich entdecken.

»Worüber habt ihr geredet?«, frage ich misstrauisch.

»Ach nixnix«, behauptet Lissi, was ich ihr nicht ganz abnehme. Die beiden treten hinter mich, während ich Amandas Zeichnung auf meinem Klavier aufstelle.

»Das ist ja der Wahnsinn! Oh mein Gott, Gwen. Das ist... so...«

»Was ist denn bei dir los?«, fragen Sina und ich unisono. Dass Lissi die Worte fehlen, scheint nahezu unglaublich.

»Die Zeichnung...«, haucht Lissi ehrfürchtig.

»Ja, die ist der Wahnsinn«, sagt Sina.

»Natürlich ist sie das. Was erwartet ihr denn bitte?! Gwen, wie bist du in Gottes Namen da rangekommen? Haben deine Eltern zu viel Geld, oder was?«

Ich verstehe gar nichts mehr. Offensichtlich sieht man mir das auch an. Sina scheint es im Übrigen ähnlich zu gehen. »Ich habe die geschenkt bekommen«, erwidere ich schulterzuckend. »Gestern... von einer Kunststudentin aus dem zweiten Jahr.«

»Du verarschst uns doch. Willst du mir ernsthaft erzählen Amanda Haï studiert hier?!« Langsam frage ich mich echt, was in Lissi gefahren ist.

»Würdest du uns bitte erklären, was los ist«, bittet Sina ungeduldig. »Ich glaube, Gwen hatte heute schon genug Aufregung.«

»Okay... sorry, schon gut. Also: Seht ihr die Signatur hier?« Sie deutet auf ein kleines, leicht schiefes Dreieck. »Das ist eine kleine Haifischflosse. Das Markenzeichen von Amanda Haï. Eine der wohl aufstrebendsten Künstlerinnen der Gegenwart. Ich fasse es einfach nicht, dass sie nicht nur hier auf der *Accademia* ist, sondern auch noch dir einfach so eine persönliche Zeichnung schenkt. Mädels, das müssen wir feiern. Lasst uns ins Dorf fahren und ein riesiges Eis verschlingen. Das Training heute war so anstrengend, da kann ich die Kalorien spielend vertragen.«

Eine halbe Stunde später steige ich mit Lissi aus dem Bus, der uns von der *Accademia* nach Fellbach gebracht hat. Sina hatte leider noch zu tun, ich aber konnte mich ihrem Willen nicht widersetzen.

So laufen wir also zu zweit durch die historische Altstadt, bis wir am Marktplatz ankommen.

»Woher wusstest du das eigentlich alles? Also über die Zeichnung und so?«, frage ich Lissi neugierig.

»Wenn die eigene Mama Kunsthistorikerin ist, Kunstwerke restauriert und deren Wert für die meisten deutschen Auktionshäuser schätzt, und der Vater Gallerist für Contemporary Art ist, dann bekommt man zwangsläufig das ein oder andere mit. Und im letzten Jahr hatte er eine Ausstellung mit Werken von Amanda. Daher kann ich dir sagen, dass dein Geschenk garantiert im unteren fünfstelligen Bereich liegt. Wenn du es genauer wissen willst, müsste ich aber meinen Vater fragen.«

»Oh.« Mehr bekomme ich nicht heraus. Schweigend setzen wir unseren Weg fort.

Lissi steuert zielstrebig auf ein Café zu, das sich im Keller des Rathauses befindet.

Lehmanns Gaststübchen steht in einem Halbbogen über dem Eingang.

Wegen des schönen Wetters suchen wir uns Plätze draußen.

»Glaub mir, du wirst das Eis hier lieben«, schwärmt Lissi, während sie Platz nimmt.

»Hey, freut mich, dass dir unser Eis schmeckt. Was darf ich euch bringen?«, fragt ein blondhaariges Mädchen, das in unserem Alter zu sein scheint.

»Habt ihr Apfelmus?«, erkundige ich mich vorsichtig.

»Klar«, erwidert die junge Bedienung herzlich.

»Dann hätte ich gern einfach drei Kugeln Vanilleeis mit Apfelmus.«

»Geht klar. Und du…«, sie wendet sich Lissi zu, »wieder einen Schokotraum mit doppelt Sahne?«

»Genau.«

Als das Mädchen verschwunden ist, lasse ich meinen Blick über den Marktplatz schweifen, der von barocken Giebelhäusern umrandet wird. Fellbach wirkt malerisch und etwas verschlafen. Nicht zu vergleichen mit anderen Städten, in denen sich Fußgänger, Rad- und Autofahrer hektisch um den zu geringen Platz streiten.

»Den historischen Stadtkern dürfen nur Anwohner befahren«, erläutert Lissi, die offenbar meinen Blick bemerkt hat. Das erklärt also die Ruhe hier. Augenblicklich verliebe ich mich in die schmalen kopfsteingepflasterten Gässchen.

Wenige Minuten später bekommen wir unsere Eisbecher
»Ihr studiert an der *Accademia*, hm?«, fragt das Mädchen von eben uns lächelnd, während sie vor Lissi das Eis abstellt.
»Ja, sieht man uns das an?«, erkundigt sie sich.
»Naja, dich sehe ich erst, seitdem das Semester begonnen hat. Ich hatte bei Lena Gesangsunterricht, bis ich… nicht mehr konnte.« Ein Schatten huscht über ihr Gesicht, verschwindet aber sofort wieder. »Ich bin übrigens Hannah.«
»Der sieht ja wieder klasse aus«, erwidert Lissi freudestrahlend, nachdem sie den Eisbecher begutachtet hat. Hannahs Reaktion scheint ihr entgangen zu sein. »Ich bin Lissi. Und das ist…«
»Gwen, Hi.« Vor mir landet eine riesige Schale voller Vanilleeis und Apfelmus. »Danke.«
»Dann mal guten Appetit. Ruft mich oder Mike,«, sie deutet auf einen jungen Mann, der einige Tische weiter eine Bestellung aufnimmt, »wenn ihr noch was braucht.« Mit diesen Worten macht sich Hannah auf zum Nachbartisch, an dem eben neue Gäste eingetroffen sind.

Lissi schaut mich fragend an, als ich Eis und Apfelmus vermenge und mir dann den ersten Löffel genehmige.
»Du hattest Recht«, sage ich, bevor ich weiter esse, »das ist wirklich grandios.«
»Ich weiß, dass ich Recht habe«, gibt sie grinsend zurück.
Den Rest essen wir schweigend.

Nachdem wir noch eine Weile über unsere Eltern gesprochen haben, bezahlen wir und verlassen das Café, in das noch andere Studenten gekommen sind.

»Wir haben noch zwanzig Minuten, bis der nächste Bus fährt. Also ist noch genug Zeit.«

»Zeit wofür?«

»Für... einen kleinen Rundgang. Komm.«

Lissi greift nach meiner Hand und zieht mich voran.

»Wohin willst du?«, frage ich. Diesmal muss ich mich bemühen, Schritt zu halten. Lissi legt ein Tempo vor, als wäre sie auf der Flucht.

»Wirst du schon sehen«, sagt sie knapp. Etwas an ihrer Stimme kommt mir merkwürdig vor. Eigentlich nicht nur daran, ihr ganzes Verhalten wirkt auf einmal seltsam. *Du siehst Gespenster*, ermahne ich mich selbst. Erst der Vorfall heute Vormittag, dann die Sache mit Maik. Wahrscheinlich bin ich einfach nicht mehr ganz zurechnungsfähig.

Wir laufen durch verschiedene Gassen, von denen manche gerade mal einen Meter breit sind.

»Lissi, wohin willst du? Was hast du vor?«

»Komm einfach mit!«

Ich beschließe, dass es keinen Sinn mehr hat, irgendetwas aus ihr herauszubekommen und baue darauf, dass ich es sowieso gleich erfahren werde.

Wir bleiben in einer dieser schmalen Gassen vor einer Haustür stehen. Lissi klingelt, und die Tür öffnet sich. Dann geht alles rasend schnell.

Ich werde hereingezogen. Festgehalten. Jemand drückt mir mit harter Hand etwas auf Mund und Nase. Ich versuche, mich mit aller Kraft zu wehren, doch es ist vergebens. Ein merkwürdiger Geruch steigt mir in die Nase und es kommt mir vor, als würde Nebel mich umgeben. Meine Beine werden weich, als lösten sich die Knochen darin auf. Meine Arme tun es ihnen gleich und ...

Sechstes Kapitel

»Auffällige Vorkommnissen am Standort Dornweiher, Fellbach. Außergewöhnlich hohe Aktivitäten. Vermute erhöhte Anzahl an Auserwählten. Schlage vor, Ermittler > S p e c h t < zu kontaktieren und ggfs. weitere Schritte einzuleiten.«
(Interner Bericht vom 05.09.2017)

Ich habe bisher noch nie Alkohol getrunken. Nicht weil meine Eltern es mir verboten haben, sondern weil ich es einfach noch nie für notwendig hielt. Somit ist mir die Erfahrung einen Kater zu haben bisher entgangen.

Ich bin mir aber recht sicher, dass es sich genau *so* anfühlen muss wie jetzt. Alles dreht sich, mein Kopf explodiert, und mein Bauch streikt auch. Langsam kommt wieder Leben in meine Gliedmaßen. Meine Beine kribbeln noch, aber sie gehorchen mir wieder. Ich will mich bewegen, doch es geht nicht. Beine und Hände sind zusammengebunden und irgendwo befestigt. In meinem Kopf dröhnt es, als würde Hannibal mit seinen Elefanten hindurch reiten. Was ist hier los? Was ist passiert?

Wo bin ich?

Die letzte Frage kann ich zumindest teilweise beantworten. Ich sitze anscheinend in einem fahrenden Fahrzeug, vermutlich auf der Rückbank. Meine Augen sind verbunden. Trotz der üblen Schmerzen lichtet sich der Nebel in meinem Kopf etwas. Panik ergreift mich. Ich versuche an meinen Fesseln zu ziehen, doch es tut sich nichts.

»Das würde ich lieber lassen!«, blafft mich eine Männerstimme an, die mir ohrenbetäubend laut vorkommt. »Sonst müssen wir dir noch eine Ladung verpassen, und glaub mir, das willst du nicht.«

»Wer sind Sie? Was wollen Sie von mir? Lassen Sie mich hier raus!« Ich werde immer verzweifelter.

»Halt einfach deine Klappe, verstanden!?«, schnauzt ein anderer Typ, dessen Stimme jünger klingt als die des ersten Mannes.

Tränen steigen mir in die Augen. Meine Gefühle fahren Achterbahn. Angst, Wut, Enttäuschung, Angst, noch mehr Angst, noch mehr Wut. Erst stößt Jan mich weg wie Ungeziefer, und dann hintergeht mich Melissa. Ich habe ihnen vertraut – beiden habe ich vertraut.

Ich sollte wahrscheinlich aufhören mir selbst zu vertrauen, wenn es darum geht andere Menschen zu beurteilen. Was habe ich nur falsch gemacht?

Leise Schluchzer dringen aus meiner Kehle, während Tränen meine Wangen hinabrinnen.

»Bist du sicher, dass das die Richtige ist? Was will der Boss nur mit so einer Heulsuse?«, fragt der Jüngere.

»Keine Ahnung, aber wenn er will, dass wir sie anliefern, tun wir das.«

Wie lange wir unterwegs sind, weiß ich nicht. Ich habe jegliches Zeitgefühl verloren. Nachdem wir lange nur geradeaus gefahren sind, wird die Fahrt bald unruhiger, als wären wir in einer Stadt. Irgendwann halten wir.

Das Geräusch einer sich öffnenden Schiebetür dringt an meine Ohren, und die Männer, die mir offenbar gegenüber saßen, erheben sich, wobei einer gegen meine Knie stößt. Die Fesseln an meinen Füßen werden gelöst. Ich werde herausgezogen und unsanft voran geschubst. Dem Hall der Schritte nach sind wir in einem Parkhaus oder einer Tiefgarage.

»Bringt sie ins Apartment«, befiehlt eine streng klingende Frau.

»Verstanden!«, erwidern die Männer unisono.

Wieder geht es voran. Mit einem Fahrstuhl fahren wir nach oben, bevor sie mich zu Fuß weiter zerren.

»Hast du den Chip dabei?«, erkundigt sich der Jüngere

»Ja, hier...«. Es piept drei Mal. Daraufhin greift einer nach meinen immer noch zusammengebundenen Armen und drückt meinen Daumen auf eine glatte Oberfläche. Wieder ertönt das Piepen, gefolgt von einem Klicken.

Eine Tür wird geöffnet, und ich werde hindurch geschoben.

»Wir nehmen dir jetzt deine Fesseln ab. Wenn du brav bist, passiert nichts, wenn du aber rumzickst, werden wir zu anderen Mitteln greifen. Danach verlassen wir den Raum. Wenn die Tür zu ist, kannst du deine Augenbinde abnehmen. Verstanden?«

»Ja«, flüstere ich.

»Das Jammern solltest du dir abgewöhnen! Wir sind hier nicht im Kindergarten. Also: Hast du verstanden?«, schnauzt der Ältere.

»Ja.« Ich versuche meine Stimme so fest wie möglich klingen zu lassen.

»Halt still!«

Meine Hände kann ich nun auch wieder bewegen. Ich höre, wie die Männer hinter mir den Raum verlassen und die Tür hinter sich schließen.

Jan

Ich laufe über den Campus der *Accademia*. Ich musste einfach raus. Zu Hause habe ich es nicht länger ausgehalten. Bevor ich los bin, habe ich mir die Aufnahme von Gwen am Flügel vom Medienserver geholt und an Mama geschickt. Ich hoffe, dass ihr das vielleicht irgendwie helfen kann.

Ehe ich mich versehe, gelange ich zum Kleinen Hof, wo ich mich auf eine Bank fallen lasse. Ich bin total erschöpft. Die Ereignisse vom Dornweiher stecken mir immer noch in den Knochen. Leider bringt die Zerschlagenheit meine Gedanken nicht zum Stillstand. Sofort kreisen die Grübeleien wieder zu ihr, wohin auch sonst. Was sie wohl gerade macht und wie es ihr geht? Während mein Kopf diese Fragen hin und her schiebt, höre ich auf einmal Schritte in meine Richtung gerannt kommen. Ich stehe auf und will verschwinden, da ich momentan absolut keinen Bedarf nach Gesellschaft habe.

»Jan…. warte.«

Ich drehe mich um und sehe, dass es Sina und Melissa sind, die nach mir gerufen haben. Schon aus einiger Entfernung kann ich erkennen, dass beide vollkommen aufgelöst sind. Zunächst bleibe ich unschlüssig stehen. Noch eine Abreibung kann ich gerade echt nicht gebrauchen. Doch irgendetwas sagt mir, dass diesmal was Anderes hinter ihrer Anwesenheit steckt, und ich renne die letzten Meter auf sie zu. Als wir uns gegenüberstehen, bricht es aus den beiden heraus.

»Lissi und Gwen…«

»… in der Stadt..«

»..Eis..«

Wer von den beiden was sagt, weiß ich nicht. Aber sobald ich *Gwen* höre, geht mein Puls schneller.

»… wieder hier.«

»… Ohne sie…«

».. Du… Auto…«

»… Sie suchen«

»Sina, Melissa, Was – ist – los???« Und wieder bricht das Gewirr aus Schluchzern und Wortfezen über mich herein.

Ich weiß immer noch nicht, was genau los ist, nur *dass* etwas mit Gwen ist, und der Gedanke lässt mich beinahe in Panik ausbrechen. Aber das darf ich nicht zulassen. Wenn ich jetzt auch durchdrehe, ist niemandem geholfen.

»Hört mir zu«, sage ich daher bestimmt, während ich versuche beiden gleichermaßen in die Augen zu sehen. »Ihr geht nach Hause und sucht Schmerztabletten. Das härteste, das ihr finden könnt! Melissa, du wirfst dir die Tageshöchstdosis ein und versuchst dich zu entspannen.«

»Wir müssen…«

»… was soll…«

»... brauchen ... Auto ... sofort.«

»Los macht schon! Ich bin in zehn Minuten bei euch!«

Ich weiß nicht wieso, es ist mir auch egal, aber irgendetwas scheint sie überzeugt zu haben, und sie rennen in Richtung ihres Hauses.

Sofort drängt sich mir der Verdacht auf, dass hinter Gwens Verschwinden mehr steckt. Ich kann nur hoffen, dass ich mich irre und der *Alte* nicht dahintersteckt.

Unverzüglich laufe ich los. Für das, was ich vorhabe, muss ich nochmal zum Dornweiher. Jetzt bereue ich es, dass ich meinen Anhänger nicht wieder aufgeladen habe. Das hätte uns allen Zeit erspart. Dank meines Selbstverteidigungstrainings mit Rick habe ich wenigstens noch genug Ausdauer, um die Strecke trotz Erschöpfung schnell hinter mich zu bringen. Ab und an ernte ich verwunderte Blicke von anderen Studenten, doch die gehen mir am Allerwertesten vorbei.

Am Teich angekommen verschwende ich keine Sekunde, um mir das Unheil anzusehen, das ich heute Mittag hier hinterlassen habe. Ich zerre mir die Kette aus meiner Hosentasche, wobei sie sich an meinem Gürtel verheddert. Ich zwinge mich, nochmal tief durchzuatmen, bevor ich einen erneuten Versuch unternehme den Anhänger zu befreien. Als mir das gelingt, lasse ich ihn ins Wasser tauchen. Der Energieschub ist unglaublich.

Auf dem Rückweg renne ich, voller neuer Kräfte, zu unserem Wohnhaus, schnappe mir meinen Autoschlüssel und setze mich hinters Steuer. Mit durchdrehenden Reifen fahre ich los.

Glücklicherweise dirigiert Mama heute Abend die Vorstellung, sodass meine Aktion von ihr unbemerkt bleibt.

Die Tür von *Vivaldi* wird aufgerissen, als ich zum Stehen komme.

Ich schiebe die Mädchen ins Wohnzimmer.

»Was soll das, Jan?«, fragt Sina mit zittriger Stimme.

»Wieso sollten wir *dir* vertrauen, nach dem, was du Gwen heute angetan hast?«, erkundigt sich Melissa mit genauso schwacher Stimme.

»Weil mir Gwen mehr bedeutet, als ihr euch vorstellen könnt. Und ja, ich war heute scheiße zu ihr ... und zu euch, aber das habe ich doch verdammt nochmal nur gemacht, um das zu verhindern, was jetzt passiert ist. Ihr müsst mir vertrauen. Hast du die Schmerzmittel genommen?«

Lissi nickt stumm und deutet auf die Packung *Ibuprofen*. Sie will noch etwas sagen, doch die Zeit für Erklärungen habe ich – haben wir – jetzt nicht.

»Gut. Das, was ich jetzt vorhabe, wird sehr schmerzhaft. Es tut mir leid, aber da müssen wir durch. Okay? Bist du bereit, Melissa?«

»Ja«, flüstert sie mit brüchiger Stimme.

Ich setze mich ihr gegenüber und fixiere mit meinen Augen ihre. Es tut mir echt leid, aber Gedankenmanipulation ist meine am wenigsten ausgeprägte Fähigkeit. Ich konzentriere mich nur auf sie und blende alles um uns herum aus.

Vor meinem inneren Auge bildet sich ein Schlauch, den ich mit Hilfe meiner Gedanken auf ihre Augen setze. Sobald die Enden des bläulichen Tunnels sie berühren, beginnt Melissa zu wimmern. Ich versuche so schnell wie möglich zu ihr durchzudringen, damit die Qualen nicht länger dauern als nötig.

Ich tauche in ihre Gedanken ein, die als Textzeilen und Bilder erscheinen. Nachdem ich mich etwas eingelesen habe, fällt mir etwas auf. Die Wände ihrer Gedankenwelt sind über und über mit bandwurmartigen Sätzen bedeckt.

Alle Bilder sind in strahlenden Farben, quietschbunt. Doch auf einmal stoße ich auf eine Passage, die nicht hineinpasst. Alles ist grau, die Sätze sind kurz und knapp. Was ich da lese lässt mir das Blut in den Adern gefrieren. Ich gehe die Bilder durch, die sich in ihr Gedächtnis gebrannt haben, aber ich kann mich nicht mehr konzentrieren und verliere die Verbindung.

Melissa ist total am Ende ihrer Kräfte. Ich ziehe sie an mich und versuche, sie zu beruhigen. Es ist vollkommen eindeutig. So eine schlampige Arbeit erkenne selbst ich, obwohl meine eigenen Fähigkeiten auf dem Gebiet eher unterdurchschnittlich sind.

»Du bist nicht schuld, hörst du, Melissa, es ist *nicht deine Schuld*. Jemand hat deine Gedanken verändert. Ich habe es eben gesehen.«

Immer noch streichle ich ihren Rücken.

»Sina, such was Essbares und mach ne Kanne Kaffee, am besten stark. Wir haben eine lange Nacht vor uns.«

Gwen

Ich nehme die Augenbinde ab und sehe mich um. Der Raum, in dem ich mich befinde, hat weiße Wände. Außer einem Bett, einem Schrank und einem Tisch befindet sich hier nichts. Es gibt noch eine zweite Tür, gegenüber dem Bett. Der Schock über die Geschehnisse sitzt mir immer noch tief in den Knochen. Ich traue mich kaum, mich zu rühren. Irgendwann bringe ich es fertig mich auf das Bett zu setzen. Ich begreife einfach nicht, was in den letzten Stunden passiert ist. Offenkundig bin ich entführt worden, aber wieso? Klar, mein Vater ist ein berühmter Pianist, und ja, er verdient dabei recht gut, aber doch nicht soviel, dass es lohnt seine Tochter zu entführen. Wollen die ernsthaft Geld erpressen? Gäbe es da nicht weitaus lohnendere Opfer?

Haufenweise Fragen schwirren durch meinen Kopf, der immer noch schmerzt. Ich lasse mich zurückfallen und versuche meine Gedanken zu ignorieren. Antworten werde ich ja doch nicht bekommen.

Panische Angst überkommt mich. Was werden die mit mir machen? Gibt es so etwas wie Folter heutzutage noch? Werde ich meine Eltern jemals wiedersehen? Werde ich jemals irgendetwas anderes je wiedersehen?

Wie ich so auf dem Bett liege, wird mir bewusst, dass das die erste Nacht in meinem Leben ist, die ich ohne Frieda, meine geliebte Plüschkuh, verbringe. Schon komisch, auf was für absurde Gedanken ich in dieser Situation komme. Aber es ist immer noch besser an Frieda zu denken als an ... zu spät.

Schon dreht sich in meinem Kopf wieder alles um Melissa. Was hat sie damit zu tun? Ich kann einfach nicht glauben, dass sie sich so schnell mein Vertrauen erschlichen hat, wo ich doch sonst kaum jemandem über den Weg traue. Da lässt man sich einmal gehen, und dann endet es so. Ich hasse mich! Tränen der Enttäuschung und Verbitterung bahnen sich ihren Weg.

Ich bin nur froh, dass Sina nicht dabei war. Was hätte Melissa ihr wohl angetan? Sie auch einfach ins Messer laufen lassen? Sie zusammen mit mir ausgeliefert? Doch was passiert jetzt mit ihr? Jetzt ist sie vollkommen allein mit der Person, die uns hintergangen hat. Oder gehörte sie auch mit dazu? Ist das alles von den Beiden geplant gewesen?

Es kann doch nicht sein, dass Sina, die immer die richtigen Worte findet und niemandem etwas zu Leide tun würde, dass dieses Mädchen... Ach scheiße, ich habe mich ja schließlich schon mehrmals geirrt. An einem Tag, innerhalb von zwölf Stunden. Haben sich alle an der *Accademia* gegen mich verschworen? Hätte ich mich doch nur nie dort beworben!!!

Ein Geräusch reißt mich aus meinen Grübeleien. Die Tür wird geöffnet, und eine junge Frau betritt den Raum.

»Hey, ich bin Laura und in den nächsten Tagen für dich verantwortlich. Wie geht es dir?«

Ich antworte nicht. Wie soll es einem auch gehen, wenn man von einer angeblichen Freundin Entführern in die Arme geschoben wird. Ich bleibe also weiterhin einfach liegen.

»Dumme Frage, sorry, ich habe dir etwas Essbares mitgebracht. Du hast sicher Hunger. Wenn nicht, solltest du trotzdem etwas essen, das hilft gegen die Kopfscherzen.«

Ich bleibe weiterhin bewegungslos, während sie einen Teller mit belegten Broten auf den Tisch stellt.

»Ich wusste nicht, was du magst, also habe ich erstmal eine bunte Mischung zusammengestellt. Sag ruhig was du lieber isst, dann bring ich dir beim nächsten Mal etwas anderes.«

Ich will nichts essen. Ich will einfach nur nach Hause. Zu Mama und Papa, mich in meinem Turmzimmer verkriechen und nie wieder herauskommen.

»Dort drüben ist übrigens ein Bad, also, falls du mal... du weißt schon.«

Ihre Stimme klingt wirklich nett, wenn auch ein wenig nervös, aber darauf werde ich mich nie wieder verlassen.

»Naja, ich gehe dann mal wieder. Ich schau später nochmal nach dir.«

An dem Geräusch, das ihre Schritte erzeugen, höre ich, dass sie

Schuhe mit Absätzen trägt. Kurz bevor sie die Tür schließt, überkommt mich doch Neugier, und ich erhebe mich leicht.

Ich kann gerade noch erkennen, dass sie blonde Haare hat, die ihr bis über die Schultern fallen, und sie schwarz gekleidet ist. Ich lasse meinen Kopf wieder auf das Kissen sinken und greife nach meiner Kette. Ich umfasse die kleine Eule mit den grünblauen Augen. Wie immer beruhigt sich mein Puls. Bis eben war mir gar nicht bewusst, wie schnell das Herz in meiner Brust geschlagen hat.

Normalerweise würde sich jetzt das Durcheinander in meinem Kopf legen, aber das nützt natürlich nichts, wenn ich keinen Anhaltspunkt habe, von dem aus ich konstruktive Überlegungen führen könnte. Immerhin sind die Kopfschmerzen nahezu verschwunden.

Ich beschließe, erst einmal etwas von dem zu probieren, was Laura mir gebracht hat. Kurz keimt die Befürchtung auf, dass das Essen vergiftet sein könnte. Aber eine tote Geisel ist wertlos, oder? Ich schiebe die Bedenken beiseite und koste etwas.

Ich weiß nicht, was mich dazu bringt, aber meine Kette stecke ich nicht wie üblich wieder unter mein Shirt. Tastend suche ich den Verschluss in meinem Nacken, öffne ihn und lasse die Kette in meiner Hosentasche verschwinden, nicht ohne sie vorher noch einmal fest zu drücken.

Nachdem ich einige Käsebrote mit Wasser herunter gespült habe, wird die Tür wieder geöffnet. Zwei Männer betreten den Raum. Ich schätze sie auf Anfang fünfzig.

»Das ist sie, Chef«, sagt der eine, dessen Stimme ich erkenne. Offenbar ist er einer der beiden, die mich hierhergeschleppt haben.

»Zeig mir dein Handgelenk, dein linkes!«, befielt der andere. Da sein Blick nicht wirkt, als könnte ich von ihm Antworten erwarten, strecke ich ihm meinen Arm entgegen.

»Das kann doch nicht sein! Meier, haben Sie das nicht überprüft?«

»Das allein muss noch nichts heißen, das wissen Sie genauso gut wie ich, Chef«, antwortet Meier. »Hast du eine Kette, Mädchen?«

Ich schüttele den Kopf.

»Unsinn, jedes Weib trägt Schmuck!«, blafft derjenige, der als

Chef bezeichnet wird.

Ich versuche meine Stimme fest klingen zu lassen. Irgendetwas sagt mir, dass es nicht ratsam wäre, wenn sie von der Eule erfahren.

Auch wenn sich meine Intuition in den vergangenen Tagen nicht als verlässlich erwiesen hat, vertraue ich wieder auf mein Bauchgefühl.

»Ich hasse Ketten. Ich mag nichts, was mir am Hals hängt.«

Die Männer drehen sich um und verlassen den Raum. Die Tür wird nicht eben leise geschlossen. Von außen dringen dumpf Stimmen zu mir.

»Meier, holen Sie einen Gedankenleser! Ich habe keine Lust mehr auf das Affentheater! Und Meier: Beten Sie, dass er etwas herausfindet, sonst war das Ihr letzter Auftrag!«

Jan

Ich weiß nicht, wie viele Verkehrsregeln ich schon gebrochen habe, seit dem Verlassen des Akademie-Geländes. Hoffentlich hat die Polizei heute Besseres zu tun, als irgendwo in der Landschaft herumzustehen und die Geschwindigkeit zu kontrollieren.

Nachdem ich Lissis Gedanken gelesen habe, gab es nur wenige Möglichkeiten, wohin sie Gwen verschleppt haben könnten. Die naheliegendste überprüfen wir jetzt.

Die Bäume rechts und links der Straße fliegen nur so an uns vorbei. Fellbach haben wir hinter uns gelassen, und nun fahren wir gleich auf die Autobahn Richtung Berlin.

Natürlich habe ich nicht meinen Wagen genommen. Ich habe schließlich kein gesteigertes Interesse daran, von den Männern, die für *ihn* arbeiten, entdeckt zu werden.

Mein Auto sei kaputt, sagte ich, als ich zu Micha ins Sekretariat ging und dafür sorgte, dass er mir seines lieh. Ich hoffe, er hatte Kopfschmerztabletten griffbereit. Es musste schnell gehen, für lange Diskussionen hatte ich echt keine Zeit.

Sina sitzt auf dem Beifahrersitz und hält den Blick stur geradeaus, als ich mit über zweihundert Sachen über die Autobahn rase. Lissi hängt auf der Rückbank schlaff in ihrem Sicherheitsgurt und schläft.

Das ist gut, so kann sie sich von den Strapazen erholen. Ich kann nicht sagen, wieso ich die Mädchen überhaupt mitnehme. Wahrscheinlich aus dem egoistischen Grund, dass ich alleine durchdrehen würde. Außerdem bezweifle ich, dass ich insbesondere Lissi hätte abhalten können. Scheiße! Die Autos vor mir bremsen ab. Wir kommen zum Stehen. Stockend geht es weiter. Angespannt klammere ich mich am Lenkrad fest, während ich im Kopf durchgehe, ob es irgendwelche Schleichwege abseits der Autobahn gibt, auf denen ich schneller bin. Meine Fingerknöchel treten weiß hervor, so verkrampft bin ich.

»Jan ...«, bricht Sina das Schweigen, »was ist hier eigentlich los?«

Seit ich den Mädchen vor etwas über einer Stunde auf dem Kleinen Hof begegnet bin, gab es keine Zeit für Erklärungen. Ich glaube, so langsam bin ich den beiden wirklich etwas schuldig. Aber was soll ich ihnen sagen? Etwa sowas wie *nichts, außer das Gwen soeben ins Hauptquartier einer internationalen Terrororganisation verschleppt wurde*? Nein, das geht nicht. Absolut nicht. Die zwei stecken eh schon viel zu tief mit drin.

»Jan! Rede doch mit uns. Was wird das? Du weißt doch irgendwas?«

»Nein. Glaub mir, es ist besser so.«

»Wie soll ich dir glauben, wenn du mir nichts erzählst. Du behandelst Gwen wie ein Arsch. Dann verschwindet sie plötzlich, danach machst du irgendwas mit Lissi, jetzt rast du mit uns irgendwo hin und willst uns allen Ernstes nicht erzählen was los ist. Also Jan, gib mir einen Grund, wieso wir dir wirklich glauben sollten!«

»Wir sind beide Gwen Samstag das erste Mal begegnet, was bedeutet sie *dir*?«, frage ich sie.

»Auch wenn ich sie noch nicht lange kenne, ziemlich viel. Sie ist ein wunderbarer Mensch und irgendwie habe ich das Gefühl, sie ewig zu kennen. Aber...«

»Mir bedeutet sie vermutlich noch viel mehr als dir. Ob du mir das nun glaubst oder nicht. Und ich werde alles tun, um sie zu befreien. Ich weiß, dass ich dir, euch, keinen Grund gebe, mir euer Vertrauen zu schenken.« Ich kann die Verbitterung und Wut nicht mehr aus meiner Stimme verbergen, will ich auch gar nicht. »Ich habe… Ich musste so reagieren. Ich hatte gehofft, ich könnte sie vor dem bewahren, was passiert ist. Ich wollte sie schützen. Verstehst du?«

Sina schaut mich ratlos an. In ihrem Gehirn scheint es zu arbeiten.

»Wovor wolltest du sie denn schützen?«

»Glaub mir, Sina, das willst du gar nicht wissen. Je weniger ihr mitbekommt, desto besser.« Ich flehe sie förmlich an, nicht weiter nachzuboren.

Wieso habe ich die Mädchen bloß mitgenommen? Ich hätte einfach fahren sollen. Verdammt! Hatte ich nicht beschlossen, niemanden mehr in die Sache hineinzuziehen?

Auf der Straße geht es immer noch nur stockend voran. Diese Untätigkeit macht mich fertig. Ich würde am liebsten wieder einfach alles rausschreien, aber das würde keinen wirklich weiterbringen. Aus dem Augenwinkel sehe ich, wie meine Beifahrerin mich forschend von der Seite mustert.

»Ich habe sowas schon einmal erlebt.« Ich weiß nicht warum, aber ich muss das einfach loswerden. Wenn Sina und Lissi schon dabei sind, muss ich mich darauf verlassen, dass sie mir glauben und irgendetwas an Sina sorgt dafür, dass ich ihr vertraue.

»Damals war ich noch zu klein, um zu verstehen was passierte…« Ich erzähle ihr von Bianca, und wie sie verschwunden ist. Zwar ist es diesmal was anderes, Gwen ist eine von uns, aber trotzdem. Den *Alten* lasse ich dabei jedoch aus. »Ich würde es nicht verkraften, wenn sich das wiederholt.« Meine Stimme bebt, während ich davon erzähle. Darüber zu reden nimmt ein wenig der Last von meinen Schultern, das kann ich nur schwer leugnen. Ich bete nur, dass ich nicht bereuen werde, meine Klappe nicht gehalten zu haben. Aber im Moment erlaube ich mir diese egoistische Anwandlung.

Sina scheint eine gute Zuhörerin zu sein. Während sie das Ganze zu verarbeiten scheint, fährt sie immer wieder mit ihren Fingern durch ihre schwarzen Locken.

»Jan, ich glaube dir, und ich weiß, wie unglaublich schwer das jetzt ist, vor allem, weil ich selbst eine Riesenangst um Gwen habe ...« Sie schaut mich mit ihren dunklen Augen an, während sie ihre Hand auf meinen Arm legt »aber du, ich, wir... wir müssen unsere Nerven zusammenbehalten, wenn wir ihr helfen wollen. Irgendwie.«

Sie hat recht. Natürlich müssen wir Ruhe und einen klaren Kopf bewahren. Leichter gesagt, als getan. Kurzzeitig überlege ich, nach meiner Kette zu greifen und mich so zu beruhigen. Aber das würde nur Energiereserven aufbrauchen, die ich mit Sicherheit nachher gut gebrauchen kann.

Allmählich beginnt der Verkehr zu fließen. Endlich. Wir haben sowieso schon viel zu viel Zeit verloren.

»Hast du schon einen Plan? Was willst du unternehmen, wenn wir – wo auch immer –angekommen sind?«

Und wieder mal hat sie nicht ganz unrecht. Ein Plan könnte nicht schaden.

»Nicht wirklich. Gwen rausholen und dabei am Leben bleiben sind zwei entscheidende Punkte.«

»Hm. Das sollten wir noch etwas konkretisieren, meinst du nicht? Vielleicht erzählst du mir, was du weißt, oder glaubst zu wissen. Wir hängen doch eh schon mit drin, oder?«

Gwen

Ich muss eingeschlafen sein, denn als ich hochschrecke steht Meier im Raum und kommt schnurstracks auf mich zu.

»Mitkommen!«, blafft er unnötigerweise, denn da hat er schon nach meinem Arm gegriffen und zerrt mich hinter sich her.

Wir verlassen das kleine Zimmer, in dem ich bisher festgehalten wurde. Der Flur, durch den wir gehen, erinnert mich an ein Bürogebäude. Der Boden ist mit dunkelblauem Teppich ausgelegt, Decke und Wände sind weiß. In regelmäßigen Abständen hängen Bilder an der Wand, deren Motive ich aber nicht genauer betrachten kann.

Meier zerrt mich immer weiter durch endlose Korridore und Treppenhäuser. Im gesamten Gebäude scheint es ruhig. Keine

Menschenseele begegnet uns. Ich würde mich hoffnungslos verlaufen, wenn ich zurück in das Zimmer finden müsste. Aber dieser Gedanke ist total abwegig. Als ob ich hier einen Schritt alleine
machen dürfte.
Sofort wachsen meine Ängste wieder. Was passiert hier?
Nach etlichen weiteren Gängen und Abzweigungen bleiben wir
vor einer Tür stehen. Meier klopft und öffnet die Tür ohne eine
Antwort abzuwarten. Bevor er eintritt, schiebt er mich unsanft
hinein.
Der Raum ist dunkel. In der Mitte befindet sich ein Tisch, an dessen gegenüberliegenden Seiten Stühle stehen. Zwei auf der einen, einer auf der anderen. Dort befinden sich auch Fesseln. Ein
Mann, den ich noch nicht gesehen habe, ist bereits da. Alles erinnert mich an ein Szenario aus einem Kriminalfilm. Verschiedene
Szenarien spielen sich in meinem Kopf ab, die ich alle lieber nicht
zu Ende denken will. *Ich will nur nach Hause!*
»Meier, der Gedankenleser ist noch nicht da, hat wohl im Stau
gesteckt, begleiten Sie unseren... Gast... zur medizinischen Anamnese«, sagt der andere geschäftsmäßig.
Was wollen die von mir? Ich habe zwar keine Ahnung, wie eine
Entführung abläuft, aber landet man da nicht in irgendwelchen
dunklen Kellern? Was für eine Anamnese? Wollen die wissen,
wie lange ich bei denen überlebe? Was soll das alles und was
haben die mit mir vor?

Viel Zeit wieder in Panik auszubrechen bleibt mir nicht. Am Arm
werde ich aus dem Raum gezogen. Wir überqueren den Flur und
betreten ein anderes Zimmer. Dieses ist im Gegensatz zum vorherigen hell erleuchtet und komplett weiß eingerichtet. Ein älte-
rer Mann mit Arztkittel sitzt hinter einem Schreibtisch.
»Hesselbach, Gwendolyn. Verdacht auf unerkannte Ausprägung.
Wir erwarten Ergebnisse. In angemessener Eile, wenn ich bitten
darf«
»Meier, Sie dürfen mich bitten, so viel Sie wollen, aber ob ich
dem nachkomme, steht auf einem anderen Blatt. Und jetzt verlassen Sie mein Büro!«
Der Blick des Mannes, von dem ich annehme, dass er Arzt ist,
scheint keinen Widerspruch zu dulden, während Meier eher so

aussieht, als gefiele es ihm gar nicht, dass man so mit ihm spricht. Er nickt kurz und verschwindet durch die Tür.

»Hallo Gwendolyn. Ich bin Dr. Fischer. Aber eigentlich nennen mich alle nur Doc«, stellt sich der Mann vor, während er abschließt. »Früher wurden Neulinge anders empfangen«, murmelt er kopfschüttelnd, wobei er sich setzt – eher zu sich selbst, weshalb ich nicht sicher bin, ob ich ihn recht verstanden habe.

»Setz dich doch...« Er deutet auf den Stuhl ihm gegenüber. Zögernd gehe ich darauf zu. »Möchtest du einen Tee?« Die Frage schien nur rhetorisch gewesen zu sein, da er schon einen dampfenden Becher vor mich gestellt hat.

»Du musst keine Angst haben. Ich werde dir etwas Blut abnehmen und deinen Körper untersuchen. Aber zuerst habe ich noch einige Fragen. Wann warst du das letzte Mal bei einem Arzt oder im Krankenhaus?«

»Vor drei Jahren«, antworte ich mehr flüsternd als sprechend. Ich war in meinem Leben nur einmal im Krankenhaus. Und das war, als ich am Blinddarm operiert werden musste. Sonst hatte ich nie irgendwelche schlimmen Krankheiten oder Verletzungen.

Der Doc tippt die Antwort in seinen PC.

»Welches Krankenhaus?«

»Sankt Marien Hospital, Tannenwald.«

Wieder tippt er etwas. Nach etwa einer Minute schaut er wieder auf.

»Blinddarm. Keine schöne Sache.«

Woher weiß er..?

»Wann warst du das letzte Mal krank?«

»Letzten Winter, Erkältung.«

»Hast du Muttermale oder ähnliche ungewöhnliche Verfärbungen deiner Haut bemerkt?«

Ich schüttele den Kopf.

»Gut. Dann setz dich mal dahinten auf die Liege. Bitte zieh deine Kleidung bis auf die Unterwäsche aus.«

Was soll das werden? Warum soll ich mich hier ausziehen? Ich verkrampfe augenblicklich und bin zu kaum einer Bewegung fähig.

Unter dem Tisch versuche ich mit meiner Hand in die Hosentasche zu gelangen, in der die Eule ist. Sobald ich sie mit den

Fingerspitzen berühre, beruhigt mich das ein wenig. Ich weiß, dass ich mir das alles nur einbilde. Aber anscheinend hilft es mir, nicht vollkommen wahnsinnig zu werden. Oder bin ich das etwa schon?

»Du musst keine Angst vor mir haben. Ich möchte nur deine Haut untersuchen. Ich kann verstehen, dass dein Eindruck nicht der beste ist, den die Männer bei dir hinterlassen haben. Aber damit habe ich nichts zu tun.«

Da ich vermutlich eh keine Wahl habe, streife ich mir Shirt und Hose vom Körper. Unmittelbar breitet sich Gänsehaut über meinen ganzen Körper aus. Etwas beschämt in Gegenwart eines Fremden warte ich auf das, was jetzt kommt.

»Ich werde deine Haut mit einer UV-Lampe absuchen. Dazu muss ich das Deckenlicht kurz ausschalten.«

Er knipst die Beleuchtung aus. Augenblicklich ist das Untersuchungszimmer in violettes Licht getaucht. Mit der Lampe in der Hand kontrolliert er zunächst meine Handgelenke und dann Arme, Rücken und die Beine.

»Gut, dann nur noch Blut abnehmen, und dann sehen wir, wie es weitergeht. Du kannst dich jetzt jedenfalls wieder anziehen.«

Das lasse ich mir natürlich nicht nochmal sagen und schlüpfe sofort wieder in meine Kleidung.

Nachdem mir das Blut abgenommen wurde, bittet mich Doc, wieder Platz zu nehmen.

Er füllt meinen Becher nochmal auf und schiebt einen Teller Kekse zu mir.

»Was Anderes kann ich dir leider nicht anbieten. Aber du solltest noch was essen, die Nacht wird sicher noch lang«, sagt er in einem Tonfall der fast... bedauernd klingt.

»Was passiert hier? Wo bin ich? Kann ich wieder nach Hause? Was wollen sie alle von mir?« Ich weiß nicht, wieso die Fragen aus mir herauspurzeln. Vielleicht liegt es daran, dass er im Gegensatz zu allen anderen freundlich klingt. Vielleicht kann er mir helfen und mir meine Fragen beantworten. Doch meine aufkeimende Hoffnung wird jäh zerstört.

»Es tut mir leid, aber dazu kann und darf ich nichts sagen. Ich gebe meine Ergebnisse nur weiter und mehr habe ich nicht zu tun.«

Enttäuscht sinke ich in meinem Stuhl zusammen. Diese Ungewissheit, die Ohnmacht, nicht zu wissen was hier vor sich geht, oder was ich tun kann oder schon getan habe, macht mich fertig.
»Hier...«, sagt er, als er mir eine einzeln verpackte Tablette hinhält, »die wirst du brauchen, wenn sie keinen fähigen Gedankenleser auftreiben können.«
Ich stecke die Tablette in die Hosentasche. Als es an der Tür hämmert, zucke ich zusammen.
»Mehr kann ich leider nicht für dich tun«, seufzt der Doc, bevor er sich erhebt, um die Tür zu öffnen.
»Fischer, Sie sollen sie untersuchen und keinen Kaffeeklatsch abhalten. Sind Sie fertig?«
»Gewöhnen Sie sich ab, mir vorzuschreiben, wie ich meinen Patienten behandle!«
»Hesselbach, ich nehme an, Sie folgen mir freiwillig. Los!«
Ich erhebe mich und habe Mühe, meinen Beinen den Befehl zu geben, dem großgewachsenen Mann zu folgen, dessen Eindruck mehr als nur bedrohlich scheint.

Wir sind wieder in dem dunklen Raum, in dem wir zuvor waren, nur, dass diesmal noch ein weiterer Mann im Raum ist. Wie alle anderen trägt auch er einen schwarzen Anzug. Er sitzt schon am Tisch und unterhält sich.
Meier bedeutet mir mich hinzusetzen, bevor er wieder auf den Flur tritt.
»Das ist Herr Krasch. Er ist Gedankenleser und wird Ihre Befragung durchführen. Sie müssen nichts weiter tun, als still zu sitzen.«
Gedankenlesen? Bedeutet das wirklich, dass er alles, was sich in meinem Kopf befindet, sehen kann? Alle Gefühle und Erinnerungen? Mir wird schlecht. Kann es sowas wirklich geben? Das kann doch nicht...
In diesem Moment höre ich, wie die Tür aufgerissen wird. An den Gesichtern der Männer erkenne ich, dass es jemand sein muss, vor dem sie gehörigen Respekt haben. Alle erstarren, und die Temperatur scheint um einige Grad zu fallen.
Ich wage kaum meinen Kopf zu drehen, doch ich kann dem Drang nicht widerstehen. Vorsichtig gleitet mein Blick Richtung Tür. Als

ich sehe, wer dort steht, rutscht mir das Herz, wenn überhaupt möglich, noch tiefer. Ich kann nicht glauben, wen meine Augen sehen: Jan.

Siebentes Kapitel

»Unwetter verhindert Weihnachtsansprache.
Erstmals in der Geschichte war es nicht möglich, die Weih-
nachtsansprache des Bundespräsidenten zu übertragen.
Über allen Sendezentren des Fernsehens zogen Unwetterfron-
ten auf, die die Übertragung verhinderten [...]
(newsonline.de 24.12.2015)«

Jan

Als mir die Männer bereitwillig die Tür öffnen, kann ich es selbst
kaum glauben. Sina hatte im letzten Moment noch den rettenden
Einfall. Jetzt bleibt nur noch zu hoffen, dass ich Gwen hier hinaus
bekomme, bevor mein Bluff auffällt. Was dann geschieht, will ich
mir lieber nicht ausmalen.

Als die Tür weit genug offen ist, sodass ich hinein schauen kann,
sehe ich sie sofort. Der Schock steht ihr mehr als deutlich ins
Gesicht geschrieben.

»Lassen Sie mich mit Fräulein Hesselbach alleine.« Mit selbstsicherem Ton fahre ich fort, als die Männer sich nur wiederwillig rühren. »Nun machen Sie schon. *Der Alte* verlangt Ergebnisse. Ich habe auch noch Wichtigeres zu erledigen, als zu warten, bis Sie Ihre Ärsche hier raus bewegt haben. Also!«

Ich muss mich ziemlich anstrengen, um meine Stimme fest und fordernd klingen zu lassen. Aber es gelingt mir, und mein Nachname scheint ebenfalls Eindruck zu hinterlassen. Doch der schwerste Teil kommt erst noch. Nach der Sache am Teich wird Gwen mir sicher nicht so ohne weiteres folgen und nach allem, was hier passiert ist, erst recht nicht.

Sobald die schwarzgekleideten Typen raus sind, beginne ich auf sie einzureden.

»Gwen, es tut mir alles so leid. Das heute am Dornweiher... Ich wollte damit das hier...«, ich deute um mich, »alles verhindern, aber es war wohl schon zu spät. Ich... wir sind gekommen, um dich hier raus zu holen, aber wir müssen uns beeilen...«

»Wieso sollte ich *dir* trauen?«, erwidert sie verängstigt. »Alle scheinen dich hier zu kennen und machen, was *du* sagst.«

»Weil *der Alte* mein Vater ist. Ich bin der Sohn des Anführers dieser... Aber ich habe mit den Machenschaften nichts zu tun«, versuche ich die Situation zu erklären, wobei ich auf sie zugehe. Panisch weicht sie vor mir zurück. Die Angst, die in ihren Augen steht, macht mich fertig. Am liebsten würde ich sofort alles erzählen, aber uns rennt die Zeit davon.

»Wenn du mit denen nichts zu schaffen hast, woher wusstest du dann so genau, wo ich bin?«

»Ich wusste es nicht, ich habe es nur vermutet. Aber das ist doch jetzt egal. Wir müssen hier raus. Und zwar schnell.«

Ich flehe sie förmlich an, doch sie scheint jegliches Vertrauen verloren zu haben. Verübeln kann man es ihr nicht, nachdem sie zwei Menschen, die sie für Freunde hielt, in diese Situation gebracht haben.

Gwen wird nicht freiwillig mit mir kommen, denke ich. Ich packe sie am Arm und will sie mit hinausziehen, als plötzlich die Tür auffliegt und vier Männer hineinstürmen.

»Gwen, egal was passiert, bleib hinter mir!«, zische ich zu ihr, bevor ich mich auf das fokussiere, was nun bevorsteht. Wenn ich schnell genug angreife, habe ich den Überraschungseffekt auf meiner Seite. Ich konzentriere mich auf den Tisch, schleudere das Möbelstück auf die ersten zwei Männer und räume sie so aus dem Weg. Die anderen bekommen je einen Stuhl an den Kopf. Sobald sie getroffen sind, gehen sie ohnmächtig zu Boden. Alles passiert, ohne dass ich einen Finger gekrümmt habe. Nachdem die Tür frei ist, greife ich nach Gwens Hand und ziehe sie hinter mir auf den Flur.

Auf dem Weg zum Treppenhaus kommen uns schon weitere Anzugtypen entgegen. Der Mann an der Spitze macht eine stoßende Handbewegung. Keine Sekunde später spüre ich die Luftdruckwelle, die er uns entgegenschleudert. Ich lasse Gwen los, um mich in Angriffsposition zu bringen, doch bevor ich etwas entgegensetzen kann, kommt uns schon die nächste Druckwelle entgegen, stärker als die vorherige.

Da ich diesmal damit gerechnet habe, kann ich mich dagegen anlehnen, aber Gwen trifft es unvorbereitet. Anscheinend habe ich es hier mit Luftkämpfern zu tun. Ich schaffe es gerade noch ihrem Körper die Schwerkraft so weit zu nehmen, dass sie relativ sanft auf dem Boden aufkommt.

Die Männer kommen immer näher, als mein Blick auf die Bilder an den Wänden fällt. Ich fand die schon immer furchtbar, also beschließe ich, etwas umzudekorieren.

Ich visiere das Bild an, welches mir am nächsten ist, und lasse es von der Wand gen Boden schweben. In zwanzig Zentimetern Höhe bewegt es sich nun waagerecht auf den ersten Mann zu. Es ist so schnell, dass er es nicht rechtzeitig bemerkt. Wie erhofft trifft die Leinwand ihn unvorbereitet, sodass er der Länge nach auf den Fußboden schlägt.

Noch fünf weitere Bilder sind nötig, bis wir freie Bahn haben. Ich drehe mich zu Gwen, um ihr aufzuhelfen, doch sie hat sich schon wieder aufgerappelt.

»Glaubst du mir jetzt, dass ich nur hier bin, um dich rauszuholen?«

»J... ja...«, stammelt sie.

»Dann komm.«

Wir rennen auf die Treppe zu, vorbei an den am Boden liegenden Männern.

»Schließen Sie alle Türen. *Protokoll 5*«, stöhnt einer in sein Funkgerät.

Mit einer kleinen Handbewegung hebe den Kopf des am Boden Liegenden an, und lasse ihn wieder auf den Boden knallen, gerade so stark, dass es für eine Bewusstlosigkeit und ordentlich Kopfschmerzen am nächsten Tag reicht.

Aufkeimende Gewissensbisse dränge ich zurück. Ich wollte meine Kräfte nie nutzen, um anderen zu schaden. Aber das hier ist doch schließlich Notwehr, oder?

Im Treppenhaus geht es nach oben. *Protokoll 5* scheint das Verschließen aller Türen zu beinhalten, der Zugang zum Erdgeschoss lässt sich nicht öffnen.

Von oben dringen die Geräusche von Schritten und aufgebrachten Rufen zu uns hinunter.

Glücklicherweise wirkt die Tür nicht sonderlich massiv. Da die Arbeit mit dem Erdelement meine stärkste Fähigkeit ist, bleibe ich bei meiner Methode und blicke mich suchend um. Ein Blumenkübel steht dekorativ in einer Ecke rum. Im Gegensatz zu den leichten Bildern muss ich mich hier schon mehr anstrengen, um ihn von der Stelle zu bewegen.

Es kostet einiges an Energie, aber es gelingt mir, und die Scheibe splittert, nachdem ich den Keramikpflanztopf dagegen geschleudert habe.

Im Foyer erwartet uns ein weiteres Aufgebot an Kämpfern, diesmal sogar in ihrer schwarzen Einsatzuniform.

Aktenordner aus den Schränken hinter dem Empfangstresen fliegen auf uns zu. Einer segelt nur um Haaresbreite an Gwens Kopf vorbei.

Als Ablenkungsmanöver setze ich einen der Schränke in Brand. Meine Taktik scheint aufzugehen, denn sofort eilen Wasserkämpfer herbei und versuchen zu retten, was zu retten ist.

Auch ich versuche weitere Angreifer von den Beinen zu reißen. Einer nach dem anderen fällt. Ich kann den Ausgang schon sehen, als ich einen Schrei hinter mir vernehme.

Gwen liegt am Boden. Scheiße! Jemand hat die Bodenmatte, auf der sie stand, weggerissen und sie somit zu Fall gebracht.

»Mein Bein…«, keucht sie voller Schmerzen, als sie versucht sich aufzurichten.

Ich beuge mich zu ihr, nicht ohne dafür zu sorgen, noch einen Bürostuhl, der mich von den Füßen reißen sollte, seinem Absender zurückzuschicken.

»Halt dich an mir fest«, fordere ich sie auf, sobald ich sie hochhebe.

»Du kannst mich doch nicht... ich bin viel zu schwer!«, protestiert sie.

»Ich habe Mittel und Wege mit Gewicht umzugehen. Und wenn du hier allein rumhumpeln willst, kommen wir nie raus.« Nebenbei muss ich immer noch Gegenstände aus der Luft holen, bevor sie uns treffen. Aber immerhin kommen wir voran.

Noch fünf Männer und Frauen trennen uns vom Ausgang. Ich muss eine Möglichkeit finden, sie mit einem Mal auszuschalten. Meine Energiereserven sind bald aufgebraucht.

In der Ecke entdecke ich einen dieser Wasserspender mit Plastiktank. Gwens Körpergewicht habe ich soweit manipuliert, dass ich sie mit einem Arm halten kann. Mit der anderen Hand lasse ich den Wassertank in Richtung der Angreifer fliegen und leere ihn aus. Sofort sorge ich dafür, dass die Flüssigkeit zu einer dünnen Eisschicht gefriert, woraufhin die Fünf ihren Halt verlieren und auf allen Vieren landen.

Ich renne auf die Tür zu, und nach wenigen Schritten sind wir auf der Straße. Ich hoffe, wir gelangen schnell zum Auto, denn lange reichen meine Reserven nicht mehr.

»Jan! Pass auf!«, schreit Gwen, doch da hat schon jemand nach mir gegriffen und umklammert mich.

Geistesgegenwärtig drücke ich die Finger meiner freien Hand in die Augen des Angreifers, nicht ohne meine Finger glühend heiß werden zu lassen. Zum Glück haben wir das so oft im Nahkampftraining geübt, dass ich jetzt gar nicht mehr drüber nachdenke.

Mit einem Schmerzensschrei lässt er von mir ab.

Im selben Moment höre ich Bremsen quietschen.

»Hinten rein! Ich fahre!«, ruft Lissi aus dem heruntergelassenen Fenster.

Mit meiner freien Hand öffne ich die Tür, schiebe Gwen in den Wagen und steige selbst ein. Die Tür ist noch nicht richtig geschlossen, da fährt Lissi auch schon mit durchdrehenden Rädern los.

»Schaltet eure Handys aus und nehmt die Akkus raus«, fordere ich die Mädchen auf. Vier GPS-Tracker in Form von Smartphones können wir nicht gebrauchen.

Als ich mich umdrehe, sehe ich, dass uns mehrere schwarze SUVs folgen.

»Schnallt euch lieber an, jetzt wird's flott«. Noch ehe Lissi zu Ende gesprochen hat, werden wir in die Sitze gedrückt. Wir schießen durch die Straßen Berlins, über rote Ampeln und zwischen Trams hindurch. Glücklicherweise ist die Rush-Hour lange vorbei, und die Straßen sind staufrei.

Ich weiß nicht wie lange das so geht, aber nach einigen riskanten Manövern haben wir es tatsächlich geschafft. Unsere Verfolger sind nicht mehr hinter uns.

»Wo hast du so fahren gelernt?«, erkundigt sich Sina mit einem deutlichen Zittern in der Stimme.

»Na, in der Fahrschule wie jeder andere auch... und naja... den Rest haben fünf ältere Brüder und unsere PlayStation erledigt.«

Gwen

Was alles in den Stunden, seit Jan mich gerettet hat, passiert ist, kann ich kaum fassen.

Die Geschehnisse ziehen wie ein Film an mir vorbei. Nur dass ich die Hauptdarstellerin bin, und der Film kein Film, sondern Realität ist.

Zurück in Fellbach setzen wir vier uns in unser Wohnzimmer. Was hier passiert, verstehe ich nicht. Erst verhält sich Jan wie der Arsch der Nation, und jetzt holt er mich hierher zurück; Melissa schickt mich in die Arme irgendwelcher Entführer und sitzt jetzt hier, als wäre nichts passiert. Verliere ich hier gerade meinen Verstand oder ist das etwa schon längst passiert? Bin ich ein Fall für die Geschlossene?

Wieder finde ich keine Antworten und beginne am ganzen Körper zu zittern. Ich verstehe nichts mehr. Am liebsten würde ich mich in meinem Zimmer einschließen und nie wieder rauskommen, nie wieder jemandem begegnen. Was oder wem soll ich denn überhaupt noch glauben? Jan? Melissa? Sina? Mir selbst ja anscheinend nicht, sonst hätte ich doch nie diesen Menschen vertraut, die mich in diese Situation gebracht haben. Aber jetzt haben sie mich befreit, oder etwa nicht?

Als mich jemand an der Schulter berührt, zucke ich unvermittelt zusammen, dabei ist es nur Sina, die mir eine Decke um die Schultern legt und eine dampfende Tasse Tee in die Hände drückt. Sie hockt sich hin, wickelt ein Kühlpad um meinen Knöchel und schaut mich mit ihren dunklen Augen fest an.

»Gwen, es ist jetzt vorbei. Du bist erstmal in Sicherheit. Du hast sicher viele Fragen, so wie wir alle. Jan wird sie beantworten. Trink erstmal was, die Nacht wird vermutlich noch lang werden.« Sie drückt meine Hand und setzt sich auf einen Sessel.

Neben mir auf der Couch sitzt Jan, der sich mit seinen Fingern angespannt durch die Haare fährt und mit einem Zopfgummi einige Strähnen wieder bannt, die sich verselbstständigt haben. Melissa sitzt uns gegenüber.

»Nun gut«, beginnt Jan zögernd. Ich starre immer noch auf meine Hände, die die Teetasse umklammern.

»Also, dass ihr das, was ihr jetzt erfahrt, besser für euch behaltet, sollte euch klar sein, nach dem, was heute passiert ist.« Er macht eine Pause und atmet schwer durch, bevor er weiterspricht.

»Der Legende nach begann alles, als die Menschen anfingen aufrecht zu gehen. Die vier Elemente – Wasser, Feuer, Erde, Luft – beschlossen, ihre Kräfte mit einigen Menschen zu teilen. Zu allen Zeiten schon hatten die Menschen mit Hungersnöten, Waldbränden und anderen Schwierigkeiten zu kämpfen. Und das wollten die Urstoffe verhindern. Da sie den Menschen aber nicht zutrauten Maß zu halten schufen, sie die Schattenteiche. Nur dort können die Auserwählten ihre Energievorräte stärken.«

Ich glaube, ich bin nicht die Einzige, die hier am Durchdrehen ist. Die anderen schauen Jan genauso skeptisch an.

»Ich weiß, das klingt alles total abgedreht und verrückt, aber ich kann es euch beweisen. Aber alles zu seiner Zeit.« Offenbar entgehen ihm unsere Blicke nicht.

»Stellt euch das vor wie einen Akku, den man auflädt. Wenn man das Handy viel nutzt, dann ist der Akku schneller leer und ihr müsst an die Steckdose stöpseln. Und unsere Steckdosen sind die Schattenteiche. Genauer gesagt *ein* Schattenteich, denn jedem von uns ist nur einer zugeordnet, den wir betreten können. Alle anderen bleiben uns verborgen, genau wie den *normalen* Menschen.

Mein Akku ist übrigens das hier.«

Unter seinem Shirt zieht er eine Kette hervor. Daran hängt ein länglicher silberner Anhänger, in den kleine blaugrüne Splitter eingearbeitet sind.

Mit einer Hand taste ich in meiner Hosentasche nach der Eule. Erleichtert stelle ich fest, dass sie noch dort ist. Wie immer beruhigen sich meine Gedanken, die mittlerweile Achterbahn fahren, etwas. Auch die Kopfschmerzen, die mich seit Stunden plagen, lassen etwas nach.

»Nur wenn der Anhänger meinen Körper berührt, kann ich die Kräfte nutzen«, fährt er fort.

»Du redest immer nur von *den Kräften*. Was meinst du damit?«, hakt Sina nach. Auch mich interessiert das, nur bin ich viel zu erschöpft, um Fragen zu stellen. Woher ich überhaupt die Energie nehme, Jans Worten weiter zu folgen, vermag ich nicht zu sagen.

»Also gut. Eine Fähigkeit habt ihr – Lissi und Sina – schon kennengelernt. Ich kann Gedanken lesen und auch manipulieren.«

Zunächst glaube ich, ich hätte mich verhört, doch das Nicken meiner Mitbewohnerinnen verrät mir, dass das offenbar nicht der Fall ist. Jan schaut mir jetzt direkt in die Augen. Nur schwer kann ich seinem intensiven Blick standhalten.

»Gwen, du solltest wissen, dass Lissi nichts für das kann, was sie dir angetan hat. Irgendjemand hat ihre Gedanken verändert. Sie hätte das niemals getan.«

Diese Information muss ich erstmal sacken lassen. »Das heißt, ich... mein... Intuition hat mich doch nicht im Stich gelassen? Du...«

Doch da ist Melissa schon auf mich zugestürmt und mir um den Hals gefallen.

»Ich würde doch sowas nie tun. Du bist meine Freundin. Es tut mir so leid... aber...« Der Rest geht in unser beider Schluchzen unter.

Als ich meine Sprache wiedergefunden habe, brennt mir eine

Frage auf der Seele.»Hast du mit meinen Gedanken und Gefühlen auch rumgespielt und sie verändert?«

»Lissi kann bestätigen, dass gedankenmanipulieren nicht zu meinen stärksten Fähigkeiten gehört.« Er zuckt verlegen mit den Schultern.

»Wenn ich das bei jemandem mache, verursacht es höllische Kopfschmerzen. Deshalb wende ich das nur in Notfällen an. Du musst also keine Angst haben, dass du es nicht mitbekommst.« Etwas leiser fügt er hinzu:»Alles, was du im Theater und danach gespürt hast, war und ist echt.«

»Aber was hat das alles mit mir zu tun, wieso wollten die mich haben? Ich versteh das alles nicht. Was sind das für Leute?« Ich wünschte, ich würde nur ein bisschen von dem verstehen, was hier vonstattengeht. Aber jede Erklärung, jede Antwort wirft mehr Fragen auf.

»Es kam, wie es immer kommt, wenn jemand Macht erhält«, fährt Jan fort.»Es gibt Leute, denen reicht es nicht, was sie haben. Diese wollen mit Hilfe der Elementarkräfte und der Schattenteiche politischen Einfluss und Macht. Aber nicht, um anderen zu helfen, was eigentlich ihre Aufgabe ist. Ihnen geht es einzig und allein darum, sich selbst persönlichen Reichtum zu verschaffen.«

»Und was ist mit mir?«

»Du bist auserwählt, Gwen. Und du bist etwas Besonderes.«

Jan

Es ist still geworden im Wohnzimmer der Mädchen. Alle scheinen die Ereignisse der vergangenen Stunden zu verarbeiten – oder sie versuchen es zumindest.

Ich bin mit dem Wissen um die Auserwählten aufgewachsen. Wie es für die Mädchen, vor allem für Gwen, sein mag, jetzt davon zu erfahren, kann ich mir kaum vorstellen.

Plötzlich kommt mir eine Erinnerung in den Sinn.

»Passt auf…«, lenke ich die Aufmerksamkeit der anderen wieder auf mich.»als ich klein war, und das erste Mal von all dem erfahren habe, hat man mir von einer uralten Legende erzählt.« Gwen, Lissi und Sina blicken mir zweifelnd entgegen, sagen aber nichts, weshalb ich fortfahre und die Geschichte widergebe, die ich damals selbst so oft gehört habe.

Vor vielen tausend Jahren trafen sich die vier Elemente – Wasser, Feuer, Erde, Luft – wie immer in einer Höhle, die den Menschen verborgen blieb.

»Also gut. Die Zeit scheint gekommen. Wie wollen wir es angehen?«, fragte das Wasser ergeben. Bereits zum wiederholten Male hatte die Erde darauf gedrungen, es endlich durchzuführen. Immer wenn die vier sich trafen, drängte das Element seine Genossen zum Handeln. Und so wie es schien, hatte es damit endlich Erfolg.

»Stopp, stopp, stopp! Bevor ich hier zu irgendetwas zustimme, das wir später bereuen, möchte ich nochmal genau wissen, was das soll.« Das Feuer, wie immer etwas launisch, bestand zu Recht auf eine Erklärung, denn das, was die Erde plante, würde das Leben einiger Menschen stark verändern.

»Also noch einmal«, begann das Erdelement seinen Vortrag, »... den Menschen gibt es seit hunderttausenden von Jahren. Er hat sich gut entwickelt. Er hat einen wachen Geist und scharfen Verstand.«

»Naja... zumindest die meisten«, ergänzte Feuer sarkastisch. Ohne auf den Kommentar einzugehen, fuhr die Erde fort.

»Ich bin der Meinung, dass wir ihnen einen Teil der Verantwortung abgeben sollten. Ihr wisst es doch selbst: Wir können unsere Fühler nicht überall gleichzeitig haben. Wie oft ist es uns passiert, dass wir Hungersnöte aus Unachtsamkeit verursacht haben? Natürlich gibt jeder von uns sein Bestes, aber was spricht dagegen, wenn sich der Mensch in Notsituationen selbst helfen kann?«

»Ich finde, du hast recht«, stimmte das Wasser nach einiger Bedenkzeit zu.

»Ich auch«, wisperte der Wind, der ruhigste der Vier. Nur wenn er äußerst wütend wurde, konnte auch dieser mal aufbrausend werden.

»Nun gut. Aber ich verlange, dass unsere Kräfte ihnen nicht uneingeschränkt zur Verfügung stehen.«

Immer wenn Feuer und Erde in Diskussionen verfielen, konnte es hitzig werden. *Wasser und Luft zogen es dann vor, die beiden in Ruhe streiten zu lassen. Früher oder später würden sie sich schon einigen können.*

Doch diesmal hatte die Luft den rettenden Vorschlag, dem alle zustimmten.

Das Wasser würde dafür sorgen, dass es auf dem gesamten Planeten Teiche und Seen gibt, in denen die Kräfte der vier Elemente vereinigt sind. Die Erde würde währenddessen ein Mineral erschaffen, das die Farbe des Wassers hätte.

»Erst wenn man beides kombiniert, sollen dem Menschen, der das Mineral bei sich trägt, die Kräfte für eine begrenzte Zeit zur Verfügung stehen«, verkündete das Erdelement.

»Ich habe meine Kräfte bereits übertragen. Durch mich sollen die Auserwählten Wasser kontrollieren und nach ihren Wünschen leiten können. Nun seid ihr an der Reih.«, forderte das nasse Element die Anderen auf. Inzwischen hatten sie die Höhle verlassen. Die Erde ließ etwas von sich in den Teich, an dem sie sich versammelt hatten, gleiten. »Durch mich sollen sie Gegenstände ohne ihrer Hände Kraft bewegen können.«

Als nächstes war die Luft an der Reihe. Sie fuhr hinein und das Wasser des Teiches begann für einen kurzen Augenblick zu blubbern. »Ich verleihe dem Auserwählten die Kraft, Winde zu erzeugen und Stürme zu bezwingen.«

Als letztes trat das Feuer heran. Eine Flamme schoss in das Wasser, und der Teich brodelte, als stünde eine Explosion bevor. »Durch mich soll es dem Auserwählten ermöglicht werden, Temperaturen zu verändern. Aus kalt soll heiß und aus heiß kalt werden.«

Nachdem nun alle ihre Kräfte im Teich vereinigt hatten, wurde es Zeit, Menschen zu erwählen, die sich der Kraft der Elemente als würdig erweisen.

»Luft...«, sprach die Erde, »wir konnten uns bisher immer auf dich verlassen, wenn es darum ging, Menschen zu verstehen. Geh und wähle die ersten aus, die unsere Kräfte in Würde tragen sollen.«

Die Luft, die am liebsten in Gestalt eines unsichtbaren Windhauches lebte, verwandelte sich im Nu in einen Menschen. Genauer gesagt in einen Mann höheren Alters mit langem weißem Bart und ebenso langem weißem Haar.

»Ich werde mich auf den Weg machen und die ersten Auserwähl-
ten lehren, mit den Kräften umzugehen und sie in das Geheimnis
der Schattenteiche einweihen«, sagte die Luft und verschwand in
Richtung einer Siedlung.
Vor dem Fenster erhellen die ersten Sonnenstrahlen den neuen
Tag. Den Tag, von dem an für Gwen alles anders werden wird.
»Du spinnst doch. Das entspringt doch alles deiner blühenden
Phantasie!« Gwen wird immer lauter. »Oder nimmst du irgendwelche Medikamente? Sag schon, was wirfst du dir ein?«
»Stopp!«, entgegne ich in gleicher Lautstärke. »Wenn du mir nicht
glaubst, kann ich das verstehen. Aber vertrau auf das, was deine
eigenen Augen sehen. Schau her.«
Ich muss mich konzentrieren, um meine letzten Kraftreserven zu
sammeln. Mit der Innenfläche nach oben strecke ich meine Hand
in ihre Richtung. Tatsächlich gelingt es mir, eine kleine Flamme
auf meiner Hand tanzen zu lassen. Die Vorführung dauert nur
etwa fünf Sekunden, danach ist meine Energie verbraucht, aber
das reicht.
»Außerdem hast du doch gesehen, was in Berlin los war. Fliegen-
de Bilder und Tische, Luftdruckwellen und so weiter«, ergänze
ich ruhig.
Sina und Lissi schütteln nur ungläubig die Köpfe.
»Und das kann Gwen auch?«, fragt Lissi, die als erste ihre Sprache wiederfindet.
»Mit etwas Übung, ja«, antworte ich. »Und das Besondere ist,
dass sie überall ihre Kräfte tanken kann.«
»Wie meinst du das?«, fragt nun auch Sina.
»Naja. Ich und die meisten anderen haben ihren persönlichen
Schattenteich – so nennen wir die besonderen Orte, an denen
wir unsere Energiereserven auffüllen können. Nur den können wir
sehen und betreten. Alle anderen Schattenteiche bleiben uns, wie
allen normalen Menschen, verborgen. Diese Auserwählten haben
den Grad II.
Meist befinden sich diese Teiche in der Nähe der Geburtsorte,
oder an einer Stelle, die für denjenigen im Leben mal wichtig werden wird.«
Während ich das erzähle, muss ich an ein Gespräch zwischen
Gwen und mir in der Nacht im Konzertsaal denken.

»Hast du mir nicht erzählt, du hättest zu Hause einen Lieblingsort?«

»Ja...«, wispert sie, mit rauer Stimme, wobei ihr müder Blick sehnsuchtsvoll in die Ferne schweift. »Ein kleiner Teich, am Waldrand.«

»Siehst du...«, sage ich. »Und da warst du bisher immer allein, nehme ich an.«

»Ja, stimmt.«

Sina und Lissi atmen beide geräuschvoll aus. »Ist dir denn nie etwas aufgefallen?«, fragen sie beinahe zeitgleich.

»Nein.« Gwen denkt nach. »Ich war doch so oft allein, da hatte ich nie einen Anlass darüber nachzudenken.«

Erschöpft seufzend lässt sie sich gegen die Sofalehne sinken.

»Aber was ist denn jetzt das Besondere an Gwen?«, will Lissi wissen.

»Gut, dass du fragst. Gwen ist eine Auserwählte ersten Grades. Sie kann alle Schattenteiche auf der Welt betreten und deren Energie nutzen. Nur dadurch, dass sie meinen Schattenteich, den Dornweiher, gefunden hat, ist es mir – und wahrscheinlich der Organisation – aufgefallen, dass sie einerseits eine Auserwählte und andererseits ein *Grad I* ist.«

Stöhnend reibt Gwen sich die Augen, die vollkommen gerötet sind.

»Leute, es ist mittlerweile fast sechs Uhr. Lasst uns versuchen etwas zu schlafen oder wenigstens auszuruhen, und dann gehen wir mit neuer Energie und hoffentlich klarerem Kopf an die Sache.«

Ich komme nicht umhin, Sina dafür zu bewundern, dass sie offenbar immer weiß, was zu tun ist.

Wir verabschieden uns. Sina und Lissi bringen Gwen, die vollkommen am Ende ihrer Kräfte ist, nach oben, währen ich nach Hause gehe.

***

Natürlich habe ich nicht eine Minute lang geschlafen, als ich um neun die Tonregie betrete. Frank ist schon da. Kaffeeschlürfend

sitzt er am Rechner und hört in irgendwelche Mitschnitte rein.
»Guten Morgen«, murmle ich.
»Herr von Siedenow-Raich...«, empfängt er mich mit einem breiten Grinsen im Gesicht. »Gut, dass du kommst. Hör mal in die Aufnahme rein.«
Frank betätigt die Leertaste, um die Wiedergabe zu starten. Sofort dringen aus den Abhörmonitoren die ersten Töne einer Musicalaufzeichnung.
Schon nach den ersten Takten schweifen meine Gedanken ab. *Sie* werden nicht lockerlassen. Gwen ist besonders und wertvoll für die Organisation. Ich muss ihr schleunigst alles erklären, und sie muss lernen, mit ihren Kräften umzugehen.
Am Nachmittag müssen wir unbedingt mit dem Training ihrer Fähigkeiten beginnen. Heute ist ein spielfreier Tag, somit sollte ich um spätestens vierzehn Uhr Feierabend haben.
Ein Klopfen an der Tür unterbricht meine Gedanken. Mama betritt den Raum. Ich kann mir schon denken, weshalb sie hier ist. Bisher bin ich ihr aus dem Weg gegangen, doch das scheint jetzt ein Ende zu haben.
»Oh, welch ein Glanz in unserer bescheidenen Kammer...«, begrüßt Frank sie ebenfalls gutgelaunt.
»Guten Morgen, Frank. Meinst du, ich könnte dir mal eben Jan entführen?«
Das Wort *entführen* versetzt mir einen kleinen Stich.
»Lena, hab' ich dir schon jemals einen Wunsch abgeschlagen?«
»Wenn ich da an die ein oder andere Mikrofonposition denke...«
»Schon gut, verschwindet einfach.«
Schon an Mamas Blick und daran, wie sie ihre Hände in die Hüften stemmt, erkenne ich, dass sie nicht gut drauf ist. Natürlich kann ich mir denken wieso, aber den Anfang möchte ich auch nicht machen.
»Was ist los mit dir, Jan?«, fragt sie mit einer Mischung aus Besorgnis und Enttäuschung in der Stimme. »Frank hat erzählt, du seist gestern nach Hause gegangen, weil es dir nicht gut gehen würde. Zu Hause warst du aber nicht und bist es die ganze Nacht nicht gewesen. Gibt es irgendetwas, dass ich wissen sollte?«
Jetzt gilt es so nah wie möglich an der Wahrheit zu bleiben, ohne zu lügen. Auch ohne die Fähigkeiten eines Gedankenlesers würde

sie es mitbekommen. Schließlich ist sie meine Mutter, das sagt doch alles. Aber wenn ich ihr die Wahrheit sage, dann macht sie sich nur wieder unnötig Sorgen, und das will ich nicht. Ich freu mich, dass es ihr hier in der *Accademia* so gut geht.

»Jan?!« Sie unterbricht meine Gedanken.

»Du kennst doch Gwendolyn?«, beginne ich vorsichtig.

»Klar, nettes, begabtes Mädchen Leider sehr schüchtern, aber was...?

»Eben, sie ist nett, wahnsinnig nett...«

»Ich dachte, du magst sie...«

»Ja eben. Denk dran, was dem letzten Mädchen passiert ist, dass ich wirklich gemocht hab. Glaubst du, ich will, dass das noch einmal passiert? Nein! Und deshalb, naja, ich war ziemlich scheiße zu ihr. Ist ja auch egal. Jedenfalls waren dann ihre Freundinnen bei mir und haben mir ihre Meinung gegeigt... Naja... ich brauchte einfach mal etwas Abstand und Ruhe... verstehst du?«

Naja zumindest bin ich nicht vollkommen an der Wahrheit vorbei geschlittert. Um genau zu sein, ich habe ja nur einige Details weggelassen, aber das muss genügen.

»Oh Jan. Das tut mir so leid...«, sagt sie, während sie mich in ihre Arme schließt.

Wahrscheinlich ist das nicht gerade männlich, aber die Umarmung einer Mama ist immer tröstlich, egal wie alt man ist.

Gwen

Als ich die Augen öffne, fällt strahlendes Sonnenlicht in meine Zimmer. Ich schaue auf die Uhr und erschrecke. Es ist schon weit nach zwölf.

Verdammt, wie konnte das nur passieren? Ich habe noch nicht einmal die erste Woche an der *Accademia* überstanden, und schon habe ich verschlafen. Was soll Frau von Siedenow-Raich von mir denken?

Rasch greife ich mir eine enge schwarze Jeans, die noch auf dem Boden lag, irgendein Shirt und zwei Chucks. Einen dunkelblauen und einen weinroten. Ohne sie zuzubinden rase ich die Treppe, zwei Stufen auf einmal nehmend, hinab, wobei mein Fuß wieder zu schmerzen beginnt.

Sina sitzt in der Küche
»Wieso habt ihr mich nicht geweckt? Ich habe verschlafen! Oh mein Gott. Wie soll ich das nur erklären...«
»Du hast nicht verschlafen. Als wir dich ins Bett gebracht haben, haben wir deinen Wecker abgestellt ...«
Und da fällt es mir wie Schuppen von den Augen. Ich greife nach einem Stuhl, denn ich befürchte, dass meine Beine nicht mehr lange das tun, was sie sollten.
»Das tut mir alles so leid, Gwen. Aber ich verspreche dir, Lissi und ich sind bei dir, wann immer du uns brauchst.«
»Ich habe das alles also wirklich nicht geträumt?« Verzweifelt klammere ich mich an jeden Strohhalm, der sich bietet, aber die Gewissheit, dass das alles real ist, dass ich nicht geträumt habe, siegt allmählich.
Tränen bahnen sich ihren Weg nach draußen.
»Ich will doch nur ein normales Leben führen. Ich will nicht auserwählt sein und schon gar kein Besonderer. Ich will keine Superkräfte oder so. Ich möchte einfach nur Musik machen. Deshalb bin ich doch hier...«
»Ich will wirklich nicht in deiner Haut stecken. Aber wie ich schon sagte, wir sind alle bei dir. Und jetzt gehen wir erstmal etwas essen. Dann sieht die Welt schon ganz anders aus. Und keine Sorge, ich habe dich bei deiner Professorin entschuldigt.«

In der Cafeteria, die für mich immer noch mehr Ähnlichkeiten mit einem Tropenhaus als mit einem Speisesaal hat, setzen wir uns wieder an den Tisch am Wasser.
Das Plätschern scheint mich etwas zu beruhigen, und die Eule in meiner Hosentasche, nach der ich gerade greife, tut ihr übriges.
So schaffe ich es zumindest ein paar Happen zu essen.
»Ich bin mir sicher, dass Jan dir alles genau erklären wird...«, versucht Sina mich zwischen zwei Bissen zu beruhigen.
»Bitte fang nicht damit an. Ich werde aus ihm einfach nicht schlau. Erst ist er super nett, dann ein Superarschloch und jetzt... ein Superfreak mit Superkräften...

»Na wenn es mit der Musik nicht klappt, solltest du es mit Lyrik probieren«, kommentiert Lissi mein Gedankenchaos, während sie sich stöhnend auf den Platz neben Sina sinken lässt. Unsere Mitbewohnerin beginnt sofort von ihrem Training zu berichten. Dafür, dass sie vom Tanzen ziemlich erschöpft ist und in der Nacht zuvor ebenfalls wenig geschlafen hat, kann sie ziemlich viel von sich geben. Ich bin ihr gerade echt dankbar, so komme ich wenigstens mal auf andere Gedanken.

Doch die Pause währt nur kurz.

»Gwen, hast du Zeit? Ich bin dir, glaube ich, noch eine ganze Menge Erklärungen schuldig«, sagt Jan, wobei er alles andere als selbstsicher wirkt. Fast schüchtern sieht er aus, wie er mit gesenktem Kopf neben unserem Tisch steht. Dabei ist er doch derjenige, der schon über alles Bescheid weiß, während ich über Nacht mein komplettes Bild von mir und ihm und allem anderen überdenken muss.

Achtes Kapitel

»Sei Dir deiner Kräfte stets bewusst, doch nutze sie sparsam. (...) Ein würdiger Träger setzt das Wohl anderer über sein eigenes...«
(aus der Überlieferung der ersten Auserwählten)

Jan und ich verlassen die Cafeteria, als gerade eine Gruppe Studenten nach innen drängt. Viele von ihnen rufen Jan einen Gruß zu, was er gedankenverloren erwidert.

Sobald Jan den Weg Richtung Amphitheater einschlägt, ahne ich, wohin es gehen wird.

Entsetzt schnappe ich nach Luft, nachdem wir durch die Büsche, oder das, was von denen übriggeblieben ist, getreten sind. Mein erstaunter Blick entgeht Jan natürlich nicht.

Betreten schaut er zu Boden und zuckt mit den Schultern, während er das Schweigen bricht, das sich zwischen uns ausgebreitet hat. »Glaubst du, mir ist das leichtgefallen, dich so... naja... so scheiße zu dir zu sein?«

Ja! So sah es aus, und so hat es sich auch angefühlt, denke ich.

»Hmpf.«

»Gwen. Ich habe versucht dich zu schützen...« .

Dann erzählt er mir die Geschichte von seinem Vater – das Wort benutzt er nur einmal und spuckt es förmlich aus – davon, was dieser mit den Kräften erreichen will und wie er vorgeht. Er erzählt mir von den Erpressungsversuchen, mit denen er große Unternehmen bedroht, der Versicherungsfirma, die sein Vater als Tarnung betreibt, und dass sein Vater will, dass Jan das alles mal übernimmt. Als er schließlich bei Bianca angelangt ist, bringt mich der Schmerz in seinen Augen beinahe um.

»Ich habe sie nicht geliebt, und dennoch tut es noch immer weh. Wie stark muss der Schmerz erst sein, wenn dir…« Dann hält er inne. Seine letzten Worte kamen so leise über die Lippen, dass ich mich frage, ob ich sie mir nur eingebildet habe. Mit Sicherheit habe ich sie mir nur zusammenfantasiert, denn das, was die Worte bedeuten würden, ist schlichtweg unrealistisch.

Jans schmerzvoll trauriger Blick reißt mich aus meinen schwachsinnigen Gedanken.

Ich mache einen Schritt auf ihn zu, sodass wir nun dicht beieinanderstehen. Normalerweise würde mich der geringe Abstand nervös machen. Aber normal scheint hier eh nichts mehr. Vorsichtig strecke ich meine Arme aus und ziehe ihn an mich. Ich bin echt ziemlich ungeschickt, was Umarmungen und sowas angeht, aber das ist mir jetzt egal.

Ich weiß nicht, wie lange wir so dagestanden haben. Ich an seiner Brust, er seinen Kopf auf meinen gelegt.

»Oh Jan…«, bringe ich schluchzend hervor. Dass ich angefangen habe zu weinen und meine Wangen tränennass sind, merke ich erst jetzt. »Ich habe mich noch gar nicht bei dir bedankt für… naja… alles eben. Dass du dich in Gefahr gebracht hast…«

»Schon gut. Aber wir sollten daran arbeiten, dass du dich selbst verteidigen kannst. Du musst deine Kräfte kennenlernen. Willst du, dass ich dir helfe?«, fragt er vorsichtig.

»Hmpf. Okay. Na wenn du meinst, dass es funktioniert.«

»Zu Beginn müssen wir uns Energie von unserem Teich holen…«, beginnt Jan seine Ausführungen. »Solange du noch keine eigene Kette hast, kannst du zum Üben meine nehmen. Wir müssen dir dann schnellstens eine besorgen.«

»Was ist denn so besonders an diesem Anhänger?«, frage ich.

»Schau hier.« Er streckt mir seine Hand entgegen, auf der sein Anhänger liegt. Unvermittelt fallen mir die blauen Kristalle auf, deren Farbe mir bekannt vorkommt. »Die blauen Steine sind Turmaline. Der Legende nach wurden diese von den Elementen geschaffen, um deren Kraft zu binden.«

Unterdessen lasse ich meine Hand in die rechte Tasche meiner Jeans gleiten und hole die Eule hervor.

»Wow...«, haucht Jan. »Wo hast du die her?«

»Von meinen Eltern bekommen, als ich hierher gekommen bin«, erzähle ich ihm.

Daraufhin nimmt Jan seinen Anhänger und lässt ihn ins Wasser gleiten. Sofort umfängt ihn, von den blauen Steinen ausgehend, ein Leuchten, das mich zurückweichen lässt.

»Keine Angst. Das tut nicht weh oder so. Komm.«

Vorsichtig greift er nach meiner Hand und zieht sie zu sich. Sanft führt er sie so, dass der Eulenanhänger langsam das Wasser berührt. Genau wie er bin ich augenblicklich in blaues Licht gehüllt. Jan hatte Recht. Es tut nicht nur nicht weh, es fühlt sich gut an, so, als würde plötzlich eine mächtige Energie durch meine Adern fließen.

»Dann wollen wir mal. Lass uns mit den Kräften des Erdelementes beginnen. Diese zu nutzen fällt mir besonders leicht. Also ...«

Und auf einmal erhebt sich ein Stein vom Erdboden und schwebt in etwa einem Meter Höhe, bevor er wieder nach unten sinkt. Ich hatte zwar schon einiges gesehen, als er mich aus dem Berliner Hauptquartier befreit hat, aber ich hatte es irgendwie für Einbildung gehalten. Auch jetzt fällt es mir schwer meinen Augen zu trauen. Ich sollte wohl langsam lernen, dass ich alles, was ich bisher für möglich hielt, überdenken sollte.

»Also...«, beginnt er erneut, »probieren wir es mit etwas Leichtem. Versuch' mir die Übung nachzumachen. Konzentrier dich einzig und allein auf den Stein.«

»Und dann?«

»Dann wird das schon klappen«

Also gut. ich fixiere mit meinen Augen den Stein und denke daran, dass er fliegen soll. Und dann... passiert nichts. War ja klar. Immer angestrengter denke ich *flieg, flieg, FLIEG!!!* Natürlich geschieht immer noch nichts. Nicht einen Zentimeter bewegt sich der Klumpen. Nicht einmal zur Seite oder nach hinten. Grau und stumm liegt er unverändert in der zerpflügten Erde, und glotzt mich an. Als würde er sich über meine Unfähigkeit lustig machen. Ich weiß nicht, was in mich fährt. Vermutlich ist es pure Verzweiflung. Nach dem gefühlt hundertsten Versuch stapfe ich wütend auf den Stein zu und trete mit der Spitze meiner *Chucks* dagegen. *Wenn du schon nicht schweben willst, dann lern wenigstens so fliegen!* Wie passend es doch ist, dass ich mir vermutlich mehr weh tue, als dem Stein, denn der Brocken ist durch meinen Tritt keinen Meter weit gekommen. Ich bin echt zu blöd.

»Hey.... Ganz ruhig. Für heute machen wir eine Pause. Morgen wird es schon ganz anders aussehen«, flüstert Jan und nimmt mich in seine Arme.

Jan

Mein Wecker hat mich wieder einmal ziemlich früh aus dem viel zu kurzen Schlaf gerissen. Noch lange ist die Frage durch meinen Kopf getigert, wieso Gwen es nicht schafft den Stein in die Luft zu bekommen, dabei ist das eigentlich eine einfache Sache.

Als ich in die Küche komme, sitzt Mama bereits, wie immer in einen Stapel Partituren versunken, am Tisch. Heute wirkt sie allerdings etwas gestresst.

»Was'n los?«, grummle ich mehr, als dass ich wirklich reden würde, als ihr sonst so fröhliches *Guten Morgen!* ausbleibt.

»Ach, die alljährliche Auswahl des Wintermusicals steht an. Die Musikprofessoren wollen was, das verschiedenste Musikstile beinhaltet, die Schauspielprofessoren wollen viel Tanz und Gesang und die Bühnenbildner haben wieder ganz andere Wünsche. In Berlin habe ich eine interessante Produktion gesehen, die ich versuche durchzudrücken. Irgendeinen Sinn muss es ja haben, dass an meinem Büro *Akademieleiterin* und *Intendanz* steht.«

Nachdem sie ihren Papierkrieg in die Tasche verlagert hat, verlässt Mama das Haus. Wahrscheinlich will sie vor dem Unterricht nochmal im Büro vorbei.

Ich räume den Tisch ab und gehe dann ebenfalls los. Auf dem Weg zum *Bernstein-Bau* kommt eine SMS von Frank. Er ist zu faul um die AMA-App zu nutzen und schreibt mir immer direkt. Na toll, Theorieunterricht. Also drehe ich wieder um und gehe zum Verwaltungsgebäude. Anders als die meisten Professoren hat Frank keinen Unterrichtsraum.

Im Eingangsbereich begrüße ich Micha, der gerade telefoniert, und gehe in den zweiten Stock, wo Frank sein Büro hat.

Er sitzt hinter seinem Schreibtisch, über dem schon seit drei Jahren ein Weihnachtsstern hängt, der langsam aber sicher einstaubt.

Nachdem wir, wie üblich, über dies und das gequatscht haben, kommt er zur Sache.

»Du darfst heute mal ein wenig rechnen. Ich möchte, dass du für die zwanzig Microports im Theater die Funkfrequenzen neu zuteilst; natürlich ohne die Software zu benutzen. Hast du sowas schon mal gemacht?«

»Nein«, gebe ich ehrlich zu. Ein paar Grundregeln sind mir zwar bekannt, aber eine Einführung kann trotzdem nicht schaden.

Und so beginnt Frank mir die Grundlagen über Interferenzen und Intermodulation zu vermitteln.

Als meine Gedanken zu Gwen abschweifen, kommt mir eine Idee.

»Sag mal, wenn du dein Wissen vermittelst, also jemandem etwas beibringen willst, von dem derjenige keine Ahnung hat. Wie gehst du dann vor?«

»Puhh... Willst du etwa ein Mädchen mit deinem Wissen über Mischpulte beeindrucken? Ich sag dir eins... Lern lieber Gitarre. Wobei, da hast du keine Hand frei zum Fummeln...«

»Frank!«

»Was!? Naja, wie auch immer. Denk doch mal daran zurück, wie es war, als du das erste Mal am Stagetec-Pult gestanden hast...«

Daran will ich gar nicht denken. Ich muss wohl geschaut haben wie ein Schwein ins Uhrwerk.

»Der Punkt ist folgender: Du kannst jeden Sachverhalt vermitteln, wenn du ihn nur in so kleine Häppchen unterteilst wie es geht. Und dann gehst du Schritt für Schritt weiter und verknüpfst das miteinander.«

»Okay. Danke«, sage ich, wobei ich überlege, wie ich das bei Gwen anstellen soll

»Konnte ich dir helfen?« Frank nimmt einen Schluck aus seiner Kaffeetasse.

»Ich denke schon«, gebe ich nickend zurück.

»Gut. Und wenn du doch noch Gitarre lernen willst, frag doch Michelle, die hat in diesem Semester zwei Studenten weniger. Aber dann lass uns mal im Thema weitermachen. Ich muss noch zur Musicalkonferenz... Jedes Jahr das gleiche.«

***

Nach dem Ende der Bühnenprobe für das neue Stück des Schauspielensembles, fängt mich Rick im Korridor hinter der Bühne ab.

»Treffen wir uns gleich am Parkplatz?«

Mist. Das Training hatte ich ja ganz vergessen.

»Sorry, Rick. Ich kann heute nicht.« Selten habe ich ihn so erstaunt gesehen. Wie könnte ich es ihm verdenken, schließlich habe ich ihn dabei noch nie versetzt.

»Ich... muss noch was erledigen. Nimm doch Sina mit«, schlage ich ihm vor, in der Hoffnung, dass sie wirklich mit ihm geht. Wenn man bedenkt, in welche Situationen ich sie schon gebracht habe, kann das sicher nicht schaden.

Ich werfe ihm meinen Autoschlüssel zu und versichere, dass ich den Wagen heute nicht mehr brauche.

Nachdem wir nach draußen gegangen sind, laufe ich sofort zum Dornweiher, wo Gwen bereits hinter den Büschen sitzt und den Stein anstarrt, als würde sie ihn am liebsten zum Explodieren bringen.

Schon verdammt süß, wenn sie wütend ist, schießt es mir durch den Kopf. Und trotzdem sieht sie auch noch umwerfend aus. Nur wenn sie glücklich ist, übertrifft es das noch. Wenn ich mich heute besser anstelle, erlebe ich es vielleicht noch.

Einige Sekunden lang gestatte ich mir noch, sie zu betrachten, ihren Körper, der perfekte Proportionen hat, und ihre Haare, die ihr wie ein kupferfarbener Fluss über die Schultern fließen.

»Na der Stein hat aber echt Glück, dass Blicke nicht töten können.«

Sofort zieht sie wieder ihren Kopf ein, als wolle sie sich extra klein machen. Und ich hatte gehofft, sie wüsste, dass sie sich vor mir nicht verstecken muss. Wenn sie doch nur selbstbewusster wäre. Heute *muss* es einfach klappen. Sonst wird sie nie an ihre Fähigkeiten glauben.

»Und du bist dir wirklich sicher, dass ich diese... Fähigkeiten, Kräfte, wie auch immer... habe?«, fragt sie verbittert.

»Ja. Und ich wollte mich noch entschuldigen.«

»Wieso? *DU* kannst doch nichts für meine Dummheit.«

»Hör auf, sowas zu sagen, Gwen. Ich bin es völlig falsch angegangen. Für mich ist das, seit ich denken kann, selbstverständlich. Du wusstest bis vor wenigen Tagen noch nicht mal etwas von deinen Kräften. Also: Ich versuche es besser zu erklären, und du versuchst an dich zu glauben, okay?«

Sie willigt ein.

Nachdem sie sich zu mir gestellt hat, muss ich mich wirklich konzentrieren, um nicht von ihrem Anblick abgelenkt zu werden. *Weiß sie eigentlich, wie schön sie ist?* Als ich meine Konzentration wieder unter Kontrolle habe, lege ich los.

»Schau dir den Stein an. Versuch alles drum herum auszublenden. Lass dir dafür ruhig etwas Zeit.«

Wieder fokussiert sie sich auf den grauen Klumpen und nickt.

»Nun stell dir vor, du würdest ihn anheben. Um es dir zu erleichtern, kannst du die Bewegung mir deiner Hand nachmachen.«

Vorsichtig streckt sie ihren Arm nach vorn, so als wolle sie etwas aus der Luft greifen.

»Es klappt nicht.« Verzweifelt schaut sie mich an.

»Ganz ruhig. Versuch es nochmal. Schließ aber diesmal die Augen.« Ich versuche mir meine Enttäuschung nicht anmerken zu lassen. Offenkundig habe ich es unterschätzt, was es bedeutet, Wissen zu vermitteln.

»Was soll das bringen? Ich bin einfach...« Sie gestikuliert wild umher.

»... zu unfähig. Jaja ich weiß. Aber vertrau mir.«

Wieder einmal wünsche ich mir, ich könnte sie mit meinen Kräften beruhigen. So bleibt mir nur, ihr vorsichtig meine Hand auf

die Schultern zu legen.
Obwohl sie zunächst kurz zusammenzuckt, scheint sie sich ein
wenig zu entspannen und daran zu stützen
Gwen scheint wieder fokussiert.
Als sie diesmal ihren Arm hebt, schließt sie tatsächlich die Augen.

Gwen

Ich zucke innerlich zusammen, als seine Stimme an meinem Ohr
erklingt. So viel Nähe bin ich immer noch nicht gewöhnt, wenngleich seine Gegenwart mich in den letzten Tagen immer mehr
beruhigt.
»Mach die Augen auf«, flüstert Jan.
Ich öffne sie und kann gerade noch sehen, wie der Stein, den ich
schon am liebsten zertrümmert hätte, auf den Boden plumpst.
»War... war das wirklich ... ich?« Nicht zu fassen, dass das wirklich mein Werk gewesen sein soll.
Wieder schließe ich meine Augen. Ich will das gleich nochmal
versuchen. Diesmal gelingt es mir schon schneller, mich zu konzentrieren.
Als ich wieder hinsehen will, hört man nur noch, wie der Stein mit
einem leisen *Flump* gen Boden fällt.
»Sehr gut, probier' es nochmal«, muntert Jan mich überflüssiger-
weise auf, denn mittlerweile ist mein Ehrgeiz geweckt.
Nach einigen Versuchen schaffe ich es das erste Mal meine Augen
zu öffnen, ohne die Kraft zu verlieren.
Erst jetzt glaube ich es wirklich. Jetzt, wo ich den Stein mit eigenen Augen schweben sehe. Ermutigt von meinem Fortschritt
bewege ich meine Hand etwas nach rechts, in der Hoffnung, den
Stein in der Luft zu bewegen.
Das funktioniert auch, mit dem Ergebnis, das mein Trainingsob-
jekt auf der anderen Seite des Teiches in einen Baum schlägt.
»Upps. Tut mir leid. Ich wollte nicht...«
»Hey...«, sagt Jan mit leuchtenden Augen, während er mich zu
sich umdreht, »Das war verdammt gut. Wirklich.«

Er schlägt vor, noch etwas anderes zu probieren, nachdem er mich freudig in die Arme genommen hat.

***

Von den Bäumen tropft es noch etwas, als wir uns an unseren Stammplatz in der Cafeteria setzen. Offenbar wurde zwischenzeitlich bewässert. Jan stellt sein Tablett neben meines, während Lissi mir gegenüber Platz nimmt.

Kurz darauf treffen auch Rick und Sina ein. Beide setzen sich, nachdem Jans bester Freund sich noch einen Stuhl geholt hat.

Wie üblich beginnt Lissi drauflos zu plaudern. Diesmal lässt sie sich über Julia Geber aus, die Professorin für Schauspiel und Tanz.

»Oh man, die hätte auch zum Militär gehen können. Ich mein, sie ist nett, keine Frage, aber sie sieht den kleinsten Schrittfehler, könnt ihr euch das vorstellen?... Und dann geht es wieder von vorn los... ich bin so fertig. Aber man lernt so unglaublich viel...« Und so weiter.

Irgendwann unterbricht Jan sie:»Rick, Sina, wie war es beim Training? Erzählt doch mal, sonst kommt unsere Quasselstrippe hier gar nicht zum Essen, oder es wird kalt.«

»Äh ja, gleich. Ich muss nur noch mal schnell für kleine Beleuchter...«

Lissi schiebt sich einen Bissen in den Mund.»Zu spät. Ist schon kalt«, murmelt sie kauend.

Wie gut, dass mir Jan vorhin noch gezeigt hat, wie man mit dem Feuerelement umgeht. Wir sollen ja die Kräfte nutzen, um anderen in Notsituationen zu helfen. Kaltes Essen ist zwar kein Weltuntergang, aber man soll ja klein anfangen.

»Lass mich mal ran. Jan hat mir da vorhin etwas gezeigt.«

Ich konzentriere mich auf Lissis Teller und stelle mir vor, wie ich Wärme aus meinem Inneren durch meinen Arm schicke. Dass dabei eine heiße Tasse Tee vor mir steht, ist enorm hilfreich.

Ich nehme wieder meine Hand zur Hilfe und halte sie über das Essen. Von meinem Arm schiebe ich die Wärme in meine Hände und stelle mir vor, wie sie von dort auf die Nudeln übergeht.

Es tut sich nichts. *Wäre ja auch zu schön gewesen.* Also schließe ich wieder meine Augen und probiere es noch einmal. »Ähm... Gwen... Ich finde das ja extrem beeindrucken, aber ich glaube das reicht jetzt«, reißt Lissi mich aus meiner Konzentration. Als ich meine Augen öffne, sehe ich, was sie meint. »Mist! Mist! Mist!« Niemand kann bestreiten, dass Lissis Nudeln wieder warm sind. Nur bin ich dabei wohl etwas über das Ziel hinausgeschossen.

»Ich wohne jetzt seit zehn Jahren auf dem Campus. Aber ein Lagerfeuer auf dem Tisch hatte ich auch noch nie«, prustet Jan, ehe er mein kleines Malheur löscht.

»Ich werde mir dann mal was Neues organisieren.« Mit einer Mischung aus Erstaunen und Bewunderung steht Lissi auf und verschwindet.

Ich würde am liebsten im Erdboden versinken. Natürlich tut sich gerade jetzt kein Loch auf, in dem ich abtauchen könnte. Wieso konnte ich nicht einfach meinen Mund halten? Jetzt habe ich mich mal wieder völlig blamiert.

»Na, so wie es aussieht, haben wir noch reichlich Raum zum Üben, was?«, sagt Jan, während er seinen Arm um mich legt und mich an sich zieht. »Keine Sorge, wir schaffen das.«

Sofort fühle ich mich nicht mehr gar so mies. Vielleicht ist es ja doch nicht sooo schlimm, dass sich kein Loch im Boden aufgetan hat.

Kurz darauf kehrt Rick zurück. Auch Lissi stößt wieder zu uns, mit einer neuen Portion auf ihrem Teller.

Damit diesmal ihr Essen auch dort landet, wo es hingehört, berichten Sina und Rick von ihrem Nahkampftraining. Nach allem, was Jan mir erzählt hat, finde ich es gut, dass auch Sina etwas lernt, um nicht ganz und gar hilflos zu sein. Trotzdem hoffe ich inständig, dass sie es niemals meinetwegen braucht. Ich könnte mir das genausowenig verzeihen wie Jan.

»Gut, dass ich dich hier treffe, Jan...« Das Gespräch wird unterbrochen. Michael Geber steht neben unserem Tisch. »Der Abendexpress hatte einen Brief für dich dabei.«

»Sicher, dass der für mich ist, Micha? Wer sollte mir denn...«

»Es gibt hier nicht viele mit eigenem Familienwappen...« Er legt den Brief vor Jan hin und geht weiter stumm seiner Wege. Das

Rasseln des Schlüsselbundes ist das einzige Geräusch, das den stillen Sekretär verrät.

Als ich mich zu Jan drehe, hat er den Umschlag, der aus edlem Papier zu bestehen scheint, bereits in den Händen. Aus seinem Gesicht ist jegliche Farbe gewichen und hat dabei seine Emotionen mitgenommen. So habe ich ihn bisher noch nicht gesehen. Sofort wird mir flau im Magen.

Als er aufsteht und, ohne uns nochmal anzusehen, verschwindet, wird meine Vermutung bestärkt, dass der Inhalt des Briefes ganz und gar nicht gut ist. Ich will aufstehen und ihm nachlaufen, doch Rick hält mich auf.

»Lass ihn. Er braucht immer etwas Ruhe, wenn er einen Brief von seinem Vater bekommt.«

Was bisher nur eine Vermutung war, wird in diesem Augenblick Gewissheit.

Sina, Lissi und ich schauen uns kurz an. Als hätten sie sich abgesprochen, nicken sie beinahe unmerklich in die Richtung, in der Jan verschwunden ist.

Auch ohne ihre Bestätigung wäre ich ihm hinterhergelaufen, aber es tut gut zu wissen, dass die Beiden meiner Meinung sind.

Jan

Nachdem ich den Brief das erste Mal überflogen habe, ist mir das Blut in den Adern gefroren. Dass eine Reaktion nicht ausbleibt, war mir klar, aber sowas... das hätte ich nie erwartet. Sein Brief ist kurz, kürzer als alles, was er je geschrieben hat, aber nicht minder schlimm.

Jan-Friedrich,
langsam bin ich mit meiner Geduld am Ende. Deinen Eigensinn werde ich nicht länger hinnehmen. Mit deinem lächerlichen Auftritt in Berlin hast du endgültig eine Grenze überschritten.
Genauso wenig lasse ich mich noch länger von dir kom-

promittieren.
Binnen sieben Tagen wirst du Gwendolyn wieder nach
Berlin begleiten.
Danach wirst du zu mir zurückkehren und im Trainings-
zentrum deine Grundausbildung absolvieren. Es wird
Zeit, dass du etwas Vernünftiges lernst. Der Kindergar-
ten hat jetzt ein Ende! ...

Tausende von Gedanken rasen durch meinen Kopf. Ich werde Gwen nicht ausliefern. Niemals. Eher würde ich mir einen Arm abhacken, als *das* zu tun. Aber gibt es einen Ausweg? Wie kann ich sie schützen, und was ist mit ihren, mit *unseren* Freunden? Solche Situationen wollte ich immer vermeiden, und jetzt stecken noch mindestens drei Personen mit drin, die sich nicht einmal verteidigen können.

»Jan...«, flüstert sie hinter mir, »willst du mir erzählen, was er schreibt?«

Wortlos reiche ich Gwen das Schreiben. Nachdem sie es gelesen hat, sinkt sie neben mir auf den Boden.

»Wann... Wann geht es los?« Ihre Stimme klingt gepresst.

»Was?« Ich weiß nicht, was sie von mir will. Zum klar Denken bin ich grade nicht in der Lage. Aber sollte ich. *Bekomm dich in den Griff. Für sie.*

»Nach Berlin. Wann bringst du mich hin?« Ihre braunen Augen bohren sich in meine.

Ich springe auf. »Glaubst du ernsthaft, ich würde dich ausliefern? Einfach so?« Gwen scheint überrascht über meinen Ausbruch und weicht zurück. Hat sie das wirklich geglaubt?

Ich beuge mich zu ihr hinunter und ziehe Gwen in meine Arme. »Ich werde das nicht zulassen.« Für sie versuche ich entschlossen und überzeugt zu klingen. Ich kann nur hoffen, dass mir das gelingt.

»Aber du musst, Jan. Was ist, wenn Sina ... oder Lissi...«

»... oder Rick«, beende ich ihre Gedanken. »Mir... uns fällt schon was ein.«

»Aber...« Ich weiß nicht, was sie als nächstes einwenden will, da ich sie nicht zu Wort kommen lasse.

»Nix *aber*! Ich lasse nicht zu, dass du dort hingehst.«

Ich ziehe sie noch fester an mich. Es beruhigt mich, zu wissen, dass sie zumindest jetzt hier bei mir ist.

»Wir müssen mit ihnen reden, Jan«, murmelt Gwen nach einer Weile.

»Meinst du wirklich?« Ich bezweifle, dass es eine gute Idee ist, die anderen einzuweihen.

»Ja. Als du alle rausgehalten hast, hat es auch nicht wirklich was gebracht. Komm jetzt.«

Ich bin total überrumpelt davon, dass sie plötzlich die Kontrolle übernimmt. Aber recht hat sie. Hätte ich sofort mit ihr geredet, wäre vielleicht einiges anders gelaufen. *Hätte, hätte, hätte...* Jetzt hängen sie eh schon mit drin.

»Sie sind bei Maik in der Lounge«, klärt Gwen mich über das Telefongespräch auf, das sie eben mit Lissi geführt hat.

Also kehren wir dem Dornweiher den Rücken und gehen zum *Bernstein-Bau*, vorbei an den elegant gekleideten Besuchern, die die Vernissage der Kunststudenten besuchen.

Im Theater läuft gerade der zweite Akt, sodass keine Besucher im Foyer oder im Loungebereich sitzen.

Sina und Lissi haben sich vor dem großen Panoramafenster um einen Leuchtwürfel-Tisch versammelt. Sie teilen sich einen der riesigen Sitzsäcke, deren Anthrazitfarbton, mit dem Bordeaux des Teppichs harmoniert. Augenblicklich verstummen die Mädchen, sobald wir in ihr Sichtfeld treten.

»Rick musste nochmal arbeiten. Am Follow-Spot ist jemand ausgefallen, und der Gute konnte mal wieder nicht *nein* sagen«, erklärt Sina.

Typisch Rick, denke ich und lasse mich neben Gwen in den Stoffsack fallen, als Lissi – wer sonst? – das Wort ergreift.

»Also, was gibt's? Ich schätze mal, dass es keine Einladung zum Kaffeekränzchen ist.«

Gwen und ich sehen uns nochmal an, bevor ich beginne.

»Einladung trifft es im weitesten Sinne schon.«

Auf die fragenden Blicke unserer Freunde hin fasst Gwen den Inhalt des Briefes zusammen. Mit jedem weiteren Wort, das ihre Lippen verlässt, werden ihre Mitbewohnerinnen blasser.

»Das kommt überhaupt nicht in Frage, dass du dahingehst! Hierher gehörst du. Und nirgendwo sonst. Ich mein, du bist garantiert die beste Pianistin des Jahrgangs! Und überhaupt...« Wie immer ist Lissi nicht zu stoppen. »Wir können das doch nicht zulassen.« »Was könnt ihr nicht zulassen?«, Rick ist zu uns gestoßen und hat den letzten Teil gehört. Ich glaube, nach zehn Jahren bin ich ihm eine Erklärung schuldig. Da steht uns wohl ein längeres Gespräch bevor.

Gwen

Ich habe Rick noch nie so aufgebracht erlebt wie in dem Moment, als Jan erzählt hat, was in Berlin geschehen ist. Nur Sina ist es zu verdanken, dass er Jan nicht eine reingehauen hat. Ich kann es ihm nicht verdenken, schließlich ist Jan sein bester Freund, und seine Fähigkeiten sind keine Kleinigkeit, deren Erwähnung man versehentlich vergessen würde.

Lissi, ausnahmsweise recht schweigsam, hat vorgeschlagen, dass wir uns zurückziehen, damit die Jungs das unter sich klären können. Da Sina darauf bestanden hat bei ihnen zu bleiben, sind wir nur zu zweit auf dem Weg nach Hause.

Mit einem Knoten in meinem Bauch überqueren wir den Kleinen Hof. Ich bin mir sicher, dass es Lissi ähnlich geht, sonst wäre sie gesprächiger.

Während Lissi nochmal in ihrem Zimmer verschwindet, gehe ich in die Küche und plündere den Gummibärchenvorrat, der schon wieder bedenklich geschrumpft ist, bevor ich mich im Wohnzimmer auf dem Sofa niederlasse.

Wenige Minuten später kommt Lissi wieder. Statt in weißen Jeans steckt sie jetzt in einem rosa Jumpsuit, inklusive Kapuze mit Hasenohren. Das einzig weiße sind nunmehr die drei Streifen der Adidas Sneaker an ihren Füßen. Unwillkürlich entfährt mir ein Lachen.

»Ey, lach nicht über den Häschenanzug. Hab den total vermisst. Mama hat ihn mir heute geschickt, nachdem ich ihn zu Hause vergessen hatte. Der ist voll kuschelig und mega bequem. Kann ihn dir gerne mal leihen.«

»Na, denn setz dich mal, Häschen. Und bediene dich.« Ich reiche ihr die Tüte und prompt müssen einige der Bären ihr Leben lassen.

»Jetzt mal ernsthaft ...«, beginnt sie, nachdem sie sich ebenfalls gesetzt und ihre Beine zum Schneidersitz verknotet hat. «... du hast nicht wirklich vor, zu *denen* zurückzugehen?«

Natürlich kann ich mir Schöneres vorstellen, aber wenn ich mich nicht bereit erkläre, was passiert dann mit Sina und Lissi? Nutzen *die* sie als Druckmittel? Das kann ich nicht zulassen

»Erde an Gwen?! Sind Sie noch in unserer Umlaufbahn?«, erkundigt Lissi sich und reißt mich damit aus meinen Gedanken.

»Äh, ja klar... also naja. Ich hab' schon drüber nachgedacht...«, beginne ich, ohne wirklich zu wissen, was ich überhaupt sagen will.

»Vergiss es sofort! Ich habe schon einmal gesagt, dass wir eine Lösung finden. Aber ich lasse dich auf keinen Fall gehen.«

Dann schließt sie mich in die Arme. »Auch wenn ich dich eigenhändig festketten muss, du bleibst bei uns.«

Unter meinem Shirt versuche ich an die Eule zu kommen. Als ich sie erreiche, durchflutet mich, wie immer, die Energie, die mir Ruhe und Ordnung in meinen Gedanken beschert. Und dann fühlt es sich so an, als würde ich es mit Hilfe von Jan und meinen Freunden doch irgendwie schaffen, hierzubleiben.

* * *

Ich sitze am Dornweiher, als es in den Ästen hinter mir knackt. Ich drehe mich um, in der Erwartung Jan dort zu sehen.

Doch er ist es nicht. Ein alter Mann kommt, sich auf einen Gehstock stützend, auf mich zu.

Augenblicklich muss ich an den Brief denken und gehe sofort alle Verteidigungstechniken durch, die Jan mir bisher beigebracht hat.

Ich versuche mich zu konzentrieren, als der Mann mich anspricht.

»Das ist keine gute Idee, Gwendolyn, gegen mich wirst du nicht gewinnen.«

»Wer sind Sie?«

»Du kannst mich Terratius nennen. Wollen wir uns nicht setzen?«,

schlägt der Mann vor, dessen Bart so lang und voll ist, wie ich es noch nie gesehen habe. Seine weißen Haare sind sogar fast so lang wie meine.

Wir lassen uns an der üblichen Stelle nieder, an der Jan und ich auch immer sitzen.

Obwohl mein Unbehagen wächst, hindert mich irgendetwas daran, wegzulaufen. Ich bin zwar nicht die Schnellste, aber ihn würde ich unter Garantie abhängen.

»*Sei dir da nicht zu sicher, Gwendolyn.*«

Scheiße! Kann der meine...

»*... Gedanken lesen? Ja, das trifft es ziemlich genau. Aber du musst keine Angst vor mir haben.*«

Das sagen doch die Leute immer, bevor sie über ihre Opfer herfallen. Ich verzichte darauf, das laut auszusprechen, da er es ja sowieso mitbekommt.

»*Ich gehöre nicht zu den Männern um Jans Vater. Ganz im Gegenteil.*« *Er versucht gar nicht erst die Verachtung aus seiner Stimme herauszuhalten.*

»*Wer sind Sie dann? Was wollen Sie von mir?*«

»*Du weißt, warum ihr eure Kräfte habt?*«

»*Ja, die vier Elemente haben einst beschlossen, dass so die Menschen einander Gutes tun können. So ähnlich hat Jan es erzählt*«, *überlege ich.*

»*Hmm... ich glaube, dass war unsere dümmste Entscheidung. Und ich habe die anderen auch noch überredet.*«

»*Unsere? Du... bist also...?*« *Ich kann es nicht glauben. Ich habe mir sowas immer ganz anders vorgestellt. Ich kann nicht einmal sagen wie, nur eben nicht wie eine Person, die mein Urgroßvater sein könnte.*

»*Tut mir leid, dass ich deinen Vorstellungen nicht entspreche, ...*«, *sagt Terratius lächelnd,* »*... aber ich sollte zum Hauptpunkt meines Besuches kommen. Ich bin zu dir gekommen, um dir etwas Wichtiges anzuvertrauen. Auf dich und deinen Freund kommen schwere Zeiten zu. Wie du weißt, gibt es Auserwählte, die die Kräfte nur nutzen, um sich selbst zu bereichern. Menschenleben bedeuten ihnen nichts – Das muss ein Ende haben*«, *verkündet er... es... – wie auch immer.*

»*Aber was hat das mit mir zu tun?*«, *frage ich. Worauf soll das*

hier hinauslaufen?
»DU bist besonders, Gwendolyn.«
»Ich weiß, Grad I.« Wieso müssen das immer alle so betonen?!
»Du bist mehr als das.« Dann steht er auf und geht in die Richtung, aus der er gekommen ist.
»Terratius, warte.«, rufe ich beinahe flehentlich.
»Wenn du in Schwierigkeiten bist, denk immer daran, du bist besonders, mehr als alle anderen Auserwählten. Wir *sind immer* in *dir.«*

Schweißgebadet sitze ich im Bett. So langsam dreht meine Phantasie echt durch. Da mein Puls jenseits von gut und böse ist, beschließe ich, mir im Bad kurz ein wenig kühles Wasser ins Gesicht zu spritzen.

Ich schlüpfe in meine Chucks, die vor dem Bett liegen, und verlasse mein Zimmer.

Als ich an Sinas Tür vorbeigehe, sehe ich, dass noch Licht an ist.

Damit ich sie nicht wecke, falls sie schon schlafen sollte, klopfe ich nur zaghaft an.

Doch die Vorsicht wäre nicht nötig gewesen. Sina schläft nicht. Sie sitzt zusammengesunken auf dem Bett, ihren Kopf auf die angezogenen Knie gelegt.

Als sie mich ansieht, sind ihre rotgeweinten Augen nicht zu übersehen.

Ich setze mich neben sie auf ihr Bett und lege meinen Arm um sie. Ich bin immer noch verdammt ungeübt, was solche Gesten angeht. Aber Sina hat mich immer getröstet, und ich ertrage es nicht, sie so aufgelöst zu sehen.

Da ich mir denken kann, was los ist, spare ich mir die Frage danach. »Willst du reden?«, erkundige ich mich deshalb.

»Ich... ich... hab alles falsch gemacht«, wispert sie mit belegter Stimme.

»Du wolltest ihn nur nicht in Gefahr bringen, so wie wir alle. Ist doch auch verständlich, dass er erstmal sauer und enttäuscht ist... Aber er mag dich. Offensichtlich tut er das. Auch wenn ich von sowas keine Ahnung habe... aber selbst ich sehe das.«

Stumm greift meine Freundin nach einem gerahmten Bild, das auf ihrem Nachttisch steht.

»Ich vermisse Annika«, erzählt sie, während sie das Mädchen auf dem Foto mustert, das ihr wie aus dem Gesicht geschnitten ist. »Sie weiß immer, was zu tun ist.«

»Hey...«, ich stupse sie an. »Das weißt du doch auch. Aber nicht immer ist das Richtige auch gut oder angenehm. Leider.« Gedankenverloren spielt Sina an ihren Schnürsenkeln, die sich inzwischen aus der Schleife gelöst haben. Mehrmals setzt sie an, bevor sie spricht. »Gwen? Kannst du... heute Nacht bei mir bleiben? Ich möchte nicht alleine sein. Zu Hause konnte ich immer zu meiner Schwester... aber wenn es dir zu viele Umstände...«

»Quatsch...« So ist sie nun einmal. Auch wenn es ihr selbst total mies geht, will sie niemandem zur Last fallen. »Ich habe vorhin totalen Mist geträumt.«

Ohne sich auszuziehen lässt sie sich zur Seite fallen. »Ich will nur noch schlafen«, murmelt sie.

Vorsichtig ziehe ich die Bettdecke unter ihr hervor und decke sie zu, bevor ich neben meiner Mitbewohnerin unter die Decke krieche und das Licht ausknipse.

Noch nie habe ich mit einem anderen Menschen zusammen in einem Bett geschlafen. Anfangs macht es mich total nervös, das Atmen und die Bewegungen von ihr zu hören und zu spüren. Ich lege meinen Arm wieder um sie, und Sina greift nach meiner Hand. »Danke, Gwen.«

Wenig später schläft sie ein.

»Guten Morgen, Jan.«

Ich zucke etwas zusammen. Es ist noch früh am Morgen, als ich vor dem Bühneneingang warte.

»Oh, hallo Mario. So früh schon am Arbeiten?« Ich habe nicht damit gerechnet, dass schon jemand im Gebäude ist.

Hastig macht er sich davon.

Kurz wundere ich mich darüber, dass er nicht die Richtung zu seiner Werkstatt einschlägt, doch die Gedanken verschwinden schlagartig, als *sie* um die Ecke schlendert.

Wie so oft, wenn ich dieses Mädchen sehe, kribbelt es in mir. Ich kann meinen Blick kaum von ihr abwenden und von ihren Haaren, die der Wind heute durch die Luft wirbelt.

»Hast du gut geschlafen?«, frage ich Gwen, als wir uns zur Begrüßung kurz umarmen.

»Naja... war schon besser«, seufzt sie. »Aber viel wichtiger ist doch, ob Rick drüber hinwegkommt.«

Das ist in der Tat eine gute Frage. So lange wie ich ihn kenne, habe ich ihn noch nie so wütend und enttäuscht zugleich gesehen, aber nachtragend war er nie.

»Ich denke...«, antworte ich nach einer Weile, »... er braucht etwas Zeit. Aber das wird schon. Und ...«

»Was ist das?«, unterbricht Gwen mich, wobei sie mich kurz am Arm streift. Diese flüchtige Berührung jagt eine neue kribbelnde Welle durch meinen Körper.

»Was meinst du?«, frage ich abwesend, während ich in ihren Augen Besorgnis aufkeimen sehe.

»Der Boden... er vibriert so komisch... merkst du das nicht?«

»Ach das... Das ist sicher nur der LKW, der Lebensmittel für die Cafeteria liefert«, versuche ich sie zu beruhigen.

Ehrlich gesagt will ich gerade keinen Gedanken um die Tonnen an Nahrungsmittel verschwenden, die hier mehrmals die Woche geliefert werden. Im Kopf habe ich jetzt nur Platz für Gwen. Ihren Körper, der von den langen roten Haaren umspielt wird. Den leichten Duft nach Vanille, den sie verströmt. Und das Lächeln, das ihr Gesicht ziert, wenn sie am Klavier sitzt, vollkommen versunken in die Musik, die sie dem Instrument entlockt.

Ich musste mich die ganze Zeit beherrschen. Doch jetzt ertrage ich den Abstand zwischen uns nicht mehr. Vorsichtig lege ich meine Hände um ihre Taille und verkleinere so den Abstand zwischen uns. Wie so oft zuckt sie erst etwas, und ich will mich dafür schelten, dass ich zu schnell zu viel will, aber nach einigen Sekunden lockert sie sich und lehnt sich sogar an mich.

Sobald Gwen ihren Kopf an meine Brust legt, gibt es in mir kein Halten mehr. Mein Herz schlägt im Galopp, und in meiner Phantasie spielen sich ... Dinge... ab.

»Jan...«, flüstert Gwen, eindringlich.

Und jetzt merke ich die Vibrationen auch. Um uns herum ist es still geworden. Alle Naturgeräusche sind verstummt, als stünde ein Unwetter bevor. Nicht ein einziges Vogelgezwitscher ist zu hören. Unruhe durchflutet meinen Körper.

Der Boden unter unseren Füßen erzittert. Aber nicht so, als würde ein LKW vorbeifahren. Das fühlt sich irgendwie tiefer, weitläufiger an.

Auf einmal gibt es einen Ruck, begleitet von einem Grollen, das uns beinahe von den Füßen reißt.

Gwen und ich keuchen erschrocken auf. Und dann handelt mein Körper schneller als meine Gedanken. Ich renne los und ziehe Gwen dabei hinter mir her.

»Wir müssen vom Gebäude weg!«, rufe ich laufend.

Kleine Betonklumpen lösen sich bröckelnd aus der Fassade und rieseln gen Boden. Die große Fensterfront am Foyer hält der Belastung ebenfalls nicht stand und bricht klirrend und scheppernd in sich zusammen. Glassplitter werden durch die Luft geschleudert.

»Ein Erdbeben!?« Gwen schaut beunruhigt zur mir, während wir von dem Gebäude wegrennen. Was hier vor sich geht, kann ich mir nicht erklären.

Endlich sind wir am Vorplatz angekommen. Hier sind wir zumindest vor herabfallenden Trümmern, Splittern oder umfallenden Bäumen sicher.

»Kannst du… können wir nicht was unternehmen?«, fragt Gwen, wobei sie nach ihrer kleinen silbernen Eule greift und diese so fest mit der Hand umschließt, dass ihre Fingerknöchel weiß hervortreten.

Das Getöse wird immer lauter, während meine Gedanken zu kreisen beginnen.

Ich habe noch mit einem Erdbeben gearbeitet, geschweige denn darüber nachgedacht. Aber es kann doch nicht schaden, oder?

Ich versuche, mich auf den Boden unter meinen Füßen, zu konzentrieren, ihn zu spüren und festzuhalten. Suchend arbeite ich mich durch die Erde und versuche die Quelle der Erschütterungen zu finden. Es kostet mich extrem viel Mühe, und ich merke, wie ein stetiger Energiestrom meinen Körper verlässt.

»Es funktioniert!«, ruft Gwen, »… aber nur hier. Der Grund unter dem *Bernstein*-Bau tobt immer noch.« Immer weiter ziehen sich größer werdende Risse durch die geschwungene Betonfassade.

»Ich schaffe es nicht. Versuch du es gleichzeitig.«, presse ich angestrengt hervor.

»Wie?«, fragt sie aufgeregt.

»Ich weiß nicht… lass deiner Intuition freien Lauf. Mach einfach!« Es tut mir leid, dass ich so hart klinge, aber ich kann meine Kraft nicht für überflüssige Worte verschwenden.

Einen Moment lang steht Gwen ratlos da. Ich will sie gerade nochmal auffordern, endlich etwas zu versuchen, da sinkt sie auf die Knie und legt ihre Hände auf den Boden. Sie schließt die Augen und lässt den Kopf sinken, wobei ihre Haare auf dem Kies landen.

Und dann passiert etwas Unglaubliches. Die Schottersteine im Umkreis von einigen Metern, aus denen überall auf dem Gelände die Wege bestehen, scheinen sich auf Gwen zuzubewegen. Es knirscht und klimpert, und ich könnte wetten, dass sich unter ihr der Boden einige Zentimeter hebt.

Ich weiß nicht, was sie tut, aber irgendetwas bewirkt es. Fassungslos beobachte ich das Schauspiel, das vor meinen Augen abläuft.

Ich muss aufpassen, dass meine Konzentration nicht nachlässt. Jetzt wo meine Energiereserven knapp werden, ist das umso wichtiger. Ich bemühe mich, weiter an der Erde festzuhalten, als ich Gwens Stimme höre.

»Lass los, Jan«, bittet sie eindringlich.

»Wie bitte? Wir müssen das irgendwie stoppen… Schau doch, das Theater hält dem nicht mehr lange stand.«

Dann schaut sie mich an, und ich vergesse beinahe alles um mich herum. Ihre sonst hellbraunen Augen scheinen zu glühen wie heißes Eisen im Feuer.

»Lass. Einfach. Los! Vertrau mir.«

So wie jetzt habe ich Gwen noch nie erlebt. Ihr Blick, ihre Worte, alles duldet keinen Widerspruch. Ich habe wirklich Bedenken, aber zu verlieren habe ich – so viel muss ich mir eingestehen – auch nichts mehr. Wenn ich ehrlich zu mir selbst bin, habe ich nichts erreicht. Nichts außer einer kleinen ruhigen Fläche.

Langsam ziehe ich meine Kräfte Stück für Stück zurück.

Gwen wendet ihren Blick wieder dem Boden zu. »Danke«, wispert sie, worauf sie komplett in sich zu versinken scheint.

Ich muss mich kurz hinsetzen, bevor meine Beine nachgeben. Am Rande meines Blickfeldes wird es schwarz, und ich fürchte ohnmächtig zu werden.

Wann oder ob ich jemals so viel Energie in so kurzer Zeit aufgewendet habe, kann ich nicht sagen. Als mein Hintern gerade den Boden berührt, wird mir auf einmal bewusst, dass die Erde aufgehört hat zu beben. Und das nicht nur bei uns. Auch unter dem *Bernstein-Bau* hat es sich beruhigt.

Sofort bin ich wieder auf den Beinen, um zu Gwen zu laufen. Ich habe Mühe das Gleichgewicht zu halten, so schnell bin ich aufgesprungen. Mir ist schwindelig, aber das ignoriere ich geflissentlich.

»Gwen?«, krächze ich.

»Alles gut. Es ist vorbei«, haucht sie und sinkt in meine Arme. Ich habe Mühe, ihr Gewicht zu tragen. Tränen laufen ihr über das Gesicht.

Sprachlos halte ich sie fest. »Ich wusste, du bist etwas Besonderes«, flüstere ich in ihr zerzaustes Haar.

Neuntes Kapitel

»Jeder Auserwählte muss seinen eigenen Weg gehen. Seine Vorfahren haben so lange zu schweigen, bis sich der Nachkömmling seiner Fähigkeiten bewusst ist.«
(aus der Überlieferung der ersten Auserwählten)

Gwen

Das Beben hat nur wenige Sekunden, nicht viel länger als eine Minute, gedauert, und doch hat es sich wie eine Ewigkeit angefühlt.

Ich weiß nicht, was da eben passiert ist, aber ich habe es geschafft. Erschöpft hält mich Jan immer noch im Arm, als sich unter das Rauschen meines Blutes andere Stimmen mischen.

Aus dem Augenwinkel sehe ich, wie zahlreiche Studenten und Professoren in unsere Richtung strömen.

Unter ihnen sind auch Lissi und Sina, die direkt zu mir kommen, während sich eine Traube bildet. In der Mitte stehen Michael und

Jans Professor, beide in Telefongespräche vertieft, ehe sie das Wort an die Menge richten.

»Wir wissen noch nicht, was der Auslöser für das Beben – oder was immer das gewesen ist – war und welche Auswirkungen es hat. Das THW und Statiker sind bereits auf dem Weg hierher, um das Ausmaß der Schäden zu begutachten«, erklärt der Sekretär bestimmt, aber ruhig. »Der Spielbetrieb ist vorerst ausgesetzt, mit Ausnahme der letzten Aufführungen im Amphitheater. Die Intendanz wird prüfen, inwieweit Produktionen dorthin umgesetzt werden können.« Getuschel geht durch die Menge. Keiner kann sich erklären, was hier eben vorgefallen ist. Welch Glück, dass so früh morgens niemand im Gebäude war und somit keiner verletzt wurde.

»Der Schauspielunterricht der Fortgeschrittenen findet heute im Malsaal des *Mondiran-Baus* statt. Das Orchester probt heute in der Cafeteria. Der Unterricht der unteren Jahrgänge findet in euren Häusern nach Absprache statt. Alles weitere findet ihr demnächst in der App. Ansonsten könnt ihr mich jederzeit im Büro erreichen.« Nach einigen Rückfragen, die Michael in ruhigem Tonfall beantwortet, verschwindet er telefonierend in Richtung des Verwaltungsgebäudes.

Früher als geplant sitzen wir wieder in unserer Küche. Dampfender Kaffee steht vor uns. In der Mitte der Theke eine Schüssel mit Gummibärchen.
Keiner sagt etwas. Selbst Lissi ist schweigsamer denn je. Irgendwann ziehen wir ins Wohnzimmer um.
Sina lässt sich auf den Sessel fallen, während Lissi sich auf dem Sofa ausstreckt. Nervös wackelt sie mit den Füßen, wobei ihre rosafarbenen Ballerinas an ihren Zehen baumeln. Ich selbst setze mich auf den Boden und lege meinen Kopf auf die Sofalehne.
Nach einer Stunde, in der wir schweigend der Musik aus Lissis iPod lauschen, klingelt es an der Tür. Da Sina öffnet, weiß ich nicht, wer es ist, bis sie wieder im Zimmer ist.
»Hallo ihr Lieben«, begrüßt Lena uns etwas außer Atem: »Es ging leider nicht eher. Aber jetzt habe ich etwas Zeit.«
»Möchten Sie vielleicht erstmal einen Kaffee?«, erkundigt sich Sina wie immer zuvorkommend.

»Oh, das wäre klasse«, erwidert die Professorin lächelnd. Einige Strähnen haben sich aus ihrem Pferdeschwanz gelöst, die sie wieder bändigt, während Sina in der Küche zu Gange ist. »Wissen sie schon genaueres? Was ist passiert und wie schlimm sind die Schäden? Ist das Gebäude zu retten? Können wir irgendetwas tun?«

Nachdem Lissis Schwall an Fragen abgeklungen ist, erzählt Lena, dass die Sachverständigen bereits eingetroffen sind und mit den Untersuchungen anfangen würden, sobald das Gebäude gesichert wäre. Es hätten auch schon Wissenschaftler vom Geoforschungszentrum angerufen, die sich nicht erklären können, wie ein Erdbeben nur so lokal auftreten konnte.

»So, nun lasst uns aber mal der Musik zuwenden«, bricht Lena das Schweigen, das auf ihre Ausführungen folgt, nachdem sie ihren Kaffee geleert hat. »Melissa – Sina – ich wurde gebeten eure Stunden zu übernehmen. Bei dir, Melissa, ist das kein Problem, schließlich ist Gesang mein zweites Fach, nur bei dir, Sina, werde ich wohl keine große Hilfe sein. Ich habe zwar als Kind mal Blockflöte... aber das vergessen wir besser ganz schnell.« Lena schüttelt den Kopf, während sie sich meinem Klavier zuwendet.

»Nein, ist schon gut. Sie haben sicher alle eine Menge Stress«, bekräftigt Sina. »Ich kann auch einfach nur zuhören, wenn ich nicht störe.

»Das kommt gar nicht in Frage, das wäre Talentverschwendung«, protestiert die Akademieleiterin.

Zusammen fühlt sich der Unterricht ganz anders, viel freier und leichter, an.

Je länger wir zusammenspielen, desto mehr Improvisationen schleichen sich ein.

Ich, wie immer am Klavier, Sina wahlweise an der Flöte oder dem Saxophon und Lissi singt. Immer öfter steigt auch meine Professorin in den Gesang mit ein. Ihre warme Alt-Stimme und Lissis Sopran harmonieren wunderbar zusammen. Als wir wieder in eine Improvisation übergleiten, denke ich gar nicht mehr über die Musik nach. Ich lausche den Klängen, die die Stimmen und Instrumente erzeugen und fühle den Rhythmus. Meine Finger bewegen sich wie von selbst über die Tasten.

Als wir enden, blickt mich meine Professorin stolz an.

»Gwen, das war wirklich gut heute. Ich wusste, du würdest es schaffen, und das war ein erster Schritt in die richtige Richtung. Du musst lernen mehr zu fühlen und weniger zu denken.« Ich glaube, ich erröte leicht bei ihrem Lob.

»Oh, Himmel wie die Zeit vergeht!«, staunt unsere Lehrerin, als sie auf die Uhr blickt.

Und tatsächlich, es sind mittlerweile zwei Stunden vergangen, und es ist längst Zeit fürs Mittagessen.

»Danke, Frau von Siedenow-Raich, dass sie sich trotz des Stresses Zeit genommen haben.« Lissi strahlt, genau wie Sina »Ja, das war wirklich toll!«

»Ich hab' zu danken«, erwidert Lena lächelnd, »Immerhin habt ihr drei mir so wenig Raum für Korrekturen gelassen, dass ich die Musik genauso genießen konnte.«

In verschwörerischem Tonfall fügt sie hinzu: »Aber erzählt keinem, dass das hier mehr Pause als Arbeit war, sonst werden die Kollegen noch neidisch. So, jetzt muss ich aber wirklich weiter.«

Lachend gehen wir zur Tür und verabschieden sie.

Gemeinsam beschließen wir, in die Stadt zu fahren, um uns von den Ereignissen abzulenken. Wir schlendern durch die mittelalterlichen Gassen Fellbachs. Als sich mein Magen bei der Erinnerung an meinen letzten Besuch in der Stadt zusammenkrampft, taste ich nach meiner Eule. Sofort beruhigt sich mein Inneres. Es ist schön zu wissen, dass ich mir diesen Effekt nicht nur einbilde. Wir sitzen wieder in *Lehmanns Gaststübchen* und beobachten das Treiben auf dem Marktplatz. Anders als am Montag reihen sich heute Händler an Händler, um ihre Waren feilzubieten.

Das Mädchen, das uns unser Essen bringt, ist dasselbe wie Montag. Als ich sie sehe, mit der weinroten Kellnerschürze, der weißen Bluse und unglaublich blauen Augen, wird mir bewusst, dass es erst vier Tage her ist, seit wir hier saßen. Vier Tage, in denen so wahnsinnig viel passiert ist, dass ich es selbst nicht glauben kann. Mein gesamtes Leben hat sich auf den Kopf gestellt – und irgendetwas in mir sagt mir, dass das nur der Anfang war.

Nachdem wir gegessen haben, schleppt Lissi Sina und mich noch durch sämtliche Klamotten- und Schuhläden, die Fellbach zu

bieten hat; und das sind erstaunlich viele für so ein kleines Städtchen. Ich bin normalerweise kein Shopping-Freak – Sina, wie es scheint, auch nicht – aber nach den heutigen Ereignissen tut es uns allen gut.
Lissi und ich fahren allein zurück zur *Accademia*. Sina verabschiedet sich am Markplatz von uns. Sie möchte Rick einen Besuch abstatten.

Als ich am Abend allein in meinem Zimmer bin, beginnen meine Gedanken abzuschweifen. Die Ereignisse laufen noch einmal vor meinem inneren Auge ab. Ich will gar nicht daran denken, was passiert wäre, wenn Jan und ich nicht da gewesen wären, um zu helfen. Oder hätte es nichts geändert? Konnten wir mit unseren Kräften am Ende gar nichts ausrichten?
Eine Bewegung, die ich aus dem Augenwinkel wahrnehme, reißt mich aus meinen Gedanken. Ein Zettel, der mit einer Windböe durch das geöffnete Fenster hineingeweht wurde.
Jan denke ich zuerst. Vermutlich hat er sich einen Scherz erlaubt. Mit einem leichten Kribbeln im Bauch bücke ich mich und hebe den Zettel auf.
Doch als ich lese, was darauf geschrieben steht, habe ich Mühe mich auf meinen Beinen zu halten.

> *»Du weißt, was du zu tun hast, Gwendolyn Hesselbach.*
> *Das war erst der Anfang!«*

Jan

Ich bin auf dem Heimweg. Nachdem ich den ganzen Tag mit Frank in seinem zum Notfall-Tonstudio umgestalteten Büro verbracht habe, konnte ich jetzt endlich meine Energiereserven am Dornweiher wieder auffüllen. Nur einer beachtlichen Menge ungesunden Essens habe ich es zu verdanken, dass ich überhaupt in der Lage war noch irgendetwas Sinnvolles zu verrichten, seitdem ich mich vorhin so verausgabt habe.

Da heute Abend eine Live-Übertragung für das Radio hätte stattfinden sollen, mussten wir dem Sender die Aufnahme einer älteren Aufführung schicken. Diese war allerdings noch nicht gemischt, was wir nun im Schnelldurchlauf erledigt haben. Nicht das beste, das die *Accademia* je produziert hat, aber immerhin sendefähig.

Als ich den Großen Hof erreiche, hat sich die abendliche Kälte nach und nach durch meine Kleidung gefessen. Die Septembernächte werden kühler, was wohl bedeutet, dass ich zukünftig öfter eine Jacke mitnehmen sollte.

Jetzt sind kaum noch Studenten unterwegs, alles ist ruhig. Eine Gestalt, die in meine Richtung gerannt kommt, erregt meine Aufmerksamkeit.

Sie ist schwarz gekleidet und daher im Dunkeln schwer zu erkennen, doch die langen roten Haare lassen keine Zweifel übrig, um wen es sich handelt.

Die weißen Spitzen ihrer *Converse* und ihre helle Haut werden vom Mondlicht zum Leuchten gebracht. Sofort fängt es in meinem Bauch an zu kribbeln, was mich die Kälte vergessen lässt.

Meine Freude darüber, Gwen zu sehen, nimmt ein jähes Ende, nachdem sie vor mir zum Stehen gekommen ist, und ich bemerke, wie sie aufgebracht zittert,

Sofort ergreifen die Sorgen Besitz von mir. Doch mir bleibt nicht viel Zeit, um mir den Kopf darüber zu zerbrechen, was los sein könnte, denn sofort platzt es aus ihr heraus, sobald sie sich vergewissert hat, dass niemand sonst in der Nähe ist.

»Jan! Jan! Dass Beben… Sie… Wir müssen…. ich muss…«, stammelt sie aufgebracht.

Gwen ist ganz außer Atmen.

»Hey, ganz ruhig, hol' erstmal tief Luft, okay.« Wie gerne würde ich sie beruhigen, aber sie ist einfach nicht zu stoppen.

»Keine… Zeit… kann nicht… ruhig.«

»Gwen! Wie soll ich auch nur ansatzweise verstehen, was los ist, wenn du keinen zusammenhängenden Satz über die Lippen bekommst? Komm mit.« Langsam breitet sich ein ungutes Gefühl in mir aus, das Kribbeln, das noch vor wenigen Sekunden die Oberhand hatte, ist verflogen.

»Jan! Ich muss…«

»... dich ganz dringend beruhigen! Wir trinken jetzt einen Tee. Und dann erzählst du mir ganz in Ruhe was los ist, komm.« Ohne eine Antwort abzuwarten, greife ich nach ihrer Hand und ziehe sie hinter mir her.

An der Haustür scanne ich meine Key-Card, um das Schloss zu entriegeln. Sowohl in der Küche als auch im Wohnzimmer ist alles dunkel. Entweder schläft Mama schon, wahrscheinlicher ist jedoch, dass sie noch im Büro zu Gange ist. Unter anderen Umständen wäre ich jetzt sicher nervös. Schließlich ist Gwen das erste Mal bei mir zu Hause. Vermutlich würde ich mir den Kopf zerbrechen, was sie von meinem Zimmer hält... aber momentan haben wir wohl andere Sorgen.

In der Küche nehme ich zwei Becher aus dem Schrank und sehe, dass Mama schon die allabendliche Teekanne aufgesetzt hat. Also war sie zumindest zum Abendessen zu Hause.

Wir gehen hoch in mein Zimmer.

Glücklicherweise habe ich heute morgen noch einen Großteil der Klamotten vom Boden in die Wäschetonne befördert, sodass man nicht Gefahr läuft über irgendetwas zu stolpern.

»Setz dich ruhig«, fordere ich Gwen auf, als sie zögert. Ich reiche ihr einen Becher und fülle meinen eigenen.

Als ich mich zu ihr aufs Bett setze, drückt sie mir ein Stück Papier in die Hand. »Lies! Dann siehst du vielleicht auch endlich ein, dass ich gehen muss!«
Ich falte den Zettel auseinander und muss erstmal einen Schluck nehmen. Ich lese nochmal, doch die Bedeutung der Worte ändert sich nicht. Mein Puls fährt Achterbahn. Das, was ich immer befürchtet habe, ist nun eingetreten. Mir war immer klar, dass mein Leben nicht so entspannt weitergehen würde. Aber das *der Alte* so weit geht, hätte ich nicht gedacht. Am liebsten würde ich... ja, was eigentlich?

»Scheiße«, fluche ich, auch wenn das nicht im Geringsten ausdrückt, was mir durch den Kopf geht.

»Siehst du! Wenn ich nicht gehe, legen sie hier noch alles in Schutt und Asche. Ich kann das doch nicht zulassen. Ich muss nach Berlin!«, verkündet sie bestimmt.

Niemals, denke ich. Allein der Gedanke, sie in die Hände dieser

Leute gehen zu lassen, zieht mir beinahe den Boden unter den Füßen weg. Eher würde ich selbst gehen, als das einzige Mädchen gehen zu lassen, das mir so viel bedeutet.
»Du musst erstmal ruhig bleiben.« Ob ich das zu ihr oder doch vielmehr zu mir selbst sage, kann ich nicht beurteilen.
»Ruhig bleiben!? Ich soll RUHIG BLEIBEN, während diese Leute ein Erdbeben auslösen wegen MIR!?!?! Wer weiß, was die als nächstes planen.«
Gwen wird immer hysterischer und redet sich in Rage. Unterdessen ist sie aufgestanden und läuft in meinem Zimmer auf und ab, wobei sie einen Schuh aus dem Weg kickt, den ich bei meiner Aufräumaktion heute früh ignoriert habe.
Ich selbst habe große Mühe die Kontrolle zu behalten, aber so einen Ausbruch wie neulich am Weiher kann ich mir nicht erlauben. Gwens sonst so helle Haut ist mittlerweile glühend rot. Ich gehe auf sie zu und will sie festhalten und an mich ziehen. Zunächst wehrt sie sich, doch irgendwann lässt sie locker.
Wir setzen uns wieder hin, diesmal liegt ihr Kopf auf meiner Schulter.
Ich atme mehrmals tief durch, um mich selbst zu beruhigen, in der Hoffnung, dass das wenigstens ein bisschen auf sie abfärbt.
»Du darfst nicht gehen«, sage ich, als ihre Tränen meinen Pulli durchweichen. »Du hast heute den Angriff gestoppt. Wer weiß, wie der Bernstein-Bau ohne dich aussähe.« Ich sage das nicht nur, ich meine das auch so. Ich will gar nicht daran denken, was hätte passieren können, wenn sie nicht getan hätte, was auch immer sie getan hat.
»Ohne mich wären wir gar nicht in der Situation«, erwidert sie verbittert.
»Vielleicht nicht jetzt…«, bestätige ich, während ich an die anderen Briefe denken muss, »aber der Alte versucht schon lange, mich auf seine Seite zu ziehen, sicher würde er auch dabei zu solcherlei Mittel greifen.«
Sofort dreht sich mein Magen wieder um, und die Gedanken an Flucht nehmen ein weiteres Mal Form an. Jedoch nicht lange. Jetzt, wo ich sie kenne, ist Flucht keine akzeptable Option mehr.
»Jetzt erzähl mir aber mal, wie du das gemacht hast.«, bitte ich. Einerseits um meine Neugier zu befriedigen, andererseits muss

ich mich irgendwie ablenken.

»Naja, ich weiß auch nicht...«, beginnt sie, während sie sich so dreht, dass sie mir auf dem Bett gegenübersitzt. »Als wir auf dem Platz vor dem *Bernstein*-Bau ankamen und du angefangen hast, deine Kräfte einzusetzen, ist es mir zum ersten Mal aufgefallen. Zunächst klang es wie ein entferntes Rufen, von dem ich dachte, ich würde es mir einbilden. Das klingt jetzt wahrscheinlich ziemlich dämlich...« Gedankenverloren spielt sie an der Sohle ihrer Chucks. »...Aber, ich hatte das Gefühl, die Stimme zu kennen, die immer lauter und lauter wurde. Sie klang alt und erschöpft, aber vor allem verzweifelt.«

»Erzähl weiter.« So unpassend es scheint, fühle ich mich gerade wieder wie ein kleiner Junge, der auf das Ende einer Geschichte wartet. Ich bin echt gespannt, wie sie das hinbekommen hat.

»Naja, dann hast du gesagt, ich solle auch versuchen, etwas zu unternehmen. Zunächst war da nur Ratlosigkeit und Verzweiflung, doch dann fiel es mir wie Schuppen von den Augen. Auf einmal wusste ich, woher mir die Stimme bekannt vorkam. Es war die Erde."

»Die Erde?« Ich weiß nicht, worauf sie hinauswill. Aber dann erzählt sie mir von ihrem Traum und wie ihr das Element dort erschienen ist. Von jedem anderen würde ich das als Spinnerei abtun, aber nach dem, was ich heute mit angesehen habe, kann ich nicht anders, als ihr zu glauben.

»Als ich mich auf den Boden gekniet habe, ...«, fährt sie mit ihrer eigentlichen Erklärung fort, »... hab ich die Kraft förmlich *in* mir gespürt. Doch da war noch mehr: Es war, als würden zwei Energien umeinander streiten. Eine, die festhält, eine andere, die wie mit einer Peitsche auf die Erde einschlägt. Das Wehklagen von Terratius wurde immer stärker, die Verzweiflung, weil er offenbar nicht wusste, welcher Kraft er nun gehorchen sollte, schwoll immer weiter. Um die Erde nicht noch weiter zu verunsichern, musste ich dafür sorgen, dass du aufhörst.«

Das erklärt also ihre Reaktion. Als sie innehält, bedeute ich ihr weiter zu reden.

»Als du dann aufgehört hast, hat nur noch eine Kraft auf Terratius eingewirkt. Zwar war das die mit der Peitsche, aber so konnte ich ... ich weiß nicht, wie ich es ausdrükken soll, aber ich konnte irgendwie beruhigend auf ihn einreden. Ich hab ihm gesagt, dass er stark sein muss. Dass er nicht auf den Auserwählten hören darf, der ihn anstachelt.« Ich muss aufpassen, dass der Teebecher, den ich immer noch in der Hand halte, nicht runterfällt. Ich bin echt verblüfft. Verblüfft und unglaublich stolz.

»Naja, das hat anscheinend funktioniert.«

Gwen

Ich weiß nicht, wie lange es gedauert hat, ihm alles zu erzählen, aber es hat gutgetan.

Zum ersten Mal seit ich diesen … Brief bekommen habe, ist mir etwas leichter zu Mute.

Es scheint, als hätte ich wirklich die Kraft, mich nicht kampflos zu ergeben. Aber wird das ausreichen? Wird das genug sein, um gegen diese Menschen zu bestehen, ohne meine Freunde in Gefahr zu bringen?

Jan erhebt sich vom Bett und geht aus dem Zimmer.

»Warte kurz«, sagt er dabei.

Alleine im Zimmer sitzend, schweift mein Blick zum ersten Mal durch den Raum. Er ist genau so groß, wie mein eigenes Zimmer. Anders als ich, hat Jan ein Doppelbett, an dessen Kopfende ein Regal mit einigen Büchern hängt. Neben einen iMac stapeln sich verschiedene Textbücher und Partituren auf dem Schreibtisch an der gegenüberliegenden Seite. Außer einem Foto, auf dem Jan und Rick zu sehen sind, und einem Wandspiegel sind die Wände leer.

Während ich höre, wie im Bad Wasser läuft, wandern meine Augen weiter zu dem kleinen Tisch neben dem Bett, auf dem einige Fachbücher und Zopfgummis liegen.

Nach einigen weiteren Sekunden kommt Jan wieder ins Zimmer. Er hat einen Eimer dabei, mit Wasser gefüllt, wie ich erkenne, als er ihn auf dem Boden vor dem Bett abstellt.

Noch bevor ich fragen kann, was er vorhat, setzt er schon zu einer Erklärung an.

»Ich habe überlegt, dass es nicht schaden würde, wenn du mal mit dem Wasser Kontakt aufnimmst. Wer weiß, was als nächstes passiert...«

»Und du meinst, das funktioniert wie mit der Erde?« Ich weiß immer noch nicht, ob das alles, die Stimme in meinem Kopf, nicht reine Einbildung war. Wenn ich ihm bloß nie davon erzählt hätte... Jetzt erwartet er wahrscheinlich so übermäßige Leistungen von mir wie heute Morgen, und dann blamier ich mich – mal wieder.

»Keine Ahnung. Aber wir werden es herausfinden«, erklärt er zuversichtlich.

Oh ja.... ganz sicher.

»Also, versuch doch mal das hier nachzumachen«, sagt er, während er seine Hand ausstreckt und über den mit Wasser gefüllten Eimer hält.

Zunächst sieht es so aus, als würde sich das Wasser zu einer Kugel zusammenrollen. Mit einer kleinen Handbewegung erhebt sie sich aus dem Behälter und schwebt nun zwischen uns. Das Wasser sieht aus, als wäre es vollkommen schwerelos. Vorsichtig versuche ich danach zu greifen.

»Du kannst es ruhig anfassen, es ist nur Wasser.« Grinsend lässt er die Kugel näher an mich heranschweben. Meine Finger tauchen in das kühle Nass. Nach einer dünnen, gelartigen Schicht, fühlt es sich vollkommen normal an. Nass eben. Aber die Tatsache, dass es einfach so im Raum schwebt, und dass ich das auch können soll, will noch nicht in meinen Kopf.

Nach wenigen Sekunden lässt er das Wasser wieder in das Behältnis gleiten.

»So, jetzt du.«

»Das geht doch garantiert schief«, seufze ich.

»Dann geht es eben schief und du versuchst es nochmal.« Unterdessen ist er neben mich getreten und streicht mir kurz über meinen Arm.

Selbst durch den Stoff ist die Wärme seiner Haut zu spüren, was die Härchen auf meinen Armen dazu veranlasst sich aufzurichten.

Ich versuche mich auf das Wasser zu konzentrieren, doch das

Kribbeln, dass seine Berührung auf meiner Haut hinterlassen hat, lenkt mich ab.

Ich öffne nochmal die Augen, atme durch und versuche es erneut.

Nach einer gefühlten Ewigkeit und unzähligen Versuchen höre ich die ersehnten Worte.

»Mach die Augen auf«, flüstert Jan.

Und tatsächlich: Über dem Eimer schwebt etwas, das zwar eher einer Kartoffel als einer Kugel gleicht, aber immerhin. Man soll sich ja auch mit Kleinigkeiten zufrieden geben.

Aber sofort fällt sie in sich zusammen und somit platschend in den Eimer zurück, sodass ich noch nicht einmal Zeit habe mich wirklich zu freuen.

»Los. Gleich nochmal«, fordert Jan mich auf.

Diesmal benötige ich schon viel weniger Versuche, um das Wasser aufsteigen zu lassen.

Es gelingt mir sogar mit leichten Bewegungen die … Kartoffel zu bewegen.

»Und jetzt versuch, den Eimer zu treffen …«, schlägt Jan vor. »Ich pass auf, dass nichts daneben geht.«

Vorsichtig lasse ich das klumpenförmige Wasser in Richtung des Gefäßes gleiten. Tatsächlich gelingt es mir, ohne dass etwas danebengeht.

Total glücklich versuche ich es nochmal, und schon beim ersten Anlauf erhebt sich etwas, das einer Kugel immer ähnlicher wird.

Voller Freude drehe ich mich zu Jan, um zu sehen, ob er auch zufrieden ist. Als ich sein Lächeln sehe, lässt meine Konzentration nach. Zu spät bemerke ich das und sehe nur noch aus dem Augenwinkel, wie das Wasser auf mich zufliegt.

Keine Sekunde später bin ich klatschnass. Glücklicherweise hat es nur meinen Oberkörper getroffen.

Jan kann sich vor Lachen kaum halten. »Du solltest schon bei der Sache sein, wenn du mit den Elementen arbeitest. Aber den Begossene-Pudel-Look kannst du gern öfter probieren.«

Ich boxe ihn in die Seite und stimme in sein Lachen mit ein, das so ansteckend ist, dass man einfach nicht anders kann.

»Du hättest wenigstens warmes Wasser nehmen können …«, protestiere ich nur halb im Scherz, denn langsam wird mir kalt.

»Hättest du nicht so lang gebraucht, wäre es noch warm gewesen.« Jan kichert immer noch. »Hier...« Ohne dass er sich bewegt, fliegt ein Handtuch auf mich zu.

Als ich mein Gesicht und meine Haare trocken gelegt habe, reicht er mir einen schwarzen Pulli.

»Ähm...«, beginne ich zögernd. »Könntest du...?«

Glücklicherweise versteht er und dreht sich um. Ich schlüpfe aus meinem Shirt und trockne mich ab.

»Nur um das mal anzumerken: Du bist wunderschön, Gwen«, flüstert Jan mir rauer Stimme.

Erst jetzt bemerke ich, dass er mich die ganze Zeit im Spiegel beobachten kann. Sofort schießt mir die Röte ins Gesicht und ich würde am liebsten davonrennen.

Doch da hat er sich schon umgedreht und steht vor mir.

Jan

Keine zwanzig Zentimeter trennen unsere Körper voneinander.

Auch wenn ich sie schon ein paar Mal im Arm hatte, fühlt es sich gerade so an, als wären wir uns noch nie so nahe gewesen wie jetzt.

Ihre großen braunen Augen scheinen sich mit meinen verbunden zu haben, nehmen mich gefangen, halten mich fest.

Ich kann nicht sagen, wie lange wir uns so gegenüberstehen und das Gegenüber mit Blicken verschlingen.

Mein Herz rast wie nach einem Hundertmeterlauf, und ich höre beinahe auf zu atmen.

Gwen hat das weiße Handtuch immer noch um ihren Oberkörper gewickelt.

Wie von selbst wandern meine Hände auf ihren Körper zu. Wahrscheinlich ist das überhaupt keine gute Idee, aber solche Gedanken dringen nur sporadisch zu mir durch.

Ich will nach ihrer Taille greifen, doch erwische stattdessen ihre Hände, die meine umfassen.

Wie Magnete scheinen sich unsere Finger gegenseitig anzuziehen.

Gwen macht keine Anstalten sich dem zu entziehen, und mir würde es im Traum nicht einfallen.

Das, was mir eben noch nah schien, ist auf einmal viel zu weit. Um den Abstand zu verringern, ziehe ich sie an mich. Und selbst das erscheint mir nicht nah genug. Selbst durch das dicke Handtuch dringt die Wärme ihres Körpers zu mir.

Und plötzlich haben unsere Lippen zueinander gefunden. Zunächst küssen wir uns noch langsam und vorsichtig, doch rasch steigert sich die Intensität dessen, was unsere Lippen aufeinander anstellen. Jede Berührung jagt einen Schauer nach dem anderen durch meinen Körper, als unsere Zungen aufeinandertreffen gibt es kein Halten mehr.

Ich lasse mich rückwärts aufs Bett fallen und ziehe sie mit mir, wobei sich das Handtuch löst und zwischen uns zu Boden gleitet. Nur kurz lassen wir voneinander ab, um zu Atem zu kommen. »Ist es…« Okay? will ich fragen, doch dazu komme ich nicht. »Nicht aufhören«, wispert sie, was wohl das schönste ist, was sie in diesem Moment sagen konnte.

Das leichte Kribbeln, das ich immer bei einer ihrer Berührungen gespürt habe, gleicht mittlerweile einem Vulkanausbruch in meinem Inneren, als ich ihr Gewicht auf mir spüre.

Ihr immer noch feuchter BH durchweicht mein Shirt, doch das stört mich nicht im Geringsten. Meine Hände wandern von ihren Schultern abwärts, bis sie auf ihrem Gesäß zum Ruhen kommen. Sie umfasst meinen Nacken, als fürchte sie, ich könnte von ihr zurückweichen. Meine Finger gleiten in die Taschen ihrer Hosen. Blut sammelt sich in meiner Körpermitte, was mir anfangs peinlich, doch dann egal ist, als ich spüre, wie sie sich dagegenpresst.

Ich küsse ihren Hals abwärts bis zum Schlüsselbein und spüre, wie sich an ihrem Körper Gänsehaut bildet. Ein leises Stöhnen entweicht ihr, was nur noch weitere Wellen der Erregung durch meinen Körper schwappen lässt.

Während ich mich wieder zu ihrem Mund vortaste, drehen wir uns, sodass sie auf dem Rücken und ich auf ihr liege. Ihre Hände scheinen überall auf meinem Rücken zu sein. Sie wandern unter mein Shirt, schieben es nach oben und ziehen es mir über den Kopf. Das Aufeinandertreffen unserer Oberkörper ohne störenden Stoff dazwischen, lässt mich aufkeuchen. Der kalte, feuchte Stoff ihres schlichten schwarzen BHs verstärkt den Kontrast zu ihrer hellen, warmen Haut um ein Vielfaches.

Was ich dabei spüre, stellt nochmal alles Vorherige in den Schatten. Noch haben wir unsere Hosen an. Wie sehr kann sich das noch steigern, wenn auch an den Beinen die Kleidung verschwindet? Noch nie wollte ich es so sehr mit einem Mädchen herausfinden wie mit ihr. Als hätten wir es abgesprochen, verstärken wir den Druck, mit dem unsere Unterleibe aufeinander treffen, sich im Einklang miteinander bewegen.

Ich bedecke ihren gesamten Oberkörper mit Küssen, nur um immer wieder ihr leises Stöhnen zu vernehmen, ein Geräusch, in das ich mich sofort verliebt habe, seit es zum ersten Mal den Weg in meine Ohren gefunden hatte.

Ihre Beine schlingen sich um meinen Körper, wobei sich die Sohlen ihrer Chucks deutlich durch den Stoff meiner Hose bemerkbar machen.

Sie presst mich so fest an sich als flehe sie *lass mich nicht allein*. Ich küsse sie und erwidere ihren Druck, um zu antworten *niemals*.

Während ich mit meinen Händen ihr Gesicht umschließe, wandern ihre Hände meinen nackten Rücken hinauf, bis sie in meinen Haaren verweilen. Sie löst den Zopf, und meine Haare fallen ihr ins Gesicht.

Wir müssen beide lachen. Die Pause tut uns gut, um unsere verausgabten Lungen wieder mit Luft zu füllen.

Ich lasse mich neben Gwen aufs Bett fallen, nicht ohne sie mit einem Arm an mich zu ziehen.

Es ist für uns beide das erste Mal, einem Menschen *so* nahe zu sein, doch unsere Intuition lässt uns das Richtige tun. Unsere Körper scheinen sich in perfekter Harmonie aneinander zu schmiegen.

Wir schauen uns wieder in die Augen. Das Braun ihrer Iris scheint zu leuchten. Wieder nähern wir uns, und ich kann es kaum erwarten, ihre weichen Lippen wieder auf meinen zu spüren.

»Jan, hast du die…« Mama steht in der Tür, die Augen weit aufgerissen, mindestens so weit wie meine und Gwens. »…Teekanne... wollte ich sagen. Hallo Gwen, schön dich zu sehen«, fügt sie in sachlichem Tonfall hinzu, der ihre Verwunderung nahezu überspielt. Und schon hat sie sich wieder gefasst, im Gegensatz zu Gwen, die sich augenblicklich verspannt, und ihren Oberkörper hinter einem Kissen versteckt.

»Fr... Frau Professor...«, stammelt sie, als mir einfällt, dass sie vermutlich noch immer nicht weiß, dass meine Mama nun mal meine Mama ist.

»Tja. Dann stör ich mal nicht weiter«, sagt sie und geht. »Gute Nacht euch beiden. Und Jan. Nicht vergessen: Im Bad, links, zweite Schublade.« Mit einem breiten Grinsen ist sie verschwunden.

Als sie weg ist, sinke ich nach hinten.

»Also ist... meine Professorin...« Gwen schaut mich immer noch ungläubig an.

»Meine Mutter. Genau.«

»Ich... hab... morgen wieder... Unterricht... wie soll ich..«

»Na, so wie immer. Keine Sorge.«

Mittlerweile hat sich mein Puls etwas beruhigt, und ich könnte über die Situation lachen, wenn sie nicht so geschockt wäre. Ich lege meine Hand auf ihre Schulter und ziehe sie zu mir. Noch immer ist sie verkrampft, aber sie lässt sich nieder.

Mein Herzschlag ist mittlerweile wieder meilenweit von *ruhig* entfernt.

Gwen

An der Stelle, an der sein Arm auf mir ruht, scheinen kleine Flammen auf meiner Haut zu tanzen, die es mir kaum erlauben mich zu beruhigen. Dennoch fühle ich mich, von ihm gehalten, so geborgen und wohl wie noch nie.

Selbst an den Stellen, an denen noch Kleidung unsere Körper bedeckt, dringt Jans Wärme durch sämtliche Schichten.

Auch wenn sein Doppelbett genug Platz und Decken bietet, teilen wir uns eine Hälfte – nicht ein Zentimeter Luft trennt uns.

Ich kann es nicht fassen, dass passiert ist, was passiert ist. In meinem Kopf beginnen schon wieder, die Gedanken ihre Arbeit aufzunehmen, was dazu führt, dass sie mich mit Fragen löchern. *War das richtig? Warum Ich? Hat er Hintergedanken? Wieso sollte er mich wollen?* Doch davon will ich mir *das* nicht kaputt machen lassen. Darüber kann ich mir immer noch den Kopf zerbrechen, wenn es Gelegenheit dazu gibt, aber jetzt will ich den Moment einfach nur genießen.

Ich taste nach meiner Eule. Sobald meine Hände sie umschließen, ordnet sich der Gedankenwust. Ich vergesse alles und spüre nur noch Jans Atem in meinen Haaren kitzeln. Er schläft und hält mich immer noch fest, als würde er mich nie wieder gehen lassen wollen. Es beruhigt mich enorm, zu wissen, dass *er* an meiner Seite ist, nicht nur in diesem Moment, sondern auch zukünftig.

Ich weiß nicht, ob ich schon geschlafen habe oder nicht, als mein linker Unterarm zu kribbeln beginnt.

Ich versuche das zu ignorieren und wieder einzuschlafen, doch so sehr ich mich auch auf Jans Atem konzentriere, es klappt nicht.

Ich kratze immer und immer wieder, obwohl ich weiß, dass man das nicht tun sollte. Aber das Jucken macht mich noch wahnsinnig. Und es wird und wird nicht besser.

Als ich irgendwann nicht mehr ruhig liegen bleiben kann, versuche ich mich Jans Griff zu entziehen, doch er hält mich so fest, dass ich Angst habe ihn zu wecken. Und das möchte ich nicht riskieren, nicht wegen irgendwelcher Kleinigkeiten.

Mein Handy liegt irgendwo auf der leeren Seite seines Bettes, außerhalb meiner Reichweite. Also probiere ich es so, wie Jan es wohl tun würde.

Ich stelle mir mein Smartphone in Gedanken vor, wie es auf der anderen Matratze liegt. Erstaunlicherweise klappt es schon beim zweiten Versuch und es kommt auf mich zu gerutscht. Auch wenn das nicht meine Art ist, bin ich ein klein wenig stolz auch mich.

Ich aktiviere das Display und leuchte damit auf die juckende Stelle, etwas unterhalb meines Handgelenks.

Was ich da sehe, lässt mich meinen Augen nicht trauen. Nicht nur, dass meine Haut rot aufgekratzt ist, irgendetwas ist da ganz und gar nicht in Ordnung. Es sieht so aus, als würde sich unter der Haut eine schwarze Flüssigkeit ausbreiten. Ein dunkler Ring ist nahe meines Handgelenks erkennbar, worum sich vier verästelte Gebilde ausbreiten.

Fassungslos schaue ich, was sich da tut, ohne es auch nur im Ansatz zu begreifen.

»Was is'n los?«, murmelt Jan. Scheiße, jetzt habe ich ihn auch noch geweckt.

»Ich... ich... weiß nicht. Irgendwas ist mit meiner Hand.« Ich schaue ihn an und sehe im Schein des Displays, wie er augenblicklich wach wird.

Sofort leuchtet seine Nachttischlampe auf. Auch wenn ich eigentlich andere Sorgen haben sollte, komme ich nicht umhin zu staunen, wie er selbst so kleine Dinge wie den Schalter einer Lampe, ohne Berührung bewegen kann.

»Zeig mal her.«

Ich strecke meinen Arm aus, den Jan besorgt mustert, aber er scheint nicht überrascht zu sein, als er das komische Ding erblickt.

Sofort frage ich mich, ob es in dieser komischen Welt zwischen Schattenteichen und Elementen noch etwas gibt, das ich nicht kenne, oder das mich gar überraschen sollte.

»Ich habe mich schon gefragt, wann es bei dir auftaucht und wo. Zumindest in dem Punkt scheinst du dich dem Durchschnitt anzupassen«, grinst er, was mir sofort wieder eine wohlige Wärme beschert.

Ich verliere mich in seinem Lächeln und kann es kaum erwarten ihn erneut zu küssen, doch das immer stärker werdende Jucken holt mich schnell wieder in die Realität zurück.

»Was ist das?« Anscheinend klinge ich ziemlich besorgt, denn sofort wird er ernst und streicht beruhigend über meinen Arm.

»Das ist das Mal der Auserwählten. Jeder, der Zugang zu den Schattenteichen hat, hat dieses Symbol irgendwo am Körper, vorausgesetzt, er nutzt seine Fähigkeiten. Deshalb entwickelst du es erst jetzt.«

»Also... hast du auch eins?«, frage ich neugierig.

Wortlos löst er das Band, das er immer am linken Arm trägt. An der gleichen Stelle wie bei mir ist bei Ihm ebenfalls etwas zu erkennen.

179

Der schwarze Ring, der auch bei mir schon erkennbar ist, sitzt im Zentrum. Davon ausgehend, sind vier Kreise mit Dreiecken darin.

Jan erklärt:»Das sind die Symbole der vier Elemente. Das Mal ist so angeordnet, dass das Symbol des Elements, dessen Kraft der Auserwählte am besten nutzen kann, zu seinem Herz zeigt. Bei mir ist es Erde.«

»Und das in der Mitte?«, frage ich interessiert.

»Das steht für den Geist, dafür, dass wir auch Gedanken sehen und verändern können. Manche besser als andere«, erzählt er.

»Wieso versteckst du es?«, frage ich in der Befürchtung, es könne negative Folgen haben, damit gesehen zu werden.

»Viele machen das«, erzählt er, wobei er mich sanft an sich zieht. »Ich persönlich habe einfach keine Lust, Fragen zu beantworten. Manche, so wie der *Alte,* wollen auch nicht erkannt werden«, fährt er fort.

Während ich mich an ihn schmiege, wandern verschiedene Fragen durch meinen Kopf. Wie soll ich damit umgehen? Was, wenn jemand das sieht? Wie verstecke ich das?

Mittlerweile ist es schon fast zu einem Reflex geworden, dass ich nach meinem Eulenanhänger greife, wenn ich Ordnung in meine Grübeleien bringen muss.

Auch Jan scheint zu bemerken, dass schon wieder ein Unwetter an Gedanken herrscht. Er streicht mir über den Arm und hüllt uns wieder in seine Decke. Ich lasse mich an seine Brust sinken. Sofort dringt seine Körperwärme an mich und erfüllt meinen Körper.

Er hört nicht auf mich zu streicheln, während er redet.

»Schau mal, Sina und Lissi wissen sowieso Bescheid. Vor denen musst du es nicht verstecken. Und bis deine Eltern es zu sehen bekommen, fällt uns sicher was ein.«

»Aber was ist mit allen anderen?«

»Gwen, ich habe dich – mit Ausnahme des heutigen Abends ...«, ihm ist deutlich anzuhören, dass er lächelt, »bisher nur in Kleidungsstücken gesehen, die deine Arme bedecken. Also ist das auch kein Problem.«

Sofort muss ich an Auftritte denken, wenn ich in einem ärmellosen Kleid auf der Bühne stehen muss.

Als hätte Jan meine Gedanken gelesen, fügt er hinzu: »Und wenn es um Auftritte geht... Die Auszubildende in der Maske schuldet mir noch einen Gefallen.« Er zieht mich noch fester an sich, und ich spüre seine Lippen an meiner Schläfe. Sofort breitet sich eine Gänsehaut überall an meinem Körper aus.

»Du hast deine erste Aufgabe gemeistert, Gwendolyn. Wir alle sind sehr stolz auf dich und deinen Freund. Ihr seid wirklich würdige Auserwählte.«

»D... Danke.«

Wir sind am Dornweiher und sitzen auf den Steinen am Rand der Lichtung, wobei sein weißer Bart leicht den Boden streift.

Ich blicke zu dem alten Mann neben mir. Er lächelt wie beim letzten Mal freundlich.

Nach einer kleinen Pause bricht er das Schweigen: *»Ich habe zu danken. Du hast mich davor bewahrt, schlimme Dinge zu tun. Wir hätten uns alle gewünscht, es wäre zu Beginn leichter gewesen. Aber nun weißt du, wozu du fähig bist.«*

Das ist jetzt wahrscheinlich die beste Gelegenheit, wenigstens ein paar Antworten auf meine Fragen zu bekommen. *»Wozu bin ich denn fähig?«*

Doch da erhebt sich Terratius bereits. Im Gehen legt er mir kurz seine Hand auf die Schulter. *»Das wirst du noch herausfinden. Aber vergiss nie: Wenn du in Schwierigkeiten bist, denk immer daran, du bist besonders und wir sind immer bei dir.«*

Damit ist er verschwunden.

Nachdem Jan mir unzählige Male versichert hatte, dass es kein Problem ist, das Bad zu benutzen, war mein schlechtes Gewissen zumindest soweit ruhiggestellt, dass ich halbwegs entspannt duschen konnte.

Erfreut stelle ich danach fest, dass mein Shirt mit der Note G drauf wieder trocken ist und tatsächlich das Mal auf meiner Haut, die immer noch gerötet ist, bedeckt. Wenigstens juckt es nicht mehr so furchtbar.

Als ich mit einem Handtuch um den Kopf gewickelt in den Flur trete, laufe ich Jan in die Arme, der gerade ins Bad will. Er zieht mich an sich und drückt mir einen flüchtigen Kuss auf die Stirn. Die kurze Berührung seiner Lippen lässt mein Herz ein wenig hüpfen. Immer wenn ich früher sowas in Büchern gelesen habe, fand ich das total kitschig. Aber irgendwie muss ich zugeben, dass die Beschreibung es ganz genau trifft.

Während ich noch darüber nachdenke, hat Jan mich schon in Richtung Küche geschoben und ist im Bad verschwunden. Meine Glücksgefühle finden ein jähes Ende, als ich sehe, dass die Küche nicht leer ist. Meine Professorin sitzt am Küchentresen. *Wie konnte ich unsere Begegnung am Vorabend nur vergessen?!?* In der einen Hand hat sie ein halb gegessenes Brötchen, mit der anderen scheint sie zu dirigieren. Zwischen ihrem Teller und der Kaffeetasse stapeln sich Notenblätter.

»G... Guten Morgen... Frau Professor?« Meine Beine scheinen aus Wackelpudding zu sein.

»Hey, Gwen.« Sie blickt auf und strahlt mich an. »Jetzt, wo wir uns schon das Bad teilen ...«, dabei deutet sie auf den Handtuchturban auf ihrem Kopf, »... könntest du mich wirklich duzen.« Sie deutet auf einen der Stühle, und ich nehme vorsichtig Platz, während sie fortfährt.

»Am Frühstückstisch bin ich in allererster Linie erstmal Jans Mama, zugegebenermaßen eine musikbegeisterte, aber das ist ja nicht so wichtig.«

Da mir nichts einfällt, wie ich die etwas drückende Stille unterbrechen könnte, esse ich stumm ein Brötchen, nachdem ich meine grünen Chucks geschnürt habe, in die ich nach dem Duschen nur flüchtig geschlüpft bin.

Nach einer Weile kommt Jan rein, ziemlich gehetzt.

»Ich muss los. Frank hat angerufen, das Presswerk hat sich bei ihm gemeldet, die brauchen den Master der Musical-CD jetzt doch schon eher.« Und da ist er auch schon aus der Tür heraus, und ich sitze alleine mit seiner Mutter in der Küche.

Es kommt mir falsch vor, jetzt, wo Jan weg ist, noch hier zu sitzen. Ich erhebe mich und will mich verabschieden, als meine Professorin mich aufhält.

»Wollen wir unsere Stunde nicht gleich hier abhalten? Die Klaviere im *Bernstein-Bau* müssen sowieso erst noch gestimmt werden, und wir sind schon hier. Ich würde sagen, wir bringen unsere Haare in Ordnung und dabei überlegen wir, was wir uns heute vornehmen.«

Jan

Nicht nur, dass die Reparaturarbeiten ziemlichen Stress verursachen, nein, das Presswerk hat jetzt auch noch zusätzliche Sonderwünsche.

Da Frank im Saal des Bernstein-Baus die Schäden begutachten muss, habe ich die zweifelhafte Ehre, den CD-Master zu erstellen. Eine Aufgabe, die Konzentration erfordert. Etwas, zu dem ich heute nicht im Stande bin, wie so oft in den letzten Tagen.

Anscheinend hat das Beben nur Dekorations- und Fassadenelemente beschädigt. Die Statik ist nicht betroffen, sodass die meisten Bereiche des Gebäudes schon wieder betreten werden dürfen.

Ich scanne meine Key-Card und betrete das Tonstudio. Durch das Fenster, das in den Saal zeigt, sehe ich, wie die Arbeiter umherwuseln. Das Rollo lasse ich herunter. Alles, was ablenkt, kann ich nicht gebrauchen.

Schon in der kurzen Zeit, die der iMac zum Hochfahren braucht, schweifen meine Gedanken zu *ihr*.

Natürlich wäre es möglich gewesen, das Wasser mit der Kraft der Elemente wieder aus ihrer Kleidung zu lösen, aber das muss sie ja nicht wissen. Unwillkürlich muss ich lächeln, wenn ich an den Moment danach denke.

Doch etwas anderes drängt sich in meine Grübeleien. War das ein Fehler? Habe ich sie zu nah an mich herangelassen oder habe ich mich zu sehr auf sie eingelassen? Vermutlich.

Aber gab es denn überhaupt ein Zurück und will ich das?

JA!, schreit der eine Teil meiner Gedanken. Natürlich will ich wieder zurück zu dem Punkt, wo keiner davon wusste, und es außer Rick keine Freunde gab, denen ich eine Gefahr war.

NEIN! Sofort schreit der andere Teil mindestens genauso laut.

Für nichts in der Welt möchte ich Gwen wieder hergeben. *Gwen.* Das Mädchen, das mich alles vergessen lässt. Nicht nur meine selbstauferlegten Regeln. Wie schön es ist, jemanden in der Nacht im Arm zu halten, hätte ich nie gedacht. Wenn ich daran denke ist es, als würde ich ihre weiche Haut und ihre unendlich langen Haare noch immer auf meiner Haut spüren – und ihre Lippen auf meinen.

NEIN!!!, ruft es noch einmal, und zwar so laut, dass das *ja* wie ein klägliches Wimmern klingt. Ich möchte unter keinen Umständen, dass es so ist wie früher, auch wenn das vermutlich einiges einfacher machen würde. *Der einfache Weg ist selten der richtige.* Sowas hat *der Alte* immer gesagt. Leider muss ich ihm in diesem Fall recht geben. Egal wie schwer es wird, ich werde dafür kämpfen, dass sich alles zum Guten wendet, und es ist schön zu wissen, dass ich diesen Kampf nicht allein führen muss.

Das Telefon klingelt und reißt mich aus meinen Grübeleien.

»Tonstudio, Jan hier, hallo?«

»Na Großer...« Frank ist dran. »Ich bin gerade mit dem Techniker von Stagetec beschäftigt, das dauert noch. Kommst du mit der CD voran?«

»Ähm... Ja.« Naja, ich habe zumindest das Programm schon geöffnet... das erzähle ich aber nicht.

»Gut, ich schau mir das gegen Mittag nochmal an, und dann nichts wie weg damit. Weshalb ich eigentlich anrufe: Könntest du mit Riccardo die Klaviere, die schon fertig überprüft sind, in der Werkstatt abholen?«

»Klar doch.«

»Gut. Dann bis später.«

Ich lege auf. Sofort schweifen meine Gedanken wieder ab, aber diesmal zu Rick. Seit vorgestern sind wir uns weitestgehend aus dem Weg gegangen.

So geht es nicht länger. Ich beschließe, erstmal nicht weiter drüber nachzudenken und mich zunächst um die CD zu kümmern.

Nachdem ich die Reihenfolge der Tracks und Pausenzeiten ein drittes Mal überprüft habe, speichere ich die Datei. Ich vermute Rick im Stellwerk und mache mich auf den Weg.

Auf halber Strecke drehe ich nochmal um, denn ich habe keinen Zopfgummi dabei, und meine Haare würden bei der Schlepperei nur nerven. Da ich morgens oft nicht daran denke, habe ich in der Tonregie einen kleinen Vorrat. Mit gezähmten Haaren und dem mobilen Festnetztelefon, das ich auch immer wieder vergesse, geht es los.

Im Treppenhaus auf dem Weg nach oben kommt mir Rick bereits entgegen.

Ich habe mir nicht überlegt, was ich sagen will, somit vertraue ich einfach auf meine Intuition.

»Hi, Ich schätze ich sollte mich nochmal entschuldigen«, beginne ich.

»Ich auch. Ich habe drüber nachgedacht, und ich glaube, ich hätte genau wie du gehandelt«, gibt er ohne Umschweife zu.

»Danke, trotzdem bin ich froh, dass du, dass ihr jetzt Bescheid wisst, so muss ich nichts mehr verstecken und...«

»... wir sind an deiner Seite.«

Und damit ist das Thema vorerst beendet. Und es stimmt wirklich, dass sich die Last teilt, wenn man sie nicht alleine tragen muss.

Jetzt gilt es aber erst einmal etwas ganz anderes zu tragen. Mittlerweile sind wir an der Werkstatt angekommen.

»Ach, da seid ihr ja.« Mario sitzt mit einer Stimmgabel in der Hand hinter einem Klavier. »Die drei dort sind schon fertig. Die können schon verteilt werden. Die Räume stehen, wie immer, unter den Deckeln.«

Ich hole den Hubwagen aus dem Lager, die Trageriemen liegen schon bereit.

»Was habt ihr heute Nachmittag vor, Jungs?«, fragt Mario, während er sich ächzend erhebt.

Rick und ich schauen uns an und denken das gleiche.

»Ich muss dich leider enttäuschen...«, beginnt Rick. »Die anderen Instrumente musst du wohl allein schleppen, ich bin mit meiner Freundin zum Training verabredet. A Propros: Jan, kommst du mit, oder könnte ich deinen Wagen haben?«

Ich bin froh, dass er *meine Freundin* sagt. Das heißt also, dass sie sich versöhnt haben. Das war zwar zu erwarten, es freut mich aber trotzdem, dass es so schnell ging. »Ich bin auch schon verplant, fahr du nur mit Sina, ihr habt sicher noch einiges zu … besprechen. Und klar: Meinen Wagen kannst du haben«, sage ich, wobei ich mir nur wenig Mühe gebe, meinen zweideutigen Tonfall zu verstecken.

»Na dann wünsche ich euch einen schönen Nachmittag, ich werde schon Hilfe finden«, sagt Mario, heiter wie immer.

Wir haben das erste Klavier aus der Werkstatt transportiert und in den Bernstein-Bau gebracht. Das Probenstudio, in das wir das Instrument bringen sollen, ist gerade leer.

»So, Jan, jetzt setz doch mal deine Superkräfte ein, um das Teil von der Palette zu bewegen. Dann können wir unsere Rücken schonen.«

Ich war so daran gewöhnt, die Kräfte nicht vor anderen einzusetzen, beziehungsweise nur dezent zu nutzen, dass ich gar nicht auf die Idee gekommen bin, dass wir es auch einfacher haben können.

Es kostet mich nicht viel mehr als eine kleine Handbewegung, und das Klavier steht, wo es hingehört.

Da ich die Elemente noch nie offen vor Rick benutzt habe, wundert es mich nicht, dass er reichlich erstaunt dreinblickt, als ich mich zu ihm wende.

Als wir das zweite Klavier aufladen, denke ich gleich daran das Erdelement zu bemühen. Da Mario aber im Raum ist, müssen wir trotz allem so tun, als würden wir uns anstrengen.

Dennoch kommen wir nun gut voran und sind am Mittag fertig.

So schaffe ich es, bevor wir uns mit den Mädchen in der Caféteria treffen, nochmal zum Dornweiher, um wieder neue Energie zu tanken.

Ihre kupferroten Haare leuchten mir sofort aus der Menge entgegen, als ich mich der Schlange nähere. Da auch heute der normale Unterricht nur sporadisch läuft, ist die Cafeteria besonders voll.

Ich gehe zu ihr. Da sie mich noch nicht entdeckt hat, lege ich von hinten meine Arme um sie. Gwen zuckt leicht, doch dann entspannt sie sich.

»Hey.« Sie strahlt. Mein Inneres auch, bei dem Anblick, den sie bietet.

»Hey«, flüstere ich, während meine Lippen ihre Schläfe streifen.

»Wie geht's dir?«

»Ey, das kitzelt.« Kichernd schiebt sie mich ein Stück von sich.

Ich entlasse sie aus der Umarmung, um noch einen weiteren Teller auf ihr Tablett zu stellen, den ich fleißig mit Reis und Hühnchen-Curry belade.

»Ich bin aber nicht deine Trägerin.« Gwen streckt mir das Tablett mit unseren Tellern entgegen.

»Ach, nicht?« Ich greife danach, sie dreht sich um und geht.

»Nun komm, die anderen sind schon am Tisch«, erwidert sie, über ihre Schulter blickend. Ich schließe zu ihr auf. Wir stehen uns gegenüber, nur das beladene Tablett zwischen uns. Unsere Augen scheinen sich wieder ineinander festgesogen zu haben.

»Jan? Fehlt da nicht was?«, fragt sie neckend.

Ich weiß nicht, was sie meint. Wie könnte ich auch, denn wirklich denken kann ich nicht, wenn sie mir gegenübersteht, mich mit ihren hellbraunen Augen ansieht, und ihr umwerfendes Lächeln ihre Lippen umspielt.

»Ähm?«, antworte ich wenig geistreich.

»Schau mal aufs Tablett...«, kommt sie mir zur Hilfe.

Das tue ich, auch wenn es mir schwerfällt, meinen Blick von ihr zu lösen.

Ich weiß nicht worauf sie hinauswill. Zwei Teller mit Essen, gefüllte Gläser, Servietten...

»Willst du mit den Fingern essen?«, setzt sie nach.

»Upps...« Da fällt es mir wie Schuppen von den Augen. Das Besteck fehlt.

»Na dann mal los... ich geh schon mal vor«, sagt sie, bevor sie sich leichtfüßig zu unserem Stammplatz am Bachlauf bewegt.

Bereitwillig drehe ich um und hole Messer und Gabeln. Hoffentlich merkt sie nicht, dass ich ihr nichts abschlagen kann, denke ich, bevor ich mich zum Tisch begebe. Ich weiß nicht, woran es liegt, sie wirkt total glücklich und befreit. Das Warum ist auch nicht so wichtig. Wenn sie fröhlich ist, bin ich es auch. Lächelnd setze ich mich neben sie.

Gwen

Die Jungs sind schon wieder im Bernstein-Bau. Jan saß die ganze Zeit dicht neben mir. Immer wenn er sich leicht bewegt hat, hat sein Arm meinen berührt und eine Hitzespur auf meiner Haut hinterlassen. Jetzt, wo er nicht mehr da ist, fehlt mir die Wärme, die er ausgestrahlt hat.

»So, Mädels, wie wäre es, wenn ihr mir jetzt verratet, wieso ich vergangene Nacht allein in unserem Haus war, mir mein Frühstück ganz allein machen musste und zu spät zum Unterricht gekommen bin, da mich niemand geweckt hat.« Lissi reißt mich aus meinen Gedanken.

Sinas schaut verlegen drein, während ihr Gesicht unvermittelt die Farbe ihrer bordeauxroten Jacke annimmt. Kurz frage ich mich, wie sie es bei dem schwülen Klima in der Cafeteria nur mit einer Fleecejacke aushält. Doch Lissi unterbricht meine Gedanken.

»Nun erzähl schon. Wir wollen es wissen… naja ich zumindest. Und wehe die Story rechtfertigt nicht, dass ich einen Anschiss von meiner Dozentin bekommen habe.« Lissis Neugier ist ungebrochen. Energiegeladen tänzelt Lissi vor uns her, indes wir die Cafeteria verlassen.

»Naja… also…« Sina beginnt zögernd, noch immer rot, doch ein verhaltenes Lächeln drängt an die Oberfläche. »Seine Eltern waren nicht zu Hause…«

»Ich ahne, die Geschichte ist es wert.« Lissi macht große Augen und grinst vergnügt.

Derweil übe ich mich in vornehmer Zurückhaltung. Ich schätze, ich muss noch früh genug über die vergangene Nacht reden. Dabei will ich eigentlich gar nicht lange drüber nachdenken. Einfach nur genießen, ohne dass irgendwelche Zweifel versuchen sich Gehör zu verschaffen.

So konzentriere ich mich erstmal und folge Sinas Ausführungen, während wir auf dem Weg zu unserem Haus sind.

»Naja, ich habe bei ihm geklingelt. Ich wusste nicht, ob er schon zu Hause sein würde, aber die Tür ging ziemlich schnell auf. Rick hat geöffnet und naja... er war nur mit einem Handtuch bekleidet.« Den letzten Halbsatz nuschelt sie mehr, als dass sie spricht. Verübeln kann ich es ihr nicht. Augenblicklich bleiben wir drei stehen.

»Bitte waaas?!«, fragt Lissi ungläubig. Glücklicherweise sind kaum andere Studenten unterwegs, die sich für unseren Dialog interessieren würden. Natürlich drängt Lissi gleich dazu, dass Sina weiterredet. Auch ich muss gestehen, dass es mich interessiert. Sinas Nikes sind schon ganz staubig vom nervös im Schotter Scharren, doch dann fährt sie fort.

»Er hat mich dann reingebeten und sich sofort entschuldigt. Er meinte, er hätte überreagiert. Und dass es ihm leidtut, dass er seine Enttäuschung an mir ausgelassen hat. Und naja... wie er da so vor mir stand, noch nass vom Duschen und mit seinen Wuschelhaaren, die noch wirrer vom Kopf abstanden als sonst... und so aufrichtig um Verzeihung gebeten hat... da konnte ich einfach nicht anders. Er hat dann Pizza bestellt, und dann haben wir im Kerzenlicht gegessen, geredet... und naja... es war wunderschön.«

Sie seufzt tief, und ich freue mich so für meine Mitbewohnerin. Sina ist immer da, wenn man sie braucht, und sie hat es verdient, dass sie glücklich ist.

Im Wohnzimmer angekommen, kann ich es nicht weiter vor mir herschieben. Jetzt steht das Verhör an. Ich lasse mich auf dem Sofa nieder. Lissi legt sich ebenfalls darauf, ihre Beine über meinen Schoß gestreckt. Sina sitzt im Sessel und poliert ihre Querflöte. Nachdem ich mir einen Ruck gegeben habe, erzähle ich den beiden alles – naja fast alles –, was letzte Nacht passiert ist, auch dass unsere Hosen dort geblieben sind, wo sie hingehören, um gleich alle Spekulationen im Keim zu ersticken.

»Ich kann es nicht glauben: Da hat sich die kleine, schüchterne Gwen den heißesten Typen der *Accademia* geschnappt, noch dazu den Sohn der Leiterin«, spottet Lissi, nachdem ich geendet habe.

»*DAS* hättet ihr mir ruhig mal eher sagen können«, protestiere ich und werfe eines der Kissen nach Lissi, die immer noch grinst, um meiner Meinung Ausdruck zu verleihen. Sie fängt es.

»Du wusstest nicht, dass Jan ihr Sohn ist?« Die beiden sind mindestens so erstaunt wie ich gestern.

»Oh… naja egal, seid ihr denn jetzt tatsächlich zusammen?«, erkundigt sich Lissi, die sich das Kissen unter ihren Kopf schiebt.

Ich weiß nicht, was ich antworten soll.

Gedankenverloren spiele ich mit den Schnürsenkeln von Lissis Vans und löse die Schleifen, woraufhin sie protestiert und wieder den Originalzustand herstellt.

Natürlich zweifle ich. Wieso sollte auch der *heißeste Typ der Accademia* was von mir wollen? Aber ich habe keine Lust, der Skepsis Raum zu geben und mir dadurch die schöne Nacht zu ruinieren.

»Du zweifelst schon wieder, hm?« In solchen Momenten frage ich mich, ob Sina nicht auch eine Auserwählte ist und Gedanken lesen kann. Ich brauche nicht einmal zu nicken, sie scheint auch so zu wissen, dass sie recht hat.

»Hör mal…«, beginnt sie und legt ihre Flöte zur Seite. »Vielleicht ist es dir nicht aufgefallen, aber ihm rennen die Studentinnen in Scharen hinterher, und das schon seit Jahren. Aber nie hat er jemanden an sich herangelassen. Niemanden außer Rick.« Bei der Erwähnung seines Namens seufzt sie, und ich muss unwillkürlich lächeln. »Und allein vorhin beim Essen hat man gesehen, dass er am liebsten über dich hergefallen wäre.« Nach ihrer Analyse der vorherigen Situation steht sie auf und widmet sich ihrem Saxophon.

Ich hoffe einfach, dass sie recht hat.

»Lasst uns üben«, schlage ich vor, im Vertrauen darauf, dass die Musik die Sorgen aus meinem Kopf verbannt.

Die Zeit vergeht wie im Flug. Gefühlt sind gerade einmal fünf Minuten vergangen, als es an der Tür klingelt.

Lissi öffnet und kommt umgehend wieder, mit Rick im Schlepptau… und Jan.

Unsere Blicke finden sich sofort, als er den Raum betritt, und es ist, als würde er mir die Luft aus den Lungen saugen und mein Herz zum Rasen bringen. Je näher er auf mich zukommt, desto weiter scheinen die anderen zu verschwinden. Als würde es nur ihn und mich geben, als er mich mit seinen Händen umfasst und mich an sich zieht. Egal wie sanft seine Hände mich berühren, sie hinterlassen kribbelnde Gänsehaut. Ich bin süchtig danach. Süchtig nach diesem kribbelnden Gefühl, das er in mir erzeugt, wenn er mich so ansieht, mich berührt, mich küsst. Und genau das scheint gleich zu passieren.

Jan beugt sich zu mir. Ohne nachzudenken stelle ich mich auf die Zehenspitzen. Unsere Lippen sind nur noch wenige Zentimeter voneinander entfernt. Die Wärme, die sie ausstrahlen, und der Gedanke, dass wir uns gleich küssen, raubt mir den letzten Atem. Doch das spielt keine Rolle mehr, sobald ich seine weichen Lippen auf meinen spüre.

Der ganze Moment hat nur wenige Sekunden gedauert, dennoch werde ich wohl kein Detail vergessen.

»Zeit mit einem Pärchen zu verbringen ist für einen Single ja schon schlimm genug. Aber mit zwei Pärchen, das toppt echt alles. Sorry Leute, den Kommentar musste ich jetzt einfach loswerden.« Lissi ist, ihrem Kaffeebecher nach zu urteilen, eben aus der Küche gekommen. »Wollt ihr auch was trinken, Jungs?«

»Danke, ich werde mich gleich auf dem Weg zum Training machen«, erwidert Rick kopfschüttelnd. »Willst du nicht doch mitkommen, Jan? Sonst kommst du noch aus der Übung. Der Trainer fragt schon nach dir.«

Jan schaut zu mir, als wolle er fragen, ob das okay sei.

»Geh ruhig.« Ich weiß zwar nicht, was wir sind, aber ich will niemand sein, für den Jan seine Hobbys aufgeben muss. Außerdem scheinen die beiden sich wieder zu verstehen. Die Zeit zusammen können sie gut gebrauchen.

Sina scheint einen ähnlichen Gedanken zu haben. Sie beugt sich zu Rick und flüstert ihm was ins Ohr, dann küsst sie ihn und geht zu Lissi.

»Dann lass dir mal was einfallen, was wir drei anstellen könnten«, sagt sie, wobei sie sich Lissis Kaffeebecher schnappt, die daraufhin leicht verdutzt dreinschaut.

»Hol schon mal das Auto, ich komme nach.« Jan wirft seinem Freund den Schlüssel zu, während er sich zu mir wendet. Aus dem Augenwinkel sehe ich noch, wie Sina Lissi in Richtung Küche zieht.

»Ich wollte mich noch entschuldigen. Ich hätte heute früh nicht so überstürzt abhauen sollen. Es ist alles zur Zeit etwas stressig. Und eigentlich wollte ich jetzt mit dir zum Dornweiher...« Bei seinem Blick wird, wenn überhaupt möglich, mein Herz noch weicher.

»Das können wir doch auch am Abend machen. Wenn du da noch magst...«, erwidere ich.

»Natürlich will ich.« Dabei greift er nach meinen Händen und hält sie fest.

Wir stehen eine ganze Weile so da und schauen uns einfach an. Bevor er geht, küssen wir uns erneut, länger diesmal, intensiver. Als wir uns lösen, ringe ich nach Atem. Meine Hände liegen immer noch in seinen.

»Ich muss dann mal...« Er deutet vage Richtung Tür.

»Bis später, Jan.«

Er wendet sich zum Gehen. Unsere Finger lösen sich erst, als die Entfernung zu groß für unsere Arme ist.

Gerade als die Verbindung unterbrochen ist, zieht er mich nochmal zu sich. Damit rechne ich nicht und stolpere gegen ihn. Er fängt mich auf und flüstert:»Ich freu mich, Gwen...« Seine Lippen wandern über meine Schläfe.»Ich hab dich lieb.«

Zehntes Kapitel

»Unfall mit Schwerverletztem auf Fellbacher Landstra-
ße.
Am gestrigen Nachmittag hat sich auf der Landstraße,
aus Richtung Fellbach kommend, ein schwerer Verkehrs-
unfall zugetragen. Beide Insassen haben überlebt. Der
19-jährige Fahrer wurde jedoch schwer verletzt. Über
seinen Zustand konnten die Ärzte bis Redaktionsschluss
noch keine Angaben machen....«
(Fellbacher Morgenblatt, 16.09.2018)

Jan

Als ich aus dem Haus der Mädchen trete, lehnt Rick bereits an
der Motorhabe meines Autos. Ich steige ein, Rick nimmt auf dem
Fahrersitz Platz.
Am Haupttor scannen wir unsere Key-Cards, grüßen Harry und
verlassen das Gelände der *Accademia*.

Heute brauchen wir extra lange, um nach Fellbach zu kommen. Dummerweise sind wir fünf Minuten zu spät los, so haben wir jetzt den Bus, der einmal pro Stunde fährt, vor uns.

Da man auf der kurvigen Waldstraße keine Möglichkeit hat zu überholen, bleibt uns nichts anderes übrig, als geduldig hinterher zu tuckern.

»Du und Gwen... Seid ihr jetzt..?«, erkundigt sich Rick, während wir uns für das Training umziehen.

Als ich nicht sofort antworte, weil ich nach den richtigen Worten suche, kommt er mir zuvor.

»Ey, sag mir nicht, dass du *sie* nicht willst. Sie ist das erste Mädchen, das deinen Panzer geknackt hat. Und Gwen ist wie du. Also brauchst du dir keine Sorgen machen, dass du sie in was mit reinziehen könntest.«

»Ich weiß. Und... ich will sie ja auch. Aber was, wenn ihr das alles zu schnell geht. Ich sie überrumple?«, merke ich zweifelnd an.

Rick schnaubt verächtlich. »Also bitte, so sieht sie mir nun wirklich nicht aus. Du kennst sie besser als ich, aber in letzter Zeit wirkt sie immer frei und gelöst, wenn ihr zusammen seid.«

»Aber wieso geht von ihr nichts aus? Klar, wenn wir uns küssen, dann schubst sie mich nicht weg oder so... aber irgendwie mache immer ich den Anfang. Eigentlich wollte ich mal darauf warten, dass sie beginnt, aber wenn sie mir dann gegenübersteht, naja... dann kann ich mich nicht zurückhalten. Was, wenn sie das eigentlich nicht will und sich nur nicht ... nicht traut was zu sagen.«

Rick denkt nach und will eben zu einer Antwort ansetzen, da geht die Tür auf und unser Trainer steckt seinen Glatzkopf in die Umkleide. »Männer, wollt ihr nur quatschen oder auch was Sinnvolles mit meiner Zeit anstellen?«, poltert er scherzhaft.

Als wir schweißnass nach unserer Einheit wieder in der Umkleidekabine sind, greife ich nach meinem Handy. Ich schreibe Gwen:

> Hey, sind fertig. Ich geh zu Hause noch schnell duschen, damit du mich erträgst. Treffen wir uns dann am See?

Ich habe die Nachricht gerade gesendet, da wird sie mir schon als *gelesen* angezeigt. Hat sie etwa auf eine Nachricht von mir gewartet? Postwendend kommt ihre Antwort:

Ich freu mich auf dich... Bis nacher.

PS.: Ich nehm' dich übrigens auch ungeduscht.

Unwillkürlich muss ich lächeln. Ich stecke das Handy in meine Hosentasche. Als wir uns umgezogen haben, brechen wir auf. »Soll ich dich zu Hause absetzen?«, erkundige ich mich, während wir zum Auto laufen.
»Nein. Ich treff' mich nochmal mit Sina. Sie will sich das Kammerkonzert in der Cafeteria ansehen. Und da ich nicht arbeiten muss...«
»Ach, da war ja was... Ich habe auch frei... Eigentlich hätte ich im Bernstein-Saal Dienst gehabt.«
Wir quatschen noch etwas über die Baumaßnahmen. Durch die kopfsteingepflasterten Gassen bin ich schon so oft gefahren, dass ich mich nicht mehr großartig darauf konzentrieren muss. Nachdem wir das Wohngebiet durchquert haben, geht es wieder auf die Waldstraße.
Zum Glück haben wir diesmal nicht den Bus vor uns, und auch kein Lieferwagen blockiert den Weg, sodass wir zügig durchkommen. Das freut mich, denn ich will keine Sekunde länger als nötig brauchen, bevor ich *sie* sehen kann.
Auch wenn ich mir wünschen würde, dass sie den ersten Schritt macht, wird das wahrscheinlich nie passieren. Ob das daran liegt, dass sie nicht mehr von mir will, werde ich wohl nicht erfahren, wenn ich nicht über meinen Schatten springe und ihr sage, was ich für sie empfinde.
Genau das werde ich tun, sobald wir ungestört am Dornweiher sind. Noch etwa ein Kilometer und eine kurze Dusche trennen mich von ihr.
Doch dann geht plötzlich alles ganz schnell. In der Kurve will ich einlenken, doch es tut sich nichts. Der Wagen reagiert nicht auf das, was ich von ihm will. Die ohnehin schon schmale Straße scheint noch weiter zusammenzuschrumpfen. Ich kann nicht sagen aus wessen Kehle der Schrei kommt, der so ohrenbetäubend

durch das Innere meines Autos schrillt. Er vermischt sich mit den rumpelnden Geräuschen, den der Waldboden mit seinen Baumstümpfen und abgebrochenen Ästen unter uns erzeugt. Was gerade geschieht begreife ich nicht. Ich sehe nur noch Bäume an uns vorbei rasen, überall nur Bäume. Rechts, links, hinten und... vorne. Das, was ich sehe und was in der Realität vor sich geht, vermischt sich mit den Bildern in meinem Kopf.

Mama ist da, am Frühstückstisch, wie sie gedankenverloren vor sich hin dirigiert oder völlig entrückt Klavier spielt. Rick, wie er am Lichtpult steht, wie wir gemeinsam trainieren, Rick und Sina eng umschlungen. Frank mit seiner Kaffeetasse, in der mehr Milch als Kaffee ist, die er garantiert wieder irgendwo vergessen wird. Micha, Harry und alle, die mich hier wie in einer Familie aufgenommen haben. Und dann ist da Gwen. Das Mädchen, das es geschafft hat, mir zu zeigen, wie wundervoll es ist Freunde zu haben; die mir den Kopf verdreht, sobald sie auch nur in meiner Nähe ist, und Explosionen in jeder noch so kleinen Zelle meines Körpers hervorruft, wenn ihre Lippen meine berühren.

Sie ist das Letzte, was ich sehe, die Letzte, an die ich denke, bevor alles aus ist.

Ich liebe dich, Gwen.

Der Geruch eines explodierten Airbags, vermischt mit Benzin und Öl, steigt mir in die Nase. Danach wird alles dunkel.

Gwen

Dass der Ärmel meines Shirts nach oben gerutscht ist, bemerke ich erst, als ich die immer größer werdenden Augen meiner Freundinnen sehe.

Da es keinen Grund gibt, ihnen etwas zu verheimlichen, erzähle ich ihnen, was Jan mir berichtet hat. Meine Haut ist vom Kratzen noch leicht gerötet, aber mittlerweile sind die Symbole gut erkennbar.

»Krass...« Die Kürze der Aussage zeigt, dass Lissi ziemlich beeindruckt sein muss.

»Wie ist das möglich?« Sina ist auch verblüfft.

»Jan sagt, dass man das nicht so genau weiß, man aber davon ausgeht, dass es Veränderungen in der Zellstruktur sind, die durch den Einsatz der Kräfte verursacht werden.« So, oder so ähnlich hat er es formuliert. Sicher bin ich mir nicht mehr, denn ehrlicherweise muss ich gestehen, dass ich nicht nur von der Tatsache nun eine Art Tätowierung zu haben abgelenkt war, sondern auch davon, dass sein nackter Oberkörper nur wenige Zentimeter von meinem entfernt war.

Ich könnte schwören, dass meine Körpertemperatur um einige Grad ansteigt, jetzt, wo meine Gedanken zu ihm schweifen. Doch Sina holt mich wieder in die Realität zurück.

»Wie willst du das deinen Eltern eigentlich beibringen?«, fragt Sina nachdenklich.

Das ist in der Tat ein Punkt, bei dem Jan auch nicht weiterwusste – und ich auch nicht.

Ich befürchte, dass Mama wieder die Psychologieprofessorin raushängen lassen wird. Ich sollte wirklich schon mal beginnen, mir eine Liste mit Argumenten zusammenzustellen. Andernfalls diagnostiziert sie mir noch irgendeine seelische Störung. Glücklicherweise habe ich bis zum Besuch meiner Eltern noch etwas Zeit, und Lissi ist garantiert recht kreativ.

»Was hat das zu bedeuten?«, fragt Sina, die immer noch gebannt auf das Mal schaut. Ich nehme einen Schluck von dem Kaffee, den Sina gekocht hat, bevor wir uns hier in der Küche niedergelassen haben. Mittlerweile ist er fast kalt.

Bevor ich mich darüber aufregen kann, klopft es hektisch an der Tür. Ohne dass jemand von uns geöffnet hätte, kommt jemand durch den Flur gerannt. Sofort spannt sich alles bei mir an. In meinem Kopf schrillen sämtliche Alarmglocken. *Ist das der nächste Angriff?* Vorsichtshalber taste ich nach dem Eulenanhänger, der beruhigend auf meiner Brust liegt, und versuche ruhig und konzentriert an die Elemente zu denken. Doch sämtliche Ruhe und Konzentration löst sich in Wohlgefallen auf, als ich sehe, wer da angestürmt kommt.

Ich weiß nicht, ob es an meinen Kräften liegt, aber die Bestürzung und Sorge, die Lena ausstrahlt, reißen mich fast von den Beinen.

»Jan und Riccardo sind... hatten einen Unfall... Micha fährt ins Krankenhaus. Sina, Gwen, wenn... also falls... also wenn ihr wollt...«

Noch ehe sie ihren Satz beendet hat, sind wir schon auf dem Weg nach draußen. Ich halte den Eulenanhänger fest umklammert, um die aufkeimende Panik zu verdrängen und einen klaren Kopf zu bewahren. Die anderen sind schon geschockt genug.

Keiner sagt etwas, als Michael über die Kieswege braust. Anders als sonst fahren wir nicht durch den Haupteingang an Harrys Pförtnerhäuschen vorbei, sondern rasen über den Zugang, den sonst die normalen Besucher nehmen. So kommen wir anscheinend schneller zum Krankenhaus; zumindest habe ich das so einem kurzen Wortwechsel zwischen Lena und Michael entnommen.

Mehr als die paar Satzfetzen in der Küche vorhin hat Lena nicht gesagt. Was passiert ist, weiß ich nicht. Aber dass es nicht nur ein gebrochener Arm ist, ist mehr als wahrscheinlich. Mit der kleinen Eule in der Hand gelingt es mir halbwegs ruhig zu bleiben. Und die Fahrt irgendwie zu überstehen.

Meine freie Hand lege ich auf Sinas Arm. Ich habe noch nie versucht, mit den mentalen Kräften zu arbeiten, aber mein Vorhaben scheint zu gelingen. Sinas Panik scheint sich etwas zu legen, ihre bisher zittrige Atmung wird ruhiger.

Doch irgendwann scheinen auch die Kräfte der Elemente ein Ende zu haben, denn das Unwetter in meinen Gedanken nimmt zu. Die Fahrt in die Stadt kommt mir endlos lang vor.

Einerseits will ich am liebsten so schnell wie möglich ins Krankenhaus kommen, aber andererseits habe ich dann Gewissheit. Und ob ich das ertrage, weiß ich nicht. Bis zu diesem Punkt kann ich mich noch an die Hoffnung klammern, dass es vielleicht gar nicht so schlimm ist und Lena nur was falsch verstanden hat.

»Meinst du... es ist... sehr schlimm?« Sinas tränenersticktes Flüstern reißt mich aus den Gedanken.

Im Autoradio läuft gerade *Nightbook* von *Einaudi*, weshalb Lena sie nicht hören kann.

Ich weiß es nicht... wirklich nicht. Deshalb zucke ich nur mit den Schultern und versuche noch etwas von der Ruhe, die ich mir von den Elementen hole, an Sina zu weiterzugeben.

Wie viel Zeit vergangen ist, als wir im Krankenhaus von Fellbach ankommen, kann ich nicht sagen. Es ist mir auch vollkommen egal. Wir springen aus dem Wagen und rennen durch den Eingang des Gebäudes auf einen Tresen zu. Dahinter sitzt eine etwas rundliche Frau in Schwesternkleidung und tippt etwas in einen PC ein.

»Frau von Siedenow-Raich! Endlich sind Sie da...«. Ich nehme mir nicht wirklich Zeit, mich darüber zu wundern, woher die Krankenschwester Jans Mutter kennt. Jetzt, wo wir hier sind, will ich endlich zu *ihm* und sehen, wie es ihm geht.

»Können Sie mir sagen, was...« Die sonst so feste, energische Stimme der Akademieleiterin zittert vor Anspannung.

»Ich kann Ihnen keine Auskunft erteilen, kommen Sie mit«, unterbricht die etwas untersetzte Schwester, an Sina und mich gewandt fährt sie fort: »Sie beide können im Wartebereich platznehmen.«

»Die beiden kommen mit.« Lenas Stimme ist nun wieder ganz die alte... beinahe zumindest.

Sina, deren Hand ich immer noch festhalte, stößt erleichtert Luft aus. Keiner von uns hätte es ertragen, im Warteraum auf kahle Wände zu starren und neben schimpfenden Rentnern zu sitzen, die sich beschweren, dass sie nicht drankommen, während sie in irgendwelchen Klatschheften blättern.

»Sind sie Angehörige?«

»Nein. Aber das spielt keine Rolle!«, erwidert Jans Mutter scharf.

»Aber...« Die Schwester, Anita, wie ich inzwischen auf ihren Schild lesen konnte, versucht erneut zu widersprechen.

»Passen Sie auf, junge Frau: Die Mädchen kommen mit. Länger diskutiere ich hier auch nicht mit Ihnen. Sie bringen uns jetzt zu den Jungs, und zwar alle drei, oder ich wende mich an Professor Albrecht.« Lenas Tonfall lässt keine Gegenrede zu.

Anscheinend war sie aber erfolgreich, denn ohne ein weiteres Wort bedeutet Schwester Anita uns zu folgen.

Sina und ich laufen Lena und der Schwester nach, die vor uns über den blauen Linoleumboden eilen.

Vor einer Tür, auf der OP-Bereich/*IST* steht, stoppen wir. Rechts an der Wand stehen vier Klappstühle.

Auf einem sitzt ein Mädchen, den Kopf in den Händen vergraben.

Sie blickt auf, als Anita uns bittet hier Platz zu nehmen, und da erkenne ich sie.

»Hanna?!«, entfährt es Lena und mir wie aus einem Munde.

»Lena… ich… ich…« Offenkundig steht sie noch genauso unter Schock wie es bei Sina und mir der Fall wäre, wenn ich nicht unsere Emotionen und Gefühle manipulieren würde. Sinas Hand halte ich immer noch, was passieren würde, wenn ich sie losließe, weiß ich nicht. Wahrscheinlich würde sie komplett zusammenbrechen, und das kann ich ihr nicht antun.
Meine freie Hand lege ich auf Hannahs Rücken. Ich versuche auch sie zu beruhigen, was mir immer schwerer fällt. Womöglich bilde ich es mir nur ein, aber ich habe das Gefühl, je näher ich Jan komme, desto schwerer wird es, meine Kräfte zu kontrollieren. Kräfte, von denen ich im Grunde noch immer keine Ahnung habe.
Irgendwie scheint es bei Hannah aber doch zu klappen. Sie erzählt uns, wie sie auf dem Weg zur *Accademia* war, um sich das Konzert anzusehen, als sie plötzlich ein Autowrack gesehen hat, das kaum noch als solches erkennbar war.
»Ich bin ausgestiegen, und dann bin ich da hin… ich hatte Angst… riesige Angst. Dass der Anblick schlimm sein würde, wusste ich, aber so…« Wieder bricht ihre Stimme. Ich versuche, nur auf das nötigste zu hören, was sie sagt, um die Kraft zu haben, die anderen zu beruhigen. Nach einem weiteren Schub von mir, wird Hannahs Atmung ruhiger.
Lena hört angespannt zu, zeigt jedoch sonst wenig Regung. Das wundert mich nicht. Wirkliche Gefühle scheint die Professorin nur nach außen zu tragen, wenn sie Musik macht.
»Ich hab dann sofort den Notruf gewählt… und… Ich konnte nicht schauen, ob sie noch leben, es war so viel… überall Blut und … ich hatte Angst, dass sie tot sind… Das Blut war wirklich überall… ich weiß dann nur noch, dass die Ärzte kamen und uns mit hierhergenommen haben… Ich weiß nicht, was passiert ist… aber alles war kaputt… und mittendrin Jan… ich hab ihn nur an seinem Armband erkannt…«
Das war zu viel. So lange habe ich es geschafft irgendwie die Emotionen zu kontrollieren, aber jetzt… Ich sinke auf einen Stuhl.

Alles um mich herum verschwimmt. Wie ferngesteuert nehme ich den Tee, den die Schwester mir reicht, als sie wiederkommt. Sie sagt etwas zu Lena, was, das nehme ich nicht war.

***

Wie in Trance verbringe ich die nächsten Stunden. Versuche, Luft in meine Lunge zu bekommen, doch es fühlt sich an, als müsste ich ein dickflüssiges Gel in meine Lungen pressen. Jeder Atemzug kostet mich unglaublich viel Kraft.

Pfleger und Ärzte laufen an uns vorbei, mal schnell, mal langsam, entspannt oder hektisch.

Eine Uhr hängt gegenüber an der Wand. Der Becher mit Tee, den ich in den Händen halte, ist noch halb gefüllt. Ich starre in die grünbraune Plürre und frage mich, wie es soweit kommen konnte.

So lange bin ich allein klargekommen, und jetzt, wo ich mich auf andere Menschen einlasse, ihnen erlaube, sich in mein Herz zu stehlen, steht alles auf dem Spiel.

Die Zeiger scheinen sich nicht fortzubewegen – eher im Gegenteil. Irgendwo piept ein Alarm. Mehr Pfleger und Ärzte rennen irgendwo hin.

Wir sitzen still. Niemand sagt etwas. Inzwischen habe ich Mineralwasser in meinem Becher. Anstatt zu trinken, schaue ich den Bläschen beim Platzen zu und versuche meine Gedanken unter Kontrolle zu halten.

Der Plastikbecher knistert, während sich meine Finger darum verkrampfen. Es kostet mich einiges an Mühe, das Ding nicht einfach an die Wand gegenüber zu schleudern.

Wieder kommt eine Schar von Ärzten und Pflegern an uns vorbei. Später bleibt einer vor uns stehen und bittet Sina mitzukommen. So sitzen nur noch Lena, Hannah und ich auf den harten Plastikstühlen.

»Frau von Siedenow-Raich?« Eine Schwester steht vor uns. »Bitte folgen Sie mir.«

Lena steht steif auf. Sie bedeutet mir mitzukommen. Ich erhebe mich ebenfalls und laufe der weißgekleideten Frau nach. Sie führt uns in ein Zimmer, das nach einem Büro aussieht.

Sie sagt, wir könnten uns hinsetzen, und dass gleich ein Arzt vorbeikommen würde, der unsere Fragen beantwortet. Als sie gegangen ist, ist nur das leise Surren eines PCs zu hören und das stetige Ticken einer Wanduhr.

Endlich öffnet sich die Tür hinter uns und ein Mann, Mitte vierzig mit leicht grauen Haaren und einer Brille kommt herein.

»Guten Abend, ich bin Professor Ferdinand«, stellt er sich uns vor, während er hinter dem Schreibtisch Platz nimmt.

»Sie wollen sicher wissen, wie es ihrem Sohn geht. Zunächst einmal kann ich Ihnen sagen, dass sein Zustand soweit stabil ist. Bei dem Aufprall hat er ein Polytrauma erlitten. Unter anderem sind seine Beine mehrfach gebrochen. Dadurch wurden Teile der Hauptaterie verletzt. Operativ konnten wir das versorgen. Was uns Grund zur Sorge liefert, sind die Verletzungen am Schädel. Ein Schädelhirntrauma hat zu einer Suduralblutung geführt. Operativ konnten wir den Hirndruck senken und die Blutung versorgen. Leider können wir hier nur abwarten und sehen, was die nächsten Tage bringen.«

»Können wir zu ihm?«, fragt Lena ausdruckslos.

»Ja. Aber da ist noch etwas. Damit sich der Körper erholen kann, haben wir Jan in ein künstliches Koma versetzt. Die Vitalwerte und weitere CT-Bilder werden zeigen, wann wir ihn wieder aufwachen lassen können.«

Jan

Alles ist schwarz. Ich sehe nichts, höre nichts, spüre nichts. Was und wo ich bin, weiß ich nicht. In diesem Zustand der Schwerelosigkeit scheint mir alles gleichgültig. Wärme und Kälte überall und nirgendwo. Ein Gefühl für Zeit fehlt – Jedes Gefühl fehlt. Nichts. Leere. Weite.

Eine Welle ergreift mich und zum ersten Mal spüre ich, dass ich einen Körper habe.

Wie eine Explosion rauscht das lodernde Feuer durch meinen

202

Körper, als sie mit ihrer Hand meine berührt. Wasser und Luft folgen, Hitze und Kälte ringen miteinander und vereinen sich in jeder Zelle. Sehen und hören kann ich sie nicht, doch ich weiß, dass nur sie es sein kann, die mich berührt. Gwen.
»I... ich muss gehen, Jan«, *höre ich ihre Stimme in meinem Kopf.*
»Ich... es geht nicht anders.«
Was?!?, will ich schreien. NEIN!!!, will ich schreien, doch mein Mund gehorcht mir nicht. Ich bin gefangen in meinen Körper und kann nichts dagegen tun.
Ich versuche in ihre Gedanken zu dringen, so wie sie es bei mir gemacht hat.
Wohin willst du?
Bleib bitte hier.
Ich brauche dich.
Gwen...
Doch es klappt nicht. Sie hört mich nicht. Sie geht.

Die Feuersbrunst, die Gwen verursacht hat, erlischt und lässt nichts als verkohlte Asche zurück, und das Wasser legt sie wie ein eisiger Tresor um mein Herz.
Es kann nicht sein, dass ich sie verloren habe. Ich strample und schreie und versuche die Ketten, die mich halten, zu durchbrechen. Nur, dass die Ketten nicht physisch sind und mein Körper nicht das tut, was er soll.
Erneut breitet sich die Leere um mich aus.

Gwen

Regentropfen benetzen die Scheibe, durch die ich nach draußen blicke. Der Himmel ist so grau, so bedeckt wie ich mich fühle. Bäume ziehen rauschend vorbei und durchschneiden das trübe Nichts.
Dass ich weine, realisiere ich erst, als eine Träne auf das Blatt tropft, das ich noch immer in den Händen halte. Anscheinend habe ich mich in den letzten Stunden, seit Lena bei uns in der

Küche aufgetaucht ist, daran gewöhnt, nasse Wangen zu haben. Mir fällt es schon gar nicht mehr auf, wenn Sturzbäche darüber laufen. Eigentlich dürfte gar keine Flüssigkeit mehr übrig sein, die meine Augen vergießen können, aber irgendwo scheinen immer noch Reserven zu lauern.

Das stetige Rattern und Surren des Zuges und der Schlafmangel sorgen irgendwann dafür, dass die Müdigkeit mich überwältigt. Während ich so dahindämmere, ziehen die Ereignisse der vergangenen Stunden nochmal an mir vorüber.

Die ganze Nacht war ich mit Lena im Krankenhaus. Heute Morgen haben die Schwestern uns geraten, nach Hause zu fahren. Michael hat Lena und mich bei ihr zu Hause abgesetzt. Er hätte mich auch direkt zu meinem Haus gefahren, aber ich konnte etwas frische Luft gebrauchen.

Bevor ich loslief, zog Lena mich noch in eine feste Umarmung, die wirklich gut tat.

Am Dornweiher wollte ich einfach alles vergessen, stattdessen war das Gegenteil der Fall. Sobald ich mich auf die Steine am Ufer gesetzt Hatte, tat sich ein Loch in mir auf. Eine Leere, die normalerweish Jan füllen würde. Wir waren immer gemeinsam hier in den letzten Tagen. Dass ich mich so sehr an ihn gewöhnen würde, hätte ich nie für möglich gehalten. Dort, wo ich sonst seine Körperwäre gespürt hätte, wenn er neben oder hinter mir stand, war nichts als Leere.

Ich beobachtete, wie sich die ersten Sonnenstrahlen langsam ihren Weg durch die Äste mühten und ihrem Kampf gegen die Nebelschwaden, die sich mäandernd über die Wasseroberfläche bewegten, aufnahmen. So beschaulich die Szene auch sein mochte, ich ertrug es nicht dort zu sein. Ohne ihn.

Ich schrecke hoch, als mich jemand an der Schulter berührt. »Die Fahrkarte, bitte«, sagt die leicht übergewichtige Schaffnerin, deren schwarze Haare dezent rot schimmern.

Ich hole mein Ticket aus meinem Portmonee und reiche es ihr wortlos. Nachdem sie es entwertet hat, geht sie weiter.

Als sie weg ist, fällt mein Blick wieder auf das Papier, das ich nicht mehr aus der Hand gelegt habe, seit ich es heute auf dem

Küchentisch gefunden hatte.

Acht Worte, siebenundfünfzig Buchstaben in verschnörkelter Schrift, die sich mittlerweile auf meiner Netzhaut festgebrannt haben, so oft wie ich die Mitteilung gelesen oder vielmehr angestarrt habe.

»Gwendolyn, wir hoffen, wir konnten deine Entscheidung erleichtern.«

Nachdem die Bedeutung der Worte zu mir durchgedrungen war, habe ich nicht lange nachgedacht.

Auf die Rückseite irgendeines Notenblattes kritzelte ich einige Worte für Sina und Lissi, damit sie wissen, dass ich diesmal aus freien Stücken gegangen bin. Auf meiner Uhr sah ich, dass in drei Minuten der Bus in die Stadt fahren würde.

Nach einem kurzen Besuch bei Jan habe ich den Regionalzug genommen, in dem ich mich jetzt befinde.

Jan... Der Anblick seines Körpers schiebt sich vor mein inneres Auge. Unzählige Schläuche und Kabel verbanden ihn mit Maschinen, die Flüssigkeiten, in ihn hinein laufen ließen oder herauspumpten. Sein Kopf und seine Arme waren von Verbänden verhüllt, seine Augen, deren Blick mich immer mit Wärme erfüllt haben, waren geschlossen. Als ich ging, hätte ich schwören können, eine Träne über seine Wange laufen zu sehen. Bei dem Gedanken zieht sich alles in mir zusammen.

All das ist meine Schuld. Wie konnte ich nur so naiv sein und glauben, uns würde etwas einfallen, um gegen *die* etwas ausrichten zu können?

Das Beben war doch schon Zeichen genug, dass sie vor nichts zurückschrecken würden. Und jetzt haben sie zwei meiner besten Freunde beinahe umgebracht. Sinas SMS, die sie in der Nacht geschickt hat, dass es Rick bessergehen würde, er ansprechbar sei, konnte mich auch nicht wirklich beruhigen.

So fest ich meine kleine Silbereule mit den grünblauen Augen auch umklammere, meine Gedanken ordnen sich zwar, aber die einzig logische Schlussfolgerung bleibt: Ich muss mich stellen.

Auch wenn die Landschaft stetig am Fenster vorbeizieht, habe ich das Gefühl, auf der Stelle zu stehen. Andauernd hält der Zug an kleinen Bahnhöfen. Ob wirklich jemand einsteigt, bemerke ich nicht. Es ist mir auch egal. Lubolz, Schönwalde, Brandt, Oderin, alles Orte, deren Namen ich noch nie gehört habe, und deren Existenz ich innerlich verfluche. Ein Blick auf die Uhr zeigt mir, dass es noch mindestens eine Stunde dauert, bis ich in Berlin ankomme.

Mein Handy habe ich mittlerweile ausgeschaltet. Die Stimmen der Mädchen würde ich nicht ertragen. Inzwischen haben sie meine Nachricht sicher gelesen und würden versuchen mich umzustimmen.

***

»Nächste Station: Potsdamer Platz«, verkündet die Lautsprecherdurchsage der S-Bahn, während das Quietschen der Bremsen durch die geöffneten Fenster von den Tunnelwänden widerhallt. Mit zitternden Beinen verlasse ich den Zug und nehme die Rolltreppe nach oben. Als ich auf den Platz trete, brauche ich erst etwas, um mich zu orientieren. Ich blicke mich um und erkenne das SonyCenter. Dahinter geht es zur Philharmonie. Wie gerne würde ich noch einmal dorthin gehen und erleben, wie der Klang des Orchesters nach und nach den Raum füllt.

Schnell schiebe ich den Gedanken beiseite. Ich überquere die Straße und gehe geradeaus. Und da sehe ich das Gebäude, das spitz zuläuft wie der Pfeil, der seit dem Unfall in meiner Brust steckt.

Als ich unter das Vordach trete, fühle ich mich wie ein Verräter. Vor nicht einmal einer Woche haben meine Freunde ihr Leben riskiert, um mich hier herauszuholen. Umsonst, denn jetzt laufe ich eigenständig wieder zurück. Was hätten wir der Schule, aber allen voran Jan und Rick erspart, wenn sie mich hier vergessen hätten.

Meine Freunde... Ob ich sie jemals wiedersehen werde, steht in den Sternen. Doch allzu wahrscheinlich ist es nicht.

Mein Herz klopft, mein Blut rauscht in den Ohren. Bevor sich die Automatiktür öffnet, sehe ich mich noch kurz in der Spiegelung. Rotgeweinte Augen, kupferrote, hüftlange Haare, die dringend einen Kamm nötig hätten, schwarze Kleidung, schwarze Chucks. Auch wenn ich immer schwarz trage, so sehr wie heute hat meine Kleidung noch nie zu meinem Inneren gepasst.

Was mich erwartet, wenn ich durch die Tür trete, weiß ich nicht. Aber ich werde es wohl herausfinden.

widerhallt.

Elftes Kapitel

»... Auftrag zum Bau einer Isoliersiedlung, welche unter dem Decknamen Feriendorf geplant und verwaltet wird. [...]

- Die Informationen zur Lage des Objektes sind stets von Gedankenlesern aus den Gedächtnissen aller Beteiligten zu löschen.
- Ein direkter Personenverkehr findet ausschließlich ohne Bewusstsein statt; Fahrer und Fahrzeug werden auf dem Weg gewechselt.
- Eine direkte Kommunikation findet nur über das Organisationsnetzwerk statt.«

(Auszug aus dem Handbuch »Isoliersiedlung« der Organisation, 27.04.2015)

Jan

Immer noch schwebe ich in diesem schwarzen Nichts. Vorn, hinten, oben und unten, nichts dergleichen hat eine Bedeutung; genausowenig wie hier oder dort. Alles sind Begriffe, die ich kenne, aber wozu?

Früh oder spät existiert ebensowenig wie schnell oder langsam. Alles ist abwesend.

Auf einmal ist das Feuer wieder da, Wasser und Luft ebenfalls. Doch diesmal überrollen mich die Elemente nicht. Die Wärme umhüllt mich vielmehr wie eine tröstende Daunendecke. Das Wasser erschlägt mich nicht wie eine Welle an der Küste, es durchdringt mich wie ein Glas Mineralwasser an einem heißen Sommertag, während die Luft als sanfte Brise über mich streift.

Gwen, denke ich zunächst, du bist wieder da. Die Erleichterung erfüllt alles, was mein Körper ist, auch wenn ich nicht mehr Herr über diesen bin. Es ist als würde ein Teil meiner Freiheit wiederkommen, bis... ja, bis die Erkenntnis zu mir durchdringt.

Diese... Empfindungen sind viel zu... ruhig für sie.

Von der Freiheit von eben ist nichts mehr zu spüren. Das, was mich fängt, fesselt mich mehr denn je, nimmt mir jeglichen Raum, den ich glaubte zu haben. Da fällt mir ein, dass Gwen schon einmal hier war. Sie war hier und hat sich verabschiedet, und so langsam wird mir klar wieso. Wie lang das her ist, weiß ich nicht. Aber das darf nicht wahr sein. Sie darf sich nicht in die Fänge dieser Menschen begeben haben.

Ich bin Isabelle, die Mutter von Gwendolyn. Ich hätte es nicht für möglich gehalten, dass sich in mir noch mehr zusammenziehen kann, doch es geht. Beim Gedanken an sie bäumt sich alles in mir auf. Ich muss zu ihr, aber wie soll ich nur? Gefangen in dieser Hülle, die mein Körper ist, kann ich nichts tun. Wie lang das noch so weiter gehen soll, weiß ich nicht. Ob ich je wieder freikomme... keine Ahnung.

Jan, wie du merkst, bin ich ebenfalls auserwählt, deshalb kannst du mich wahrnehmen. Du kommst wieder in Ordnung, aber du musst Geduld haben. Die Stimme, die wie eine ältere Version Gwens klingt, erscheint ebenfalls nur in meinen Gedanken.

Das ist ja schön, denke ich, dass ich in ein paar Tagen wieder fit bin, aber dann ist es zu spät. Als sie hier war, hätte ich mit ihr reden müssen. Wenn ich wenigstens mental mit ihr hätte kommunizieren können...

Auch wenn es meistens nicht so wirkt, aber meine Tochter kann sehr stur sein, wenn sie glaubt das Richtige zu tun. Aber vertrau mir, ich will sie, wo auch immer sie ist, da rausholen. Ich bin mir sicher, du möchtest wissen, was alles passiert ist. Ich will versuchen, es dir zu erzählen, auch wenn ich zugeben muss, dass ich mit meinen Gedanken gerade nicht ganz fokussiert bin. Du verstehst das vermutlich. *Und wie ich das tue.* Ich saß also beim Mittagessen – allein, weil mein Mann zur Zeit in Wien mehrere Konzerte spielt, als das Telefon klingelte und mich die Fellbacher Polizei anrief. Sie erzählten mir, dass meine Tochter vermisst wird und fragten, ob sie bei mir sei. Auch wenn ich daran nicht glaubte, bin ich natürlich sofort in ihr Zimmer, um zu sehen, ob sie vielleicht doch da ist. Natürlich war sie das nicht. Die Fahrt nach Fellbach war ohne jeden Zweifel die längste meines Lebens. Du musst wissen, Gwendolyn hatte nie Freunde. Somit waren die Möglichkeiten begrenzt, wo sie sein könnte. Abgesehen davon ist sie erwachsen... aber sowas sieht ihr gar nicht ähnlich. Egal. Ich saß also im Taxi nach Fellbach.

Am Tor der *Accademia* hat deine Mutter schon auf mich gewartet. Als ich sie das erste Mal sah, wusste ich sofort, dass mit dir etwas nicht in Ordnung war. Ich weiß, ich sollte mich zurückhalten, wenn es um das Lesen von Gedanken und Gefühlen geht, das ist eine Schwäche von mir. *Ein stumpfes Lachen mischt sich in ihre Erzählung. Sie hält kurz inne, ehe sie fortfährt.* In ihrem Büro hat sie mir dann berichtet, was alles passiert ist. Sie fing mit dem Unfall an und erzählte, dass meine Tochter dir sehr ... nahe steht. Sie hat erzählt, dass sie sich nicht erklären kann, wieso sie weggelaufen sei. Nachdem deine Mutter mir eine Tasse mit heißem Tee gegeben hatte, fuhr sie fort, wie zufrieden sie mit Gwen sei, und dass sie die beste Schülerin wäre, die sie seit langem habe.

Sofort werden Erinnerungen an einen unserer ersten Abende wach, wie wir gemeinsam im leeren Bernstein-Saal *gespielt haben, sie Klavier und ich... Schon da habe ich mich ihr so nahe gefühlt. Ich versuche diese Gedanken so gut wie möglich zu verschließen. Das war unser Moment, und ich möchte nicht, dass irgendjemand davon erfährt. Ob es funktioniert, weiß ich nicht, jedenfalls lässt Gwens Mutter sich nichts anmerken.*

Als wir dann zum Haus meiner Tochter gingen – ich habe deine Mutter darum gebeten –, erklang Musik nach draußen. Gesang, Saxophon und... Klavier. Naiv wie ich war, glaubte ich natürlich zunächst es sei meine Tochter... *Verbitterung liegt in ihrer Stimme* Aber deine Mutter erkannte sofort, dass es nicht Gwendolyn sein kann. Sie öffnete die Tür, und wir gingen direkt ins Wohnzimmer, wo ich zum ersten Mal auf Sina und Melissa gestoßen bin. Zunächst hatte ich einen ziemlichen Kloß im Hals, als ich ein Mädchen an Gwendolyns Klavier hab sitzen sehen, das nicht meine Tochter ist; das Instrument ist schon sehr lange im Familienbesitz musst du wissen... Aber dann hab ich sofort gespürt, dass sich alles in ihrem Kopf nur um meine Tochter dreht, und dass die zwei mehr wissen als deine Mutter. *Davon ist wohl auszugehen. Und so langsam ahne ich auch, worauf die Auserwählte hinauswill.*

Nachdem ich die Gedanken deiner Mutter schon zuvor eingehend betrachtet hatte – Ich weiß, ich weiß... *Sie seufzt.* Aber schließlich geht es hier um meine Tochter, da fällt es mir schwer Rücksicht auf andere zu nehmen *Ihre Entschlossenheit kann ich selbst in meinen Gedanken wahrnehmen. Und natürlich... ich verstehe sie wahrscheinlich besser als jeder andere. Ich würde alles tun, um an sie heranzukommen.*

Jedenfalls habe ich deine Mutter gebeten mich mit den Mädchen allein zu lassen. Nachdem sie anfänglich gezögert haben, fing die kleine... Sina, glaube ich – an zu berichten. Davon, wie dein Vater erst dich und dann auch meine Tochter für seine Sache gewinnen wollte. *Bei dem Wort* Vater *durchzuckt es mich als hätte man mir einen elektrischen Schlag verursacht.*

Dass ich nicht eher eine Verbindung zwischen deinem... Erzeuger... und dir gezogen habe, ist mir selbst ein Rätsel. Euer Familienname ist schließlich nicht gerade häufig. Aber ganz ehrlich, ich bin mir nicht sicher, ob ich dann so unvoreingenommen wäre. Ich muss jetzt gehen, lange kann ich die Pfleger nicht mehr davon abhalten, mich nicht rauszuwerfen. Ich komme wieder. *Die Wärme, die mich umfängt, beginnt nachzulassen.*

Bleiben Sie hier... will ich Gwens Mama entgegenrufen, doch sie hat sich schon von mir abgewendet. Was haben Sie vor?, will ich wissen, doch ich erhalte keine Antwort auf meine verzweifelten

Fragen.
Alles wird wieder kalt und bedeutungslos. Die Leere umgibt mich
wieder. Ich bin allein, machtlos irgendetwas an dieser Situation
zu ändern.

Gwen

Meine Augen zu öffnen fällt mir schwer. Als ich endlich gegen die Kraft, die meiner Lider nach unten zieht, gewonnen habe, sehe ich zunächst nur verschwommen. Alles um mich herum ist weiß. Weiß und hell.

Wie durch eine dicke Schicht Watte dringt ein weit entferntes Piepen zu mir durch.

Mein Kopf fühlt sich an, als wäre er auf das Zehnfache seines Volumens angeschwollen. Ich liege auf einem Bett. Ob es auf festem Boden steht, vermag ich nicht zu sagen. Es könnte genauso gut auch auf dem Meer schwimmen, so sehr schwankt es. Irgendwann legt sich das Gefühl, auf einem von riesenhaften Wellen geschüttelten Schiff zu sein.

Langsam dringt die Erinnerung zu mir durch. Nachdem ich im Eingangsbereich auf den Tresen zugegangen bin, wurde ich plötzlich von hinten gepackt. Wirklich Zeit nachzudenken hatte ich nicht, denn sofort fiel Schwärze wie eine schwere Decke über mich.

Als alles um mich herum klarer wird, erkenne ich den Doc, der mich schon beim ersten Mal untersucht hat.

»Hallo Gwen, wie fühlst du dich?«, fragt er mit sanfter Stimme.

»Geht so…«, krächze ich. Mein Hals brennt, als hätte man mir eine Ladung Nägel eingeflößt.

»Du hast über vierundzwanzig Stunden geschlafen; heute ist Montag.«

Was? Das kann doch nicht sein! Zwar bin ich noch nicht ganz wieder da, aber meine Benommenheit lässt nach, was vermutlich auch der Grund ist, wieso langsam Panik von mir Besitz ergreift.

Erst jetzt bemerke ich, dass Flüssigkeit über einen Zugang in meine rechte Hand fließt. Sofort beginnt mein Herz schneller zu schlagen. Das Piepen nimmt zu. Was soll das? Warum liege ich hier, und was ist gestern passiert? Ich habe meine Kleidung nicht mehr an, trage nur noch eines dieser Krankenhaushemden. Da meine Gedanken immer schneller zu rotieren beginnen und ich langsam die Kontrolle verliere, versuche ich meine Eule zu finden. Egal wie ich probiere daran zu kommen, ich finde sie nicht. Mein Herz beginnt noch schneller zu schlagen. Ich weiß nicht, wie ich ruhig werden soll, wenn ich den kleinen Anhänger mit den blaugrünen Augen nicht habe.

»Wo ist meine Kette?«, frage ich mit zitternder Stimme.

»Die mussten wir dir aus Sicherheitsgründen abnehmen.« Bedauern färbt seine Worte.

Das darf nicht wahr sein. Das darf einfach nicht wahr sein! Immer schneller pumpt mein Herz das Blut durch meinen Körper, in meinen Ohren rauscht es pulsierend. Das Gerät, das so nervtötend piept, wird lauter und lauter.

»Gwen. Bitte bleib ruhig«, flüstert der Doc eindringlich, wobei er Werte auf einem Tablet überprüft.

Ruhigbleiben? Ist das sein Ernst? Zwei meiner Freunde sind schwer verletzt, das einzige, was mich noch halbwegs beruhigen kann, wird mir genommen, und ich muss hier liegen, ohne irgendetwas unternehmen zu können.

Ich kann, ich will das nicht länger. Mit einem Ruck setze ich mich auf, was ein Fehler war, denn es beginnt wieder alles um mich herum zu schwanken. Das ist mir jedoch egal. Ich schwinge meine Beine über den Rand und will aufstehen, während ich versuche, das Pflaster, das den Zugang an meiner Hand festhält, zu lösen.

»Gwen, du musst ruhig bleiben!« Der Doc klingt fast flehentlich, doch seine Probleme tangieren mich peripher.

Dass er plötzlich neben mir steht, merke ich erst, als er eine Spritze in meinen Arm sticht.

»Es tut mir leid.«

Ich sinke zusammen, und er fängt mich auf, doch eigentlich ist es mir einerlei.

***

Als ich langsam wieder zu mir komme, nehme ich neben dem

omnipräsenten Piepen noch das Klacken von Absätzen war. Mühsam öffne ich die Augen.

»Hey, Gwendolyn. Ich bin's, Laura. Wir sind uns schon bei deinem letzten... Besuch begegnet.« Ihre Stimme klingt zögerlich.

Ich versuche etwas zu sagen, doch mein Hals schmerzt, als würde das Feuer höchstselbst darin wohnen. Mehr als ein Krächzen bekomme ich nicht zustande.

»Hier...« Sie reicht mir ein schlichtes Glas mit einem schwarzen Strohhalm. »Du solltest was trinken, das wird deinem Hals sicher gut tun.«

Wie schon bei meinem ersten Besuch – was für ein Euphemismus – klingt ihre Stimme recht freundlich.

Trotzdem weiß ich nicht, ob ich ihr trauen kann.

Vermutlich bemerkt Laura meinen skeptischen Blick. »Das ist wirklich nur Wasser. Schau...« Sie setzt das Glas an ihre Lippen und nimmt selbst einen Schluck, bevor sie fortfährt.

»Wenn du mir in Ruhe zuhörst, kann ich dir alles erklären. Los, trink schon.« Ihre rot geschminkten Lippen verziehen sich zu einem Lächeln. Wie gerne würde ich die Kräfte einsetzen und in ihren Kopf schauen, um zu sehen, ob ich ihr trauen kann. Leider wird das wohl ohne meine kleine Eule nichts.

Schmerz durchfährt mich, als ich an den Silberanhänger denke. Kurz zögere ich, doch schließlich überwiegt der Durst mein Misstrauen.

Als ich einige Schlucke getrunken habe, setzt Laura sich auf einen Stuhl neben dem Bett.

»W... welcher Tag ist heute?«, flüstere ich heiser.

»Dienstag. Du hast ziemlich lang geschlafen. Der Doc sollte Untersuchungen an dir durchführen und... wir sind auch nicht mehr in Berlin.«

Wirklich überrascht bin ich nicht. Nachdem Jan beim letzten Mal wie der Elefant durch einen Porzellanladen ins Gebäude marschiert ist, wollte man sicher vermeiden, dass sich das wiederholt. Und darüber bin ich auch froh. Bei einem zweiten Versuch würde er sicher nicht entkommen, und das könnte ich mir nie verzeihen. Ich kann nur hoffen, dass Sina es schafft, Jan von irgendwelchen unvernünftigen Unternehmungen abzuhalten.

»Wo sind wir denn hier?« Das Wasser tut gut, so langsam findet meine Stimme wieder den richtigen Weg.

»Das kann ich dir nicht sagen.«

Damit war ja zu rechnen, denke ich mir. Wieso sollte man mir das auch verraten? Doch als Laura weiterredet, bin ich dennoch überrascht.

»Nicht, weil ich nicht will... Keiner weiß das hier. Die wollen verhindern, dass Auserwählte wie du es an ihren Gedanken ablesen können. Daher werden hier befindliche Personen ohne Bewusstsein transportiert. Die Fahrer verlassen das Gelände, bevor jemand aufwacht.« Nach einer kurzen Pause, in der ich versuche diese Informationen zu verdauen, fährt sie fort. »Der Landschaft nach zu urteilen sind wir im Norden. Irgendwo in der Nähe der Nordseeküste. Aber ob wir noch in Deutschland sind oder schon in den Niederlanden, das weiß ich wirklich nicht. Aber falls es der Doc zulässt, kann ich dir nachher das Gelände zeigen. Jetzt solltest du dich erstmal noch etwas ausruhen.«

Mit diesen Worten steht Laura auf und verlässt das Zimmer, nicht ohne mir noch einmal – aufmunternd? – zuzulächeln und mich leicht an der Schulter zu tätscheln.

Zum ersten Mal schaue ich mich um. Wände und Decke sind weiß, alles ist hell. Rechts neben mir stehen Apparaturen wie man sie aus Krankenhäusern kennt. Schläuche und Kabel führen zu mir. Links sind ein kleines, ebenfalls weißes Schränkchen und der Stuhl, auf dem Laura bis eben gesessen hat.

Bevor ich noch länger über meine Situation nachgrübeln kann, wird die Tür wieder geöffnet, und der Doc kommt herein. Vor sich schiebt er einen rollbaren Tisch, auf dem verschiedene Ampullen und... Spritzen liegen. Sofort verkrampft sich mein Körper und das Piepsen, das wohl meinen Herzschlag zeigt, beschleunigt sich.

Jan

Sollte die Leere um mich herum doch eine Größe besitzen, dann nehme ich an, sie wird kleiner.

Doch seltsamerweise beunruhigt mich das keinesfalls. Ich habe nicht das Gefühl der Enge, es ist nicht das gleiche Gefühl, wie damals in der Besenkammer, in der ich immer Arrest hatte, wenn dem Alten etwas nicht in den Kram passte.

Vielmehr glaube ich mittlerweile auch etwas zu spüren, so, als würde ich wieder in bekanntes Gebiet vordringen, nachdem ich ewig auf einer unendlich großen Weite umhergeirrt bin, so als würde man nach langer Zeit auf einen Wegweiser treffen, der einem die Richtung gen Ziel weist.

Was ich gerade bin, weiß ich immer noch nicht. Ich habe keine Arme und Beine, keinen Kopf und keinen Rumpf. Ich bin nur ich, irgendwo im Nichts.

Doch da das Nichts kleiner zu werden scheint, wächst meine Hoffnung, diesem Zustand endlich entfliehen zu können.

Oder ist es doch nur die immer größer werdende Hoffnung, die den Platz des unendlichen Nichts einnimmt? Und wenn ja, wäre das gut oder schlecht?

Gwen

Als wir aus der Tür treten, weht uns sofort ein heftiger, salziger Wind um die Nase. *Wind* denke ich, das einzige Element, mit dem ich noch nicht gearbeitet habe.

Die Äste einer alten Weide ergeben sich den Mächten des Sturms und wehen beinahe waagerecht. Der Himmel ist recht grau und düster und entspricht somit ziemlich genau meiner Stimmung. Wenngleich ich zugeben muss, ein wenig froh zu sein, aus dem Krankenzimmer rauszukommen, auch wenn ich nicht weiß, was mich erwartet.

»Dort, hinter den Bäumen…« Laura deutet auf eine Stelle hinter uns, »geht morgens die Sonne auf. Das sieht einfach traumhaft aus.«

Ich nicke nur stumm, während ich meinen Blick über das Gelände schweifen lasse. Rings um die Weide in der Mitte eines Platzes reihen sich zehn weiße reetgedeckte Häuschen wie in einem Feriendorf.

In einiger Entfernung hinter den Gebäuden bleiben meine Augen an einem Drahtgeflecht hängen.

»Ah... du hast ihn also schon entdeckt...«, seufzt meine Begleiterin mit den streng zurückgebundenen Haaren. »Angeblich steht er unter Strom. Bisher hat es keiner der Anwesenden ausprobiert.... und ich würde es an deiner Stelle auch nicht tun«, erklärt sie mit leichter Beunruhigung in der Stimme, die mich etwas verwundert.

»O... Okay«, murmle ich.

»Komm mit... Ich zeige dir dein Appartement.«

Nachdem wir einmal über den Platz gegangen sind, bleibt Laura vor einem Haus mit der Nummer Sieben stehen. Sie betätigt die Klinke, und mit einem Surren und Klicken öffnet sie die Tür.

»Die Schlösser sind elektronisch. Eine Kamera über der Tür erfasst dich und öffnet das Schloss automatisch.«

Im Haus erklärt mir Laura, dass links das Bad ist und rechts das Schlafzimmer.

Als wir den kleinen Wohnraum betreten, wird mein Blick magisch in die Ecke gezogen.

Wieder scheint Laura meinem Blick zu folgen.

»Es ist nur ein E-Piano, aber ich hoffe, es ist besser als nichts.« Entschuldigend hebt sie die Schultern.

Mehr als ein schwaches »Danke« bringe ich nicht hervor, dabei bin ich wirklich erfreut. Ich weiß nicht, wie ich es hier ohne Musik ausgehalten hätte.

Ich blicke mich weiter um. Die Fenster zeigen einen beinahe unverstellten Blick über das weite Land. Ich bin mir nicht sicher, ob ich es mir nur einbilde, aber ich glaube sogar das Meer zu erkennen.

Danach schaue ich mich weiter im Raum um. Die gesamte Einrichtung scheint einem Möbelhauskatalog entsprungen. Alles wirkt irgendwie neu, unbenutzt und steril.

»Die Siedlung ist neu erbaut. Außer uns beiden und dem Doc sind bisher nur Wachleute hier. Aber ich vermute, wir bekommen in den nächsten Monaten etwas mehr Gesellschaft.«

Ich frage mich, ob es Zufall ist, dass sie immer Antwort auf Fragen parat hat, die ich nur im Kopf gestellt habe.

Ich schaue auf ihre Handgelenke, weil mir plötzlich der Einfall kommt, sie könnte auserwählt sein und meine Gedanken lesen. »Ich bin ein ganz normaler Mensch ohne besondere Fähigkeiten.« Sie zuckt mit den Schultern.

Ich starre sie an. »Woher... wieso weißt du dann... was ich fragen will?« Meine Stimme hat sich immer noch nicht vollständig erholt. »Ich schätze, ich habe einfach eine gute Menschenkenntnis.« Laura lächelt und lacht leise. »Und in dir kann man im Moment lesen wie in einem offenen Buch.«

Ich unterdrücke den Drang, mir die Hände vors Gesicht zu halten und mich dahinter zu verstecken. Stattdessen drehe ich Laura den Rücken zu und schaue wieder aus dem Fenster, da ich nicht will, dass sie meine Gedanken sieht.

Was würde ich dafür tun, wenn ich meine Kräfte nutzen und schauen könnte, wie vertrauenswürdig die junge Frau tatsächlich ist. Nur ohne meine Eule brauche ich das gar nicht zu versuchen.

Laura unterbricht meine Gedanken. »Im Kühlschrank befindet sich alles, was du brauchen solltest. Wenn dir doch was fehlt, dann sag mir einfach was, okay?«

»Hmpf.«

»Dasselbe gilt für das Bad. Schau, was da ist, und wenn dir was fehlt... du weißt schon.«

»Du bist sicher noch recht erschöpft. Ich lass dich jetzt erstmal In Ruhe und schau später nochmal vorbei.« Dabei geht sie in Richtung Tür. Zunächst bleibe ich bewegungslos stehen, bevor ich ihr nachgehe. »Wenn was ist, ich wohne drüben in der Nummer 2«. Mit einem Lächeln verabschiedet Laura sich und geht über den Platz.

Ich bleibe allein zurück. An der Wand neben der Tür hängt ein Spiegel. Ich werfe einen Blick hinein und erschrecke ein wenig bei meinem Anblick. Meine Haare haben eine Dusche mehr als dringend nötig. Strähnig fallen sie mir über den Rücken.

Mein Blick wandert an mir hinab, genauer gesagt an der Kleidung, die mir Laura gegeben hat, bevor sie mich aus dem Untersuchungsappartement abgeholt hat. Meine Beine stecken in hautengen, ebenfalls schwarzen Jeans, meine Füße in schwarzen Nikes.

Und obwohl ich alleine bin, will ich mich am liebsten verstekken. Mit meiner Figur habe ich kein Problem. Ich bin zwar eher schlank, aber eben auch nicht dünn und zierlich wie Lissi. Vor allem mein Busen wirkt erschreckend groß in dem engen schwarzen Top. Am liebsten würde ich alles sofort unter weiten Stoffen verhüllen, so wie sonst auch.

Den Rest des Nachtmittags habe ich außer mit duschen noch mit klavierspielen verbracht oder zumindest mit dem Versuch dessen. Denn wirklich konzentrieren kann ich mich nicht. Zu viele Gedanken spuken in meinem Kopf umher.

Meine Haare sind noch feucht und verströmen den Apfelduft des Shampoos, das im Bad bereitstand.

Ich habe eben die letzten Akkorde gespielt und nehme meine Finger von den Tasten, als sich die Stille wieder über das Appartement legt. Nur das Rauschen des Windes, der den ganzen Tag nicht nachgelassen hat.

Die Ruhe sorgt dafür, dass das Gedankenkarussell in meinem Kopf noch heftiger zu drehen beginnt. Was passiert jetzt? Was ist passiert? Wie geht es Jan? Was ist mit Sina und Lissi? Wann werde ich sie wiedersehen? Werde ich sie überhaupt wiedersehen? Immer mehr Fragen stürmen auf mich ein und drohen mich zu erschlagen. Wann bekomme ich meine Eule endlich wieder?

Ein Gong zerreißt die Stille. Ich brauche ein paar Sekunden, bis ich realisiere, dass wahrscheinlich jemand vor der Tür steht.

Auf dem Weg zur Tür lastet die Stille beinahe zentnerschwer auf meinen Schultern. In unserem Haus auf dem Gelände der *Accademia* ist die Musik überall. Entweder bei uns, oder sie dringt durch offene Fenster von außen herein.

Wie schmerzlich der Verlust ist, wird mir jetzt noch mehr bewusst, als ich auf leisen Sohlen durch den Flur laufe.

Noch bevor ich die Haustür öffne, erkenne ich Lauras Silhouette. Sie ist größer als ich. Auch ohne ihre High Heels würde sie mich um mindestens einen halben Kopf überragen.

Das Klackern ihrer Absätze hallt von den Wänden wider, als sie in den Wohnraum geht, wo sie das Tablett, welches sie mitgebracht hat, auf dem Esstisch abstellt.

»Ich gehe richtig in der Annahme, dass du noch nichts gegessen

hast?«
Ich nicke stumm.
»Überrascht mich, wie du siehst...«, sie deutet auf das Tablett, auf dem zwei Teller und zwei Schüsseln stehen,»... nicht wirklich.«
Erst als der würzige Duft nach Curry in meine Nase steigt, realisiere ich, wie hungrig ich tatsächlich bin.
Wir setzen uns gegenüber an den Tisch, Laura verteilt das Essen für uns.
»Lass es dir schmecken. Guten Appetit«, sagt sie lächelnd
»Danke. Dir auch«, erwidere ich, bevor der erste Bissen in meinem Mund verschwindet; und gleich darauf der nächste und übernächste.
»Das ist echt gut«, entfährt es mir. Ich bin leicht erschrocken darüber, dass es einfach so aus mir herausplatzt. Ich hatte mir vorgenommen, nicht mehr zu reden als unbedingt notwendig. Ich will mich nicht irgendwie angreifbar machen oder mir in meine Gedanken schauen lassen.
»Findest du wirklich? Danke.« Lauras Augen werden groß.
»Ich wusste nicht, ob du es mögen würdest. Ich habe einfach improvisiert.« Wieder hebt sie kurz ihre Schultern.
»Du hast selbst gekocht?«
»Hmm... ja.« Ich bin tatsächlich beeindruckt. Zu Hause hat entweder Mama das Essen zubereitet oder eben ein Koch. Ich habe nie wirklich selbst in der Küche gestanden. Klar, Nudeln bekommt jeder hin, aber dann ist es mit meinen Kochkünsten auch schon am Ende.
Als ich Laura wieder ansehe, fällt mir eine leichte Röte in ihrem Gesicht auf. Freut sie sich etwa so sehr?
Mittlerweile sind wir in Schweigen verfallen, das das Prädikat unangenehm durchaus verdient hätte.
»Stört dich Musik? Also jetzt beim Essen meine ich?« *Ganz im Gegenteil,* denke ich und schüttele mal wieder den Kopf
»Alexa, mach das Radio an!«, fordert Laura niemand bestimmtes auf.
Irgendein Popsong, der mir nicht näher bekannt ist, dringt aus unsichtbaren Lautsprechern.
Jetzt bin ich es, die anscheinend mit großen Augen mein Gegen-

über anstarrt. Ich hätte nicht vermutet...

»Das hatte ich wohl vergessen, dir zu zeigen.« Laura schaut wirklich bedrückt drein. »Du kannst jederzeit radiohören und fernsehen. Wenn du ins Internet willst, befindet sich eine Tastatur im Couchtisch. Jegliche Standortinformationen sind blockiert und soziale Netzwerke ... äh auch.« Sie seufzt leise. »Tut mir leid, dass ich das vergessen habe. Du bist mein erster Gast und dann auch noch so ein berühmter.«

Ich verschlucke mich beinahe an einem Bissen und beginne zu husten.

»Berühmt?«, presse ich hervor.

»Ja, Gwendolyn. Jeder in der Organisation kennt deinen Namen. Alle sind beeindruckt von deinen Fähigkeiten. Deshalb...«, sie stockt, denkt nach, »...deshalb auch die Sicherheitsvorkehrungen.«

Ich kann nicht sagen, was los ist, aber auf einmal wirkt Laura verkrampft und unsicher.

»Ich... ich muss los. Ich hole dich morgen Vormittag zur Ausbildung ab.« Hastig sammelt sie das Geschirr zusammen.

»Lass stehen. Ich wasche ab. Danke für das Essen.« Auch wenn ich Laura nicht wirklich kenne, frage ich mich, was los ist und versuche, aus ihrem Verhalten schlau zu werden. Doch bevor ich mich dazu durchringen kann, sie zu fragen, ist sie schon davon. Ich höre noch das Klickern ihrer Schuhe, bevor sie die Tür hinter sich zuzieht.

Zu den Grübeleien, die vor Lauras Besuch in meinem Kopf herumschwirrten, kommen nun auch noch zusätzlich Fragen. Was meinte sie mit *Ausbildung*? Was ist plötzlich passiert?

»Moin, Hesselbach!« In militärischem Ton grüßt mich der Ausbilder mit norddeutschem Akzent.

Der Mann, Mitte Vierzig, trägt eine schwarze Uniform mit blauen Markierungen auf den Schultern.

Ich fühle mich nicht wirklich fitter als gestern. Einen Großteil der Nacht habe ich wachgelegen und Fragen in meinem Kopf hin und her geschoben. Zumindest auf eine der vielen bekomme ich jetzt eine Antwort: Was meinte Laura mit *Ausbildung*?

Laura, die mich abgeholt hat, verschwindet, nachdem sie erzählt hat, dass der Ausbilder Jensen heißt und für mich zuständig ist. Der Himmel ist wieder einmal ein Meer aus Grautönen. Wolken, die vom Wind übers Land geschoben werden.

»Dann zeigen Sie mal, was Sie draufhaben!«, sagt Jensen, während er ein graues, kleines Kästchen aus seiner Jackentasche zieht.

***

Frustriert liege ich auf der Couch, starre Löcher in die Decke und denke über die Ereignisse der letzten Tage nach. Seit einer Woche versucht Jensen mich dazu zu bringen, meine Fähigkeiten abzurufen.

Jeder Tag läuft gleich ab. Morgens kommt Laura und liefert mich beim Ausbilder ab.

Von Tag zu Tag werde ich missmutiger und lustloser, was den Ausbilder nicht zu interessieren scheint – der ist unverändert schweigsam.

Morgens zieht er das Kästchen aus der Tasche, in dem sich meine Eulenkette befindet. Was auf den ersten Blick wie eine einfache Schmuckschachtel anmutet, ist in Wirklichkeit ein Minisafe, der durch einen Fingerabdrucksensor geschützt ist.

Die müssen wirklich Angst haben, überlege ich, nachdem ich das einige Tage gedankenlos verfolgt habe. Jedes Mal, wenn ich mir dann die silberne Kette um den Hals lege, durchflutet mich eine innere Ruhe. Ich schließe für einen kurzen Moment die Augen und gebe mich diesem Gefühl hin.

Solange, bis mich Jensens Stimme wieder in die Realität holt. Seine Anweisungen wechseln täglich.

Am ersten Tag sollte es Luft sein.

Mit dem Element habe ich noch wenig Erfahrung. Ich schieße also meine Augen, um mich zu konzentrieren und versuche, mir die Luft als etwas vorzustellen, das ich greifen kann, und probiere, dies wegzuwerfen. Plötzlich spüre ich, wie eine Windböe meine Haare ergreift. Blätter rascheln, und ich öffne meine Augen, gerade noch rechtzeitig, um zu sehen, wie die Äste der Weide auf dem Hof im Wind wehen.

»Naja...«, ist das Einzige, was Jensen dazu sagt. Später erzählt Laura, dass der großgewachsene Mann generell eher wortkarg ist.

Immer und immer wieder probiere ich das und bei jedem Versuch wird es besser. Ich weiß nicht, wie viele es waren, aber am Ende gelingt es mir sogar, die Weide in beachtliche Schieflage zu bringen.

Ich bin etwas stolz auf mich, aber nur, bis Jensen mein Ergebnis kommentiert. »Wind ist erst, wenn die Schafe keine Locken mehr haben. Das war nix! Nach dem Essen Ausdauertraining.«

Am nächsten Tag soll ich dann Temperaturen manipulieren und die Fläche vor mir in eine Winterlandschaft verwandeln. Auch hier finde ich, dass ich ganz gut ist, immerhin ist mir ziemlich kalt und ich zittere wie Espenlaub, bis der Ausbilder sagt »Solange die Pfütze nicht zufriert, ist hier Sommer.«

Dann kommt Wasser an die Reihe, mit ähnlichem Ergebnis. »Regen ist, wenn die Fische auf Augenhöhe schwimmen«, *ist sein wahrlich aufmunternder Kommentar.*

Vor dem Mittagessen wird mir jedes Mal meine Kette wieder abgenommen und in dem kleinen Schattenteich, der sich ebenfalls auf dem Gelände befindet, mit neuer Energie versorgt und im Safe verschlossen.

Am nächsten Morgen geht dann wieder alles von neuem los.

Jeden Tag geht das so. Kein Wunder also, dass der unendlich trübe Himmel ein perfektes Ebenbild meiner Stimmung ist.

Ich liege und warte, dass es an der Tür klingelt. Dass Laura Mittagessen vorbeibringt und wir gemeinsam essen, ist wohl irgendwie zu einer Routine geworden.

»Komm rein«, rufe ich, da ich noch keine Motivation verspüre aufzustehen.

Das Klacken von Lauras Wildlederpumps nähert sich. Heute stellt sie das Tablett aber nicht wie üblich auf dem Esstisch ab, sondern auf dem Couchtisch direkt vor uns.

Ein leckerer Duft kitzelt meine Nase. Auch heute verspricht dieser nicht zu viel. Das Wiener Schnitzel, das Laura gezaubert hat, ist köstlich wie eigentlich alles, das sie zubereitet.

Nach dem Essen folgt das Nachmittagsprogramm.

Ich ziehe die Schuhe aus, die ich am ersten Tag bekommen habe, nehme ein anderes Paar aus dem Schrank. Auch wenn ich meine Chucks vermisse, zum Laufen sind die Nikes ideal. Und genau das steht jetzt auf Programm.

Mittlerweile bekomme ich wenigstens keinen Muskelkater mehr von der Strecke und meine Ausdauer wächst. Welchen Sinn das Ganze haben soll, kann ich mir nicht erklären. Wirklich Lust darüber nachzudenken habe ich aber ebenso wenig. Es beschäftigt mich und lenkt ab von dem, was mir sonst durch den Kopf gehen würde. Mit jedem Tag frage ich mich nämlich mehr, was ich hier tue, was die Organisation mit mir vorhat und wie es meinen Freunden geht.

Abends übe ich immer am Klavier. Aber ohne Lenas Tipps oder die Mädchen, macht es nur halb so viel Spaß. Trotzdem genieße ich es, wie die Klänge den Raum und mich erfüllen. Die Leere, die ganz besonders Jan hinterlässt, kann die Musik aber nur geringfügig füllen.

Wenn ich nur wüsste wie ich an Informationen über seinen Zustand komme, wenn ich wüsste, dass es ihm besser geht, ginge es vielleicht auch mir besser. Ich hoffe jedenfalls, dass er keine Dummheiten macht, wenn er wieder bei Bewusstsein ist.

Wenn die Gedanken beginnen, sich zu sehr zu drehen, lege ich mich ins Bett. Dann bitte ich *Alexa* das Chopin-Album meines Vaters zu spielen. Es beruhigt mich nicht so sehr wie der Kontakt mit der Eule, aber es verschafft mir wenigstens ein entferntes Gefühl von Geborgenheit in dieser Welt, die mir so unvertraut ist wie nichts, was mir bisher widerfahren ist.

Zwölftes Kapitel

»Ort: Appartement #7
Anwesende Personen: Rekrut F E U E R V O G E L
                    Anwärter K I E S E L
Zeit: 07.11.17 1930 MEZ

[...]
FV: Ich bin jetzt schon so lange hier und kann nichts machen.
K: So?
FV: Ich möchte meine Fähigkeiten wirklich gerne nutzen, die Organisation unterstützen.
K: Aber glaubst du wirklich, dass du schon soweit bist? Deine Kräfte schon genug trainiert sind?
FV: Ich bin vielleicht noch nicht so stark wie die voll ausgebildeten Mitglieder, aber ich denke, ich lerne so am besten. Ich will Großes erreichen, nicht immer nur hier herumsitzen.
[...]«
Auszug eines Gesprächsprotokolls

Jan

Wenn man nachts tief und fest schläft und dann plötzlich aus dem Schlaf gerissen wird, weiß man manchmal nicht wo man ist. So geht es mir auch jetzt. Die Schmerzmittel, die ich abends bekomme, um schlafen zu können, knocken mich regelrecht aus. Seit zwei Tagen bin wieder zu Hause. Ich schlafe aber nicht in meinem Zimmer, sondern im Erdgeschoss. Mit gebrochenen Beinen sind Treppen nun mal ein erhebliches Hindernis.

Als Sina, Lissi und Rick mir erzählt haben, dass Gwen nicht mehr da ist, dass sie wahrscheinlich freiwillig zur Organisation ist, wäre ich am liebsten aus dem Bett gesprungen und auf der Stelle nach Berlin gefahren. Meine Freunde mussten mich förmlich ans Bett ketten, um zu verhindern, dass ich unüberlegte Dummheiten mache.

Wut durchtränkt meinen Körper. Wut auf *ihn*, die Organisation und auf mich, weil ich nichts weiter tun kann und hier festsitze. Diese Untätigkeit macht mich beinahe mehr fertig als die Tatsache, dass sie gegangen ist.

Dieses Verhalten kenne ich gar nicht von mir, umso mehr verwundert es mich, dass mein Verstand auszusetzen scheint, wenn es um Gwen geht.

Ich weiß nicht, ob es meine eigene Vernunft, die irgendwo in mir noch übrig geblieben scheint, oder die Gedankenmanipulation von Isabelle ist, die dafür gesorgt hat, dass ich mir zunächst einmal den Plan anhörte, den sie sich alle gemeinsam überlegt hatten.

Isabelle war auch die Erste, die ich gesehen habe, nachdem ich aufgewacht bin. Es war am Abend, Mama war nach Hause gefahren, um sich umzuziehen und die Mädchen in der *Accademia* abzusetzen, als ich meine Augen öffnete.

Ich kann nicht sagen, woran ich sie erkannt habe. Vielleicht an den braunen Augen, die mich immer, wenn ich sie sehe, so schmerzlich daran erinnern, dass ich hier bin und nicht an Gwens Stelle oder wenigstens ihrer Seite. Möglicherweise ist es auch die

Wärme, die wie Feuer durch mich züngelt, wenn sie meine Hand nimmt, um mich zu beruhigen, die ich schon während der Visionen spürte.

Isabelle hat mir dann sofort berichtet, was sie mir schon mental vermittelt hatte. Leider wollte sie mir ihren Plan erst anvertrauen, wenn ich wieder zu Hause bin.

Daraufhin habe ich mich am nächsten Tag, natürlich gegen den Rat der Ärzte, selbst entlassen. Schlimmer sind allerdings die Kommentare von Sina und Mama, die muss ich mir nämlich seitdem durchgängig anhören. Dabei weiß ich selbst, dass das alle andere als vernünftig war, aber wenn Gwen unvernünftig sein darf, darf ich das ja wohl auch!

Der Gedanke, dass sie meinetwegen leiden muss, schmerzt mich mehr als gebrochene Knochen.

Es ist Samstagabend. Krisensitzung in unserem Wohnzimmer. Ich liege, wie fast ausschließlich seit ich zu Hause bin, auf dem Sofa. Sina sitzt auf Ricks Schoß in einem Sessel, Isabelle auf dem anderen und Lissi tigert ruhelos auf und ab, trommelt mal hier nervös mit ihren Fingern auf einem Regal, mal da am Türrahmen.

Es könnte so schön sein, wenn *sie* auch hier wäre, denke ich, bevor Isabelle endlich erzählt, was sie im Schilde führt.

»Bevor ich euch alle Details verraten kann...«, beginnt sie bedächtig ihre Ausführungen, »müsst ihr euch einer Tatsache bewusst sein. Ehe wir beginnen können, steht für jeden von euch...«, sie blickt uns der Reihe nach an, »Mentaltraining an. Wir dürfen nicht riskieren, dass unser Plan auffliegt, weil jemand die Gedanken liest oder gar manipuliert.«

»Dann sollte ich jetzt wohl besser gehen...« Lissis Stimme klingt belegt »Ich habe schon einmal alles ruiniert.«

»Nein.« Isabelle unterbricht sie entschieden. »Du bist entschlossen. Wenn du dir etwas in den Kopf gesetzt hast, dann ziehst du das durch. Ich habe doch recht?«

»Hmpf«, erwidert Lissi ausdruckslos.

»Eben. Das sind zwei sehr entscheidende Fähigkeiten, die uns helfen werden. Nur wer wirklich willensstark ist und sich gut fokussieren kann, ist in der Lage mit dieser Taktik zu arbeiten. Nun gut, fangen wir am Anfang an.«

Sie greift in ihre Tasche und holt einen Schuhkarton heraus. Ich muss grinsen. *Der gehört bestimmt Gwen,* denke ich, als ich sehe, dass *Converse* draufsteht.

Sie reicht uns nach und nach verschiede Zeitungsausschnitte und Onlineausdrucke.

»Dass die Organisation, die dein Vater leitet, die Kräfte der Elemente zum eigenen Vorteil einsetzt, ist euch ja allen klar. Hier und da werden mal Firmen oder wohlhabende Personen erpresst, beschämend, aber nicht besorgniserregend. In letzter Zeit...«, sie deutet auf die Artikel, »ist aber eine deutliche Radikalisierung zu erkennen. Medikamentenlager brennen. Politiker werden angegriffen, ganze Landstriche verwüstet.« Zu jeder Aussage deutet sie auf den dazu passenden Ausdruck. Die Ausschnitte sind fein säuberlich mit Datum und Quelle versehen.

Kollektives Einatmen zieht durch den Raum.

Dass der *Alte* den tugendhaften Pfad längst verlassen oder vielmehr nie betreten hat, war mir klar. Aber dass es solche Ausmaße annehmen würde... *Eines Tages werden wir herrschen!* Dieser Satz kommt mir wieder in den Sinn. Meine Verachtung wächst... dass das noch geht, hätte ich wirklich nicht gedacht.

»Es hat sich eine Gruppe von Auserwählten zusammengeschlossen, deren Sorge zunehmend wächst bezüglich der Entwicklungen der Organisation. Sie nennen sich *Die Wahrhaftigen*, da sie für die Werte stehen, die in den Überlieferungen beschrieben werden. Denen ist es auch schon gelungen, Leute in die Organisation zu schleusen. Leider nicht in die engsten Kreise deines Vaters.« Sie macht eine Pause, um uns die Chance zu geben, das Gehörte zu verarbeiten.

»Ich muss jetzt leider eure Gedächtnisse so verändern, dass von außen keiner auf das eben Gesagte zugreifen kann. Leider ist das keine dauerhafte Lösung, dazu müsst ihr lernen, euch selbst zu schützen.«

Nach und nach schaut sie jedem fest in die Augen. Erst Lissi, dann Sina und Rick. Als nächstes bin ich an der Reihe.

»Wir werden gleich mit den Mentalübungen beginnen, Jan. Fühlst du dich dazu bereit?«

»Klar«, sage ich, obwohl mein Kopf schmerzt, aber das ignoriere ich.

»Ihr anderen lasst uns bitte allein. Ich hätte aber zwei Aufträge für euch. Erstens versucht euch immer wieder Mauern vorzustellen... schaut euch Bilder im Internet davon an, Fotos, Videos, egal. Hauptsache es sind große, stabile Bollwerke. Zweitens recherchiert ihr bitte alles, was ihr zum Tiergarten finden könnt. Zufahrtswege, Fußgängerwege, ruhige, aber gut einsehbare Ecken, einfach alles, okay?«

Die drei stimmen zu und verabschieden sich. Mittlerweile hat Lissi sich wenigstens daran gewöhnt, dass ich noch recht zerbrechlich bin, trotz der ganzen Stützverbände am Körper. Bei unserem ersten Treffen hätte sie mir mit ihrer Umarmung fast neue Brüche zugefügt. Dann sind sie verschwunden, und es kehrt Ruhe ein.

Isabelle rückt mit ihrem Sessel näher an mich heran.

»Die Anderen werden sich jetzt sicher fragen, was es mit den Mauern auf sich hat. Du bekommst jetzt die Antwort, aber ich möchte einfach kein Risiko eingehen, indem ich verrate, was ich vorhabe.«

Isabelle reicht mir mein Teeglas vom Tisch, nach dem ich justament greifen will. Ich muss meine Ungeduld ziemlich zügeln, aber anscheinend ist das die einzige Chance wie wir Gwen da wieder herausbekommen, ohne alles noch schlimmer zu machen. Obwohl ich ehrlich gesagt nicht weiß, was noch schlimmer werden könnte als das jetzt. Ich bin hier, während Gwen was auch immer zustößt.

»Also eigentlich ist es ganz einfach.« Isabelle holt mich zurück ins Hier und Jetzt. »Eigentlich kommt es nur drauf an, dass man seine Gedanken nach außen hin abschottet. Wie du das machst, spielt keine Rolle. Ich persönlich bevorzuge eine Variante, die ich die *Kerker-Methode* nenne. Dabei geht es darum, seine Gedanken mit einer Mauer zu umgeben. Du kannst dir aber auch vorstellen, dass du eine Zugbrücke hochziehst oder ein wildes Tier den Zugang versperrt. Da mentale Angriffe sehr lange können nen und je nach Begabung sehr aggressiv stattfinden können, brauchst du etwas, das du dir gut und vor allen schnell vorstellen kannst. Hast du das soweit verstanden?«

»Klingt recht simpel. Ist das alles?« Das scheint wirklich recht einfach zu sein. »Aber nochmal was anderes: Wieso ist diese Methode nicht bekannt?«

»Ganz einfach...«, erklärt Isabelle. »Ich war mir nicht sicher, ob mir dieses Wissen nicht irgendwann mal helfen würde. Und jetzt bin ich dankbar, so gehandelt zu haben.«

Anscheinend hat die Vernunft meiner Naivität Platz gemacht, denn zu glauben, dass das, was Isabelle beschrieben hat, wirklich so einfach ist wie es klingt, war vor allem eines: naiv.

Als sie sagte, ich solle mir eine Mauer vorstellen, habe ich an eine Wand aus Ziegelsteinen gedacht, die höher ist als ich, so hoch, dass ich das obere Ende nicht erkennen kann.

»Das ist ein guter Gedanke, die Mauer so zu bauen, dass die Enden nicht erkennbar sind, aber das nützt dir nichts, wenn die Fugen nicht stabil sind.«

Sie hat noch nicht einmal zu Ende gesprochen, da liegt ein Trümmerhaufen vor mir, und meine Gedanken sind ihr offenbart.

»Keine Sorge, bei einem Auserwählten mit durchschnittlichen Fähigkeiten hätte das sicher etwas länger gehalten. Ohne mich selbst zu überschätzen, aber wenn du mit mir trainierst, sollten dich Angriffe anderer so schnell nicht aus dem Konzept bringen.«

Isabelle lächelt aufmunternd. »Los, versuchen wir es nocheinmal.«

Diesmal stelle ich mir eine Betonmauer vor, genauso hoch wie das Vorgängermodell aber jetzt ohne Fugen.

Und es funktioniert tatsächlich. Mir gelingt es, Isabelles Angriff um einiges länger standzuhalten als zuvor.

Dennoch beginnt mein Schutz nach wenigen Minuten zu bröckeln.

Ein ganzes Gespräch mit einem mental begabten Auserwählten würde ich wohl nicht überstehen. Meine Trainerin sieht das offensichtlich genauso.

»Du lernst schnell, Jan, das muss man dir lassen, aber für das, was wir vorhaben, wird das nicht ausreichen. Für heute soll es aber erst einmal genug sein.«

»Nein«, protestiere ich. Lieber früher als später will ich bereit sein, um Gwen zur Seite zu stehen. »Ein Versuch noch.«

»Tut mir leid, aber wir müssen es ruhig angehen lassen.«

Innerlich verdrehe ich die Augen. *Es ruhig angehen lassen,* wie ich diese Phrasen hasse. Dabei weiß ich ja, dass sie recht hat...

Egal was sie plant, wenn es *denen* gelingt, innerhalb von drei Minuten alles aus meinen Gedanken zu lesen, können wir es gleich bleibenlassen.

»Ich weiß, wie sich das für dich anfühlt. Vergiss nicht, es ist meine Tochter, um die es hierbei geht. Ich wünsche mir auch nichts sehnlicher, als sie so schnell wie möglich wieder frei zu bekommen. Aber wenn wir dein Gehirn überlasten, gewinnt niemand etwas.«

***

In den kommenden Tagen trainieren wir wieder und wieder. Mittlerweile gelingt es mir, Isabelle immer länger aus meinem Kopf auszusperren. Auch wenn sie mich in ein Gespräch verwickelt, kann ich mich weiterhin auf die Mauer konzentrieren.
Lissi, Sina und Rick machen ebenfalls Fortschritte.
Isabelle hat offensichtlich recht behalten. Von den dreien ist Lissi dank ihrer Willenskraft und ihres Ehrgeizes mit Abstand die Beste.
Auch Mama ist Teil unseres Teams, auch sie trainiert mit. Sie leitet weiterhin die Akademie, hat aber administrative Aufgaben an Frank, der, da ja meine Unterrichtsstunden ausfallen, eh freie Kapazitäten hat, und andere Dozenten abgegeben.
Offiziell braucht sie die Zeit, um sich um mich und meine Physiotherapie zu kümmern. In Wirklichkeit übt sie genau wie alle anderen unseres Gwen-Rettungsteams an ihren mentalen Fähigkeiten und ist darum bemüht, Gwens Verschwinden zu vertuschen.
In den Akten steht, dass ihre Großmutter schwer erkrankt ist, und nicht mehr lange zu leben hat, und Gwen sie daher besucht.
Isabelle ist angeblich eine alte Freundin meiner Mutter, Franka Stiegler, die sie für einige Zeit besucht. Franka ist Isabelles Zweitname und Stiegler der Mädchenname ihrer Mutter, also ist das nicht einmal wirklich gelogen – als ob es darauf noch ankäme.

***

Mittlerweile ist es Anfang November. Mama ist immer mehr im Stress. Dass ich immer noch nicht wirklich bewegungsfähig bin, ist nicht eben hilfreich. Die Produktion des Wintermusicals läuft auf Hochtouren, nur fehlt es an einer fähigen Pianistin, (das tut es eigentlich nicht, nur hat Mama eben Gwen als Vergleich immer im Kopf).

Aber wenigstens gibt es eine gute Nachricht.

Wir sitzen alle zusammen bei uns im Wohnzimmer – wo auch sonst? – als Isabelle wie aus heiterem Himmel beginnt: »Ich glaube, ihr seid alle soweit, dass ich euch endlich verraten kann, was ich vorhabe.«

Gwen

Es ist Sonntag. Laura hat frische Brötchen mitgebracht. *Frisch* heißt in diesem Fall tatsächlich, dass sie selbst gebacken hat. *Woher sie das hat, muss ich sie unbedingt fragen,* denke ich, als der Duft den Raum erfüllt. Die erste Hälfte esse ich sofort ohne irgendeinen Belag. Auch so ist es eine wahre Gaumenfreude.

Meine Glückseligkeit, wenn ich diesen Zustand *hier* überhaupt erreichen kann, nimmt ein jähes Ende, als mein Blick auf das heutige Datum fällt. *30. September* steht auf der Datumsanzeige der Uhr an der Wand.

»Alles in Ordnung mit dir?«, erkundigt sich Laura, die natürlich sofort merkt, dass etwas nicht stimmt.

Ich überlege kurz, ob ich es leugnen soll, aber was bringt das schon? Außerdem ist sie die einzige Person, mit der ich wenigstens annähernd so etwas wie ein Gespräch führen kann. Auch wenn es meist nur oberflächliches Geplänkel ist, hilft es, von dem einsamen Alltag zu entfliehen.

Sie ist – ausgenommen Ausbilder Jensen – die Einzige, zu der ich Kontakt habe.

Meine Freunde fehlen mir. Wenn man bedenkt, dass ich bis vor einem Monat gar keine Freunde hatte, sollte mich das eigentlich nicht weiter belasten, oder?

Dummerweise tut es das aber doch, und es tut mehr weh, als ich gedacht hätte.

»Weißt du…«, beginne ich, »jetzt ist es fast einen Monat her, dass ich an der *Accademia* angefangen habe. Eigentlich doch nicht mal so lang, vor allem, wenn man bedenkt, wie lang ich schon *hier* bin.« Es gelingt mir nicht ganz, meine Stimme frei von Verachtung zu halten. »Trotzdem vermisse ich dort alle, als würde ich sie schon ewig kennen.«

Als hätte man ein Ventil geöffnet, sprudelt es nun aus mir heraus, so dass Lissi wohl vor Neid erblasst wäre. »Und jetzt bin ich hier und habe keine Ahnung, was das soll.« Meine Worte überschlagen sich beinahe, da meine Gedanken schon weitaus vorangeschrittener sind. Bisher erscheint mir meine Aktion vollkommen sinnbefreit. Ich hocke die meiste Zeit allein in meinem Appartement. Das hätte ich doch auch in Fellbach bei meinen Freunden tun können…

Lauras Smartphone summt. Dass ihre Gesichtszüge erstarren, fällt selbst mir auf.

Ich will gerade fragen, was los ist, da ist sie auch schon aufgestanden.

»Tschuldigung… Muss los«, nuschelt sie im Gehen. Ihre Gesichtsfarbe steht dem Weiß der Zimmerdecke in nichts nach.

***

Wieder einmal hat der Himmel hier nichts als grau zu bieten. Wenn das so weitergeht, kann das echt lustig werden. Gedankenverloren spiele ich ein paar der französischen Chansons, die mir mein Au-Pair damals immer vorgesungen hat. Wie ich gerade heute darauf komme, kann ich nicht sagen.

Kurz nachdem ich die letzten Takte von Michel Sardous *Je Vole* gespielt habe, ertönt der Türgong.

Sofort nachdem ich »*komm rein*« gerufen habe, höre ich das vertraute Klackern von Lauras Absätzen.

Als ich mich zu ihr umdrehe, sehe ich schon von Weitem, dass ihre Augen verquollen und gerötet sind.

Sofort mache ich ein paar Schritte auf sie zu.

»Was ist…« *passiert*, will ich fragen, doch sie schüttelt energisch den Kopf und deutet auf einen Zettel, der auf ihrem Tablett liegt. Ich trete noch etwas näher und lese.

Bitte mich um einen Spaziergang nach dem Essen.

Ich verstehe nicht ganz, was das soll, aber tue einfach, was auf dem Zettel steht.

»Können wir nach dem Essen noch etwas nach draußen gehen?« Laura scheint beinahe erleichtert, als sie antwortet. »Klar, gern.« Dabei klingt ihre Stimme ziemlich rau und belegt.

Nochmal versuche ich zu fragen, was los sei, doch wieder schüttelt sie ihren Kopf, sodass ihr strenger Pferdeschwanz hin und her wippt.

Diesmal beende ich meinen Satz jedoch mit der Frage, was es zum Essen gibt.

»Spaghetti«, erwidert sie kurz angebunden.

Ungewöhnlich schweigend nehmen wir das Abendessen zu uns, während in meinem Kopf die Frage wächst, was wohl vorgefallen ist.

Nachdem wir unsere Teller in die Spüle geräumt haben, verlassen wir das Haus.

Wir überqueren den Platz mit der Weide und verlassen die Anordnung der Häuser. Gegen Nachmittag hat sich zu dem eintönigen Himmel noch auffrischender Wind gesellt.

Etwas entfernt von der Siedlung, auf einer großen, grasbewachsenen, leicht hügligen Fläche beginnt Laura mit leiser Stimme zu sprechen.

»Jetzt dürften wir weit genug weg sein.«

»Wovon? Was ist denn los?«, frage ich ebenso leise.

»Weit genug von... Gwen.« Sie schüttelt den Kopf und fährt eindringlich fort. »Ich dürfte dir das gar nicht sagen. Aber... ich brauche deine Hilfe.«

»Wobei kann *ich dir* denn helfen, und was darfst du mir nicht sagen?« Mittlerweile sollte ich es gewöhnt sein, dass hier ein Gespräch stets mehr Fragen aufwirft, als es Antworten liefert. Bleibt zu hoffen, dass wenigstens ein Teil der Unklarheiten Aufklärung erhält.

Wir laufen immer noch, wobei wir unser Tempo verlangsamen, da der Zaun, der das Gelände umläuft, in Sichtweite kommt.

Laura räuspert sich und knetet nervös ihre Hände. Gerade als ich sie bitten will endlich zu erzählen was los ist, beginnt sie nochmals.

»Also… wir müssen uns hier unterhalten, weil…« Wieder unterbricht sie sich, als könne sie sich nicht überwinden den Satz zu beenden.

Wenn ich meine Eule hätte, könnte ich auf die Kräfte zugreifen, um sie zu beruhigen. Wirklich gerne würde ich das tun, so bleibt mir nur, mich auf meine menschlichen Fähigkeiten zu beschränken.

Ich will meine Hand beruhigend auf ihre Schulter legen, doch da zuckt sie zurück.

»Nicht!« Ihre scharfe Reaktion lässt mich ebenfalls zurückweichen. Beinahe ängstlich schaut sie sich hastig um und blickt in Richtung der Appartementsiedlung.

Der kühle Wind weht mir meine Haare ins Gesicht. Wiedermal bereue ich, keinen Haargummi dabei zu haben.

Als Laura erneut zu reden beginnt, werden ihre Worte beinahe vom Rauschen des Windes verschluckt.

»Die Appartements der *Gäste* werden abgehört.«

Es ist, als würde mir in den Magen geschlagen. Sofort versuche ich alle Gespräche, die ich in den vergangenen Tagen geführt habe, zu rekapitulieren. Was habe ich gesagt? Über wen habe ich gesprochen?

»Alles, was außerhalb des Bades gesprochen wird, kann mitgehört und aufgezeichnet werden.«

Mir ist schlecht. Ich hätte es wissen müssen! Wie konnte ich nur glauben wenigstens dort so etwas wie Privatsphäre zu haben?

Laura scheint meine Reaktion genau zu beobachten. »Ich kann mir vorstellen, wie schrecklich das für dich sein muss. Aber du darfst dir nichts anmerken lassen. Ich bin mir sicher, sie beobachten uns. Normalerweise würden sie uns auch hier mit ihren Spezialmikrofonen abhören, durch die Luftverwirbelungen, die der Sturm erzeugt, geht das aber nicht.« Sie deutet auf etwas entferntes, als würde sie mir etwas in der Landschaft zeigen.

»Wieso erzählst du mir das alles?« Meine Stimme zittert.

»Weil… ich deine Unterstützung brauche.« Anscheinend kostet es sie viel Mühe, nicht in Tränen auszubrechen.

Ich schaue sie bloß fragend an. Zumindest glaube ich, dass ich das tue.

»Ich habe dir ja schon am Anfang gesagt, dass du die erste bist, die mir zugeteilt wurde.«

Nickend bitte ich Laura fortzufahren, schaue dabei aber ebenfalls in die Ferne.

»Die Organisation hat mich ausgebildet, Gäste...«, bei dem Wort kann ich ein Schnauben nicht unterdrücken, »vom Mitwirken bei *ihnen* zu überzeugen. Bisher haben sie mir wenig Aufmerksamkeit geschenkt, aber nachdem du heute morgen davon erzählt hast wie sehr du deine Freunde vermisst, haben sie mitbekommen, dass es nicht funktioniert, und ich musste zum Rapport antreten.«

Das war dann wohl die Nachricht von heute Morgen, denke ich, als sie zitternd aus- und wieder einatmet.

»Nun haben sie mir noch eine letzte Chance gegeben, sonst bin ich raus.«

»Und ich... ich soll jetzt... was genau tun?« Ich weiß immer noch nicht, worauf Laura hinauswill. Zugegebenermaßen bin ich mit meinen Gedanken noch viel mehr mit der Tatsache beschäftigt, dass alles, was ich sage, aufgezeichnet wird.

»Naja, es wäre gut, wenn du *denen* das Gefühl geben könntest, dass du auf *ihrer* Seite stehst.«

Bilde ich es mir nur ein, oder höre ich etwa aus Lauras Worten einen Anflug von Verachtung? Aber warum? Sie arbeitet doch auch für die Organisation. Sie will doch auch, dass ich mich voll auf ihre Seite stelle.

»Bitte, Gwen. Ich will nicht so kurz vor dem Ziel scheitern.«

Inzwischen haben wir uns wieder in Bewegung gesetzt. Kurz bevor wir wieder den Hof zwischen den Häusern betreten, halte ich Laura nochmal zurück.

»Welche Ziele verfolgst du?«

Bevor sie etwas erwidert, schaut Laura mich lange an.

»Ich glaube, wir sind uns sehr ähnlich. Und genau deshalb müssen wir Distanz wahren.«

Mit diesen Worten dreht sie sich um und geht davon.

Jan

Der heutige Tag und *der Alte* teilen sich den gleichen Charakter
– kalt und eisig.
Selbst für Mitte November ist es frisch.
»Wenigstens hält die Kälte uns Passanten vom Leib«, denke ich
und schaue unauffällig über meine Schulter.
Aus dem Augenwinkel sehe ich, dass Isabelle ihren Platz auf der
Parkbank am Venusbassin eingenommen hat.
Ihre grauen Haare hat sie unter einer schwarzen Kurzhaarperük-
ke versteckt, während sie einen Schal bis zur Nasenspitze gewik-
kelt hat.
Rick setzt sich neben sie. Ich habe darauf bestanden, denn wenn
Isabelle sich konzentriert, verliert sie den Blick für alles, was um
sie herum geschieht.
Von ihrem Platz aus hat sie freie Sicht auf das Denkmal, das als
Treffpunkt vereinbart wurde. Glücklicherweise hat *der Alte* unserem Vorschlag zugestimmt.
In den vergangenen Tagen haben Sina und Rick alles zu-
sammengetragen, was sie über den Tiergarten herausfinden konnten. Angefangen bei einfachen Plänen und Fotos, bis hin zu verschiedenen Möglichkeiten, wo Fluchtau-
tos stehen könnten, die wir aber hoffentlich nicht brauchen.
Isabelle hat zudem sichergestellt, dass das Venussbassin, wo
unsere Verabredung stattfindet, kein unentdeckter Schattenteich
ist. Andernfalls wäre der Organisation, die die Schattenteiche
überwacht, vielleicht aufgefallen, dass *der Alte* und ich nicht die
einzigen Auserwählten sind, die dem Treffen beiwohnen.
Schon einmal ist die Überwachung der Teiche zum Verhängnis
geworden. *STOPP!* Auch wenn es mir schwerer fällt, nicht an sie
zu denken als mich auf meine Krücken zu stützen, muss ich mich
jetzt voll und ganz auf das bevorstehende Aufeinandertreffen
konzentrieren.
Ich schaue auf meine Uhr. 10:59. War ja klar, dass *er* keine Sekunde zu früh erscheinen wird.
Noch einmal gehe ich im Kopf alles durch, was Isabelle mir in den
letzten Tagen beigebracht hat.

Ich ziehe alle Gedanken, die nichts mit der bevorstehenden Unterredung zu tun haben, zurück und verschließe sie mit einer Mauer, die dicker und höher nicht sein könnte. Ansonsten bleibt mir nur zu hoffen, dass Isabelle den Rest übernimmt.

Meine Uhr piepst – Elf Uhr. Genau in dem Moment kommt *er* hinter dem Denkmal hervor.

Ich habe ihn lange nicht mehr gesehen. Seine damals grauen Haare sind nun vollständig weiß, aber noch immer ordentlich nach hinten gekämmt.

Er trägt einen schwarzen, teuer aussehenden Mantel mit hochgestelltem Kragen.

Als er mir gegenübertritt, verschränkt er die Arme vor der Brust. Seine Hände stecken in ebenfalls schwarzen Lederhandschuhen.

Lederhandschuhe assoziiere ich, warum auch immer mit Massenmördern, denke ich. Diese Teile finde ich einfach widerlich. Schnell schiebe ich den Gedanken beiseite, bevor *er* ihn aufschnappt.

Er sagt nichts, schaut nur mit seinem allgegenwärtigen, hoheitsvollen Blick auf mich nieder, dabei sind wir beinahe gleich groß.

Aber Leute niederstarren konnte er schon immer.

Schließlich entscheide ich mich, das Schweigen zu brechen.

»Vater.« Ihn so zu nennen löst normalerweise Brechreiz bei mir aus, doch alle negativen persönlichen Gefühle sind tief in meinem Hirn verschlossen. »Ich habe nachgedacht. Ich möchte in die Organisation einsteigen.«

Jetzt kommt der Punkt, an dem Isabelles Auftritt beginnt. Was sie macht, scheint zu funktionieren, das sehe ich am Blick des Alten. Der kalte, stechende Ausdruck, der dafür sorgt, dass man sich automatisch klein und eingeschüchtert fühlt, verschwindet zusehends und weicht einer Leere, die ich noch nie gesehen habe. Dieser Anblick macht mir Mut, dass Isabelles Plan funktionieren kann.

Jetzt läuft die Zeit, denn niemand weiß, wie lange sie den Angriff durchhält.

»Wie kommt es denn so plötzlich dazu?«

Seine Stimme klingt bei weitem nicht so scharf wie üblich, dennoch zeigt seine misstrauische Gegenfrage, dass Isabelle noch nicht alle Schutzmechanismen außer Kraft gesetzt hat.

Ich muss also weiterhin dafür sorgen, dass seine Aufmerksamkeit nur auf mir ruht.

»Nun, ich habe Potential, das nicht zu unterschätzen ist. Und ich denke, die Organisation kann mächtige Auserwählte gebrauchen.«

Ich versuche ruhig zu bleiben, auch wenn sich mir bei diesen Worten beinahe der Magen umdreht. Ich habe alle persönlichen Befindlichkeiten eingemauert, aber das hier widert mich derart an, dass mir dennoch schlecht wird.

Aber ich muss das jetzt durchziehen. Für *sie*, für Gwen.

Bevor ich die folgenden Worte ausspreche, nehme ich nochmal meine Konzentration zusammen. Es bleibt nur zu hoffen, dass Isabelle alles Notwendige erreicht hat.

»Ich werde an deiner Seite stehen und Zugang zu allen Informationen erhalten.« Meine Stimme ist fest und fordernd. Ich muss alles, was mir an Überzeugungskraft zur Verfügung steht, in meine Worte legen. »Ich werde von Beginn an dabei sein. Ohne Grundausbildung. Außerdem werde ich keiner Überwachung mehr unterstehen, ich werde meine Aufenthaltsorte frei wählen.«

Ich muss mich ziemlich zusammenreißen, um meinen Puls unter Kontrolle zu bekommen und meine Nervosität zu verstecken.

Und dann passiert es: Der Blick des Alten klärt sich. Sofort überprüfe ich, ob mein Schutzwall noch genauso fest ist wie er sein sollte.

Warum Isabelle die Kontrolle verloren hat, erkenne ich, als ich meinen Kopf etwas drehe. Neben ihr und Rick befindet sich eine dritte schwarzgekleidete Gestalt.

»Nun, was hätte ich davon?« Die Stimme des Alten lässt mich wieder zu ihm blicken. Sie ist inzwischen zur üblichen Kälte zurückgekehrt. Spätestens jetzt ist klar, dass er die Macht über seine Gedanken wiedergewonnen hat.

Was hinter mir vorgeht, ist erstmal zweitrangig. Ich bin jetzt auf mich allein gestellt.

Schnell wäge ich meine Optionen ab. Die erste verwerfe ich sofort, denn ich würde es niemals schaffen, sowohl meine eigenen Gedanken zu schützen und zeitgleich den Alten anzugreifen; zumal er das sofort bemerken würde.

Die zweite Variante sieht vor, dass ich auf die guten, alten Mittel der Rhetorik zugreifen muss. Glücklicherweise habe ich mich für diesen Fall vorbereitet.

»Du hättest mich in deinem Team. Mit mir und Gwendolyn hast du die beiden besten Nachwuchskämpfer auf deiner Seite.«

»Wieso sollte ich dich brauchen...« Selten habe ich so viel Verachtung wahrgenommen. Aus jeder Silbe seiner Worte, jeder Geste trieft sie heraus. »Ich habe die kleine Hesselbach, die ist mehr wert als alle, die ich bisher gesehen habe.«

Jetzt kommt der Punkt, an dem ich hoch pokern muss.

»Mag sein, aber ich tippe mal darauf, dass sie ohne mich nicht die Leistungen abrufen kann, zu denen sie fähig ist, wenn ich bei ihr bin.«

Ich riskiere nochmal einen flüchtigen Blick zu der Stelle, an der Rick und Isabelle sind. Was ich sehe, gefällt mir gar nicht. Mehrere schwarz gekleidete Personen stürmen nun auf die Parkbank zu.

Langsam und möglichst unauffällig versuche ich meine Position so zu verändern, dass der Alte nicht mehr direkt das Geschehen im Blick hat.

Bisher scheine ich noch interessant genug für ihn gewesen zu sein, dass ihn der Tumult nicht abgelenkt hat.

»In meinem Training hat sie immer gute Fortschritte erzielt. Könnt ihr das auch von euch behaupten?« Natürlich weiß ich, dass die Rettung des *Bernstein*-Baus nichts mit meinen Übungsstunden zu tun hat, aber so genau muss das ja niemand wissen.

»Das tut nichts zur Sache!«, erwidert der Alte knapp.

»Nicht? Nun, dann schlage ich vor...« Als ich beginne, sehe ich, dass sich die Augen des Alten wieder trüben. Auch wenn wir noch nicht am Ende sind, überkommt mich Erleichterung. Anscheinend konnte Isabelle wieder ihre Aufgabe aufnehmen.

»... dass du dich meldest, solltest du doch noch Bedarf haben. Du kennst meine Bedingungen.«

Er nickt und verabschiedet sich, diesmal wieder mit der monotonen, ausdruckslosen Stimme, die nicht von ihm selbst zu kommen scheint, und geht in die Richtung, aus der er gekommen ist.

Nun bleibt abzuwarten, ob der Plan funktioniert.

Ich gönne mir jedoch keine Verschnaufpause, sondern humpele auf meinen Krücken sofort zu Rick, der in einer Rangelei mit

Angreifern steckt. Zunächst fallen mir fünf am Boden liegende Gestalten auf. Doch wichtiger sind die circa zehn Kämpfenden. Aus der Nähe erkenne ich, dass sie alle Uniformen und schwere Stiefel tragen. Rick hat soeben wieder einen niedergestreckt. Da eilt jemand in komplett rosa auf den am Boden Liegenden zu und fesselt Arme und Beine. Ich kann mir ein kurzes Lächeln nicht verkneifen. *Hätte sie sich nicht wenigstens heute mal was anderes anziehen können?* Ich überlege, welche Methode am effektivsten ist, um möglichst viele Kämpfer auszuschalten. Auch für die Situation eines Angriffs haben wir verschiedene Szenarien entwickelt. »Sechsundsechzig«, rufe ich, woraufhin sich Isabelle, Rick und Lissi die Augen zuhalten und wegducken. Im selben Moment bemühe ich das Luft- und Erdelement, um einen Sandsturm zu erzeugen, der den unvorbereiteten Kämpfern Sicht und Atem raubt. Das dauert keine fünf Sekunden, doch das Überraschungsmoment gehört eindeutig uns.

Kaum hat sich der Sturm gelegt, befördert Rick zwei Angreifer auf den Boden. Ich leihe mir aus dem Steppengarten hinter der Parkbank zwei faustgroße Steine und schleudere sie gegen Knöchel und Knie eines Mannes, der so dumm war, mich anzugreifen.

Was dann passiert, dauert in Wirklichkeit wohl nicht länger als einen Augenblick, kommt mir jedoch viel länger vor. Ich spüre etwas Kaltes an meiner Schläfe und merke sofort, dass es der Lauf einer Waffe ist. Ich rechne fest damit, dass es vorbei ist. Wieder einmal ziehen die unterschiedlichsten Bilder an mir vorbei. Dann jedoch spüre ich eine Stoßwelle an meiner linken Gesichtshälfte, an der Seite, mit der Waffe. Es knallt, denn ein Schuss hat sich gelöst. Glücklicherweise erst, als der Windstoß die Waffe samt Schützen umgeworfen hat. Durch den Knall ist mein linkes Ohr beinahe taub. *Tonmischungen werde ich wohl eine Weile lang nicht machen können,* überlege ich, doch da kommt schon der nächste, der unbedingt eine Abreibung haben möchte. *Kann er haben,* denke ich und wende nochmal meinen Trick mit den Steinen an.

Da auch ich nicht mehr ganz fit bin, verfehle ich mein Ziel und treffe statt des Knies den Solarplexus und anstelle des Knöchels genau zwischen die Beine – Ergebnis ist das gleiche.

Anscheinend war das der Letzte, denn außer Isabelle, Rick, Lissi und mir ist niemand mehr auf den Beinen.

Erschöpft lasse ich mich auf die Bank sinken. Meine Kräfte haben ziemlich gelitten, und ich kann somit nicht mehr die Schwerkraft manipulieren, um die Last auf meine Beine zu reduzieren.

Nachdem Lissi alle gefesselt hat, setzt sie sich seufzend zu mir auf die Bank.

»Solltest du nicht im ersten Wagen warten?«, frage ich.

»Was nützt ein wartender Fahrer, wenn ihr nicht die Gelegenheit habt ihn zu nutzen, weil ihr überrumpelt wurdet?«

Ich muss zugeben, dem kann ich nicht widersprechen.

Auch Rick hat sich inzwischen zu uns gesellt.

»Oh Mann, danke, dass du auf das Nahkampftraining bestanden hast. Ich schätze das hat uns allen den Hintern gerettet.«

Nachdem Isabelle jedem einzelnen der am Boden Liegenden einen Besuch abgestattet hat, kommt sie zu uns.

»Wir hatten Glück, dass sie nur fünf Auserwählte dabei hatten, die auch noch grottig ausgebildet waren. Seht ihr die farbigen Streifen an den Schulterabzeichen? Nur die, die so eines haben, sind auserwählt... alle anderen sind ohne besondere Fähigkeiten. Wir sollten uns jetzt auf den Weg machen, bevor sie wach werden. Die werden sich ziemlich wundern, denn keiner wird sich erinnern, was er hier gemacht hat, dafür habe ich gesorgt.«

Gwen

Nach dem konspirativen Gespräch mit Laura lag ich noch lange wach – sehr lange.

Die wenigen Stunden Schlaf haben sich auf meine ohnehin schon miesen Leistungen beim Training ausgewirkt.

Jensen war davon natürlich eher weniger begeistert. Es ging mal wieder darum, einen Sturm heraufzubeschwören. Während bei mir sich nur wenige Äste der etwas entfernt stehenden Weide im Wind wiegten, musste sich der gesamte Baum gegen den Sturm stemmen, den Jensen erzeugte. »Alles unter Windstärke 12 ist ein laues Lüftchen.«, lautete sein grummelnder Kommentar.

Nach dem Training bin ich nicht nur ratlos und müde, sondern auch ziemlich frustriert. Ich lasse mich bäuchlings aufs Sofa fallen und vergrabe den Kopf in den Kissen.

Jetzt, wo ich weiß, dass das Zimmer abgehört wird, versuche ich mein Schluchzen im Sofa zu ersticken.

Habe ich einen großen Fehler begangen? War es wirklich richtig herzukommen? Wie kann ich sicher sein, dass die Angriffe auf Jan und die *Accademia* aufhören? Wäre ich dort, könnte ich wenigstens etwas ausrichten, aber hier – eingeschlossen irgendwo an der Küste – bin ich nutzlos.

Ich glaube, wir sind uns sehr ähnlich. Lauras Worte beginnen wieder in meinem Kopf umherzutanzen. *Ich glaube, wir sind uns sehr ähnlich.* Aber worin sind wir uns ähnlich? Im Vergleich zu allen anderen, die für die Organisation arbeiten, sind wir sehr jung. Aber andere Gemeinsamkeiten fallen mir nicht auf. Ich bin eine Auserwählte, sie nicht. Laura ist freiwillig hier, ich... nicht. Nicht wirklich zumindest. Natürlich habe ich selbst entschieden, nach Berlin zu gehen, aber hat man mir wirklich eine Wahl gelassen?

Trifft auf Laura etwa das gleiche zu?

Von den vielen Fragen bekomme ich Kopfschmerzen. Irgendwann überkommt mich endlich die Müdigkeit, und ich schlafe ein paar Stunden.

***

»Ich bin jetzt schon so lange hier und kann nichts machen«, beginne ich, während ich einige Abende später appetitlos in meinem Essen herumstochere.

»So?«

»Ich möchte meine Fähigkeiten wirklich gerne nutzen, um die Organisation zu unterstützen.« Mir wird schlecht, wenn ich das ausspreche, aber ich muss diese Show durchziehen. Nicht nur um Laura zu helfen, sondern auch mir selbst

»Aber glaubst du wirklich, dass du schon so weit bist? Deine Kräfte schon genug trainiert sind?«

»Ich bin vielleicht noch nicht so stark wie die voll ausgebildeten Mitglieder, aber ich denke ich lerne so am besten. Ich will Großes erreichen, nicht immer nur hier herumsitzen.«

So ein Gespräch führen wir nun jeden Abend. Erst habe ich nur beiläufig solche Sachen erwähnt, dann immer mehr.

Nachdem sich der Gedanke, Laura könne genauso unfreiwillig hier sein wie ich auch, in meinem Kopf festgesetzt hat, fing ich an zu überlegen, wie ich den Verdacht überprüfen könnte.

Eigentlich war die Idee simpel: Als Laura mich das nächste Mal zur Ausbildung abholte, habe ich sie leise und so nachdrücklich wie möglich gebeten, in der Nähe zu bleiben.

Als mir Jensen dann meine Eule ausgehändigt hat, habe ich sofort versucht zu Lauras Gedanken durchzudringen.

Mit dieser Kraft zu arbeiten, hat mir Jensen noch nicht beigebracht, und ich schätze, das wird auch nicht passieren. Vermutlich aus Angst, ich könnte damit gefährlich werden.

Während ich versucht habe, dem Ausbilder zu folgen – diesmal wollte er Feuer – habe ich versucht in Lauras Geist einzudringen. Kurz hatte ich ein total schlechtes Gewissen. Schließlich sind die Gedanken und Gefühle doch etwas Privates, oder? Aber was ist hier schon privat, wenn man bedenkt, dass selbst die Wohnungen abgehört werden?

Auf mich sind so viele Emotionen und Gefühle eingeströmt, dass ich mich nicht orientieren konnte, zumal ich Jensen ja nicht außer Acht lassen durfte.

Da ich mich nicht zurechtfand, beschloss ich, ihr eine Frage zu hinterlassen.

Hörst du mich?

Gwen?

Ja.

Das Ergebnis dieser stummen Unterhaltung sind die abendlichen Fake-Gespräche.

Wieder einmal Ausbildung. Wieder einmal war Jensen nicht zufrieden. Trotzdem ist diesmal etwas merkwürdig.

Er will sonst immer sofort meine Kette mit der Eule zurückhaben, um sie in dem tragbaren Minisafe zu verstauen. Heute geht er einfach davon. Zunächst wundere ich mich, doch dann genieße ich einfach die Ruhe und Entspannung, die mich jedes Mal umgibt, wenn ich den Anhänger auf meiner Haut spüre. Erst jetzt merke ich, wie sehr ich es vermisst habe, die Eule auch bei mir zu haben, wenn ich auf die Kräfte nicht zugreife.

Nach dem Abendessen gehen Laura und ich wieder spazieren. Diesmal verlassen wir den Hof, um den die Häuser angeordnet sind, in eine andere Richtung als beim letzten Spaziergang. Wir gehen auf den Zaun zu, der auch hier das Gelände umgibt, bleiben aber nicht davor stehen. Laura öffnet eine Tür, und wir gehen hindurch.

»Hinter dem Wald ist ein weiterer Zaun«, erklärt sie.

Mittlerweile haben sich meine Augen an die Dunkelheit gewöhnt. Erst da erkenne ich die Bäume, die ein kleines Wäldchen bilden. Warum mir das vorher noch nie aufgefallen ist, bleibt mir ein Rätsel.

Der Boden wird langsam unebener. Laura läuft vor mir, trotz ihrer mindestens sieben Zentimeter hohen Absätze elfengleich. Ich ziehe den Reißverschluss meine Jacke höher, denn der Wind frischt auf.

Im Augenwinkel sehe ich eine Bewegung. Ich halte Laura am Arm zurück. Ich deute in die Richtung, in der ich eben noch jemanden zu sehen glaubte. Aber da ist nichts mehr auszumachen. In der Ferne ist ein leichtes Donnergrummeln zu hören, doch das ist nichts im Vergleich zu dem Dröhnen, das der Blitz hinterlässt, der etwa zehn Meter vor uns einen Baum spaltet und in Brand setzt. Wenige Sekunden später trifft es eine Tanne hinter uns, die sofort in Flammen aufgeht.

Noch bevor ich überhaupt realisiere, was vor sich geht, sind wir von einer Wand aus flammender Hitze umringt.

Wie eine Schlinge zieht sich das Inferno enger um uns. Meine Augen tränen und in meinen Lungen brennt der Rauch.

Laura neben mir ist zu einer Salzsäule erstarrt und blickt mit aufgerissenen Augen ins Feuer.

Die Möglichkeit durchs Feuer zu rennen verwerfe ich. Die Synthetikkleidung würde sofort schmelzen…

Doch dann fällt es mir wie Schuppen von den Augen. Ich greife nach dem Eulenanhänger, den ich immer noch bei mir trage. Ich konzentriere mich und versuche, im Feuer eine Schneise zu erzeugen, durch die wir gehen können. Gleichwohl ich mir das so intensiv vorstelle, es klappt einfach nicht. Nach einer gefühlten Ewigkeit habe ich zumindest ein kleines Loch geschaffen, aber das genügt bei weitem nicht.

Immer näher rückt das heiße Ungetüm. Ich beschließe das Element zu wechseln und es regnen zu lassen, aber das Nieseln ist nicht mehr als der sprichwörtliche Tropfen auf dem heißen Stein – nutzlos.

Meine Gedanken rasen hin und her. Wenn wir hier nicht rauskommen, bin ich schuld, dass Laura ebenfalls verletzt wird. Der Spaziergang war meine Idee, und das haben wir jetzt davon.

Ich weiß nicht, was mit Laura passiert, aber auf einmal löst sie sich aus ihrer Starre und dreht sich zu mir. Sie packt mich an den Schultern und schaut mir fest in die Augen.

»Gwen! Schau mich an. Du musst ruhig werden.«

Na toll, denke ich. In dem Moment fällt direkt hinter Laura ein lodernder Ast herunter, der unsere feuerfreie Fläche mehr als halbiert. Uns bleibt nun kaum mehr Platz uns um uns selbst zu drehen.

Ich sehe wie der Schweiß Laura in Strömen über das Gesicht läuft. Bei mir sieht es sicher nicht anders aus.

»Gwen. Du wirst das schaffen. Ich glaube ganz fest an dich. Hör mir zu.«

Ich bringe nicht mehr als ein Nicken zustande.

»Atme ruhig… so wie ich. Ein…. und aus… ein… und wieder aus.«

Tatsächlich beruhigt sich mein Puls etwas. Ich umfasse wieder meinen Anhänger, der den Rest erledigt.

»Was soll ich tun?«, frage ich, nicht gänzlich ohne Verzweiflung in meiner Stimme.

»Wie hast du das beim Erdbeben damals gemacht?«

Und dann fällt es mir ein. Wie konnte ich das nur vergessen? Ich nähere mich der Feuerwand, anstatt vor ihr zu fliehen. Die Hitze ist kaum zu ertragen.

»Was hast du vor?« Laura ist nun hinter mir.

Ehrlich gesagt weiß ich das selbst nicht, aber das verschweige ich ihr.

Ihre Entspannungsmethode scheint meinen Körper auf Autopilot gestellt zu haben.

Ich strecke meinen rechten Arm den Flammen entgegen und hoffe, dass meine Kräfte irgendwie dafür sorgen, dass mir die hohen Temperaturen nichts anhaben können, ansonsten war es das mit meiner Karriere als Pianistin. Aber das sollte jetzt keine Rolle spielen. Erst einmal müssen wir hier lebend herauskommen. Tatsächlich spüre ich lediglich ein sanftes, leichtes Kribbeln, als die Flammen meine Finger berühren.

»Hey«, sage ich in Gedanken. »Ich bin's, Gwendolyn.«

Und tatsächlich ist es wie beim Erdbeben, nur jetzt tausendmal intensiver. Sobald ich meine Finger noch etwas weiter in die Flammenwand schiebe, explodiert in mir ein wahrer Krieg. Es ist, als würde ein Vulkan in mir ausbrechen.

»Hey« versuche ich es nochmal. »Was ist los mit dir?«

Ich bekomme keine Antwort. In mir drin tobt es jetzt genauso wild wie um uns herum.

Ich versuche es mit Lauras Atem-Methode. Diesmal schließe ich zusätzlich die Augen. Einatmen... ausatmen. Und das immer langsamer. Immer weiter und weiter und weiter. Einatmen.... warten.... ausatmen... warten... Bis ich irgendwann spüre, wie sich in mir nach und nach die Wogen glätten.

Ich öffne zaghaft die Augen und merke, dass nur noch vereinzelt Baume und Büsche in Flammen stehen. Von dem Feuersturm, wie er bis eben anhielt, ist nicht mehr viel zu sehen.

Ich schaue auf meine Hand hinunter und stelle erstaunt fest, dass eine Hand aus Flammen meine umfasst und drückt, sich förmlich an mich klammert.

»Es tut mir leid, Gwendolyn. Vielen Dank.«

Ich erwidere den Druck und lasse dann los.

Wenige Sekunden später ist vom Feuer nichts mehr zu sehen.

Nach einem kurzen Moment der Stille höre ich Applaus. Lampen leuchten auf und kurz darauf stehen sechs schwarzuniformierte Männer vor uns. Alle haben rote Zeichen auf den Schultern. Zuletzt kommt Jensen hinzu. »Ganz passable Leistung, Hesselbach!«

Ich kann nicht glauben, was ich da eben gehört habe. Das war

alles inszeniert! Auch Laura scheint das gerade zu erkennen. An ihrem Gesicht sehe ich, dass sie nichts davon wusste. Eigentlich sollte mich die Skrupellosigkeit der Organisation nicht überraschen. In mir baut sich Wut auf und vereint sich mit dem, was seit Jans Unfall in mir schlummert. Meine Hand schnellt in einer bogenförmigen Bewegung nach vorn, und bevor auch nur einer der Anwesenden reagieren kann, liegen die Männer auf dem Boden. *Die Show ist beendet!*
Ohne weiter nachzudenken, laufen Laura und ich zu meinem Appartement. Sie übrigens immer noch auf ihren Absätzen, was mich nur noch mehr staunen lässt.
Mein kleiner Gefühlsausbruch hat mir zwar nicht annähernd meine Wut nehmen können, aber es war ein Anfang.
Wahrscheinlich werde ich das morgen bitter bereuen. Während wir rennen, entschuldige ich mich noch beim Wind dafür, dass ich ihn missbraucht habe.

Jan

»Ihr gottverdammten Idioten!«
Rick und Lissi, die mich stützen, und ich drehen uns um.
Sina kommt uns entgegengestürmt. Ihr Gesicht ist so rot wie ihre Nikes und einige Locken haben sich aus ihrem Zopf gelöst.
Rick ist als erster bei ihr und nimmt sie in seine Arme.
»Es ist alles gut«, will er sie beruhigen, gießt damit jedoch nur Öl ins Feuer.
»Alles gut, ja?! Wir hatten verabredet, dass ihr euch alle fünfzehn Minuten meldet! Ich versteh ja, dass ihr nicht anrufen könnt, während ihr eine Armee niedermetzelt, aber wenigstens danach hättet ihr was sagen können.« Sie hält Rick immer noch umklammert. »Was glaubt ihr denn, was dich denke, wenn ich die da alle liegen sehe und ihr nicht da seid?«
Isabelle legt eine Hand auf Sinas Rücken. Sie scheint ihre Kräfte zu nutzen um unsere Freundin zu beruhigen, was offenbar Wirkung zeigt.

Zwanzig Minuten später parken wir das Auto, das wir unter falschem Namen bei einem Carsharing-Dienst gemietet haben, in der Nähe des Alexanderplatzes. Ich sitze vorn neben Isabelle, die eben den Motor abstellt.

»Ich werde mal Lena informieren, die wird sich garantiert auch schon den Kopf zerbrechen.« Isabelle steigt aus dem Wagen. Glücklicherweise sind die abhörsicheren Telefone, wie sie auch Politiker nutzen, noch rechtzeitig eingetroffen... Alles andere wäre zu gefährlich.

»Verratet ihr mir jetzt vielleicht mal, was passiert ist?«, verlangt Sina mit immer noch zitternder Stimme zu wissen.

Rick streichelt ihr behutsam über die Schulter, während er beginnt.

»Wie geplant sind Isabelle und ich auf unsere Position gegangen. Jan ebenfalls. Als dann der Alte kam, lief anscheinend alles nach Plan. Doch dann...«, Sina und er schauen sich in die Augen, »konnte ich mich nicht mehr bewegen. Isabelle schien es ähnlich zu gehen. Es war, als hätten sich Millionen Stricke um unsere Körper gewunden, die uns gen Erdboden ziehen.«

»Das muss also der Moment gewesen sein, in dem der Alte wieder er selbst wurde«, vermute ich.

»Genau. Isabelle musste sich voll darauf konzentrieren, die Schwerkraft zu normalisieren, sodass wir aufstehen konnten. Hinter uns waren zwei Uniformierte, die uns angriffen.

»Also warst du nicht der einzige, der sich Rückendeckung verschafft hat«, murmelt Sina.

»Isabelle hat ihnen dann mit zwei Feuerbällen die Augenbrauen gestutzt. Im Rückwärtslaufen sind dann glücklicherweise beide mit dem Kopf auf zwei Steine geschlagen. Danach kamen noch drei andere Auserwählte. Einem Feuerkämpfer hat Isabelle eine Eisdusche verpasst, sodass sein Kreislauf kurzzeitig aufgegeben hat. Auf einmal sah ich hinter mir einen Schatten. Dank des Selbstverteidigungstrainings habe ich instinktiv reagiert, mich gedreht und dabei mit meinem Ellenbogen auf die Schläfe des Mannes getroffen.

Den letzten hat sie, wieder mit einem Feuerball, in meine Richtung getrieben. Ein Tritt in die Kniekehle hat ihn auf den Bauch befördert.«

Ich kann gar nicht sagen, wie froh ich bin, dass ich Rick überredet habe, mit mir zum Training zu gehen. Hätten wir das nicht schon jahrelang gemacht, wäre der heutige Vormittag sicher anders ausgegangen.

»Und wie bist du ins Spiel gekommen?«, frage ich an Lissi gewandt.

»Naja... ich habe im Auto gewartet wie besprochen, als hinter mir ein dunkler Van anhielt, aus dem eine ganze Horde Schwarzgekleideter gesprungen ist. Als die in eure Richtung gerannt sind, dachte ich, es könne nicht schaden, mal nachzusehen.« Aus Lissis Mund sprudeln die Worte wie nie zuvor. Schon die ganze Zeit rutscht sie ganz hibbelig auf ihrem Sitz hin und her.

»Und als ich dann da war, war schon alles im Gange. Isabelle hatte sich augenscheinlich schon wieder um den Alten gekümmert. Rick war mit den Kämpfern beschäftigt, die nach und nach versucht haben ihn und Isabelle anzugreifen.«

»Wir hatten wirklich Glück, dass es keine Auserwählten mehr waren«, ergänzt Rick,

Das hatten wir tatsächlich. Anderenfalls wären wir chancenlos gewesen.

»Ich habe dann alle, die schon auf dem Boden lagen, mit Kabelbindern gefesselt...«

»Wo hast du die eigentlich her?«, fragen Rick und ich gleichzeitig.

»Naja... ihr wisst doch: Michael hat alles. Ich bin gestern zu ihm und hab gefragt, ob er Kabelbinder hat. Natürlich wollte er wissen wieso. Das hab ich mich dann durchaus auch gefragt – ich konnte ja schlecht sagen, dass es sein könnte, dass ich Kämpfer einer geheimen Organisation fesseln will. Dann hätte er mich ja gleich eingewiesen. Mir kam dann der rettende Einfall. Ich habe erzählt, dass Sina und ich Halloween-Beleuchtung anbringen wollen. Das hat er geglaubt – ich muss ziemlich überzeugend gewesen sein.«

Ich kann nur den Kopf schütteln, wie kann man nur so viel in so kurzer Zeit über die Lippen bringen, ohne Luft zu holen?

»Dann solltet ihr euch mal Lichterketten besorgen...«

»... sonst denkt Micha noch, du willst *Fifty Shades* nachspielen«, beende ich Ricks Satz.

Selbst Sina kann darüber lachen. Auch wenn die Situation eigentlich nicht lustig ist, tut es gut, wenn etwas von der Anspannung abfällt.

***

Am Nachmittag ist es dann tatsächlich soweit.

»18:00 in meinem Büro. Pünktlich!«

»Er hat wohl keinen Sinn für lange, ausschweifende Texte«, kommentiert Lissi den Text der SMS. »Ganz im Gegensatz zu einer gewissen Person in pink.« Rick knufft sie freundschaftlich.

Wenig später machen wir uns auf den Weg. Um nicht den direkten Weg zu nehmen, nutzen wir die S-Bahn. Erst mit der S7 zur Friedrichsstraße. Wenn heute nicht Sonntag wäre, würde man zu dieser Zeit kaum atmen können, weil die Bahn so voll ist. Normalerweise ist mir das relativ egal, aber angesichts dessen, was mir bevorsteht, bin ich froh, etwas Luft zum Atmen zu haben. An der Friedrichsstraße angekommen, wechseln wir den Zug. Ob wir in die S1 oder S2 steigen, weiß ich nicht. Der Zug ist schon da, als wir mit der Rolltreppe den unterirdischen Bahnsteig erreichen.

Wir haben jetzt zwei Stationen, um uns zu verabschieden. Ich habe die anderen gebeten, noch einen Halt weiterzufahren, ehe sie wieder in die Gegenrichtung umsteigen. Es ist nicht auszuschließen, dass am Bahnhof schon Männer der Organisation warten, um mich in Empfang zu nehmen.

»Wehe, du berichtest uns nicht jedes Detail...«, fordert Lissi, während sie mich mit ihrer Umarmung beinahe zerquetscht.

Rick schließt sich an. »Gib Bescheid, wenn wir dich unterstützen können.«

»Pass auf dich auf.« Sina muss ihren Kopf ziemlich in den Nacken legen, um mir in die Augen zu schauen.

Zum Abschluss nimmt Isabelle mich in den Arm. »Bring mir meine Tochter zurück.«

»Ich gebe mein Bestes«. *Und ich werde sie zurückholen!,* ergänze ich in Gedanken.

Dann ist es soweit. Der Zug fährt ein, und es wird Zeit auszusteigen.

Während ich die Stufen hinaufsteige und schließlich auf dem Potsdamer Platz stehe, frage ich mich, ob Gwen den gleichen Weg gegangen ist oder ob sie den anderen Ausgang genommen hat?

Plötzlich rutscht mein Herz etwas tiefer, als ich ein Mädchen mit kupferroten Haaren sehe. Natürlich denkt mein dummes, naives Gehirn sofort *Gwen*. Doch auf den zweiten Blick erkenne ich, dass die Haare viel zu kurz sind und das Mädchen Gwen um mindestens einen Kopf überragen würde.

Kopfschüttelnd überquere ich die Straße und blicke sehnsüchtig nach rechts, wo sich hinter dem SonyCenter die Philharmonie befindet, eines der wenigen Häuser, hinter denen sich unser *Bernstein*-Saal verstecken muss.

Viel zu schnell stehe ich vor dem Eingang unter dem spitzzulaufenden Vordach des Gebäudes, das die Organisation unter dem Deckmantel einer Versicherung nutzt. *Aber wollte ich nicht genau das?*

17:55 Uhr.

Ich betrete die Empfangshalle. Auf den ersten Blick registriere ich die Auserwählten, die als Wachposten fungieren. Den Uniformen nach sind sie alle Erdkämpfer. Niemand, mit dem ich es nicht aufnehmen könnte, denke ich. Nicht dass ich vorhätte nochmals »umzuräumen« wie bei meinem letzten Besuch hier, aber schaden kann es nicht zu wissen, mit wem man es im Ernstfall aufnehmen muss.

Die Frau hinter dem Tresen ignoriere ich geflissentlich und gehe direkt auf den Aufzug zu. Dabei entdecke ich noch ein Brandloch im Teppich, das versucht wurde mit einem übergroßen Läufer zu verdecken.

Im Fahrstuhl drücke ich den Knopf für die oberste Etage.

Oben angekommen öffnen sich die Türen, bis auf ein leises *Pling*, geräuschlos.

Direkt vor mir befindet sich eine große, zweiflügelige Tür. Ich gehe darauf zu, denke *Auf in den Kampf* und klopfe.

Gwen

Es ist schon hell, als ich aufwache.
Nachdem Laura und ich erschöpft im Flur zusammengesunken sind, müssen wir irgendwann eingeschlafen sein.
Lauras Kopf liegt auf meiner Schulter. Ich versuche mich so wenig wie möglich zu bewegen, da ich sie nicht aufwecken möchte.
Eine Weile lang sitze ich einfach nur so da. Irgendwann versuche ich, mit Hilfe des Erdelements, Kissen von der Couch herfliegen zu lassen.
Noch immer habe ich meinen Eulenanhänger bei mir, weshalb ich ohne Probleme auf die Kräfte zugreifen kann.
Ich konzentriere mich, doch es funktioniert nicht. Keinen einzigen Zentimeter bewegen sie sich. Ich probiere es immer und immer wieder, doch ohne nennenswerten Erfolg.
Bitte, kommt her!, denke ich. Habe ich gestern zu viel Energie verbraucht? Vielleicht. Einen Versuch gebe ich mir noch, bevor ich es sein lasse.
Erneut konzentriere ich mich und tatsächlich erheben sich einige von den Kissen. Anfangs schrecke ich etwas zurück, da ich schon nicht mehr an meinen Erfolg geglaubt habe, sodass die Kissen an die Zimmerdecke stoßen. Doch ich erlange die Kontrolle schnell zurück, und wenig später kann ich Lauras Kopf auf die Kissen betten.
»*Danke.*«
»*Für dich immer gern, Gwen.*«
Beim Aufstehen merke ich, wie verspannt ich bin. Ich reibe über meinen Nacken und beschließe erst einmal heiß zu duschen.
Zuvor schleiche ich noch schnell in das Schlafzimmer, um frische Kleidung zu holen, was dank der weichen Sohlen der Nikes nahezu geräuschlos vonstatten geht.
Bevor ich im Bad verschwinde, fällt mein Blick nochmal auf Laura, die mittlerweile eines der Kissen fest umschlungen hält. Haare haben sich aus ihrem sonst so perfekten Zopf gelöst, wodurch

sie viel jünger wirkt, auch ihre zerknitterte Bluse trägt zu diesem Eindruck bei. Einen ihrer Schuhe hat sie sich vom Fuß gestreift.

Ich öffne die Tür zum Badezimmer, da höre ich ihre Stimme: »Lina… du darfst mich nicht alleine lassen…«

Zwanzig Minuten später trete ich mit feuchten Haaren aus dem Bad. Ein Blick nach rechts verrät mir, dass Laura inzwischen aufgewacht ist.

Ich gehe ins Wohnzimmer und bin überrascht, dass sie an der Küchenzeile steht.

»Guten Morgen.«

»Morgen«, murmelt sie.

»Los… geh erstmal duschen und zieh dir frische Sachen an. Heute mache ich mal das Frühstück für uns.«

Ich brauche ziemlich viel Überredungskunst. Schlussendlich muss ich sie förmlich Richtung Dusche schubsen. *Vertraut sie meinen Kochkünsten so wenig?*, frage ich mich unterdessen.

Im Kühlschrank finde ich Speck und Eier… daraus sollte selbst ich schon was Essbares zaubern können.

Als alles fertig ist, trete ich nach draußen. Der Tag ist – wie jeder andere hier – grau. Heute weht nur ein leichter Wind, und in der Ferne hört man das Rauschen des Meeres.

Ich habe es so satt, denke ich. Die Sonne fehlt mir.

Nachdem ich mit dem Kissen vorhin schon Erfolg hatte, versuche ich mein Glück gleich noch einmal.

Ich strecke meine Hände gen Himmel. Natürlich passiert zunächst wieder mal… nichts.

Na los, das schaffen wir doch, rede ich mir ein.

Und tatsächlich fühlt es sich an, als würde Energie aus meinem Inneren über meine Arme hinauf zu den Wolken strömen.

Was anfangs nur ein kleiner Riss in der Wolkendecke ist, wird nach und nach immer größer und größer, bis schließlich strahlender Sonnenschein und blauer Himmel über der Siedlung thront.

Zufrieden mit meinem Werk gehe ich wieder hinein, wobei ich mit einer frischgeduschten und perfekt gestylten Laura zusammenstoße. Ihr schwarzer Blazer, den sie wie eine zweite Haut zu tragen scheint, ist faltenfrei, genau wie die Bluse. Mit offenem Mund und großen Augen sieht sie mich an.

»W... Wahnsinn... wie... wie hast du ..?«

Wenn ich das nur wüsste, denke ich und ziehe sie schulterzuk-kend mit ins Haus.

***

Es klopft an der Tür.

»Rekrut Hesselbach, öffnen Sie!«

Es klopft wieder. Sofort rutscht mir das Herz in die Hose. Erlebe ich jetzt die Konsequenzen meines Handelns von gestern? Und was ist mit Laura... bekommt sie Ärger, weil sie mit zu mir ge-kommen ist?

Erneut klopft es, diesmal heftiger.

Ich habe keine Wahl. Ich werde es wohl gleich herausfinden. Ich will zur Tür gehen, als Laura mich nochmal zurückhält.

»Was auch immer passiert...«, flüstert sie mir so leise ins Ohr, dass es unmöglich von den Wanzen mitgehört werden kann, »sie brauchen dich. Du kannst also auch Forderungen stellen. Denk daran.«

Ich nicke und öffne die Tür.

Draußen steht ein uniformierter Mann mit einem Tablet unter dem Arm. Anscheinend ein Erdkämpfer.

Ohne dass ich ihn hereinbitte, geht er direkt ins Wohnzimmer.

»Der Vorsitzende wünscht, Sie zu sprechen«, verkündet der Aus-erwählte, während er auf dem Tablet herumtippt.

Nach wenigen Augenblicken stellt er den Bildschirm vor mich auf den Tisch. Indes frage ich mich, wen er mit *dem Vorsitzenden* meint.

Die Antwort darauf erhalte ich unverzüglich, nachdem die Video-verbindung steht.

Die Gesichtszüge sind unverkennbar. Alles in mir beginnt sofort sich zu verknoten.

Ich greife nach meiner Eule, und der Krampf in meinem Inneren löst sich ein wenig.

Dennoch muss ich mich ziemlich zusammenreißen keine über-deutliche Reaktion zu zeigen, denn selbst wenn es *dem Alten* nicht auffallen würde, bin ich mir sicher, dass der Mann, der mit verschränkten Armen mir gegenübersteht, jede meiner Regungen genau beobachtet.

Nach einer gefühlten Ewigkeit des gegenseitigen Musterns, ergreift Jans Vater das Wort.

»Guten Morgen, Fräulein Hesselbach.« Sein Blick scheint sich selbst durch den Bildschirm hindurchzubohren. *Können seine Kräfte auch übers Internet funktionieren?*, frage ich mich sofort.

»Auch an Sie einen guten Morgen, Fräulein Stein. Es erfreut mich, dass Sie Ihren ersten Auftrag erfolgreich abgeschlossen haben.«

»Dankeschön.«

»Aber nun zu Ihnen, Hesselbach. Wie ich hörte, haben Sie erhebliche Fortschritte in Ihrer Ausbildung zu verzeichnen.«

Ich nicke. »Hmpf.«

»Eines muss ich anscheinend zunächst nochmals klarstellen: Ich dulde kein Gestammel oder Gestotter! Also antworten Sie in angemessenen Sätzen! Nochmal: Ich hörte, Sie haben Fortschritte gemacht?«

Sofort wird mir heiß, und Schamesröte steigt mir ins Gesicht.

»Ja, Herr von Siedenow-Raich.«

»Sehr gut. Wie stellen Sie sich Ihre weitere Zukunft innerhalb der Organisation vor?«

Die Frage hat gesessen. Eigentlich will ich doch gar nicht dabei sein. Aber welche Wahl habe ich denn, wenn ich meine Freunde schützen will? Ich muss alles tun, was sie von mir verlangen, damit Jan nichts passiert. Aber begehe ich damit nicht genau den Verrat an den Elementen, wie es die Organisation tut? Dann bin ich keinen Deut besser als all die anderen! Aber die Entscheidung habe ich doch schon vor Tagen getroffen, erinnere ich mich, als ich nach Berlin gegangen bin.

»Ich will versuchen, die vorgegebenen Ziele innerhalb der Organisation zu erreichen.« Ich fühle mich verdammt schlecht, als die Worte über meine Lippen kommen.

»Nun gut. Dann erwarte ich Sie in den nächsten Tagen zurück in Berlin. Genauere Anweisungen erhalten Sie vom Personal vor Ort.«

Berlin... endlich bin ich wieder in der Nähe von Jan. Natürlich werde ich ihn nicht sehen können, aber zu wissen, dass es nur noch rund achtzig Kilometer sind, die uns trennen, bereitet mir ein klein wenig Freude.

Aus dem Augenwinkel sehe ich Lauras Blick, da fällt mir noch etwas ein. »Ich habe noch eine Bitte: Laura soll mich begleiten. Ich bin mir sicher, Sie werden auch in Berlin Aufgaben für sie finden.«

Ich erschrecke mich beinahe selbst über meine Forderung. Was habe ich mir dabei gedacht? Immerhin ist es Jans Vater, der mir hier gegenübersitzt. Derjenige, auf dessen Konto die verschiedensten Terroranschläge gehen...

»Ich muss zugeben, Ihr Mut überrascht und beeindruckt mich gleichermaßen. Ich kenne nur wenige, die so offen eine Forderung mir gegenüber aussprechen.« Wenn es ein Thermometer geben würde, das die Temperatur seiner Stimme misst, wäre es während das letzten Satzes nochmal um einige Grad gefallen »Ich werde über Ihren Wunsch nachdenken. Guten Tag.«

Damit ist die Verbindung unterbrochen.

Nach der Unterredung verschwinden alle, was mir ganz recht ist. Ich lasse mich aufs Sofa fallen. Mein Blick gleitet über meinen Arm und bleibt am Mal hängen, das die Elemente hinterlassen haben.

Ich streiche darüber. Mir ist zum Heulen zumute ob des Verrats. Wir sollen doch Gutes tun mit unseren Fähigkeiten, Menschen in Not helfen.

Es tut mir so leid, was ich da gesagt habe, denke ich

»*Was du* sagst, *entscheidet nicht. Was du* tust *zählt. Und wir sind uns sicher. Du wirst das Richtige tun. Vergiss nicht, was ich dir immer sage: Wir sind immer bei dir, Gwen.*«

Dreizehntes Kapitel

»Wochenbericht KW 42
Der Vorsitzende vermeldet,

1) *dass eine Aktion in Planung ist, welche die Berliner Wasserbetriebe überzeugen soll, ihre Zahlungsmoral zu überdenken, da alle bisherige Angebote seitens der Organisation abgelehnt wurden.*

2) *dass ab sofort Rekrut > L ö w e < für vier Kalenderwochen eine Probezeit absolvieren wird, um die Tauglichkeit zu ermitteln und ggf. die Eignung als Nachfolger zu prüfen.*

3) *...«*

Jan

Der USB-Stick in meiner Hosentasche scheint zentnerschwer. Seit mir Isabelle den kleinen Speicherstick vorhin gegeben hat, kann ich dem Drang ständig über die Stelle zu streichen, an der er sich befindet, nur widerstehen, weil ich mich notgedrungen auf meine Krücken stützen muss. *Der Alte* würde so ein Verhalten sofort auffällig finden.

Mit steifem Rücken, als hätte er einen Gehstock verspeist, sitzt er hinter seinem ausladenden Schreibtisch und schaut Papiere durch.

Wahrscheinlich ist das nur Show, um mich warten zu lassen und seine Macht zu demonstrieren. Macht, die hoffentlich bald schwinden wird. Ob der Plan schon am Anfang scheitert, wird sich in den nächsten Minuten klären.

Wir haben nach langem hin und her beschlossen, es mit dem klassischen Trick zu versuchen.

Isabelle hat einen IT-Spezialisten, anscheinend ebenfalls ein Mitglied der *Wahrhaftigen*, beauftragt, ein Virus zu programmieren, den ich nun versuchen muss ins Netz der Organisation zu bekommen, sodass wir endlich an Infos kommen. Daten und Protokolle, die es den Wahrhaftigen ermöglichen, die Organisation zu stürzen, deren Einfluss zu schmälern und Fragen zu beantworten. Was planen sie und noch viel wichtiger: Wo ist Gwen?

Doch genau diese Gedanken muss ich jetzt wieder hinter meinem Schutzwall verschließen, damit ich nicht auffliege.

Endlich schaut er auf. Überflüssig zu erwähnen, dass sein Blick die Hölle zum Frieren bringen könnte.

Wie immer in solchen Momenten dringen Bilder früherer Zusammentreffen in mein Bewusstsein. Bilder, in denen er seinen Gürtel... STOPP. Ich muss mich auf die Mauer konzentrieren. Es wäre einfacher, seinem Blick auszuweichen und dem Treiben auf dem Potsdamer Platz zuzuschauen, das sich weit unter uns abspielt. Dennoch gebe ich dem Drang nicht nach und erwidere sein Starren.

»Du bist pünktlich«, stellt er sachlich fest. »Mein Plan sieht folgendes vor. Ab morgen wirst du unsere Ausbilder beim Training der neuen Rekruten begleiten. Nach einem Monat sehen wir weiter. Der Rat ist über deine Anwesenheit verständigt.«

Ich nicke. »Verstanden.« Der Rat ist eine Gruppe von Auserwählten, die neben *ihm* die Geschicke der Organisation leiten.

»Deine Unterkunft befindet sich im fünfzehnten Stock. Die Cafeteria im dritten. Morgen geht es um neun Uhr los. Alles weitere entnimmst du selbstständig dem Tablet, das in deinem Zimmer für dich bereit liegt.«

»Sehr gut«, erwidere ich in knappem Ton. Je weniger ich sage, desto besser kann ich meine mentalen Mauern schützen.

»Danke.« Er nickt und wendet sich wieder seinen Papieren zu. Das nehme ich als Anlass zum Gehen.

***

Um halb neun betrete ich am Montag den mir zugeteilten Ausbildungsraum. Glücklicherweise sind die Wege hier kurz. Anders als in der *Accademia*, wo man pro Tag schnell mal einige Kilometer zu Fuß zurücklegen kann. Trotzdem wäre ich nirgends lieber als dort.

Im Gegensatz zu den Fluren, ist hier im Ausbildungsraum der Boden gefliest. In regelmäßigen Abständen sind Abflüsse darin eingelassen.

»Guten Morgen, Siedenow-Raich. Erfreulich, dass Sie sich schon mit den Räumlichkeiten vertraut machen.«

Ich überrage den Ausbilder um mindestens einen halben Kopf. Er scheint, der Uniform nach, wie ich am besten mit der Erde zu arbeiten.

In meinem Zimmer lagen ebenfalls einige Exemplare der Uniform mit braunen Applikationen.

Es hat sich schon mulmig angefühlt, die schwarze Kleidung anzuziehen, die ich sonst immer verabscheut habe, – die ich immer noch verabscheue. Das steife Gewebe fühlt sich unangenehm an und lässt mich erschaudern. *Ob ich mich jemals daran gewöhnen werde?*

»Ich bin Ausbilder Jäger. Wie ich den Unterlagen entnommen habe, sind Sie mir in dieser Woche zugeordnet«, sagt der blondhaarige Mann mit sonorer Stimme. Seinem Gesicht sieht man an, dass er schon einige Kämpfe hinter sich hat, von denen er die ein oder andere Verletzung davongetragen hat.

»Das ist richtig«, bestätige ich, auf die Krücken gestützt. Trotz der Gehhilfen ist es für mich mittlerweile zur Normalität geworden, mein Körpergewicht mit Hilfe des Erdelements zu verringern.

»Wir beginnen heute erstmal mit einer allgemeinen Einführung und werden dann beginnen die Fähigkeiten zu testen. Trauen Sie sich zu, danach eine Hälfte des Kurses eigenständig zu übernehmen?«

»Das sollte kein Problem darstellen«, erwidere ich, wobei ich versuche, meine Stimme frei von Emotionen zu lassen. Ich bin nicht sicher, was ich davon halten soll. Anscheinend vertraut man mir innerhalb der Organisation genug, um mir solche Aufgaben zu übertragen, andererseits könnte das auch ein Test sein, um meine Loyalität zu prüfen. *Ich muss vorsichtig sein!*

»Sehr schön...« Jägers Bass reißt mich aus meinen Grübeleien. »Haben Sie Ihre Kette schon mit Energie beladen?«, fragt er, derweil er seine Kette unter seiner Uniform hervorzieht, an deren Ende ein schlichtes in Silber gefasstes Kristallquadrat zum Vorschein kommt. Auch der Anhänger hat dem Aussehen nach einige Einsätze hinter sich. Eine Ecke ist abgesplittert.

»Ich bin nur Auserwählter zweiten Grades...«, antworte ich wahrheitsgemäß.

Jäger nickt in Richtung eines Waschbeckens, welches sich neben dem Whiteboard an der Wand befindet. Erst jetzt fällt mir auf, dass es zwei Wasserhähne gibt.

»Der kleinere Hahn wird von einer Schattenteichquelle unter dem Haus gespeist. Wir sind besonders stolz auf die Kristallbeschichtung im Inneren der Rohrleitungen, die es auch uns ermöglicht, unsere Anhänger mit Schattenteich-Energie zu versorgen. Probieren Sie es aus.«

Das tue ich und bin ernsthaft überrascht, dass es funktioniert. Nach der Anstrengung gestern ist der Energieschub dringend nötig.

Während ich noch Wasser über den blaugrünen Stein laufen lasse, betreten nach und nach die Rekruten den Raum.

Als ich fertig bin, drehe ich mich, um die Jungs und Mädchen genauer zu mustern.

Es sind etwa zwanzig Jugendliche, etwas jünger als ich. Sie tragen bereits schwarze Kleidung, allerdings noch ohne Farbstreifen, die ihr bevorzugtes Element kennzeichnen.

Jäger bedeutet mir, mich auf seinen Stuhl zu setzen.

»Ich kann vermutlich besser stehen als Sie.« Er blickt auf meine Krücken und erhebt sich.

»Danke.«

***

Als ich nach der Pause den Übungsraum betrete, den Jäger mir und meiner Gruppe zugewiesen hat und der dem vorherigen bis in Detail gleicht, höre ich Gekicher, kombiniert mit aaaahs und uuuuhs.

Josh, ein ziemlich arroganter Typ, und sein Schatten Henri sind in der Mitte des Raumes damit zu Gange ein fünfzig Kilo Gewicht über den Boden schweben zu lassen. Fünf Mädchen, Modell Barbie, reich und verzogen, die ich insgeheim *Gucci-Gang* getauft habe, haben sich bewundernd an sie geworfen.

Voila, das ist also von nun an mein Kurs, dem ich den Umgang mit dem Erdelement beibringen soll.

»Ihr seid aber ganz schön stark«, säuselt Barbie Nummer eins – Zoe oder Cloé – ich bezweifle, dass ich die Namen am Ende der Woche draufhaben werde.

»Ach, das ist doch nichts«, tönt Josh. »Ich habe schon mal alleine vierzig Kilo zum Schweben gebracht.«

»Wow«, flötet Barbie zwei, während sie ihre Gucci-Handtasche beinahe fallen lässt.

Ich habe zwar keine pädagogische Ausbildung, aber durchaus das Gefühl, es kann nicht schaden zu demonstrieren, was wirklich beeindruckend ist. Bisher haben mich die Rekruten nicht bemerkt, doch das wird sich gleich ändern.

Ich nehme meine Kräfte zusammen und schon erheben sich Josh und Henri vom Boden. Als sie mit dem Rücken an die Decke gedrückt sind, ist den beiden vollends die Farbe aus dem Gesicht gewichen.

Auf meine Krücken gestützt blicke ich in die Runde.

Die Gucci-Gang scheint es inzwischen verlernt zu haben, sich zu bewegen. Barbie drei und vier, die bis eben gelangweilt auf ihre Smartphones gestarrt haben, lassen diese in ihre Birkin Bags gleiten.

»Was soll das? Was tun Sie da?«, protestiert Henri.

»Lassen Sie uns wieder runter!«, ergänzt Josh.

Ich ignoriere die zwei geflissentlich. Der erste Trainingsblock un-

262

ter Jägers Leitung hat nur neunzig Minuten gedauert, aber das hat gereicht, um sie auf meine Rote Liste zu setzen.
»Mein Vater ist Mitglied im Rat.« Na super, jetzt will er schon mit Papi drohen. Innerlich verdrehe ich die Augen.
»So meine Damen... und Herren. Lassen Sie uns keine Zeit verlieren und an ihren Fähigkeiten arbeiten, damit Sie nicht länger darauf angewiesen sind, sich mit Ihren Vätern zu schmücken.«
Barbie Fünf, Chelly... Nelly... irgend sowas, kichert leise.
»... oder mit überteuerten, hässlichen Handtaschen«, ergänze ich, die Barbies anblickend.
In den folgenden Stunden hängen die Barbies an meinen Lippen – glücklicherweise nur im übertragenen Sinne – zum Leidwesen der Jungs, die ich irgendwann gnädigerweise runtergelassen habe.

Gwen

Seit dem Wochenende gibt es für mich keine Ausbildung mehr. Was bedeutet, dass ich meine Vormittage weitestgehend alleine verbringe.
Damit ich nicht zu sehr ins Grübeln komme, sitze ich die meiste Zeit am Klavier. Wirklich vom Nachdenken abhalten kann mich die Musik nicht. Ständig tauchen Bilder von Lenas Unterrichtsraum auf, dem flauschigen roten Teppich, den zwei Klavieren und dem Blick über den Wald.
So unwohl wie ich mich zu Beginn gefühlt habe, so gerne wäre ich jetzt wieder dort; bei meinen Freunden... bei Jan.
Natürlich wäre es schön, wenn er bei mir wäre, aber so egoistisch mir das zu wünschen, bin ich nicht. Zumindest rede ich mir das ein. Schließlich reicht es, wenn ich hier allein das Machtspielzeug der Organisation mime.
Jan soll bei seiner Familie und seinen Freunden gesund werden. Nicht *hier*...
Himmel, wie schön wäre es, wenn er mich in den Arm nehmen könnte, wenn ich die Wärme seines Körpers, seiner Haut spüren könnte. Das schnelle Pulsieren seines Herzens in seiner Brust

fühlen. Hören, wie seine Stimme meinen Namen flüstert, während er sein Kinn auf meinen Kopf legt und mit der Hand über meinen Rücken streicht.

Ich hasse mich für diesen Wunsch. Jahrelang habe ich ohne Freunde gelebt und dachte, ich wäre damit zufrieden. Aber jetzt weiß ich, dass Freunde das beste sind, was einem im Leben passieren kann.

Heute wünsche ich, ich hätte diese Erfahrung nie gemacht, dann gäbe es jetzt nichts, das ich vermissen würde.

Das Klavierspielen gebe ich erstmal auf und lasse mich auf die Couch fallen. Ich starre an die Decke und versuche meine Gedanken zu beruhigen. Erstaunlicherweise haben sie mir die Eule immer noch nicht weggenommen, weshalb ich ihre Kraft nutze, um das Gedankenkarussell in meinem Kopf zum Stehen zu bringen.

Das gelingt auch, bis ein Gedanke wie ein Blitz einschlägt, der mich nicht mehr loslässt.

***

»Wer ist Lina?«

Ich habe lange überlegt, wie ich Laura am besten frage. Sie hat bisher nicht viel über sich oder ihre Familie erzählt. Überhaupt weiß ich fast gar nichts Persönliches über sie, wird mir klar, wenn ich an unsere Gespräche in den vergangenen Tagen denke.

Mittlerweile ist es spät geworden, und ich habe Laura mal wieder um einen Spaziergang gebeten. Es ist ein stürmischer Abend, allerdings habe ich diesmal ein wenig nachgeholfen. Nach einigen Versuchen habe ich es tatsächlich geschafft, einen anhaltenden Sturm zu erzeugen, worauf ich sogar ein klein wenig stolz bin.

Laura reagiert mit einem fragenden Blick.

»Als du bei mir im Flur geschlafen hast, hast du von einer Lina gesprochen und dass sie dich nicht allein lassen soll«

Schlagartig bleibt sie stehen und schaut mich an. Selbst unter ihrer ordentlichen Schicht Make-Up erkenne ich, wie blass sie plötzlich geworden ist. Ihre Hände, die bis eben noch locker beim Gehen neben ihrem Körper hin und her geschwungen sind, zittern wie Espenlaub.

264

Ohne nachzudenken lege ich ihr meine Hand auf die Schulter, in der Hoffnung ihr Ruhe geben zu können, so wie ich das schon einmal bei Sina gemacht habe.

Langsam hört sie auf zu zittern.

In einiger Entfernung erkenne ich einen umgestürzten Baum, auf den wir uns setzen können.

Nebeneinandersitzend fällt es unseren Beobachtern, die den Sturm höchstwahrscheinlich verfluchen, weniger auf, wenn ich Lauras Arm beruhigend berühre. Jedes Mal, wenn meine Finger ihre Haut streicheln, spüre ich, wie die Energie der Elemente durch meinen Arm in ihren fließt.

Eine Zeitlang sitzen wir einfach schweigend da und lauschen dem Wind, der an den letzten verbliebenen Blättern zieht.

Wir sind ein ganzes Stück außerhalb der Appartementhäuschen, den ersten Zaun haben wir hinter uns gelassen. Es wird langsam dunkel. Nach und nach gehen die Lichter an, dort wo Ausbilder und Mitarbeiter der Organisation wohnen. Nach wie vor bin ich der einzige *Gast*, wie ich genannt werde.

»Sie war meine ältere Schwester«, bricht Laura mit rauer Stimme das Schweigen, als ich schon nicht mehr mit einer Antwort rechne.

»Wir haben unser ganzes Leben miteinander verbracht«, erzählt sie weiter. »Wir haben in einem Zimmer geschlafen, haben zusammen Hausaufgaben gemacht. Wir liebten die gleichen Filme, das gleiche Essen, dieselben Bücher...« Laura atmet zitternd, woraufhin ich wieder meine Hand auf ihren Arm lege. »Ja... wir haben sogar die gleichen Jungs geliebt. Nur eine Sache hat uns unterschieden: Sie war eine Auerwählte.«

Natürlich habe ich viele Fragen, aber ich beschließe, Laura erst einmal reden zu lassen.

»Ich war nie neidisch auf ihre Kräfte. Das Feuer war ihr kräftigstes Element. Sie liebte es, mit dem Element zu spielen. Wenn wir abends im Wald spazieren waren, hatte sie immer eine helle Flamme auf ihrer Hand brennen. Wann immer ich mir wehgetan hatte, kam sie und hat mit ihren Händen gekühlt.«

Laura scheint vollkommen in Erinnerungen versunken. Im Kopf notiere ich unterdessen, welche Tricks ich mit dem Feuer noch lernen könnte, um anderen zu helfen.

»Ich erinnere mich noch an eine Situation, da waren wir zusammen shoppen. Ich bin mit dem Absatz meines rechten Schuhs in einem Gitter hängen geblieben. Er ist gebrochen, doch bevor ich hinfallen konnte, hat Lina meinen Körper dank der Erde langsam zu Boden schweben lassen. Sie war immer für mich da. Immer... bis...« Lauras eben noch fröhliche Stimme wird kalt und hart.

»Immer, bis zu dem Tag, an dem sie *von denen* umgebracht wurde.«

Sie starrt nun in Richtung der Häuser. *Sie meint die Organisation.* Ich greife erneut nach ihrer Hand. Doch anders als sonst, fließt die Energie nicht in sie. Im Gegenteil. Wut, Aggression und Hass auf die Organisation strömen auf mich ein. Ich versuche die negativen Emotionen nicht in mich aufzunehmen, sondern irgendwie wegzuleiten.

Feuer, denke ich und lasse eine Flamme auf meiner freien Hand entstehen. Ich stelle mir vor, wie Lauras Gefühle durch meine Körper in das züngelnde Etwas wandern und dort verbrennen. Als der Strom nachlässt, gelingt es mir, die beruhigende Energie wieder auf Laura zu übertragen. Langsam erlischt das Feuer.

»Was ist passiert?«, frage ich.

»Genau weiß ich das nicht. Aber nachdem sie... Da habe ich einen Brief vom Rat gefunden.«

»*Rat?*«, frage ich sie in Gedanken.

»Der Rat besteht aus sechs Männern, die gemeinsam mit dem alten Siedenow-Raich die Organisation führen. Der Rat hat Lina mehrmals nahegelegt der Organisation beizutreten. Aber meine Schwester hätte die Elemente niemals verraten. Wahrscheinlich wusste sie zu viel. Eines Nachmittags wollte sie nur schnell einkaufen, als es passierte. Sie lief aus unserer Einfahrt, als ein schwarzer SUV mit Vollgas auf den Bürgersteig raste und ihren Körper rammte, sodass er durch die Luft geschleudert wurde. Die Fahrer trugen die Uniform der Organisation.« Lauras Stimme klingt verbittert.

Ein anderer Gedanken wächst in mir. Wenn Jan nicht der Sohn des Alten wäre, dann würde er wahrscheinlich auch nicht mehr leben.

Natürlich überrascht es mich nicht, dass die Organisation über Leichen geht, aber von jemandem, der einem irgendwie nahesteht, davon zu hören… das ist unfassbar.

»Als ich zu ihr kam, war sie kaum noch bei Bewusstsein. Ihr weißes Top war blutgetränkt, genau wie ihre Hose. Ich habe ihre Hand gehalten, als sie sagte ‚Ich liebe dich, kleine Schwester'. Das waren ihre letzten Worte. Als die Sanitäter kamen, hatte ihr Herz bereits aufgehört zu schlagen. Natürlich hat die Kripo sofort angefangen zu ermitteln. Diese wurden aber rasch wieder eingestellt. Du kannst dir ja denken, dass das nicht mit rechten Dingen zugeht.«

Ich muss mehrmals schlucken, bevor ich fähig bin irgendetwas zu sagen. Mein Blick verschwimmt, denn mir stehen Tränen in den Augen.

»*Wieso bist ausgerechnet DU dann hier?*«

»Es gibt zwei Möglichkeiten: Entweder es gelingt mir mit Hilfe der *Wahrhaftigen* – Leuten, die die Organisation stürzen wollen – dies zu tun, oder ich fliege als Maulwurf auf und sterbe wie Lina… Dann wäre ich endlich wieder bei ihr.«

Jan

Einen Burger in mich reinstopfend, sitze ich in der Cafeteria. Um meine Ruhe zu haben, bin ich extra zu einem Tisch in der hinteren Ecke gegangen.

Zurzeit haben nur die Rekruten und Ausbilder Mittagspause. Die der normalen Mitarbeiter ist regulär eine Stunde später. Dadurch ist es recht leer.

Gekicher erfüllt den Raum, als die *Gucci-Gang* den Weg zur Essensausgabe betritt.

In den letzten Tagen haben mich die Barbies meine letzten Nerven gekostet. In der Hoffnung, dass sie mich nicht entdecken, rutsche ich, innerlich augenverdrehend, noch etwas weiter in die Ecke, die von einer großen Palme verdeckt wird.

Mein Wunsch geht leider nicht in Erfüllung. Die Barbies steuern direkt auf mich zu, was den Jungs böse Blicke entlockt.

Da kommt mir eine Idee, die mich sofort weniger missmutig werden lässt. Ich ziehe den Stick aus meiner Tasche und lasse ihn vorsichtig unter den Tisch fallen. Mit einer Krücke schiebe ich ihn unter den Stuhl mir gegenüber.

»Ja-an«, flötet Barbie Nummer vier. Celly oder Nelly – was weiß ich. Da ich es irgendwann nicht mehr ertragen habe, ständig mit meinem Nachnamen angesprochen zu werden, habe ich den Rekruten gesagt, sie sollen mich beim Vornamen nennen. Innerlich verdrehe ich nochmals die Augen, als ich ihre Schuhe sehe. Mindestens zehn Zentimeter Plateau. Gucci natürlich. »Verraten Sie uns, was wir nach der Pause machen?« Wäre das ein Comic-Film würde man unter Garantie das Klimpern ihrer überaus langen Wimpern hören.

»Das, meine Lieben, werden Sie noch früh genug erfahren. Ich würde Ihnen jedenfalls empfehlen, etwas mehr zu essen als das Hasenfutter auf ihren Tellern. Könnte kräftezehrend werden.« Ich kann es mir einfach nicht verkneifen die Mädels etwas zu ärgern.

»Und Sie haben sich das wirklich alles selbst beigebracht?«, erkundigt sich Barbie zwei.

Ich muss zugeben, dass wenigstens sie ein Licht am Ende des Tunnels ist. Sie scheint die Einzige in meiner Gruppe zu sein, deren Element wirklich die Erde ist. Da könnten sich die ach so starken Jungs mal was abschneiden.

Deshalb erschreckt es mich, dass ausgerechnet sie den USB-Stick aufhebt.

Aber jetzt ist es zu spät, einen Rückzieher zu machen. Außerdem geht es hier darum, Gwen zu finden. *Sie* ist das einzige, das zählt. Was würde ich nicht alles darum geben, sie endlich wieder im Arm zu halten, ihr über den Rücken zu streicheln und meinen Kopf auf ihren zu legen. Oder einfach nur in ihre herrlich braunen Augen schauen, die einen gefangen nehmen und nicht mehr loslassen.

»Gehört der jemandem von euch?«, fragt Barbie zwei in die Runde. Als alle – einschließlich mir – das verneinen, lässt sie den Stick schulterzuckend in die Tasche gleiten. Augenblicklich stütze mich auf meine Krücken und lasse mein Tablett vor mir her zur Geschirrrückgabe schweben.

»Dann gehört der jetzt wohl mir«, höre ich sie noch kichern, während ich die Cafeteria verlasse.

***

Den ganzen Nachmittag verbringe ich damit, auf eine Nachricht von Isabelle zu warten. Immer wieder hole ich das sichere Smartphone aus seinem Versteck in der Matratze. Nicht sonderlich kreativ, aber ich denke, es sollte reichen, bis mir etwas besseres einfällt.

Wenn meine Füße nicht bei jedem Schritt schmerzen würden, wäre ich wahrscheinlich damit beschäftigt, im Zimmer auf und ab zu tigern.

So bin ich gezwungen auf dem Bett zu liegen – als hätte ich das in den letzten Tagen nicht oft genug getan – und durch die TV Programme zu schalten.

Zum gefühlt hundertsten Mal greife ich in den Spalt zwischen Bett und Wand, dort wo ich ein Fach in die Matratze geschnitten und mit dem Laken bedeckt habe.

Ich blicke auf das Display, das immer noch keine Mitteilungen anzeigt. Als ich es gerade wieder verstecken will, vibriert es.

Sofort werfe ich einen Blick darauf und erkenne die Nummer des Absenders.

Ruf an, wenn du kannst.

Nun, das war nicht die Reaktion, die ich erhofft habe. Da ich für den Abend keine weiteren Termine habe, stecke ich das Telefon ein, lasse die Krücken zu mir schweben und mache mich auf den Weg.

Ich wähle Isabelles Nummer, als ich am S-Bahnhof ankomme. Im abendlichen Gewimmel wird es schwer für eventuelle Verfolger. In jedem Fall können sie mich hier nicht hören.

Nach dem ersten Klingeln nimmt sie an.

»Hallo Jan, das Programm auf dem Stick wurde leider entdeckt. Die Organisation hat ein ausgereiftes IT-Sicherheitssystem. Mein Spezialist sagt, dass wir nur an Daten gelangen, wenn wir persönlich an die Server kommen.«

Na klasse. Wäre ja auch zu schön gewesen.

»Wie sollen wir das anstellen?«

»Finde heraus, wo sich die Server befinden und wann wir da möglichst unbemerkt hinkommen.«

»Ich melde mich.«

»Gut.« Wir beenden das Gespräch, das wir aus Sicherheitsgründen nicht ausführlicher halten können. Sonst hätte ich mich nach Mama und den anderen erkundigt. So bleibt mir nur zu hoffen, dass bei ihnen alles halbwegs in Ordnung ist. *Nichts ist gut*, denke ich, als ich unseren kurzen Wortwechsel rekapituliere. Überhaupt nichts. Wir sind keinen Schritt näher an Gwen als am Wochenende. Stattdessen habe ich jetzt noch eine Rekrutengruppe aus Nervensägen am Hals, während ich eigentlich einen klaren Kopf brauche.

Im Eingangsbereich der Organisation erscheint eine Nachricht auf einem Infoscreen.

Alle Auserwählten, mit Ausnahme der Rekruten, sowie innere Mitarbeiter finden sich um 1930 im Konferenzraum 2 ein!

Die Uhr in der linken oberen Ecke des Schirms zeigt 19:03. Nochmal in meinen Wohnbereich zu gehen lohnt sich nicht. Im Aufzug drücke ich also auf den Knopf für die fünfte Etage. Ich beschließe, die Zeit vor dem Beginn des Meetings zu nutzen, um mich etwas umzuhören. Wer weiß, möglicherweise komme ich ja an nützliche Hinweise.

Der Lift bewegt sich geschmeidig aufwärts. Derweil beginne ich, langsam eine Schutzmauer für meine Gedanken zu errichten.

Als die Aufzugtüren sich öffnen, sehe ich noch, wie zwei Kämpfer ein Mädchen unsanft in einen der Verhörräume stoßen.

Zunächst denke ich mir nichts dabei, da ich noch zu sehr mit meiner Gedächtnismauer beschäftigt bin, doch dann ziehe ich die Verbindung.

So schnell wie es mit meinen kaputten Beinen eben geht, bewege ich mich auf den Verhörraum zu.

Natürlich war mir klar, dass es Ärger geben könnte, wenn jemand diesen Stick benutzt, aber wenn ich Barbie zwei jetzt ins Messer laufen lasse, bin ich kein bisschen besser als die Organisation.

Zumal der Stick ja vollkommen nutzlos war.

Die Tür lasse ich vom Erdelement aufschwingen.

Als erstes erblicke ich Meier. Na super, ausgerechnet der Typ, der Gwen...

»Ach, sieh mal einer an«, beginnt er, »Schickt Sie wieder Ihr Vater?« Natürlich tropft purer Sarkasmus aus seiner Stimme. Dennoch meine ich zu erkennen, dass seine Schultern sich verkrampfen und seine Hände zucken. So locker wie er tut, ist er offenbar nicht. Hat mein letzter Auftritt also doch ein wenig Eindruck gemacht? Gut so.

Der zweite Kämpfer ist mir unbekannt. Umgekehrt scheint es jedoch anders zu sein, denn als er mich sieht, weicht er unwillkürlich zurück.

Danach erblicke ich sie. Ihr sonst perfektes Gesicht ist ziemlich ramponiert. Die Wimperntusche ist verschmiert, und ein Veilchen ziert ihr linkes Auge.

»Nein. Diesmal bin ich zufällig hier. Was hat die Rekrutin denn angestellt?«

»Ich wüsste nicht, was Sie das angeht.«

Och nee. Auf solche Machtspielchen habe ich jetzt keine Lust.

»Nun, Meier, wenn Sie in die Unterlagen geschaut hätten, wüssten Sie, dass ich ihr Ausbilder im Elementarunterricht bin. Und als eben dieser Ausbilder möchte ich es natürlich wissen, wenn Sie solcherlei Maßnahmen ergreifen«, verlange ich freundlich aber bestimmt.

»Nun, Rekrutin Stadlmayer wurde zweifelsfrei überführt, als sie einen Angriff auf das IT-Netzwerk der Organisation ausgeübt hat.«

Er reicht mir sein Tablet mit der digitalen Akte. Ich tue so, als würde ich lesen. Was drin steht, kann ich mir eh denken. Beim Durchscrollen erkenne ich Bilder des Sticks.

Nun schaltet sich auch Barbie, die eigentlich Zoe heißt, wie mir die Akte verrät, mit tränenerstickter Stimme in das Gespräch ein.

»Ich habe den...«

»Sie reden erst, wenn Sie gefragt werden, verstanden!«, blafft Meier.

Am liebsten würde ich ihm wieder den Tisch vor das Gesicht schleudern. Aber diesmal möchte ich das ganze etwas diplomatischer angehen, schließlich habe ich noch einiges zu erreichen.

»Wenn Sie nicht mit ihr reden wollen, was haben Sie dann vor, Meier?«, frage ich betont locker.

»Sie muss nicht reden, wenn der Gedankenleser erst einmal eingetroffen ist. Aber eigentlich ist das sowieso nur Formsache, bevor sie… beseitigt wird. Da kann ihr reicher Bauunternehmer-Vati auch nix mehr ausrichten.«

Ich muss nicht lange raten, um zu wissen, was er mit *beseitigen* meint. Auch Barbie alias Zoe scheint das zu ahnen.

»Meier, was glauben Sie wird der Vorsitzende dazu sagen, wenn Sie einen der vielversprechendsten Rekruten *beseitigen?* Ich war selbst dabei, als Frau Stadlmayer den USB-Stick gefunden hat. Ich halte sie nicht für so dumm, ihn zu verwenden, wenn sie wüsste, was es damit auf sich hat.«

Meier scheint nicht begeistert ob der Widerworte. Aber das Erwähnen ihres Talents scheint ihn zum Nachdenken zu bewegen.

»Tun Sie es als Test des Sicherheitssystems ab und verwenden Sie Ihre kostbare Zeit lieber darauf, herauszufinden, woher das Speichermedium stammt. Ich werde mich darum kümmern, dass unsere Rekrutin beim nächsten Mal besser aufpasst, das verspreche ich Ihnen.«

Ohne eine Antwort abzuwarten, trete ich hinter Zoe und nutze das Feuer, um den Kabelbinder mit glühend heißen Fingerspitzen zu durchtrennen.

»Ich nehme an, damit können wir das vorerst auf sich beruhen lassen. Wir sehen uns dann zum Meeting.«

Die Männer sind sprachlos. Ehrlich gesagt bin ich es auch, dass es tatsächlich so schnell geht, hätte ich wirklich nicht gedacht.

Zoe, die nicht minder perplex dreinschaut, lotse ich aus dem Verhörraum gen Aufzug. Neben der Ruftaste befindet sich ein Wasserspender. Eigentlich hätte ich vermutet, dass man sie entfernt, nachdem ich sie bei meinem ersten Besuch umfunktioniert hatte.

Ich fülle einen Becher mit Wasser, wobei ich mich umständlich auf eine Krücke stützen muss. Zoe schaut mir mit sichtlichem Unbehagen zu.

Innerhalb weniger Sekunden lasse ich das Wasser zu Eis gefrieren und reiche es ihr. Fragend blickt sie zur mir empor.

»Dein Auge… Ich schätze, das könnte etwas Kühlendes vertragen«, sage ich, und klinge dabei hoffentlich aufmunternd.

Mit einem Pling kündigt der Fahrstuhl sein Kommen an, bevor sich die Türen öffnen.

Schweigend fahren wir auf die Etage mit den Übungsräumen.

»Jan... Ich... wie kann ich dir danken?«Sie will mir um den Hals fallen, doch das ist keine gute Idee. Schließlich darf ich nicht zu vertraut mit den Rekruten wirken.

»Erstens: Sorge dafür, dass du wirklich vielversprechend bist. Dazu hast du jetzt extra Ausbildungsstunden. Ich habe gesehen, dass zu Beginn nur mit kompakten Gegenständen geübt wird. Ich will, dass du das auch mit Streugut und Flüssigkeiten tust. Nimm dir aus dem Geräteschrank die Eimer mit Sand, Federn und Wasser und bring sie kontrolliert zum Schweben. Zweitens: Halt dich und deine Mädels, außerhalb des Unterrichts, in eurem eigenen Interesse von mir fern. Und drittens:... Das überlege ich mir noch. Ich muss jetzt los.« Perplex schaut sie mich an, während ich weiterspreche.»Komm nicht auf die Idee mich zu hintergehen. Ich überprüfe die Aufnahmen der Überwachungskamera später.«

Damit überlasse ich Barbie zwei ihrem Schicksal und beeile mich, damit ich nicht zu spät komme, während ich noch überlege, wie es dazu kam, dass wir uns plötzlich duzen.

Jan

Nach dem Meeting ist der perfekte Termin für den Datenraub gefunden. Ohne es zu wissen, hat der Rat uns den idealen Umstand geliefert.

Samstag Nacht soll ein Angriff der Organisation stattfinden.

Dazu werden, mit Ausnahme der Rekruten, alle Mitarbeiter hinzugezogen, was bedeutet, dass nur ein Bruchteil des Wachpersonals vor Ort sein wird.

Ich habe mich natürlich bereitwillig dazu erklärt, Dienst im Eingangsbereich zu schieben, da ich mit meinen Beinen im Einsatz ja nicht so flexibel bin – angeblich. Glücklicherweise hatten der Rat und der Alte nichts dagegen.

»Samstag, 2200. Treffpunkt folgt.«

Diese Nachricht sende ich Isabelle, sobald ich den Konferenzraum verlassen habe. Nun bleiben uns noch gut zweieinhalb Tage, um die Details zu klären, was bedeutet, dass ich jetzt schleunigst herausfinden sollte, wo sich der Serverraum befindet, und wie wir dorthin möglichst ungesehen gelangen.

Gerade als ich das Telefon wieder in die Hosentasche gleiten lasse, klopft mir jemand auf die Schulter.

»Nun, ich muss zugeben, ...«, beginnt der Alte. Welch Glück, dass er nicht eine Sekunde früher gekommen ist. Schnell baue ich die Mauer in meinem Kopf wieder auf. »dass ich durchaus überrascht bin, wie erfolgreich du bei der Ausbildung bist. Wenn die positiven Auswirkungen auch bei anderen Elementen festzustellen sind, könnte man über eine höhere Stelle im Trainingsbereich nachdenken.«

Ich muss mich extrem zusammenreißen – aus zweierlei Gründen. Einerseits weil es so ziemlich das erste Lob ist, dass *er* mir jemals ausgesprochen hat, und andererseits weil er immer noch daran glaubt, ich würde eines Tages in seine Fußstapfen treten und die Organisation übernehmen. Mir soll es jedoch recht sein, soll er nur daran glauben.

»Danke, Vater. Das wäre wirklich eine Freude«, erwidere ich, Dankbarkeit heuchelnd. Vor zehn Jahren hätte mich ein Lob von *ihm* womöglich wirklich stolz gemacht. Jetzt bedeutet es mir nichts. Nichts als Abscheu. Von *ihm* will ich keine Anerkennung mehr.

»Sehr gut. Und was den jungen Ackermann angeht...«, ich brauche etwas, bis ich darauf komme, dass Josh gemeint ist, »... kannst du den ruhig etwas härter drannehmen. Das hochmütige Gelaber seines alten Herrn ertrage ich nicht mehr.«

Mit diesen Worten wendet er sich zum Gehen. Ich muss mich erstmal gegen die Wand lehnen. Erst jetzt fällt mir auf, dass mein Puls ziemlich in die Höhe geschossen ist. Ich atme mehrmals tief durch, bevor ich klar denken kann. Das war jedenfalls ziemlich knapp. Was passiert wäre, wenn er das sichere Smartphone entdeckt hätte, will ich mir gar nicht ausmalen. Dass ich so unvorbereitet einem seiner mentalen Angriffe hätte standhalten können, ist unwahrscheinlich.

Aber das alles spielt jetzt keine Rolle, ermahne ich mich. Ich muss jetzt nach vorn schauen, und damit beginne ich am besten in meinem Zimmer.

Auf den Tablets, erinnere ich mich, gibt es Raumpläne. Dadurch wusste ich am ersten Tag, wo sich mein Ausbildungsraum befindet.

Ich klicke mich durch die einzelnen Etagen, jedoch ohne fündig zu werden. In den Untergeschossen sind zwar verschiedene Räume eingezeichnet, jedoch unbeschriftet. *Wäre ja auch zu schön gewesen.*

Dann bleibt mir wohl nichts anderes übrig als selbst nachzusehen.

Bevor ich mich wieder auf den Weg mache, werfe ich noch eine Tablette ein. Abends werden die Schmerzen immer noch unerträglich, wenn ich den ganzen Tag auf den Beinen war. Dass ich mich eigentlich schonen sollte, ignoriere ich. Für Gwen und alle, die von der Organisation bedroht werden, nehme ich das in Kauf.

Kurz denke ich an meinen Nahkampf- und Selbstverteidigungstrainer. Er würde mich wahrscheinlich nur augenrollend ansehen, wenn er mich mit der Tablettenschachtel sehen würde – kann er aber nicht.

Wenig später befinde ich mich im ersten Untergeschoss. Anders als erwartet sind auch hier die Gänge hell und sauber. Der Boden ist mit hellgrauem Linoleum ausgelegt, an den Wänden befinden sich etwa ein Meter breite, deckenhohe Paneele in Weiß. Links und rechts gehen in unregelmäßigen Abständen Türen ab. Einige davon sind beschriftet, die meisten jedoch nicht. Alles wirkt irgendwie steril, als würde es nur selten von Menschen betreten. Wahrscheinlich ist es auch so. Umso besser. Und falls mich doch jemand beobachtet, dann habe ich mir schon eine Ausrede zurechtgelegt.

Wie es scheint, brauche ich die auch früher als gedacht, denn hinter mir höre ich schwere Schritte in meine Richtung eilen.

Ich drehe mich um und erblicke einen älteren, stämmigen Mann. Er hat keine Schultermarkierungen, somit scheint er einer der Mitarbeiter zu sein, die nicht auserwählt sind.

»Wat hamm Sen hier zu suchen, Meester?«, fragt er mich in tiefstem Berlinerisch.

»Guten Abend, Herr ...?«

»Koslowski, meen Name. Ick bin hier der UG-Beufftrachte. Und dit heest, ick sach wer hier unten wat zu suchen hat und wer nich.«

Na super. Das ist wohl Meier Nummer zwei nur ohne Fähigkeiten. Aber da ich mit dem Original heute schon Erfolg hatte, sollte das hier doch ein Kinderspiel werden.

»Von Siedenow-Raich, mein Name....« Das scheint schon zu genügen, wie ein Luftballon, aus dem man die Luft entweichen lässt, sinkt Koslowski in sich zusammen. »Ich bin erst seit kurzem hier in Berlin und möchte mich mit allen Einzelheiten des Gebäudes vertraut machen.«

»Aber natürlich, Meester. Ick hab ja nich jewusst, dat Sie... Kann ick Ihnen irjendwie behilflich sein?«

Ich überlege kurz, inwieweit ich ihn mit einbeziehen soll, entscheide mich dann aber dafür ihn einfach zu fragen, in dem Vertrauen darauf, dass mein Name dafür sorgt, dass er sich keine Gedanken macht.

»Ja, durchaus. Wo finde ich denn den Serverraum?«, beginne ich ohne Umschweife.

»Uff... dat is aber im Roten Bereich. Ick wees nich ob ick Ihnen ...«

Anscheinend reicht mein Name allein doch nicht aus.

»Herr Koslowski... Ich könnte auch meinen Vater, den Vorsitzenden, fragen. Aber ich glaube der wäre nicht sonderlich begeistert, wenn ich ihn mit sowas belasten muss, wo Sie mir doch sicher direkt Auskunft geben und den Vorgang beschleunigen könnten.«

»Na jut, aber von mir hamm Se dit nicht... Sie gehen da vorne links und denn wieder rechts... da sind denn links drei Türen, die mittlere is der Computerraum.«

»Dankeschön, Herr Koslowski. Angenehme Schicht noch.«

Freundlich grüßend verabschiede mich und setze meinen Weg fort, wobei das Klicken der Krücken in den langen Gängen widerhallt.

Tatsächlich befinden sich in dem Gang, der mir beschrieben wurde, linksseitig drei weiße Türen, rechts nur eine, die mit *Lager* beschriftet ist. Ich kann mein Glück kaum fassen, als ich sehe, dass die Tür zum Serverraum nur mit einem handelsüblichen Sicherheitsschloss gesichert ist. Das sollte mit einfacher Schwerkraftmanipulation zu überwinden sein.

Meine Euphorie wird jedoch gebremst, als ich einen Irisscanner neben der Tür entdecke. Soweit ich weiß, funktioniert das so ähnlich wie mit Fingerabdrücken, nur eben mit den Augen. Plötzlich durchbricht Gekicher die Stille. Ich weiche vom Scanner zurück, als die Flügeltür am Ende des Flures aufgeht. *Hat man denn nicht mal hier seine Ruhe?*, denke ich, als die gesamte Gucci-Gang auftaucht. Augenblicklich schalte ich in den Ausbilder-Modus.

»Was haben Sie denn hier unten verloren?« Ich hoffe, ich kann meine Überraschung besser verstecken als die Barbies.

»Wir wollten nur...«, beginnt Barbie eins stammelnd.

»...Spazieren gehen«, vollendet Nummer fünf.

»Natürlich. In Hosen und Röcken, die so kurz sind, dass man sie mit einem Gürtel verwechseln könnte; oder wollten Sie auf den Straßenstrich?«

Jetzt scheinen sie völlig sprachlos zu sein.

»Hört mal zu, Mädels. Ich kann es absolut nicht leiden, wenn man mich für dumm verkauft!« Langsam ist meine Geduld am Ende, das scheinen nur die fünf noch nicht kapiert zu haben.

»Nicht doch, Jan. Sie sind doch sonst so cool...«, flötet Barbie eins kichernd, während sie versucht mir ihren Arm um die Schultern zu legen.

»... machen Sie sich doch mal locker...«, fällt Nummer vier in den Singsang mit ein. Zoe ist die einzige, die halbwegs schuldbewusst aussieht und verlegen zu Boden schaut.

»Jetzt ist Schluss!« Bisher habe ich es vermieden, lauter zu werden. Immer wenn es mir zu bunt wurde, konnte ich die Rekruten mit Sarkasmus bremsen. Anscheinend haben sie zumindest so viel Intelligenz erhalten, um das zu verstehen. »Wenn Sie nicht wollen, dass ich Sie dem Sicherheitsdienst melde, dann erzählen Sie mir augenblicklich, wieso Sie nicht den Haupteingang nutzen.«

»Naja... wir hatten nicht vor, schon um zweiundzwanzig Uhr wieder hier zu sein...«, erklärt Zoe mit gesenktem Blick beinahe flüsternd.

»Wir sind doch hier in Berlin.... das muss man doch ausnutzen, wenn man die ganzen Clubs direkt vor der Nase hat.« *Ich fasse es nicht.* »Sie machen sich jetzt auf den Weg, nämlich in Ihre Zimmer. Morgen sind Sie um Acht im Übungsraum. Wenn Sie noch Kapazität haben, um Feiern zu gehen, scheint die Ausbildung nicht anstrengend genug zu sein!«, konstatiere ich.

»Aber...«, beginnen die Proteste.

»Abflug, Los!« Murrend machen sich die Barbies auf den Weg, als mir noch etwas einfällt.

»Zoe, warte!« Alle bleiben stehen und drehen sich fragend um.

»Ich glaube, nur eine von Ihnen heißt Zoe, der Rest kann abziehen.« Zögernd warten die übrigen vier.

»Nun macht schon...«, blafft Zoe ihre Barbie-Freundinnen an. Ich wusste gar nicht, dass sie auch böse Blicke im Repertoire hat, aber der, den sie ihnen entgegenwirft, gehört eindeutig in diese Kategorie.

Als sie außer Hörweite sind, liegt mir meine Frage schon auf der Zunge, doch Zoe kommt mir zuvor.

»Es tut mir leid. Du hast mir heute echt den Arsch gerettet... Mehr als das...« *Ohne mich wärst du gar nicht in Schwierigkeiten gewesen,* denke ich, aber das muss sie erstmal nicht wissen.

»Schon gut, vergiss es. Aber du erzählst mir jetzt, wie ihr hier unten rauskommen wolltet.«

Anscheinend habe ich meine Rolle als subtil strenger Ausbilder besser gespielt als gedacht. Zoe scheint wirklich Angst zu haben, dass ich sie verpfeife. Es wäre immerhin das zweite Mal an einem Tag, dass sie negativ auffällt, und ihr sicheres Todesurteil.

»Hör mal, ich bin nicht Meier. Es ist mir scheißegal, was ihr abends treibt. Ich will nur wissen, wie ihr offenbar unbemerkt hier unten rumspaziert, ohne dass Koslowski euch Stress bereitet.«

Zoe nickt. Doch bevor sie antwortet, öffnet sie die Tür zum Lager und zieht mich hinter sich hinein.

»Also, das mit dem Koslowski ist einfach, wenn man mit dem

Feuerelement umgehen kann. Sollte für dich also kein Problem darstellen. Danke übrigens nochmal für das Eis vorhin.« Ein dezentes Lächeln breitet sich um ihre Mundwinkel aus. Aber selbst die dicke Make-up Schicht kann ihr blaues Auge nicht vertuschen. Stumm bedeute ich ihr fortzufahren.

»Hier unten sind die Überwachungskameras an Bewegungssensoren gebunden. Nur wenn sie eine Bewegung registrieren, zeichnen sie auf.« Langsam ahne ich, worauf sie hinaus will und das, soviel muss ich zugeben, ist wirklich clever.

»Du meinst also, das sind Temperatursensoren, die man, solange man sie kühlt, einfach umgehen kann, richtig?«

Zoe schaut mich mit ihren hellblauen, fast weißen Augen an und nickt. »Wenn wir jetzt rausgehen, dann ist links oben in der Ecke ein Sensor. Du oder ich?«

»Du«, sage ich, da ich noch nicht einschätzen kann, wie viel Kraft ich aufwenden muss.

Mit einer schnellen Bewegung öffnet Zoe nun die Tür und streckt ihre Hand in Richtung des Sensors, auf dem sich sofort eine leichte Raureifschicht bildet.

»Wir haben jetzt etwa eine Minute, komm.«

Wir laufen, so schnell es mit meinen Krücken eben geht, den Gang entlang, durch den ich gekommen bin. Vor der nächsten Biegung bleiben wir stehen.

»Jetzt bist du dran. Zeig was du kannst«, fordert sie mich auf.

Ihre Furcht mir gegenüber scheint sie recht schnell vergessen zu haben, doch das ist mir nur recht. Entspannt nützt sie mir mehr als eingeschüchtert.

Schnell beuge ich mich um die Ecke und fixiere das kleine Kästchen oben in der Ecke. Keine zwei Sekunden später ist er gefroren.

Zoe schaut nun ebenfalls nach dem Sensor. »Nicht schlecht, Ausbilder.«

Sie knufft mich in die Seite und rennt los. Ich folge so gut es geht. Vor einer Wand bleiben wir stehen. Ich blicke sie fragend an. »Du willst mir jetzt aber nicht irgendetwas von Geheimgängen erzählen?«, frage ich ungläubig.

»Genau das hatte ich vor. Hinter einigen dieser Paneele befinden sich Gänge. Schau auf den Boden«, kommandiert sie.

Das tue ich und nach kurzer Zeit kann ich Schleifspuren ausmachen. »Du hast die Spuren entdeckt, hm? Daran erkennst du, wo Türen sind. Öffnen kannst du sie nur mit den Elementarkräften.« Mit einer schwingenden Handbewegung lässt Zoe die Tür aufklappen. Dahinter kommt ein schmaler, schwach beleuchteter Gang zum Vorschein. Wir lassen den breiten Flur hinter uns und schließen die Geheimtür.

»Wie hast du davon erfahren?«, erkundige ich mich, ohne mein Staunen verbergen zu können. Heute muss echt mein Glückstag sein, denke ich. Wenn man hier wirklich unbemerkt nach draußen gelangen kann, ist der Weg zum Serverraum beinahe ein Kinderspiel.

»Naja, du weißt doch wie Josh ist.« Sie verdreht die Augen und seufzt. »Er wollte uns beeindrucken, indem er uns die Gänge zeigt. Wahrscheinlich hat er von seinem Vater davon erfahren... keine Ahnung. Dumm nur ist, dass er allein die Türen nicht öffnen kann. Dazu brauchte er uns... besser gesagt mich.«

»Und seitdem spaziert ihr hier rein und raus wie es euch passt?« Ich kann nur mit dem Kopf schütteln. Was ist nur mit der Organisation los? So ein Sicherheitsleck ist ganz und gar untypisch. Sind sie nun schon so abgehoben, dass ihnen Flüchtigkeitsfehler unterlaufen?

»Hmm... naja nur wir... Ihn haben wir nicht mehr mitgenommen«, erklärt Zoe.

Jetzt kann ich mir ein Lachen nicht verkneifen.

Nachdem wir an unzähligen Türen und Abzweigungen vorbeigekommen sind, bleiben wir vor einer Metalltür stehen.

»Dahinter ist der Bahnhof Potsdamer Platz. Auf der anderen Seite kommt man ins Untergeschoss der Arcaden. Das Tolle ist, über diese Wege hast du auch Zutritt zu allen anderen Etagen.«

»Wow, wie habt ihr...«

»Psst...« Zoe legt mir ihre Hand auf den Mund. An der Tür ist ein Schaben zu hören. Die Verriegelung gerät ruckartig in Bewegung. »Mist. Ich habe hier noch nie jemanden getroffen«, flüstert sie erschrocken. »Was machen wir nun?«

Die Gelassenheit ist aus ihrer Stimme verschwunden. Sie hat Angst, verständlicherweise, denn nochmal kann ich sie sicher

nicht raushauen. Mittlerweile erfüllt ein Quietschen den Raum.
»Das sind mit Sicherheit keine Auserwählten, sonst wäre es einfacher, die Tür zu öffnen.«
Hinter Zoes Schulter entdecke ich eine Nische. Ohne lange nachzudenken, schubse ich sie da hinein. Ich zwänge mich neben sie. Gerade so passen wir beide hinein. Ausgerechnet hier befindet sich eine Leuchtstoffröhre.
»Augen zu!«, raune ich. Weil sie mich fragend anschaut, drücke ich ihren Kopf an meine Brust. Mit meiner freien Hand schirme ich mein eigenes Gesicht ab. Ich konzentriere mich auf die Leuchtstoffröhre und erhitze sie. Mein angespannter Puls sorgt dafür, dass ich mich mit der Energie etwas verschätze und nicht nur die Röhre über uns zerstöre. Glassplitter rieseln auf uns hinab. Augenblicklich wird der gesamte Korridor in schwarz getaucht. Zum Glück habe ich noch die Uniform an, die mich vor Schnitten schützt, nur im Nacken habe ich wahrscheinlich ein paar Kratzer abbekommen. Den Gedanken, mit der Hand nachzufühlen, verwerfe ich, da ich mich so wenig wie möglich bewegen will. Wer immer da kommt, sollte besser nicht auf uns aufmerksam werden.
In den dunklen Korridor fällt jetzt nur noch Licht vom Bahnhof und vereinzelten Notlampen hinein.
»Was ist denn hier los? Hast du `ne Lampe dabei?«, brummt jemand.
Wenig später huscht ein Lichtkegel über die Wände. Mir stockt kurz der Atem, als er an unserer Nische vorbei saust. Ich spüre, dass es nicht nur mir so geht.
Jetzt ist ein Rumpeln zu hören. »Wie ich das hasse. Die feinen Herren mit ihren Kräften liegen schlummernd in ihren Betten, und wir müssen uns hier abschleppen«, schimpft eine andere Stimme. Unter erneutem Quietschen, gepaart mit einigen Flüchen und Verwünschungen, wird die Tür zum Bahnhof wieder geschlossen. Danach ertönt wieder ein Rumpeln, vermischt mit dem Knirschen, das die Glassplitter hervorrufen. Dinge, die aussehen wie Tonnen oder Tanks, werden an uns vorbeigeschoben.
Nachdem es etwas leiser geworden ist, treten wir wieder in den Gang. Mir ist erst jetzt bewusst geworden, wie nah wir uns eigentlich waren. Sofort bekomme ich ein schlechtes Gewissen.

»Was haben die vor?«, fragt Zoe leise, während sie kurz einen Blick auf ihre nackten Beine wirft, die einige Kratzer abbekommen haben, was sie aber schulterzuckend abtut.

In der Tat würde mich das auch interessieren. Hat es mit dem Angriff zu tun?

»Das werden wir jetzt herausfinden, lass uns nachsehen«, schlage ich daher vor.

Zehn Minuten später fällt uns beiden die Kinnlade runter. Inzwischen sind wir im dritten Untergeschoss. Neben uns steht eine Tür offen, durch die bläuliches Licht schimmert.

»Lass doch den Scheiß hier stehen«, mault der einer der Männer, die uns vorhin begegnet sind.

»Aber in den Vorschriften...«

»Scheiß doch auf die Vorschriften. *Der Alte* wird seinen Arsch schon nicht hier runter bewegen, um zu sehen, ob wir hier sitzen oder nicht.«

Nach einer gefühlt endlosen Diskussion, kommen die beiden Männer aus dem Raum. Als sie verschwunden sind, schauen wir uns an und nicken uns zu.

Wenn wir dachten, wir wären eben erstaunt gewesen, verdoppelt sich das, als wir den Raum betreten.

Ein Gluckern erfüllt den Bereich, der vor Rohrleitungen und Ventilen beinahe platzt.

Doch etwas anderes ist viel aufsehenerregender.

»Die Quelle...«, flüstert Zoe ehrfürchtig. An der Wand links von uns plätschert unablässig Wasser in ein Becken, von dem das blaue Leuchten ausgeht.

Das Becken ist augenscheinlich aus purem Turmalinkristall geschliffen, dem Stoff, aus dem auch die Anhänger sind.

»Das ist also der Grund, weshalb auch wir unsere Ketten hier aufladen können.«, vermute ich laut, als ich vor das Becken trete.

»Die Kristalle verändern das Quellwasser so, dass es auch die Auerwählten zweiten Grades nutzen können.«

»Jan... ich weiß jetzt was das für Behältnisse sind«, murmelt Zoe, während sie die großen Gefäße begutachtet.

»Schieß los...«, fordere ich sie auf.

»Weißt du das denn nicht? Das ist doch Teil der Theoriegrundausbildung.«

»Die habe ich nie abgeschlossen.« Ich weiß nicht, wieso ich ihr das sage, aber ich denke, dass sie das nicht gegen mich verwenden wird.

»Nicht dein Ernst... Egal.« Sie schüttelt den Kopf, wobei ihre blonden Haare hin und her fliegen. »Bei Operationen dienen diese Tanks den Auserwählten als mobile Schattenteiche.«

»Das erklärt, wieso so viele Angreifer ihre Kräfte, egal wo sie sind, vereinen können«, denke ich laut.

»Kräfte vereinen?«

»Weißt du das denn nicht? Das ist doch Teil der Theoriegrundausbildung«, necke ich Zoe, wenngleich das Thema zu ernst dafür ist. Sie verdreht die Augen. Ich beginne zu erklären. »Mehrere Auserwählte können ihre Kräfte miteinander verbinden, wenn sie dieselben Elemente beeinflussen. So haben sie das zum Beispiel gemacht, als sie die Akademie angegriffen haben. Du hast sicher davon gehört.« Sie nickt.

»Es steht also wieder ein Angriff an«, mutmaßt Zoe.

Dazu sage ich erstmal nichts. Zoe tritt nun an meine Seite.

»Schau mal... auf der Zeichnung sind die Rohre und Ventile eingezeichnet.« Der Plan an der Wand ist mir noch gar nicht aufgefallen, aber sie scheint recht zu haben.

»Das muss ein riesiger Angriff werden. Was haben sie vor?«, fragt Zoe mehr sich selbst.

Soll ich ihr wirklich davon erzählen? Es wurde äußerstes Stillschweigen verlangt. Allerdings glaube ich, dass sie sowieso schon mehr weiß, als sie sollte...und als gut für sie ist.

Ach, scheiß drauf. Ich berichte, was ansteht, wobei ihre Augen immer größer und größer werden. Erst denke ich, es ist Begeisterung, doch dann erkenne ich pures Entsetzen.

Abrupt dreht sie sich um und geht auf das Rohrsystem zu.

Zoe wirkt in Ihrem Partyfummel zugegebenermaßen so fehl am Platz wie ein Wassertank in der Wüste, aber das scheint sie nicht im geringsten zu stören. Sie dreht an Rädern und Schaltern, schaut nochmal auf den Plan, legt hier und da Hebel um und tippt etwas in ein Tastenfeld.

»Ähm... Zoe... was hast du vor?«, frage ich vorsichtig.

»Schau...« Sie zeigt auf den Plan. »Das Quellwasser wird verdünnt nach oben geleitet, genauso wie in die Tanks.« Sie hat recht. Es wird eins zu eins mit normalem Leitungswasser gestreckt.

»Ich erhöhe einfach den Trinkwasseranteil.« Ein schelmisches Grinsen stiehlt sich auf ihr Gesicht. »Dieser ist jetzt viermal so hoch wie sonst.«

»Du bist ganz meine Schülerin«, sage ich lachend. »Lass uns verschwinden.«

Vierzehntes Kapitel

»Und wenn ein Auserwählter die Kraft der Elemente nutzt, so soll er auf der Hut sein, auf dass er die Elemente nicht gegeneinander einsetzt. Durch solcherlei Handlungen erleiden die Elemente Qualen, welche unvorhersehbare Auswirkungen nach sich ziehen.«
(aus der Überlieferung der ersten Auserwählten)

Gwen

Langsam lässt das Gefühl, man hätte mir mit einem Holzhammer auf den Kopf gehauen, nach.

Gestern wurden Laura und ich auf die Krankenstation der Siedlung gerufen, wo uns der Doc jeweils erst eine Tablette und wenig später eine Spritze gab.

Heute morgen bin ich dann in einem Zimmer hier aufgewacht.

Jetzt sitze ich in der Cafeteria und kaue auf einem Brötchen her-

um. Wirklich Appetit habe ich nicht, von Hunger ganz zu schweigen, aber irgendetwas muss ich ja essen.
Noch ist es relativ ruhig um mich herum, doch das scheint sich langsam zu ändern. Immer mehr Menschen in schwarzen Uniformen strömen herein. In meinem Zimmer habe ich heute auch Exemplare dieser Kleidung gefunden. Sie zu tragen fühlt sich für mich wahrlich nicht gut an – Mitspracherecht habe ich da natürlich nicht.
Heute ist mir Laura noch nicht begegnet, da sie wohl verschiedene Besprechungen hat.
So sitze ich also allein am Tisch, das angebissene Brötchen vor mir, während die andern ihre Teller und Tabletts fürs Mittagessen beladen.
Ab und an dringen Gesprächsfetzen an mein Ohr. Normalerweise bin ich niemand, der andere belauscht, aber ich war so lange isoliert, dass ich es kaum verhindern kann, andere Unterhaltungen zu verfolgen. Abgesehen von Laura hatte ich zu niemandem wirklich Kontakt – Jensen natürlich ausgenommen, aber das zählt irgendwie ja auch nicht.
»Zoe, rück' schon raus mit der Sprache.« Das Mädchen, dem diese Stimme gehört, sehe ich nicht, da sie hinter mir sitzt. Der Klang und die affektierte Art und Weise wie sie spricht, sind mir jedoch sofort unsympathisch.
Augenblicklich erschrecke ich mich. Seit wann bin ich so? Seit wann stecke ich Menschen so schnell in eine Schublade? Haben mich die Wochen bei der Organisation schon so oberflächlich werden lassen?
»Es gibt nix zu erzählen«, erwidert das Mädchen, das anscheinend Zoe heißt, knapp.
»Quatsch! Ich seh' doch wie ihr euch anseht – du und Jan. Du hättest uns ruhig sagen können, dass du dir den Sohn des Vorsitzenden angelst.«
Jetzt lausche ich wirklich. Unwillkürlich zerdrücke ich das Brötchen, das ich nur halb aufgegessen habe. Meine Hand verkrampft sich und zittert.
»Ich habe nicht... er ist überhaupt nicht.« Offensichtlich sucht Zoe nach den richtigen Worten? Gibt es da etwas, das sie leugnen müsste?

Aber wieso ist *er* überhaupt hier? Natürlich bin ich erleichtert. Sehr sogar, denn es bedeutet, dass es ihm besser geht. Doch ich wollte ja eben genau das verhindern. Dass er sich der Organisation anschließt, dass er den Schritt geht, den er um alles in der Welt verhindern wollte.

Ich will nicht glauben, dass er mich vergessen hat, kaum dass ich weg war. Ich sollte mich echt mal zusammenreißen. Wie kann ein einfaches Gespräch ausreichen, einen Samen des Zweifels in mir zu pflanzen?

Ich taste nach meiner Eule und lasse mich von der beruhigenden Energie des Anhängers durchfluten.

»Wir haben gemerkt, dass du erst früh morgens wiedergekommen bist, nachdem er uns erwischt hatte. Das klingt für mich schon ziemlich nach einer heißen Nacht.«

Den gezierten Tonfall ertrage ich nicht länger. Ich stehe auf und eile aus der Cafeteria. Dabei erhasche ich einen kurzen Blick auf die Mädchengruppe, die hinter mir sitzt. Alle in Markenkleidung gehüllt, wo immer es die Uniform zulässt.

Mein Tablet summt, als ich auf den Flur trete. Im Gehen lese ich die Nachricht von Laura.

Treffen. 1400. Caffé e Gelato *in den Arcaden.*

***

Ich habe mich an einem der Zweiertische an der Wand des Cafés niedergelassen.

Natürlich habe ich versucht Jan zu finden, nachdem ich das Gespräch mitbekommen hatte. Die Kontaktfunktion der Tablets war mein erster Versuch. Leider war der genauso erfolglos wie direkt zu seinem Zimmer zu gehen.

Als ich seinen Namen neben der Tür gelesen habe, ist mir mein Herz in die Tiefe gerutscht. Er ist wirklich hier. Immerhin habe ich in diesem Punkt Gewissheit.

Während ich noch über diese Grübeleien sinniere und dem Treiben im Café zusehe, kämpft sich ein anderer Gedanke an die Oberfläche.

Was wäre passiert, wenn er wirklich die Tür geöffnet hätte? Wäre es so unbeschwert zwischen uns gewesen wie vor allem, was seither passiert ist? Hätte er mich noch gewollt, oder haben wir uns zu sehr verändert? Und was hat es mit dieser Zoe auf sich? Bevor die Eifersucht noch mehr von mir Besitz ergreifen kann, taucht Laura endlich auf, einen Eisbecher in der Hand. Ich bin froh, dass sie das Gedankengewitter zu großen Teilen zum Erliegen bringt.

»Nirgends schmeckt das Mangoeis so gut wie hier«, verkündet sie etwas außer Atem, als sie den schwarzen Lederstuhl zurückzieht.

»Laura...«, beginne ich, »Jan ist...« Doch weiter komme ich nicht.

»Ich weiß, ich weiß. Aber dafür haben wir keine Zeit. Hast du deine Arbeitsanweisung für heute gelesen?«

Kopfschüttelnd verneine ich. »Ich wusste nicht...«

In der Zeit hat sie schon mein Tablet entsperrt und die Benachrichtigung geöffnet.

Als ich lese was da steht, bleibt mir die Luft weg. Eigentlich hätte mich so etwas nicht überraschen sollen, aber dennoch verblüfft es mich.

»Ich... Ich kann das nicht«, presse ich mit zitternder Stimme hervor. Ich will das auch gar nicht. Aber ich muss! Mein Gewissen plagt mich nur kurz. Was ist schon ein bisschen Trinkwasser, im Vergleich zum Leben meiner Freunde und Familie. Nach dem, was Jan und Laura erlebt haben, ist klar, dass die Organisation über Leichen geht.

Aber bin ich dafür stark genug? Klar, ich habe mit den Elementen in den letzten Tagen einiges erreicht, aber dabei ging es immer darum, jemanden vor Schaden zu bewahren und nicht welchen anzurichten.

»Ich habe vorhin Kontakt zu meinem Verbindungsmann bei den *Wahrhaftigen* aufgenommen. Erstens: Jan ist hier... und wie es aussieht arbeitet er für uns.« Erleichterung macht sich in mir breit, doch lange habe ich nicht Zeit mich darüber zu freuen, denn schon prasseln die nächsten Informationen auf mich ein.

»Viel wichtiger aber ist der Einsatz heute. Du musst ihn verhindern. Die Organisation hat alle Kämpfer zusammengezogen, um großflächig zu agieren. Natürlich sind auch überall Leute von uns mit dabei, aber du hast mit Abstand die besten Fähigkeiten.

Wenn jemand die Aktion abschwächen kann, dann du.«
Anfangs bin ich nicht sicher, ob ich Laura richtig verstanden habe, doch dann dringen die Worte langsam zu meinem Verstand durch, während ich abwesend das Treiben um uns herum betrachte. Die Frage von vorhin taucht wieder auf. *Kann ich das schaffen? Bin ich stark genug?*

Ich muss an das Feuerinferno denken, vor dessen Folgen ich Laura und mich bewahren konnte, und an den Vormittag, als ich das Wetter verändert habe. Meine Entschlossenheit wächst. *Ich kann das schaffen.* Ich werde mein Bestes geben.

Jan

Jetzt wird es ernst. Ich habe meinen Posten am Empfangscounter eingenommen. Hier soll ich heute den Eingang bewachen. Die Auserwählten sammeln sich im Foyer. Auf dem großen Wandbildschirm erscheint die Aufteilung der Teams.

Nach und nach steigen alle in die dunklen Busse, die die Kämpfer zu ihren Einsatzorten bringen.

Ich beobachte das Geschehen, während ich nochmal die Einzelheiten des Plans durchgehe, als mich eine helle Stimme aus meinen Gedanken reißt.

»Hey Jan«, begrüßt Zoe mich.

»Du solltest nicht hier sein. Wenn ich mich recht entsinne, hatten die Rekruten diesbezüglich unmissverständliche Anweisungen.«

Oh Mann. Wie ich es hasse, den Ausbilder raushängen zu lassen.

»Und das sagst ausgerechnet *du*?«, erwidert sie grinsend.

Ich muss zugeben, da hat sie nicht ganz unrecht.

Noch immer bereue ich es, ihr auf dem Rückweg aus dem Keller von meinem Plan erzählt zu haben. Nicht weil ich ihr nicht vertraue. Die Barbie hat mehr getan als ich je vermutet hätte, aber ich will sie da nicht mit hineinziehen. Schon so viele hat es getroffen, Rick, Lissi, Sina, sie alle hätten ein unbeschwertes Leben führen können, wären sie nicht auf mich und Gwen gestoßen – sogar Gwen müsste das ohne mich nicht durchmachen.

»Zoe... Bitte geh wieder nach oben«, sage ich mit Nachdruck. »Du hast mehr als genug getan, und du stehst schon unter Beobachtung«, füge ich leiser hinzu, wobei ich mich etwas zu ihr beuge, damit sie mich trotzdem versteht.

Sie will widersprechen, doch ich falle ihr ins Wort. »Du hast den richtigen Weg gewählt, Zoe. Geh ihn weiter, aber vorsichtig. Und nun: Abmarsch.«

Dann zieht sie mich an sich in eine stürmische, feste Umarmung, die mir keine andere Wahl lässt als sie zu erwidern.

Da wir uns nach heute Nacht wohl nicht mehr sehen werden, schwingt dabei auch das Gefühl des Abschieds mit. Ich hoffe, sie wird von der Organisation loskommen und ihren Weg gehen. Zoe hat enorme Kräfte, die sie äußert gut kontrollieren kann.

Während mir das so durch den Kopf geht, erregt etwas anderes meine Aufmerksamkeit. Ich löse mich von Zoe und starre auf den Ausgang. Mein Blick huscht zwischen den wartenden Bussen hin und her, doch ich entdecke nichts.

»Was suchst du?«, erkundigt sich Zoe, der mein Blick offenbar nicht entgangen ist.

»Ach, nix. Ich dachte nur, ich hätte... aber das kann nicht sein«, stammle ich kopfschüttelnd.

Wie sehr vermisse ich sie, dass ich andauernd denke, Gwen zu sehen? Ich hoffe, dass wir heute Abend endlich an alle wichtigen Informationen kommen, die wir brauchen, um sie zu finden.

***

Nach einer Stunde wird es ruhiger. Alle Teams sind unterwegs, und das Foyer ist leer. Irgendwann ist es mir auch gelungen, Zoe zu ihrem eigenen Schutz auf die Rekrutentage zu scheuchen.

Ich habe mich auf einen Stuhl hinter dem Empfangstresen gesetzt, meine Beine auf einen zweiten gelegt und die Krücken gegen die Tischplatte gestellt. Die Statusmeldungen, die auf dem Monitor vor mir aufleuchten, zeigen, dass inzwischen alle Sicherheitsposten besetzt sind.

Glücklicherweise sind kaum Auserwählte unter den Wachposten. Somit dürften sie uns nicht wirklich im Weg stehen, so lange wir den Überraschungseffekt auf unserer Seite haben.

Nach gefühlt endlosen Minuten des Wartens ist es endlich soweit. Einundzwanzig Uhr. Das Überwachungssystem schaltet in den Abendmodus.

Ich atme noch einmal tief durch, bevor ich Isabelle das Startsignal sende und mich auf den Weg in das Untergeschoss mache. Zum wiederholten Male spule ich den Ablauf im Kopf ab. Einerseits, um sicher zu gehen, dass ich nichts vergesse, andererseits, um nicht darüber nachdenken zu müssen, was passieren könnte, wenn der Plan scheitert.

Als sich die Fahrstuhltüren zum zweiten Untergeschoß öffnen, kühle ich sofort den Bewegungssensor ab, um unbemerkt vorankommen zu können.

Den gestrigen Tag habe ich darauf verwendet, mir die Positionen der einzelnen Temperaturfühler genau einzuprägen. Zoe hat, wie auch immer, einen Gebäudeplan organisiert, auf dem alle Geheimgänge und Sensoren eingezeichnet sind.

Immer bevor ich um eine Ecke gehe, spielt sich das gleiche Szenario hab. Hören: Sind da Schritte von anderen? Überlegen: Wo ist der nächste Bewegungsmelder? Und dann konzentrieren, um ihn außer Gefecht zu setzen und dabei nicht zu viel oder zu wenig Energie aufzuwenden.

Je weiter ich komme, desto schwerer fällt es mir, mögliche Geräusche anderer von dem Rauschen zu unterscheiden, das mein pulsierendes Blut in meinen Ohren erzeugt.

Ich gebe es nur ungern zu, aber zu behaupten, ich sei furchtlos, wäre eine große Lüge.

Immer weiter arbeite ich mich voran, bis ich in dem dunklen Korridor bin, der zum unterirdischen Zugang führt.

Die Leuchtstoffröhren sind immer noch nicht instandgesetzt, nicht einmal die Scherben wurden beseitigt.

Noch einen letzten Sensor gilt es zu vereisen. Trotz der Dunkelheit kann ich die schwere Metalltür am Ende des Ganges sehen.

Alles ist ruhig, nur das Klacken der Krücken hallt durch den Korridor. Noch wenige Schritte und der erste Teil des Planes ist abgehakt.

Ich sammle meine Kräfte und fokussiere mich auf den Schließmechanismus der Tür.

Anders als bei den Männern, die wir heimlich beobachtet haben, gelingt es mir, den Zugang lautlos zu öffnen. Langsam, beinahe andächtig, schwingt sie auf, und mir bleibt die Luft im Halse stecken, als ich einen Blick auf das erhasche, was mich dahinter erwartet. Ich mache einen Schritt zurück, bevor mein Kopf auf Autopilot schaltet.

Gwen

Berlin hat neun Trinkwasserwerke, siebentausendneunhundertsiebzehn Kilometer Rohrleitungen, sechshundertfünfzig Brunnen. Etwa eine halbe Million Kubikmeter Wasser werden täglich verbraucht.

Diese Information entnehme ich einer Datei, die zusammen mit dem Arbeitsauftrag der Organisation versendet wurde.

Doch so viele Zahlen und Fakten ich auch versuche mir einzuprägen, nichts lenkt mich von dem ab, was ich gerade eben gesehen habe.

Im ersten Moment war ich so glücklich Jan zu sehen. Er hat sich zwar auf Krücken gestützt, aber es schien ihm soweit gut zu gehen. *Hätte ich mich danach nur weggedreht,* schelte ich mich selbst, dann hätte ich nicht mit ansehen müssen, wie er sich diesem blonden Püppchen an den Hals wirft.

Ich will gar nicht wissen, was in der Nacht wirklich passiert ist, von der in der Cafeteria die Rede war.

Meine Finger umklammern krampfhaft das Tablet, während das Gedankenkarussell in meinem Kopf immer schneller dreht.

Gott, ich fühle mich so erbärmlich! Wann habe ich mich bitte in so eine eifersüchtige Ziege verwandelt?

Ich habe mich doch immer sicher bei *ihm* gefühlt, ihm vertraut.

Andererseits: Es ging alles so schnell, als ich auf die *Accademia* kam, wieso sollte es nicht auch bei dieser Zoe schnell gehen?

***

Nach einer gefühlt endlosen Autofahrt, die in Wirklichkeit nicht viel länger als dreißig Minuten gedauert hat, kommen wir in Tegel an.

Hier befindet sich, laut der Infos, eines der drei wichtigsten Wasserwerke der Stadt. Die Aktion beginnt und lenkt mich somit wenigstens von den blöden Gedanken ab. Nachdem unser Team aus den Bussen gestiegen ist, verteilen sich die Kämpfer in Zweiergruppen um das graue quaderförmige Gebäude, dessen Fassade begrünt ist. Schnell und koordiniert verschwinden alle in die ihnen zugewiesenen Richtungen.

Ich habe keinen Überblick, welche Auserwählten der Organisation treu sind und wer sich den Wahrhaftigen angeschlossen hat. *Sind wir in der Unterzahl?*

Mein Einsatzort ist in einer Baumgruppe zwischen dem Hauptgebäude und dem Tegeler See.

Um dort hinzugelangen, müssen wir erst einmal über einen Zaun klettern.

Stumm bedeutet mir mein zugeteilter Partner auf seine Hände zu steigen, die er zu einer Räuberleiter verschränkt.

Außer dass er mental begabt ist, was ich an seiner Uniform erkenne, weiß ich nichts über den Jungen, der höchstens zehn Jahre älter ist als ich. Nicht einmal seinen Namen kenne ich.

Nachdem ich über den Zaun gelangt bin, klettert auch er herüber, flink als würde er den ganzen Tag nichts anderes machen.

Rasch huschen wir im Schutz der Bäume zu der uns vorgeschriebenen Stelle.

In unserem Rücken senkt sich langsam die Sonne über den See und taucht die gesamte Szenerie in rotgoldenes Licht. Vereinzelt sind noch Segelboote auf dem Wasser unterwegs. *Was für eine malerische Stimmung,* denke ich, *wenn man nicht wüsste, was hier gleich passieren wird.* Bei den Gedanken daran krampft sich mein Magen wieder zusammen. Aber für Zweifel habe ich keine Zeit. Ich muss mich konzentrieren, wenn ich wirklich etwas ausrichten will, muss mental stark sein, um mich den Kräften der Terroristen entgegenzustellen.

»Fünf Minuten«, wispert mein Begleiter.

Nun wird es also tatsächlich ernst.

Ich fokussiere mich immer weiter auf das, was mir bevorsteht.

Ich vermag es nicht abzuschätzen, wie groß die Herausforderung wird, und ob ich dem überhaupt gewachsen sein werde. Aber ich bin fest entschlossen, mein Bestes zu geben.

Ich schließe die Augen, um die Umgebung auszublenden, und spüre mich in die Elemente ein. Probiere, Kontakt zu ihnen aufzunehmen, eine Verbindung zu knüpfen. Zum Wasser versuche ich diese besonders stark zu weben.

Um uns herum ist es ruhig. Nur das Gluckern vom Wasser im See ist zu hören sowie ab und an Autos auf der Straße. Aus dem Wasserwerk dringt ein stetiges Surren zu uns herüber.

Die noch idyllische Atmosphäre – die sprichwörtliche Ruhe vor dem Sturm – verschafft mir die Möglichkeit den Elementen zu lauschen.

Nach kurzer Zeit spüre ich ein aufgeregtes Flüstern. Von meinem Teampartner stammt es nicht, wie ich durch kurzes Blinzeln herausfinde. Der schaut sich wachsam um. Seine Aufgabe ist mir noch nicht ganz klar, allerdings ist mir das momentan auch gleichgültig. Ich weiß, was *ich* zu tun habe, und das wird schwierig genug.

Ich konzentriere mich erneut auf das leise Flüstern, den Eulenanhänger fest in meiner Hand umklammert.

Plötzlich geht es los. Das eben noch so seichte Wispern wird zu einem Kreischen sondergleichen. Ich will meine Ohren zuhalten, doch das bringt nichts, denn in Wirklichkeit ist es immer noch so still wie man es für eine Millionenstadt niemals vermuten würde. Dennoch ist der Lärm in meinem Kopf da und verursacht dort Schmerzen wie ich sie noch nie erlebt habe.

Es ist, als hätte man das Geräusch, das Fingernägel auf einer Schiefertafel erzeugen, um das Tausendfache verstärkt und würde es über Kopfhörer in Dauerschleife abspielen, gemischt mit verstimmten Streichern, die in den höchsten Oktaven quietschen. Es ist offenkundig: Der Angriff hat begonnen.

Jetzt muss ich irgendwie versuchen, die Elemente zu beruhigen und das, bevor die Rohrleitungen und Maschinen den rauen, mächtigen, kraftvollen Gewalten des Wassers nicht mehr standhalten können.

Diffus nehme ich wahr, wie irgendwo ein Alarmsignal ertönt. Rote Blinklichter leuchten an der Betonhalle auf, und einige Mitarbeiter rennen hektisch umher.

Anders als zuvor, wo ich es immer nur mit einem Element zu tun hatte, sind heute alle vier in Aufruhr. Es ist, als würde man einem erbitterten Boxkampf zuschauen, bei dem es keine Regeln gibt und anstatt zwei Boxern vier im Ring stehen, die versuchen sich gegenseitig auszuschalten. Wobei der Vergleich nicht ganz stimmt. Feuer, Erde und Luft prügeln vehement auf das Wasser ein, das sich unter den Qualen aufbäumt wie ein gegeißeltes Raubtier.

Egal womit man es vergleicht. Jedes noch so starke Gleichnis vermag nicht ansatzweiße zu beschreiben, welche Gewalten hier aufeinanderprallen und sich gegenseitig intensivieren.

Ich nehme wahr, wie das Feuerelement, das Temperaturen beeinflusst, das Wasser in einem Moment erhitzt und zu Dampf werden, im nächsten Augenblick zu Eis erstarren lässt. Als wäre das nicht genug, sorgt Luft dafür, dass Wasser in den Rohren mit viel zu hoher Geschwindigkeit fließt und gegen die Eispropfen drückt, die stellenweise die Rohrleitungen verschließen. Durch erhöhte Schwerkraft, die durch Erde hervorgerufen wird, steigt die Belastung auf die Gerätschaften ins Unermessliche.

Auf einmal ist ein ohrenbetäubender Knall zu hören. *So muss eine Explosion klingen.*

Zunächst denke ich, dass sich das auch nur in meinem Kopf abspielt, doch der Auserwählte neben mir zuckt ebenfalls zusammen.

Schnell wird mir auch der Grund dafür klar. Als ich wieder zu der Halle herüberschaue, fehlt eine Ecke des Gebäudes und Wasser schießt wie ein Geysir meterweit in die Höhe.

»Scheiße…«, entfährt es meinem Partner, dessen Auftrag mir immer noch schleierhaft ist.

Scheiße!, denke auch ich, denn ich habe weiterhin keine Ahnung, was ich tun kann. Wo soll ich nur anfangen? Welches Element muss am dringendsten unter Kontrolle gebracht werde? *Ist das Ganze vielleicht einfach eine Nummer zu groß für mich?*

Ich beschließe, es zunächst mit dem Feuer zu versuchen. Das Dröhnen in meinem Kopf scheint nicht nachzulassen, im Gegenteil. Das Getöse schwillt immer und immer und immer mehr an, bis ich keine Umgebungsgeräusche mehr wahrnehme. Es überlagert alles. Es fällt mir fortwährend schwerer, die Schmerzen auszublenden, die der Krach und die Empfindungen der Elemente in mir auslösen. Durch die enge Verbindung, die ich geknüpft habe, scheine ich all die widersprüchlichen Gefühle wahrzunehmen. So stark, dass ich Mühe habe, den Reizen standzuhalten, die an mich weitergegeben werden, doch ich muss es schaffen, meine Gefühle nicht unterdrücken zu lassen.

Ich knie mich auf den Boden und kratze mit den Händen etwas trockenes Laub zusammen. Als ein kleines Häufchen entstanden ist, entzünde ich es mit meiner Handfläche.

Sobald die Flammen meine Hand kitzeln, spüre ich die Verbindung zum Feuer noch deutlicher als zuvor. Ich versuche all meine Energie in Ruhe zu verwandeln und damit das Feuer zu entspannen. Doch egal was ich versuche, es tut sich nichts. Dann probiere ich es anders. Die Wut und Aggression, die ich von dem hitzigen Element wahrnehme, leite ich direkt in die Flammen. Augenblicklich schwillt das Inferno auf ein Vielfaches seines ursprünglichen Ausmaßes. Die Hitze, die davon ausgeht, treibt mir den Schweiß auf die Stirn, der mir in Strömen über das Gesicht läuft.

Nach unzähligen Minuten habe ich dann endlich das Gefühl etwas zu bewirken, als mich mein Teamkollege plötzlich am Arm packt.

Er hat ein Telefon ans Ohr gepresst und sieht äußerst beunruhigt aus. Die erste Gefühlsregung, die ich überhaupt bei ihm sehe, und das scheint kein gutes Zeichen zu sein.

»Wir müssen verschwinden!«, presst er zwischen zusammengekniffenen Lippen hervor.

Ich will aufspringen, aber mein Kreislauf scheint etwas dagegen zu haben. Jetzt verfluche ich mein nicht existentes Mittagessen. Meine Beine wollen nicht ganz wie ich will. *Habe ich mich zu sehr verausgabt?*

»So wird das nichts«, flucht er, bevor ich plötzlich den Halt verliere. Erst denke ich, ich würde nun in Ohnmacht fallen, doch er hat mich schlicht auf den Arm genommen.

Nur halb bekomme ich mit, wie er zum Wasser rennt und mich so trägt, als würde er mein Gewicht nicht spüren. Ich habe keine Zeit mich zu fragen, was das soll, denn da entdecke ich bereits ein Schnellboot, das auf uns zufährt.

Als es da ist, springt er mit mir auf dem Arm hinein.

»Innerhalb der Organisation hat es einen Zwischenfall gegeben. Die Wahrhaftigen sind aufgeflogen.«

Jan

Meine Hand schnellt nach vorn. Noch bevor meine Krücke auf den Boden fällt, rast eine Luftdruckwelle los, um den Angreifer von den Füßen zu reißen, der einen seiner Arme um Isabelles Hals gelegt hat, um ihr die Luft abzudrücken. Als er zu Boden geht, keucht sie erleichtert auf. Noch atemlos entwendet sie ihre Kette, den Kristallanhänger, aus den Händen des Mannes, der sein Bewusstsein beim Aufprall auf den Boden verloren hat. Ein weiterer Wachmann liegt blutüberströmt vor dem Eingang. Als mein Blick auf ihn fällt, erklärt Isabelle, immer noch nach Atem ringend, was vorgefallen ist.

»Er hätte besser nicht mit einem Messer... auf Lissi losgehen sollen. Das... hat sie ihm postwendend heimgezahlt. Aber es sieht... schlimmer aus, als es ist. Unsere Leute... müssten gleich hier sein.« Immer wieder muss sie sich räuspern und husten. Der Kehlkopf hat anscheinend doch ziemlich was abbekommen.

»Der Arsch hat tatsächlich meine Lieblingshose vollgeblutet. Das bekomm ich doch nie wieder raus. Und so wie ich diesen Sauhaufen einschätze, wird er mir sicher keine neue beschaffen. Ich glaube es nicht! Hätte der nicht woanders hinbluten können«, schaltet sich nun auch Lissi in gewohntem Tempo in das Gespräch ein, während sie mir meine Gehhilfen reicht. Überflüssig zu erwähnen, dass sie komplett rosa gekleidet ist. Naja, zumindest war es wohl mal rosa.

»Tut mir echt leid. Diese Wachposten waren nicht eingezeichnet«, sage ich entschuldigend.

»Das wird nicht die einzige Überraschung bleiben, die auf uns wartet«, unterbricht mich Isabelle. Danach stößt sie einen leisen, aber durchdringenden Pfiff aus, woraufhin wenig später ein blasser, langhaariger Typ angerannt kommt. Wäre die Situation nicht so verdammt ernst, hätte ich lauthals losgelacht. Der Typ sieht tatsächlich aus wie der Stereotyp eines Computernerds.

***

Es hat nicht lange gedauert, um zum Serverraum zu gelangen. Wir mussten natürlich noch am Büro von Koslowski vorbei. Dank Isabelles mentalen Fähigkeiten ging es recht schnell ihm klar zu machen, dass er nichts lieber täte, als uns mit seiner Iris den Zugang zu dem Hochsicherheitsbereich zu gewähren. Nachdem das erledigt war, hat Gwens Mutter dafür gesorgt, dass er nicht nur alles vergisst, sondern auch gut gelaunt den Rückweg zu seinem Zimmer antritt.

Der Serverraum ist in blaues Licht getaucht. Im Vergleich zu den hellweißen Korridoren, in denen es immer recht still ist, ist hier das Summen der Lüfter allgegenwärtig. Zusätzlich ist es um einige Grad wärmer.

Überall stehen Metallschränke, in denen grüne und gelbe Lichter blinken und worin massenhaft Kabel gesteckt sind.

Über zwei Etagen erstreckt sich der Raum. Wir befinden uns in der oberen und können durch den Gitterfußboden nach unten schauen, wo sich noch mehr solcher Schränke befinden.

Gegenüber der Tür, durch die wir eingetreten sind, ist ein Arbeitsplatz mit einem Bildschirm und einer Tastatur eingerichtet.

Der Computernerd, der, auf die Frage, wie sein Name sei, nur geantwortet hat, ich solle ihn Jay nennen, geht wortlos darauf zu.

Seinen Rucksack, den er die ganze Zeit über der Schulter getragen hat, lässt er neben den Stuhl fallen, während er Platz nimmt. Aus dem Rucksack holt er neben einem MacBook noch einige Festplatten. Das alles verbindet er in rasender Geschwindigkeit mit dem PC auf dem Schreibtisch.

Isabelle, Lissi und mir bleibt nichts anderes übrig, als ihm zuzuschauen und abzuwarten. Jetzt, wo ich zur Untätigkeit verdammt bin, spüre ich wieder, wie mein Puls rast. Ich kann nicht bestreiten, dass ich ziemlich nervös bin. Angespannt betrachten wir den Hacker, oder was er auch immer sein mag, bei seinen Vorbereitungen, die sich schon jetzt endlos lang anfühlen, dabei sind wir noch keine Minute lang hier.

»Ich glaub es nicht«, nuschelt Jay aus der Ecke. »Das Gebäude wie Fort Knox sichern, eine Firewall einrichten, wie ich sie selten erlebt habe, und dann klebt das Passwort unter der Tastatur.« Er schüttelt den Kopf.

»Ernsthaft?«, frage ich. Jay wedelt mit der schwarzen Tastatur umher, und tatsächlich klebt ein gelber Post-It unten dran.

»Na dann mal los. Wonach soll ich suchen?«, fragt Jay, wobei er seine Fingerknöchel knacken lässt und auf die Tastatur legt.

»Alles was mit Gwendolyn Hesselbach zu tun hat«, gebe ich ihm zur Antwort.

Jay tippt etwas, löscht den Eintrag, tippt erneut, löscht wieder. So geht es noch zwei... dreimal, bis er sich zu uns umwendet.

»Fuck!«, flucht er.

»Was ist?«, frage ich, während ich mich dem Arbeitsplatz nähere.

»Es sieht so aus, als wären keine Klarnamen im System. Alles Decknamen, schau selbst.«

Scheiße. Er scheint recht zu haben. Auf dem Bildschirm ist eine Liste mit Namen sichtbar. *Drachenkopf, Adlerauge, Wasserläufer...* und so weiter. Ich gehe die Liste auf und ab. Bis ich bei einem Namen hängenbleibe: *Feuervogel.*

Ich weiß nicht wieso, aber ich habe das Gefühl der könnte es sein. Sofort tauchen Bilder ihrer Haare vor meinem inneren Auge auf, die in der Sonne wie Feuer strahlen.

Ich deute darauf, und Jay klickt sich durch verschiedene Dateien.

»Jo. Nach allem, was Issy mir gesagt hat, passt das. Ich nehme das mal mit. Noch was?«

»Kannst du nicht einfach alle Daten auf einen Rechner außerhalb schicken?«, fragt Isabelle.

»Daran arbeite ich. Dennoch sollten wir versuchen, einiges direkt auf Festplatten zu übertragen. Sicher ist sicher.«

So verbringen wir die nächsten Minuten damit, verschiedene Dateien und Ordner auszuwählen. Glücklicherweise ist die Technik auf dem neusten Stand, sodass es nicht lange dauert die Daten zu kopieren.

Dennoch scheint die Zeit zu rasen, während wir uns Ordner um Ordner voran arbeiten. Als wir gerade dabei sind, die Datenbank

Kunden und Finanzen zu übertragen, nehme ich ein Geräusch wahr, dass durch das Surren der Lüfter an mein Ohr dringt. *Ich habe mich bestimmt verhört,* denke ich. Wer sollte hier unten schon sein? Als ich es gerade als Hirngespinst meiner Anspannung abtun will, höre ich es erneut. Sofort schnellt meine Herzfrequenz, die sich ein wenig beruhigt hatte, wieder in die Höhe. Was ich wahrnehme, klingt wie ein Wimmern, das diesmal auch Isabelle und Lissi zu hören scheinen, denn auch ihre Muskeln spannen sich unwillkürlich an.

»Verschwinde hinter den Schränken, Lissi.«

»Ich werde nicht...«

»Jetzt mach!«, zische ich sie an, während Isabelle und ich in Angriffsposition gehen. »Und pass auf Jay auf.«

Dieser schnappt sich die Festplatten, die schon mit Daten bespielt sind, und steckt sie in seinen gepolsterten Rucksack. Danach versteckt er sich zusammen mit Lissi hinter einem der Serverschränke.

Nachdem ihre Schritte verklungen sind, wird es ruhig. Nur noch das Wimmern ist zu hören.

Auch Isabelle und ich nähern uns den Schränken, um nicht mitten im Raum auf dem Präsentierteller zu stehen.

Auch wenn es hier drin vergleichsweise laut ist, habe ich jetzt das Gefühl, man könnte eine Stecknadel fallen hören. Es scheint, als würde Isabelle recht behalten, was die Überraschungen betrifft.

Die Tür öffnet sich, noch ehe ich weiter über unsere Situation nachdenken kann. Zum zweiten Mal an diesem Abend bleibt mir die Luft im Halse stecken. Josh stößt Zoe in den Raum, wobei er unablässig ein Messer an ihre Kehle drückt. Blut läuft in ihren Ausschnitt und färbt ihre weiße Bluse allmählich rot.

Gwen

Auf dem Boot reicht mir jemand einen Müsliriegel, den ich dankend annehme. Jetzt wo ich mich nicht mehr auf die Elemente konzentriere, ist das Dröhnen in meinem Kopf leiser geworden, wenngleich es immer noch wahrnehmbar ist.

»Der Angriff wurde abgebrochen«, erklärt die Frau, die das Boot steuert. Ihre Haare sind zu einem streng wirkenden Dutt zusammengebunden. »Anscheinend ist das Schattenteichwasser, das die Organisation verteilt hat, nicht richtig abgefüllt worden.«

»Und somit sind den Kämpfern vorzeitig die Kräfte ausgegangen«, ergänzt ein anderer.

Ich bin total erleichtert. Andernfalls hätte ich gegen diese Macht nichts ausrichten können. Das muss ich mir einfach eingestehen.

»Allerdings ist die Gefahr noch nicht gebannt. Die Elemente wurden so gegeneinander aufgehetzt, dass es sich verselbstständigt hat.«

Als wollte es die Worte der Frau bestätigen, explodiert krachend ein weiterer Teil des Wasserwerkes.

Mittlerweile sind wir ein gutes Stück auf den See hinausgefahren, dennoch dringen Alarmsignale und Sirenen vom zerstörten Wasserwerk deutlich bis zu uns.

Als ich das sehe, will ich sofort noch einen Versuch unternehmen, die aufgewühlten Elemente zu beruhigen. Doch wie zuvor nötigt mich der junge Mann, mit dem ich schon die ganze Zeit unterwegs war, noch etwas Energie in Form von Müsliriegeln zu mir zu nehmen. Trotz meiner Ungeduld muss mir eingestehen, dass sie recht haben, und keinem geholfen ist, wenn meine ohnehin schon geschwächten Reserven versagen.

Nachdem ich noch einige Müsliriegel verdrückt und etwas Wasser getrunken habe, versuche ich mich erneut in die Elemente einzufühlen.

Jetzt wo die Organisation gelähmt ist, stehen meine Chancen möglicherweise besser, die Urstoffe wieder zu beruhigen.

Ich fokussiere mich zunächst auf die Luft. Versuche nicht nur, an sie zu denken, sondern auch, sie ganz bewusst zu fühlen.

Es beginnt mit einer sanften Brise, die mir um mein Gesicht säuselt. Immer heftiger weht es um uns. Stürmische Böen schütteln und rütteln an unserem kleinen Schnellboot, aggressiv, aufbrausend und wütend, aber auch verzweifelt und schmerzlich verletzt.

Ich strecke meine Hand aus und versuche damit den Wind zu

fühlen, ihn zu berühren. So als würde man einen Freund beruhigend streicheln, bewege ich meine Hand durch die Luft und lasse den Wind meine Finger umspielen.

Ich versuche, all meine Kraft zu nutzen, um die Luft zu beruhigen. Nicht nur hier auf dem See, sondern auch dort, wo sie das Wasser in den Rohrleitungen in Wallung bringt. Mit meiner freien Hand umklammere ich die kleine Eule an meiner Kette, um mich vom Gefühl der Ruhe durchfluten zu lassen, in der Hoffnung, es an das stürmische Element weitergeben zu können.

Ich dachte bis eben, der Sturm, der unsere Nussschale umbraust, könne nicht noch heftiger werden, doch ich habe mich geirrt. Nochmals legt er zu und dürfte inzwischen Orkanstärke haben. Ich schließe meine Augen und blende alles um mich herum aus. Das Schwanken des Bootes, das tosende Wasser, die vor Seekrankheit keuchenden Auserwählten um mich herum. Das Luftelement ist das einzige, das Zugang zu meinen Gedanken bekommt.

Versuch dich zu entspannen, denke ich. Nicht der klügste Rat, kommt mir in den Sinn, aber eine andere Idee habe ich auch nicht wirklich.

»Es tut so weh.« Es ist, als würde ich das Leid der Luft am eigenen Körper spüren. Es kostet mich einiges an Selbstbeherrschung, mich nicht vor Schmerz auf den Boden zu krümmen.

»Ich weiß, aber du musst dich woanders austoben. Das Wasser kann doch nichts dafür. Ihr müsst aus den Rohrleitungen rauskommen... bevor noch mehr Schäden entstehen«, flehe ich Luft an.

»Schau, hier ist genug Platz. Hier kannst du deiner Energie freien Lauf lassen.« Wie gut, dass der Sommer vorbei und der See jetzt nicht mit Freizeitsportlern überlaufen ist.

»Komm her. Ganz langsam.« Ich spüre jetzt nicht nur den Schmerz, den die Manipulation der Organisation ausgelöst hat, sondern auch die furchtbare Enge, die in den Wasserleitungen herrscht. Ich kann den Drang mehr als verstehen, dort raus zu wollen.

Ich weiß nicht genau, wie ich es anstelle, aber es ist, als würde ich die Luft an die Hand nehmen und ins Freie führen. Nach und nach verschwindet die beklemmende Enge, und ich fühle die

Weitläufigkeit, die dem Element wieder zur Verfügung steht. Plötzlich spüre ich, wie mich etwas an sich drückt. Ich öffne die Augen in der Vermutung einer der Männer wäre es, aber die sitzen alle kreidebleich auf dem Boden, einer entleert grade seinen Mageninhalt in den See.

Obwohl niemand da ist, fühlt es sich an, als würde mich jemand in eine ganz feste Umarmung ziehen. Als ich realisiere, dass das nur Luft sein kann, erwidere ich diese ebenso. Wie verrückt das Ganze für Außenstehende sein mag, ist mir völlig gleich.

»Danke, Gwendolyn.«

Die Gesichtszüge der anderen sind von Unglauben erfüllt, als ich, nachdem wir wieder an Land sind, zunächst mit dem Feuer in Kontakt trete, das mir zum Abschied, wie zuletzt, die Hand reicht.

Ich würde es ja selbst nicht glauben, wenn ich nicht mit eigenen Augen sehen würde, wie flammende Finger die meinen berühren.

Zuletzt kümmere ich mich um Wasser. Ich lasse mich am Ufer nieder und tauche meine Hände ins nasse Element. Kühl umspielt es meine Finger, während ich versuche, die Emotionen zu spüren.

Sobald ich mich mehr und mehr darauf konzentriere, die Welt um mich herum ausblende, nehmen die Qualen zu.

Es beginnt mit einem Ziehen in der Magengegend, das sich nach und nach im gesamten Körper ausbreitet. Irgendwann ist es so heftig, dass die Schmerzen, als sich mein Blinddarm entzündet hatte, wie ein sanftes Kribbeln dagegen anfühlen. Mehr denn je muss ich mich beherrschen, nicht vor Schmerz loszuschreien. Schweißperlen treten auf meine Stirn und laufen mein Gesicht hinab.

Dünne Fäden aus Wasser entwachsen dem See und wandern meinen Arm entlang, bis ein flüssiges Netz ihn umspannt.

Zu der unbeschreiblichen Pein mischt sich noch das Gefühl purer Verzweiflung.

Zu gerne würde ich irgendwas sagen, um dem Wasser Trost zu spenden, doch alles in mir ist so verkrampft, dass mir selbst das Atmen schwerfällt. Keuchend zwänge ich Luft in meine stechenden Lungen.

Wie eine zähe, giftige Masse legt sich die Pein um meine Gedanken, sodass ich nicht in der Lage bin, auch nur an irgendetwas anderes zu denken. Irgendwann verschwimmt das Bild vor meinen Augen, und ich versinke in endloser Leere.

Jan

Blitzschnell spiele ich verschiedenste Szenarien durch. Doch egal wie ich ihn angreifen würde, die Gefahr ist zu groß, dass Zoe dabei verletzt wird.

Man sollte meinen, ihr Körper würde sich vor Angst verkrampfen, doch nichts als pure Entschlossenheit spricht aus ihrem Blick.

»Ich wusste doch, dass mit dir etwas nicht stimmt.« Triumph trieft aus Joshs Stimme. »Unsere liebe Zoe war so freundlich, mir zu offenbaren, was ihr plant.«

FUCK! Wieso habe ich es ihr erzählt, ich hätte wissen müssen, dass ich sie damit in Gefahr bringe. Wann lerne ich endlich aus meiner Vergangenheit?, schelte ich mich.

»Ich muss schon zugeben…«, höhnt er weiter, »beinahe das perfekte Verbrechen. Zu dumm, dass es keine perfekten Verbrechen gibt.« Es kostet mich jegliche Mühe, trotz seines eklig, dreckigen Lachens, meine Beherrschung nicht zu verlieren.

Nachdenken und ruhigbleiben, sage ich mir. Ich muss ihn irgendwie ablenken, denn auf meine Kräfte kann ich nicht zählen. Egal ob ich ihm eine Stichflamme oder eine Luftdruckwelle entgegenschleudere, die Gefahr, Zoe dabei zu verletzen, ist zu groß.

»Weißt du, Josh, ich kann dich verstehen«, beginne ich, ohne recht zu wissen, wie ich fortfahren soll. Glücklicherweise schaltet meine Zunge in den Auto-Modus. »Es muss toll sein, wenigstens einmal die Oberhand zu haben, nicht?«, ergänze ich, wobei ich meine Anspannung recht gut verstecken kann

»Dir wird dein Lachen noch vergehen. Falls du es noch nicht mitbekommen hast, der Einsatz wurde abgebrochen. Somit werden

hier gleich einige sehr angepisste Kämpfer auftauchen.«
FUCK! FUCK! FUCK! Okay. Jetzt heißt es Schritt für Schritt vorgehen. Als erstes müssen wir Zoe aus den Fängen dieses Ver-
rückten bekommen.

Ich blicke Isabelle an, in der Hoffnung sie schafft es, seine Gedanken zu manipulieren. Sie nickt mir leicht zu. Sie konzentriert
sich auf ihn, wobei sich ihr Blick in seinen bohrt und so eine Verbindung mit seinen Gedanken herstellt. Es dauert nicht lange, da
wird Joshs Blick glasig. Seine Muskeln werden schlaff.

Mit einem hellen Klappern fällt das Messer auf den Gitterboden.
Erleichtert atme ich auf, nicht ohne dafür zu sorgen, dass der
Möchtegernkämpfer an der Wand zappelt – zwei Meter über dem
Boden.

Zoe sinkt erleichtert auf die Knie.

»Alles okay?«, frage ich, meinen Blick fest auf das Arschloch an
der Wand geheftet.

»Alles bestens«, verkündet Zoe, doch der Klang ihrer Stimme
verrät etwas anderes, auch wenn sie es nie zugeben würde.

Nun, da die erste Gefahr gebannt ist, gilt es schnellstens einen
Weg zu finden, wie wir hier rauskommen.

»Er hat seinen Vater informiert und damit den Rat«, zischt Isabelle sichtlich angespannt, während sie unablässig auf ihrem Telefon
herumtippt. »Und es scheint, als wäre die ganze Kavallerie auf
dem Weg hierher. Sie müssen erst neue Energie an der Quelle
tanken. Wenn wir Glück haben, verschafft uns das einige Minuten
mehr«, mutmaßt sie mit angespannter Stimme.

Na dann nichts wie raus hier. Schnell wäge ich ab, welcher der
Wege der kürzeste und sicherste nach draußen ist. Es gibt so viele verschiedene Varianten, dass es unmöglich ist, alle zu kennen.
Zumindest drei habe ich mir eingeprägt, in der Hoffnung einer
davon würde genügen.

»Jay, Lissi, kommt, wir müssen weg!«, rufe ich den beiden zu.

Gerade sind die letzten Worte über meine Lippen gekommen, da
überschlagen sich die Ereignisse.

Die Tür zum Korridor wird krachend aufgestoßen, und grob ge-
schätzt zehn Männer und Frauen in Kampfuniformen poltern
brüllend herein.

Die schweren Stiefel lassen das Gitter, auf dem wir stehen, erzittern.

So wie ich das überblicke, sind das die Teams, die hier im Gebäude stationiert waren. Leider ausschließlich der Teil, der aus Auserwählten besteht.

»Hier sind sie. Angriffsformation!«, bellt einer der Männer mit tiefer Stimme. Andere antworten mit verschiedenen Kommandos. Zähneknirschend mustere ich die Angreifer, doch da geht schon die erste Salve an zischenden Druckwellen auf uns los. Ich habe Mühe mein Gleichgewicht auf den Gehstützen zu halten. Gleichzeitig suche ich verzweifelt nach Gegenständen, die ich mobilisieren kann. Dann fällt mein Blick auf das Messer, das noch immer zwischen uns und den Angreifern liegt.

Als Isabelle gerade eine Ladung knisternder Feuerbälle auf die Männer und Frauen uns gegenüber feuert, und somit deren Formation durcheinanderbringt, passiert es.

Ich lasse das Messer schweben und bewege es in rasender Geschwindigkeit auf einen Angreifer zu, um es in sein Bein zu rammen.

Zoe hockt immer noch auf dem Boden und beobachtet die Lage. Entschlossen sich dem Kampf zu stellen, springt sie auf.

Zu spät erkenne ich meinen Fehler, um noch zu reagieren. Was passiert, erscheint fast als wäre es Zeitlupe. Das Messer rast, Zoe erhebt sich, genau in dem Moment, als sich die Flugbahn des scharfen Gegenstands ruckartig ändert. Im letzten Moment meine ich den Schock in ihrem Blick zu erkennen, doch da ist es zu spät.

Innerhalb von wenigen Augenblicken färbt sich ihre helle Bluse rot. Von der linken Brust aus, in der das Messer steckt, vergrößert sich der Fleck stetig. Das schmatzende Geräusch, das die Klinge beim Einstich erzeugt hat, scheint alles zu übertönen. Immer wieder und wieder hallt es in meinem Kopf nach.

Dass um mich die Feuerbälle fliegen, polternd links und rechts von mir einschlagen und intensiven Brandgeruch nach verschmortem Plastik erzeugen, nehme ich kaum wahr.

»Jan!«, schreit jemand. Gerade noch rechtzeitig kann ich die brennende Kugel zu ihrem Absender zurückschicken, die mich sonst mitten im Gesicht getroffen hätte. Die Hitze, die das Feuer auf meiner Haut hinterlassen hat, spüre ich nicht lange.

Das nächste, was ich sehe, ist Zoe, die langsam zu Boden sinkt. Wie ein nasser Sack schlägt ihr Leichnam auf das kalte Metall. Leblos. Ein dumpfer Schlag ist das letzte Geräusch, das ihr Körper von sich gibt – das letzte, das ich von ihr höre, ein Ton, der sich für immer in mein Gedächtnis einbrennen wird. Genauso wie ihre Augen, die entseelt ins Leere starren.

Als ich es mühevoll schaffe, meinen Blick von ihr zu lösen, zieht etwas anderes meine Aufmerksamkeit auf sich: Josh. Erstaunlicherweise hängt er immer noch unter der Decke das Raumes. Ich hatte ihn ganz vergessen. Die Rufe der Angreifer, das Summen der Lüfter, krachende Feuerbälle, alles verstummt in meinen Ohren. Nur das Rauschen meines Blutes und die schreienden Gedanken werden lauter.

Das war alles mein verdammter Fehler! Nur weil er unter der Decke zappelt, heißt es nicht, dass er keine Gegenstände bewegen kann. *Und genau DAS habe ich ihm beigebracht.* Wenn ich das Messer nicht hätte schweben lassen, um es dem nächstbesten Angreifer ins Bein zu rammen, hätte es dieser Schwächling niemals aus eigener Kraft geschafft die Waffe anzuheben. So brauchte er nur die Flugbahn des Gegenstandes zu manipulieren. *Wie konnte mir nur so ein Anfängerfauxpas unterlaufen?*

Ohne nachzudenken, lasse ich ihn los. Soll er doch runterfallen und sich alles brechen, was geht. Immerhin wird ER davon nicht sterben. Schreiend schlägt der Arsch auf.

Konzentrier dich!, ermahne ich mich selbst. Und das tue ich auch. Ich nutze wieder meine Krücken, um sie verschiedenen Angreifern in die Kniekehlen zu rammen. Ab und an sinken ein paar Kämpfer bewusstlos zu Boden. Aber Isabelle und ich sind hoffnungslos unterlegen. Immer mehr Organisationanhänger stampfen zur Tür herein.

»Runter, Izzy!«, brüllt Jay.

Um ein Haar wäre auch Isabelle getroffen worden. Der Geruch nach verbranntem Fleisch und versengten Haaren steigt mir unangenehm in die Nase.

»Verdammt«, ruft eine Frau schmerzverzerrt, bevor sie zu Boden sinkt, nachdem meine Krücke ihr Knie zertrümmert hat.

Immer näher rückt die Front aus Organisationsanhängern. Mittlerweile habe ich kaum noch Zoes leblosen Körper im Blick, so weit haben sie uns nach hinten getrieben. Immer mal wieder sehe ich zwischen den Beinen der Angreifer ihre blonden Haare hervorblitzen.

Ich versuche, einen Korridor dorthin zu schaffen, aber wann immer einer der Kämpfer zu Boden geht, rücken zwei neue nach. Das Tosen der Luftverwirbelungen und Explodieren der Feuerbälle wird immer lauter. Im Sekundentakt starten immer neue Angriffe. Knirschend gerät eine Reihe Serverschränke ins Wanken. Lissi und Jay schaffen es gerade noch dahinter hervorzukommen, bevor die Metallgebilde der Kraft der Elemente Tribut zollen und ächzend zusammenbrechen.

»Jan, Isabelle…«, ruft Lissi, gerade so laut, dass nur wir sie hören können. »Jay hat einen zweiten Ausgang entdeckt. Das ist unsere letzte Chance.«

Ich schaue auf den Körper des Mädchens, das ich ins Verderben gestürzt habe. *Wir müssen sie mitnehmen,* schreit eine Stimme in mir.

»Jan, sie hat recht«, ruft Isabelle mir zu, nicht ohne dabei einen Feuerlöscher abzuwehren, der nun auf den Schädel einer Angreiferin zufliegt. »Wir können nichts mehr für Zoe tun, außer versuchen, hier rauszukommen und ihrem Ableben Tribut zollen.«

Immer mehr Kämpfer platzen herein.

Unauffällig nickt sie mir zu, um mir zu signalisieren, dass ich vorgehen soll. Mit meinen kaputten Beinen bin ich echt im Nachteil. Ich lasse meine Krücken wieder auf mich zufliegen, stütze mich ab. Automatisch verringere ich mein Körpergewicht.

Im selben Moment stürmen Jay und Lissi los, vorbei an dem PC von vorhin. Im Laufen reißt Jay die Festplatte ab und steckt sie in seine Hosentasche. So schnell ich kann, humple ich hinterher, wobei ich kaum den Boden berühre. Ich kann nur hoffen, dass meine Energiereserven noch reichen, bis wir im Freien sind.

»Sie hauen ab!«, brüllt einer der Angreifer, als wäre das nicht offenkundig. »Neu formieren!«

Isabelle ist direkt hinter mir und sorgt mit Luftdruckschüssen und Feuerbällen dafür, dass die Meute auf Abstand bleibt.

Wir drängen uns an der hinteren Wand des Raumes entlang. Glücklicherweise ist der Gang so eng, dass immer nur ein Angreifer uns folgen kann.

Am Ende führt eine Treppe in die untere Etage.

Endlich scheint es das Schicksal gut mit uns zu meinen, denn der Gitterboden lässt zumindest keine Angriffe von oben mehr zu.

Jay starrt weiter auf sein iPad, während er zwischen den schier endlosen Reihen an Computerschränken hindurchhetzt.

Ich kann das grüne Notausgangsschild schon erkennen, das offenbar eine Tür kennzeichnet. Plötzlich verliert eine meiner Krükken den Halt und rutscht davon. Ich schaffe es nicht mehr mich abzufangen und stürze. Stechender Schmerz, der mir kurz den Atem raubt, durchzieht meine Beine.

Irgendeine Flüssigkeit hat dafür gesorgt, dass meine Stützen weggerutscht sind. Erst als weitere Tropfen auf meinen Kopf fallen, erkenne ich, worin ich liege: Zoes Blut.

Augenblicklich wird mir schlecht.

Nur Isabelles und Lissis beherzte Griffe, die mich wieder auf die Füße bringen, und die Erkenntnis, dass die Organisationsgetreuen nicht weit hinter uns sind, halten mich davon ab, mich zu übergeben.

Mein Sturz hat uns Zeit und wertvollen Vorsprung gekostet. Inzwischen sind schon einige Angreifer in der unteren Etage angekommen, die gar nicht daran denken, ihre Feuersalven zu stoppen.

Mir kommt eine Idee.

Wenn Zoe schon ausblutet wie ein geschlachtetes Tier, dann kann uns das Blut noch helfen. Die Pfütze auf dem Boden lasse ich als keine Tröpfchen in die Höhe steigen und auf die Kämpfer zufliegen. In der Bewegung lasse ich sie zu scharfkantigen Eissplittern werden. Anscheinend geht das zu schnell für unsere Gegner, denn sofort ist der Raum von schmerzverzerrten Schreien erfüllt.

Nachdem so die ersten Reihen ausgeschaltet sind, setzen wir unsere Flucht fort. Lissi reicht mir die blutverschmierten Krücken, die bei meinem Sturz über den Boden geschlittert sind.

Etwas aus dem Rhythmus gekommen, stolpern wie auf die Tür zu, die ich unterdessen aufschwingen lasse.

Durch einen hellen, weißen Korridor geht es weiter.

Da ich komplett den Überblick und auch fast die Nerven verloren habe, muss ich mich auf Jay verlassen.

Offenbar haben es unsere Verfolger geschafft, über ihre verwundeten Kameraden zu klettern, denn inzwischen schießen wieder Feuerbälle an uns vorbei, aber Isabelle macht ihren Job gut und hält uns die Meute mit zielsicheren Schlägen vom Leib.

Nach etlichen Abbiegungen und Treppen stehen wir vor einer Tür, die der zum U-Bahnhof ähnlich sieht.

»Könntet ihr vielleicht?«, nuschelt Jay.

Wie schon vorhin fokussiere ich den Schließzylinder. Nach einigem Klicken und Klirren schwingt die Tür auf.

Dahinter ist es dunkel.

»Was ist das?«, fragt Lissi.

»Wenn der Plan stimmt, das Untergeschoss der Arkaden«, murmelt Jay, den Blick auf das iPad gerichtet.

Im Dunkeln rennen wir auf die stillstehenden Rolltreppen zu, entlang der Wasserbecken, die tagsüber sprudeln.

Als wir daran vorbei sind, sorge ich dafür, dass sich der glatte Fußboden in eine Eisfläche verwandelt.

Natürlich lösen wir die Alarmanlage aus, aber das soll mir recht sein. Die Angreifer können ruhig der Polizei in die Arme laufen.

Als wir schon fast an der Tür sind, hören wir das Fluchen der Kämpfer, die vermutlich gerade über den Boden schlittern.

Endlich geschafft. Wir erreichen den Ausgang, und kühle Nachtluft weht uns um die Nasen. Keine Sekunde zu früh, denn ich merke, dass meine Kraftreserven aufgebraucht sind. Isabelle scheint es ähnlich zu gehen.

Gwen

Leer.

Wenn es ein Wort gibt, das meine derzeitige Gefühlwelt treffend beschreibt, dann ist es dieses. Leer. Eigentlich trifft es nicht nur auf meine Gefühle zu, sondern auch auf mich im allgemeinen.

Seit ich im Auto aufgewacht bin, dämmere ich vor mich hin. Weder wach noch schlafend.

Alles, was ich konnte, habe ich gegeben. Sogar mehr als das, andernfalls wüsste ich wohl, wie ich hierhergekommen bin. Von den vorderen Sitzen dringen leise Stimmen zu mir. »Hältst du das nicht für zu riskant?«, fragt einer. »Nee. Niemand kennt den Wagen, und das Schauspiel will ich mir nicht entgehen lassen«, erwidert der andere.

Mein Kopf lehnt an der Scheibe. Das kühle Glas ist gut gegen das Hämmern und Pochen hinter meiner Stirn.

Als ich die Augen öffne, erkenne ich sofort, wo wir sind. Wäre ich nicht komplett am Ende, hätte sich mein Körper wahrscheinlich sofort verkrampft. Jetzt registriere ich es nur, ohne wirklich zu reagieren.

Wir sind in einer Seitenstraße neben dem Hauptgebäude der Organisation. Überall blinken blaue Lichter. Schwarze Autos mit verdunkelten Scheiben blockieren die Bürgersteige. Menschen mit Helmen und Maschinenpistolen stehen mit dem Rücken zur Fassade oder eilen im Laufschritt umher.

Hinter uns halten mehrere Rettungswagen, die noch nicht richtig zum Stehen gekommen sind, als bereits die Sanitäter rausspringen und zwei Bewaffneten folgen, die im Gebäude verschwinden.

Normalerweise würde ich mir den Kopf darüber zerbrechen, was da drin passiert ist, aber jetzt fühle ich mich eher wie ein Kinobesucher, der auf die Leinwand starrt, ohne die Vorgänge zu verstehen, wie jemand, der mit der ganzen Sache nichts tun hat. Ich will das auch gar nicht. Schlaf und Ruhe sind die einzigen Dinge, die gerade reizvoll klingen, aber aus irgendeinem Grund ist mir das nicht vergönnt.

Auf dem gesamten Platz herrscht reges Treiben. Autos kommen an oder fahren los. Immer wieder werden Auserwählte in schwarzen Uniformen abgeführt.

Wie lange ich dem Gewusel zusehe, vermag ich nicht zu sagen.

»Da... schau«, flüstert einer der Männer.

»Ich fasse es nicht«, erwidert der andere ungläubig.

Ich blinzle etwas und sehe drei Männer, die neben unserem Wagen auf dem Bürgersteig vorbeilaufen.

Als ich erkenne, wer in der Mitte läuft, traue ich zunächst meinen Augen nicht. Vor Erschöpfung hätten es auch Halluzinationen sein können – überraschen würde mich hier gar nichts mehr. Doch auch nach erneutem Blinzeln zeigt sich die Situation unverändert.

Der Alte, dessen Hände auf dem Rücken gefesselt sind, wird von zwei bewaffneten Männern abgeführt und in ein dunkles Auto, das vor unserem steht, gebracht.

»Ich werde das mal weitergeben«, murmelt einer der beiden immer noch entgeistert.

Der Anblick des Alten, der trotz dieser Situation hocherhobenen Hauptes, beinahe andächtig an uns vorbeigeschritten ist, legt bei mir einen Schalter um. Als der Wagen vor uns losfährt, schlafe ich endlich ein.

Gwen, wir sind dir unendlich dankbar. Du hast uns den richtigen Weg gezeigt, nachdem uns die Organisation die Orientierung genommen hatte. Du hast Schmerzen auf dich geladen, die nur wenige Menschen ertragen hätten, ohne auch nur einen Moment zu zögern.

Sei dir gewiss, dass wir auch in Zukunft immer an deiner Seite sind. Du kannst dich auf uns verlassen, wie auch wir uns immer auf dich verlassen konnten.

Jan

Wie sich herausstellt, ist Jay, den ich für einen Hinterhof-Computernerd gehalten habe, Mitarbeiter des Bundesnachrichtendienstes.

Nachdem wir aus den Arkaden heraus sind, hat er uns in einen – natürlich schwarzen – Lieferwagen gelotst, dessen Inneres dem Serverraum der Organisation in Nichts nachsteht.

Bildschirme säumen die Wände, auf denen endlose Zahlen- und Buchstabenreihen entlanglaufen.

»Die Häufung vermeintlicher Naturkatastrophen und Unwetter in Deutschland, die sich meteorologisch nicht erklären ließen, hat den BND schon lange beschäftigt«, beginnt Jay, als Isabelle die Tür hinter uns geschlossen hat, wobei er nebenbei verschiedene Befehle auf eine der Tastaturen tippt.

Ich bin froh, mich endlich setzen zu können, denn viel länger hätten meine Beine der Belastung nicht standgehalten.

»Irgendwann führten dann immer mehr Hinweise hierher, aber wie jemand aktiv das Wetter kontrollieren kann, stellte uns vor ein Rätsel.«

Isabelle scheint zwar einiges davon bereits zu wissen, doch sie wirkt, als wäre das Ausmaß der Aktion auch für sie so neu wie für mich. Lissi hängt wie gebannt an Jays Lippen.

Nachdem er weitere Befehle eingegeben hat, fährt er fort. »Als uns dann *Die Wahrhaftigen* kontaktiert haben, hat sich nach und nach das Bild zusammengesetzt. Zuletzt hat sich eine eigene Abteilung mit der Organisation befasst. Aber wir sind nicht an Beweise gekommen. Selbst die Auserwählten, die mittlerweile für den BND arbeiten und verdeckt bei der Organisation eingeschleust wurden, konnten nicht an ausreichend stichhaltige Belege gelangen.«

Draußen wird es laut. Sirenen sind zu hören. Jay tippt, diesmal auf einer anderen Tastatur, und das Bild einer Überwachungskamera erscheint auf einem der Monitore. Eine Vielzahl an Autos mit Blaulichtern fährt vor. Bewaffnete Einsatzkräfte springen heraus und stürmen das Gebäude.

»Ähm...«, beginnt Lissi ungewohnt einsilbig.

»Das sind meine Kollegen. Hier drin...«, er deutet auf den Rucksack mit den Festplatten, »dürften genug Beweise sein, um die Organisation hochgehen zu lassen.«

»Aber, was ist mit Gwen?«, erkundigt sich Isabelle. »Gibt es denn irgendwelche Spuren?«

Schon wieder tippt Jay etwas. Bei der Erwähnung ihres Namens steigt auch mein Puls. Werden wir sie jemals finden? Was ist, wenn sie jetzt noch weiter verschleppt wird?

Die Zeit, bis Jay antwortet, scheint nicht vergehen zu wollen. Dann endlich dreht er sich um.

»Sie ist auf dem Weg nach Fellbach.«

»Ist das sicher?«, fragen Isabelle und ich wie aus einem Munde.

»Ja. Kollegen von mir bewachen sie, seit sie heute morgen hier angekommen ist, ununterbrochen.«

Ich brauche einige Sekunden, um zu verarbeiten, was Jay da sagt. Als es *klick* macht, springe ich auf, meine schmerzenden Beine ignorierend. »Ihr habt es gewusst? IHR HABT ES DIE GAN-

ZE ZEIT GEWUSST?«, schreie ich den Typen an, dem das völlig egal zu sein scheint, dass sich Gwens Mutter seit Tagen Sorgen macht und wir uns quasi umsonst in Lebensgefahr gebracht haben.

Würde mich Lissi nicht so beherzt zurückhalten, hätte ich ihm eine reingehauen. Scheiß drauf, ob er vom BND ist oder nicht. »Versteht doch.

Wir mussten so handeln, sonst hätte es die ganze Aktion gefährdet, und wir hätten jetzt keine Daten, die wir auswerten können.«

Epilog

Gwen

Es ist ziemlich kalt geworden. Einige Wochen sind vergangen, seit ich wieder hier bin.

Heute ist der zweiundzwanzigste Dezember, und morgen geht es nach Hause.

Es wird das erste Mal sein, dass ich Mama wiedersehe nach allem.

Als ich in unserem Haus auf dem Akademiegelände aufgewacht bin, saß sie an meinem Bett. Selten habe ich sie so erschöpft gesehen wie an diesem Morgen.

An jenem Tag hat sich mein Weltbild ein zweites Mal gewandelt.

Dass es uns Auserwählte gibt, hatte ich ja zu diesem Zeitpunkt akzeptiert und mich daran gewöhnt, aber dass meine eigene Mutter mir mein Leben lang verschwiegen hat, dass es uns gibt, hat mich ziemlich umgehauen.

Sie und Jan haben mir dann erklärt, dass die Auserwählten eigentlich selbst dahinterkommen sollen, welche Kräfte sie haben. Trotz der Erklärung hat es eine Weile gedauert, bis ich mich damit abgefunden hatte.

Den Rest des Wochenendes haben Sina, Lissi und ich in unserem Wohnzimmer verbracht, wobei einige Gummibärchen ihr Leben verloren haben.

Wir alle hatten einiges zu berichten. Lissi fing an, die es neben den Scherereien um die Organisation irgendwie geschafft hat, eine der Hauptrollen im Wintermusical zu ergattern, und damit einigen älteren Studenten ziemlich das Weihnachtsfest vermiesen wird, was sie aber keinesfalls davon abhielt, uns haarklein und in den schillerndsten Tönen davon zu erzählen. Dabei hüpfte sie in ihrem rosa Häschenoutfit wie ein Gummiball auf Drogen durchs Wohnzimmer.

Dieser Ansatz von Normalität tat in den ersten Tagen verdammt gut. Ich bin der Quasselstrippe immer noch dankbar, dass sie es schaffte, die Stille zu verbannen, in der die Gedanken zu kreisen beginnen.

Ein Wassertropfen, der auf meine Nase fällt, bringt mich in die Gegenwart zurück.

Ich sitze mit den Mädchen an *unserem* Tisch in der Cafeteria. Trotz der eisigen Temperaturen draußen ist es hier warm wie im Sommer.

Unzählige Lichterketten winden sich in den Pflanzen und verströmen weihnachtliche Stimmung. Neben unserem Tisch steht ein dämlich grinsender Leucht-Elch mit Glubschaugen. Es ist mit Abstand das hässlichste Dekoelement, das Rick und Jan finden konnten, warum sie es ausgerechnet hier aufgestellt haben, ist mir ein Rätsel. Inzwischen haben wir ihn aber akzeptiert. Lissi hat darauf bestanden, ihn auf den Namen Günni zu taufen. Seither erfüllt er aber den Zweck eines Kleiderständers, an dem wir unsere Schals und Mützen aufhängen.

»Soll ich noch jemandem etwas mitbringen?«, frage ich in die Runde.

»Danke, nein. Vor Premieren kann ich absolut nix essen. Oh man. Ich kann es echt kaum erwarten. Dass ausgerechnet *ich* diese Rolle bekomme... dabei hatte ich einige Fehlzeiten. Aber trotzdem hat Michelle *mir* die Rolle gegeben. Ich kann es immer noch kaum glauben...«

»Hol mal Luft...«, unterbricht Sina, »sonst hast du heute Abend keine zum Singen. Aber mir kannst du gern noch 'ne Limo mitbringen.«

Zwischen den Tresen wuselt seit neuestem ein Gesicht umher, von dem ich dachte, ich würde es nie wiedersehen.

Eines Mittags, ich war wie üblich mit den Mädchen essen, hätte ich beinahe mein Tablett fallen gelassen, als sie mir gegenüberstand.

»Was machst du denn hier?«, war das erste, was mir über die Lippen kam.

»Als meine Vernehmungen abgeschlossen waren, brauchte ich ja nicht nur ein Dach über dem Kopf, auch ein neuer Job konnte nicht schaden. Und da hier eine Stelle frei war, habe ich mich beworben«, verkündete Laura grinsend.

Seitdem haben sich auch Sina und Lissi mit ihr angefreundet, und wir unternehmen hin und wieder etwas zusammen.

»Wollen wir heute Abend nach der Premiere noch was trinken gehen?«, fragt Laura, als sie mich am Getränkeautomaten entdeckt.

»Wir treffen uns mit den Jungs in der *Bernstein-Lounge*. Würde mich freuen, wenn du dabei wärst.«

Als ich zurück an den Tisch komme, sitzt Lena auf meinem Platz. Sina ist blass und knetet nervös ihre Hände.

Sofort mache ich mir Sorgen. Ist etwas mit Jan passiert? Geht alles wieder von vorn los?

»Gwen. Da bist du ja.« Lena kommt direkt zur Sache. »Die Grippewelle hat das Orchester erwischt. Ich brauche für heute Abend noch ein Klavier und Flöte. Beide Musiker sind erkrankt. Laurie, meine erste Idee, gibt heute ein Konzert in München, Peter ist zu Hause in den Staaten und Jessi... reden wir nicht drüber. Kurz gesagt: dir Gwen, fehlen zwar einige Stunden, und ich weiß, du hattest in den letzten Tagen vermehrt Musiktheorie, um deine Ausfalltage nachzuholen, aber wenn ich es jemandem zutraue, heute Abend die Premiere zu spielen, dann dir. Und Sina, für dich gilt das Gleiche: Ich weiß, das ist alles ziemlich kurzfristig, aber ich habe euch beide zusammen musizieren erlebt, ich habe keine Zweifel. Dir liegt es genauso im Blut wie deiner Schwester. Damit wärt ihr, zusammen mit Lissi, die einzigen aus eurem Jahrgang, die die Semesterqualifikation schon vor Weihnachten in der Tasche hätten.«

***

Von dem Moment an ging alles ganz schnell. Wir haben alles stehen und liegen lassen und sind in den *Bernstein*-Bau gelaufen. Lena ist alles mit uns durchgegangen, bevor wir die wichtigsten Parts mit dem Orchester und den Solisten nochmal geprobt haben. Viel zu schnell verging die Zeit, bis der Stage-Manager »Doors Open«, das Signal für den Publikumseinlass, gibt.

»Ich bin echt stolz auf dich.« Jans warme Stimme umhüllt mich wie ein schützender Kokon.

Er überprüft noch etwas an Lissis Mikrofon, das die Maskenbildner auf ihrer Stirn befestigt haben, bevor er mich in den Arm nimmt.

Nur zu gerne lasse ich meinen Kopf an seine Brust sinken. Sein beruhigender Tonfall und die Tatsache, dass das Orchester nicht zu sehen ist, erleichtern mich enorm.

Das zweite Klingeln ertönt, gefolgt vom Ruf des Stage-Managers. »Noch drei Minuten bis zur Vorstellung. Bitte Ton und Licht besetzen, Orchester auf Position, Darsteller des Prologs bitte auf Stand-By. Ich wiederhole...«

Ein letztes Mal küsst Jan mich, bevor er sich auf den Weg in die Tonregie macht. Ich greife nach der Eule und lasse mich von der Kraft der Elemente durchfluten.

Ich rücke meinen Klavierhocker zurecht und betrachte das Mal, das die Elemente auf meiner Haut hinterlassen haben. *Steht mir bei,* denke ich.

Mit einem kribbelnden Gefühl im Magen befestige ich meine In-Ear-Kopfhörer, über die ich die anderen Musiker und das Metronom höre.

»Toi, Toi, Toi«, höre ich Jans Stimme aus den Kopfhörern. Natürlich bedanke ich mich nicht, das würde ja Unglück bringen.

Ich blicke auf die Partitur und gehe die ersten Takte nochmal im Kopf durch.

Lena schaut mich an und nickt mir aufmunternd zu, bevor sie die Hände hebt.

Das Lichtzeichen auf ihrem Pult erlischt, der Saal verdunkelt sich, das Publikum wird still. Es ist 19:30 Uhr, und ich spiele die ersten Töne – das Musical beginnt.

Jan

Die Weihnachtsferien waren der Hammer. Ich würde sie sogar als die schönsten Ferien meines Lebens bezeichnen.

Am Morgen nach der Premiere und einer schlaflosen Nacht sind wir zu den Hesselbachs gefahren. Dort haben wir die Feiertage verbracht. Gegessen, musiziert, geredet und *nicht geredet*.

Lange Gespräche mit Isabelle haben mir geholfen, Zoes Tod zu verarbeiten und wenigstens einige meiner Schuldgefühle zu vertreiben. Gänzlich wird das wohl nie passieren, denn eine gewisse Teilschuld habe ich nun einmal – da braucht niemand das Gegenteil zu behaupten.

Auch Isabelle und Gwen hatten viel Zeit zum Reden, während mir ihr Vater von seinen Konzertreisen erzählte.

Die Tage zwischen Weihnachten und Silvester haben wir in der *Accademia* verbracht. Gwen hat bei Mama und mir gewohnt.

Ich hätte nie gedacht, dass ich mich daran gewöhnen würde, nicht mit Mama allein zu leben, überall lange rote Haare zu finden und ständig um meine Pullis kämpfen zu müssen. Aber für Gwen nehme ich all das liebend gern in Kauf.

Am 27. Dezember fand, wie jedes Jahr, das traditionelle Essen mit den Angestellten und Studenten statt, die nicht nach Hause fahren. In keinem Jahr hat es mir so gefallen wie in diesem. Immer wird gegessen und musiziert, getanzt und gelacht. Aber mit *ihr* macht es einfach mehr Spaß.

An dem Abend ist auch etwas passiert, dass ich jetzt ziemlich bereue, aber die gute Laune hatte wohl einfach meinen Verstand

319

übernommen.

Ich weiß nicht, wie es dazu kam, aber Gwen hat es geschafft mich breitzuschlagen und Violine zu spielen. Sehr zur Überraschung aller, denn tatsächlich hat bis dato niemand etwas davon mitbekommen. Aber nicht einmal, dass sie mein Geheimnis gelüftet hat, kann ich Gwen übelnehmen, wie könnte ich auch, wenn ich das Strahlen in ihren Augen, in ihrem ganzen Gesicht sehen kann?

Heute ist Neujahr. Abends findet immer ein Empfang im Foyer des *Bernstein*-Baus statt, der auch als Vernissage der bildenden Künstler dient. In diesem Jahr werden besonders viele Zuschauer erwartet, da die Doppelausstellung *Landau-Haï* schon für viel Aufsehen in der Presse gesorgt hat.

Rick kommt zu mir, die Fernbedienung für die Kettenzüge in der Hand, an denen er Scheinwerfer befestigt hat.

»Gibt es eigentlich noch mehr, dass du mir NICHT erzählt hast?«, fragt er kopfschüttelnd.

»Nein. Diesmal wirklich nicht. Aber du weißt schon, dass das nur ein kurzes Konzert wird, oder?«, frage ich mit einem zweifelnden Blick auf die Technik, die er installiert.

»Um dich gutaussehen zu lassen wäre noch viel mehr nötig, aber ich habe mich zurückgehalten«, erwidert er lachend.

Ich will eben etwas erwidern, da gibt Frank mir ein Zeichen, das Clip-Mikrofon an meiner Violine zu testen.

Ich spiele die ersten Töne und versinke in der Melodie der Improvisation, lasse mich treiben und denke daran, wie es sein wird, gemeinsam mit ihr zu spielen.

Gerade als ich die Augen wieder öffne, sehe ich Gwen, die mit einem langen schwarzen Kleid aus der Garderobe kommt. Der Stoff umspielt ihre Figur, als wäre er aus Wasser, das ihren Körper umfließt.

Das Kleid bringt ihre Haare zum Leuchten, die unsere Maskenbildnerin zu einer kunstvollen Frisur hochgesteckt hat. Einzelne Strähnen fallen wie zufällig nach unten und rahmen ihr Gesicht ein.

Als sie bei mir ist, kann ich nicht anders, als sie an mich zu ziehen, nicht ohne den wachsamen Blick der Stylistin zu spüren, die wie ein Schießhund darauf achtet, dass ich ihr Kunstwerk nicht zerstöre.

Ich küsse Gwens linke Schulter, die Stelle, die das Kleid nicht bedeckt. Ihre Sommersprossen leuchten wie Sterne am dunklen Nachthimmel. Beinahe verliere ich mich darin, doch das nimmt ein jähes Ende.

»Jan von Siedenow-Raich?«, tönt es durch das Foyer. Ich löse mich von Gwen und drehe mich um.

Sechs uniformierte und bewaffnete Männer haben sich um uns postiert.

»Ja?« Sofort bildet sich ein Kloß in meinem Hals.

»Sie sind vorläufig festgenommen. Sie stehen unter dringendem Verdacht der Steuerhinterziehung, Bildung einer kriminellen Vereinigung, mehrfachen schweren Körperverletzung, Anstiftung zu schwerer Körperverletzung und Mord.«

Ohne dass ich noch etwas sagen kann, werde ich fortgeführt. Gwen will mich zunächst festhalten, doch einer der Männer schubst sie unsanft zur Seite.

Ihr entsetzter, tränennasser Blick ist das letzte, das ich sehe, bevor ich in einen Transporter steigen muss...

ENDE

Danksagung

Ganz ehrlich. Vor über zweieinhalb Jahren hätte ich nicht gedacht, dass ich einmal an diesem Punkt hier angelangen würde. Und dafür habe ich vielen Menschen zu danken. Jemand hat mal gesagt, es brauche ein ganzes Dorf, um ein Kind zu erziehen – zum Schreiben eines Buches ist es wohl ähnlich.

Jana, wie versprochen kommst du an erster Stelle, denn das Foto von Julia, das du gemacht hast, ist quasi der Ausgangspunkt für diese Geschichte. Danke dafür.

Julia, du hast nicht nur auf dem Foto als Model gedient, sondern warst auch die erste, die mich dazu ermutigt hat weiterzumachen, und nicht zuletzt hat die Deadline zu deinem Geburtstag dazu geführt, dass die erste Fassung des Manuskriptes garantiert einige Monate eher fertig geworden ist. Vielen Dank, dass du deine Kritik immer so schonungslos geäußert hast und dadurch dieses Buch um einiges besser geworden ist.

Saskia, ohne dich hätte dieses Werk unzählige Rechtschreibfehler mehr, diverse Kommata zu wenig und noch mehr Stellen, die keinen Sinn ergeben. Danke, dass du jede Seite mindestens drei… ach, was sage ich, zehnmal gelesen und in deiner unfassbar schönen Handschrift kommentiert hast.

Michelle, auch du hast mir immer wieder in den Hintern getreten, wenn ich mal wieder hinschmeißen wollte. Manchmal habe ich das Gefühl, dass du die Charaktere der Geschichte besser kennst als ich. Danke, dass du dieses Wissen mit mir teilst.

Natürlich muss ich auch meinen Eltern danken, ohne die ich mein Leben nicht so hätte leben können, wie sie es mir ermöglicht haben, und ohne die diese Geschichte nicht hätte entstehen können.

Bianca, vielen Dank, dass du meine Entwürfe gelesen hast, als sie noch in einem furchtbaren Zustand waren, und trotzdem so begeistert in deinen Sprachnachrichten davon geschwärmt hast.

Nicht zu vergessen sind auch die DEKRA Hochschule für Medien und deren Mitarbeiter, von denen der ein oder andere seinen Weg in die Geschichte gefunden hat.

Marleen, du ahnst vermutlich nicht, wie sehr du mich auf der Buchmesse motiviert hast, weiterzumachen, und das zu Ende zu bringen, was an einem regnerischen Nachmittag in der Berliner S-Bahn begonnen hat. Danke dafür.

Allen, die ich jetzt vergessen habe, möchte ich ebenfalls von ganzem Herzen danken.

Lieber Leser, liebe Leserin, liebes Lesende, vielen, vielen Dank, dass du dein Geld für dieses Buch und nicht für was Sinnvolles ausgegeben hast. Ich hoffe, du hattest an der Geschichte um Gwen und Jan so viel Freude wie ich.

Wenn es dir gefallen hat, dann empfehle dieses Buch doch den Menschen, die du magst. (Falls nicht, dann denen, die du nicht leiden kannst.) Ich würde mich freuen, wenn wir uns an anderer Stelle wiederlesen.

Bis dahin verbleibe ich herzlichst,

dein
Kenneth Böhmchen

PS.: Bilder, Hintergründe und vieles mehr findest du auch auf meinem Instagram-Account (@autor_kenneth_boehmchen) und bestimmt irgendwann auch auf meiner Website, falls ich mich dazu durchringe mir eine zu beschaffen.